蘇我の娘の古事記《ふることぶみ》

周防柳
Suo Yanagi

角川春樹事務所

目次

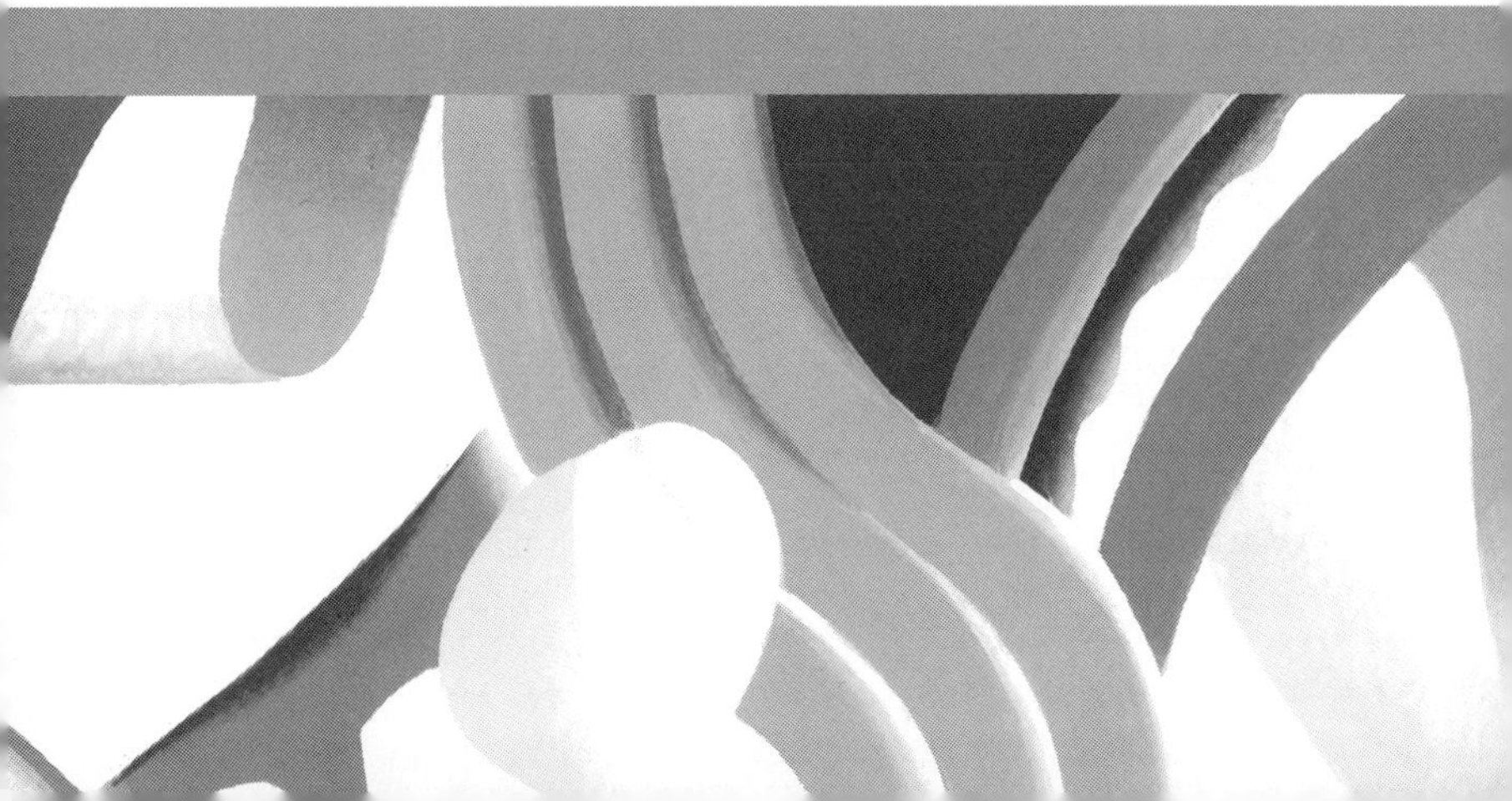

天皇系図

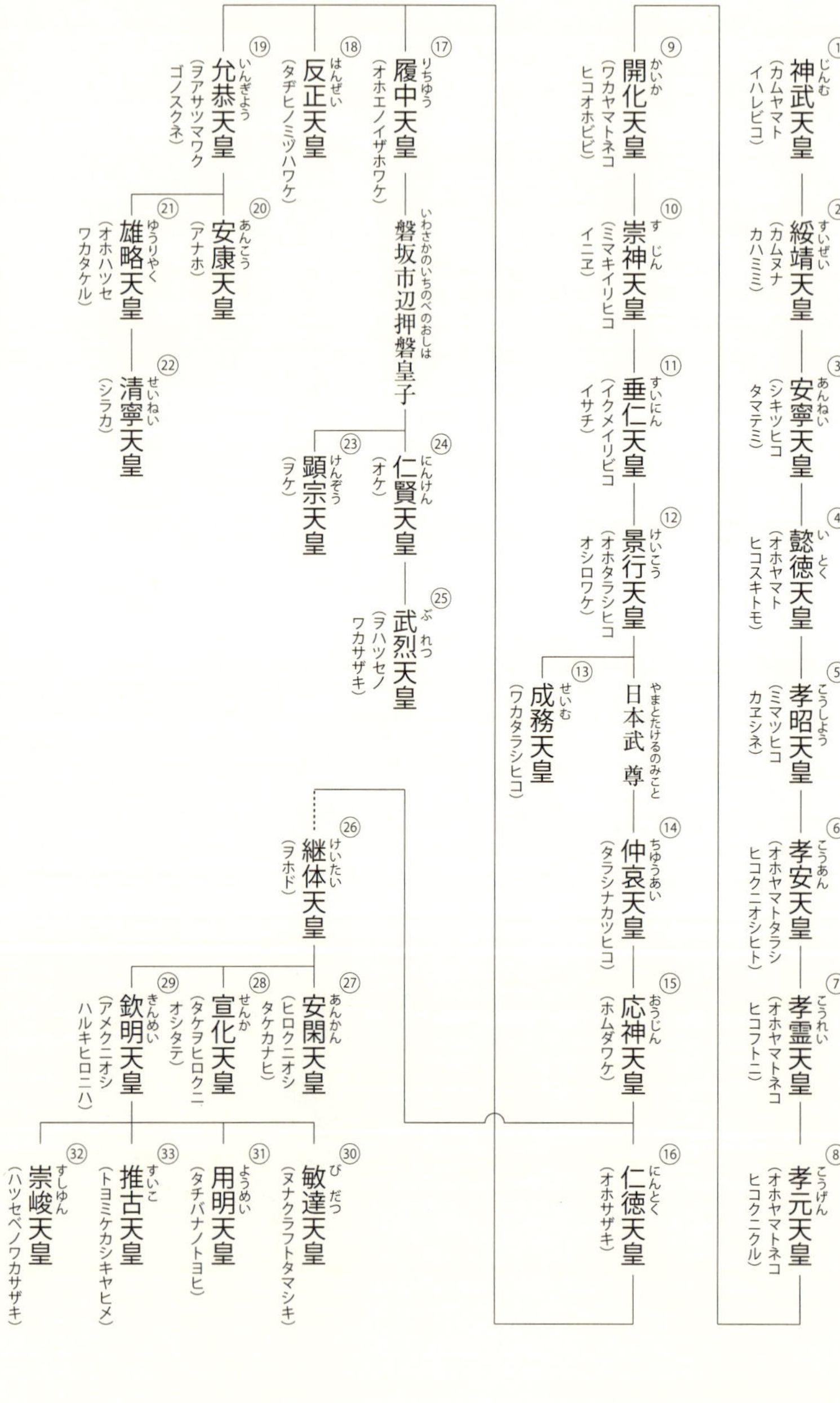

① 神武《じんむ》天皇 （カムヤマトイハレビコ）
② 綏靖《すいぜい》天皇 （カムヌナカハミミ）
③ 安寧《あんねい》天皇 （シキツヒコタマテミ）
④ 懿徳《いとく》天皇 （オホヤマトヒコスキトモ）
⑤ 孝昭《こうしょう》天皇 （ミマツヒコカヱシネ）
⑥ 孝安《こうあん》天皇 （オホヤマトタラシヒコクニオシヒト）
⑦ 孝霊《こうれい》天皇 （オホヤマトネコヒコフトニ）
⑧ 孝元《こうげん》天皇 （オホヤマトネコヒコクニクル）
⑨ 開化《かいか》天皇 （ワカヤマトネコヒコオホビビ）
⑩ 崇神《すじん》天皇 （ミマキイリヒコイニヱ）
⑪ 垂仁《すいにん》天皇 （イクメイリビコイサチ）
⑫ 景行《けいこう》天皇 （オホタラシヒコオシロワケ）
日本武尊《やまとたけるのみこと》
⑬ 成務《せいむ》天皇 （ワカタラシヒコ）
⑭ 仲哀《ちゅうあい》天皇 （タラシナカツヒコ）
⑮ 応神《おうじん》天皇 （ホムダワケ）
⑯ 仁徳《にんとく》天皇 （オホサザキ）
⑰ 履中《りちゅう》天皇 （オホエノイザホワケ）
⑱ 反正《はんぜい》天皇 （タヂヒノミヅハワケ）
⑲ 允恭《いんぎょう》天皇 （ヲアサツマワクゴノスクネ）
⑳ 安康《あんこう》天皇 （アナホ）
㉑ 雄略《ゆうりゃく》天皇 （オホハツセワカタケル）
㉒ 清寧《せいねい》天皇 （シラカ）
磐坂市辺押磐皇子《いわさかのいちのべのおしは》
㉓ 顕宗《けんぞう》天皇 （ヲケ）
㉔ 仁賢《にんけん》天皇 （オケ）
㉕ 武烈《ぶれつ》天皇 （ヲハツセノワカサザキ）
㉖ 継体《けいたい》天皇 （ヲホド）
㉗ 安閑《あんかん》天皇 （ヒロクニオシタケカナヒ）
㉘ 宣化《せんか》天皇 （タケヲヒロクニオシタテ）
㉙ 欽明《きんめい》天皇 （アメクニオシハルキヒロニハ）
㉚ 敏達《びだつ》天皇 （ヌナクラフトタマシキ）
㉛ 用明《ようめい》天皇 （タチバナノトヨヒ）
㉜ 崇峻《すしゅん》天皇 （ハツセベノワカサザキ）
㉝ 推古《すいこ》天皇 （トヨミケカシキヤヒメ）

本編略系図

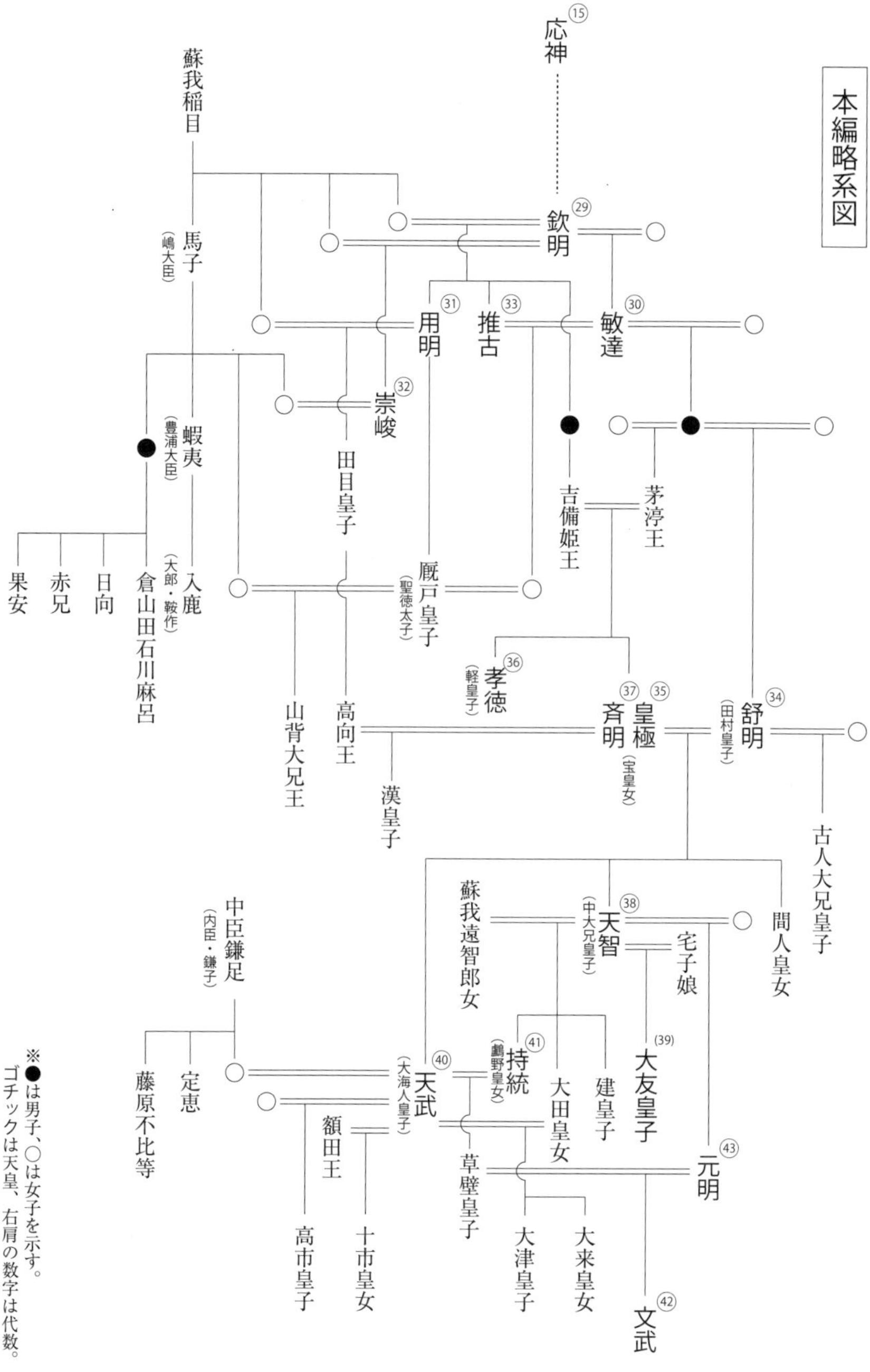

※●は男子、○は女子を示す。
ゴチックは天皇、右肩の数字は代数。

装画　いとう瞳
装幀　藤田知子

序

乙巳の変

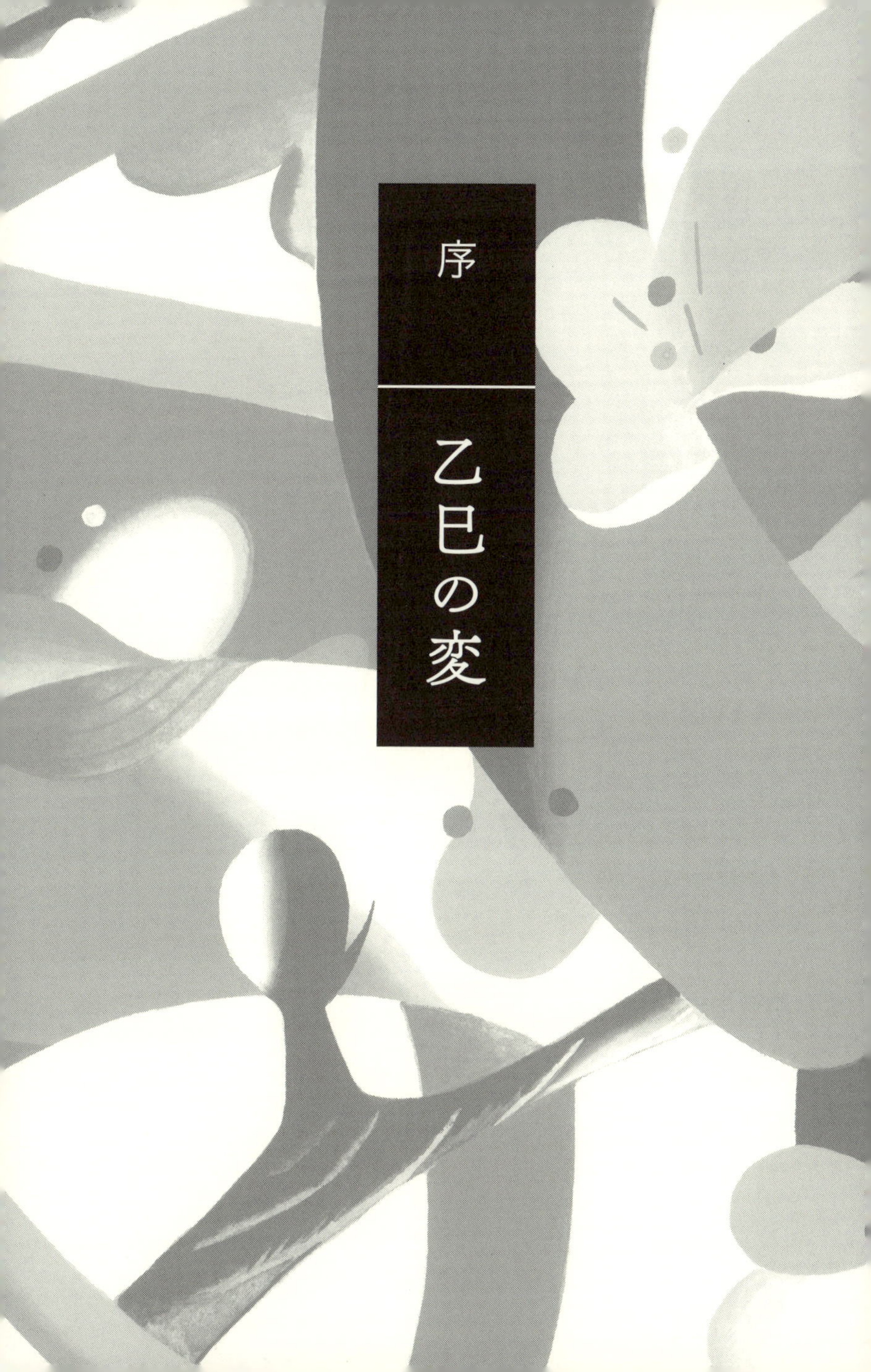

1

皇極《こうぎょく》四年（六四五）六月十二日の、午《うま》の刻《こく》であった。

ゴロゴロゴロ……、ドロドロドロ……、と、地獄の底から響くようななりがして、甘樫丘《あまかしのおか》の蘇《そ》我蝦夷《がのえみし》邸の片隅に建つ国史《こくし》編纂室《へんさんしつ》が地震《ない》のごとく揺れた。

船恵尺《ふねのえさか》はハッと顔を上げ、いっこうに頭に入らぬまま朝からかたちだけ読むふりをしていた書物を放《ほう》り出し、戸外に飛び出した。

すると、なんという光景であろう。

抜けるように青い空なのに、右手に見下ろす板蓋宮《いたぶきのみや》の上空にのみまっ黒な綿のような雲がたれこめ、チカチカッ、チカチカッと、いかずちを孕《はら》みながらうごめいている。とみるうちに黒雲は呪《のろ》いでも増幅させるかのように一まわり大きく膨らんで――、

バリバリバリッ、ドーンッ！

凄《すさ》まじい音をたてて炸裂《さくれつ》した。宮柱に似た真一文字の閃光《せんこう》が天と地とをつなぎ、眩《くら》んだ目をふたたび開けたときには白くけぶる豪雨が宮の板葺《いたぶ》きの屋根を叩《たた》いていた。

恵尺は放心したように、その場に座り込んだ。

――女帝だ。

――これは、女帝の怒りだ。

次の瞬間、どおっ、とか、わあっ、とかいう叫びとともに閉ざされていた宮門が開け放たれ、中からいっせいに人びとが飛び出してきた。

こうしてはおれぬ。

恵尺はもつれる足で室内に取って返し、おのれのなすべき行動を考えた。けれども心の重石《おもし》を奪われたようにふわついて、考えはいっこうにまとまらなかった。

目の前には書物や木簡《もっかん》のたぐいがうずたかく積まれていて、改めて眺めると持ち出したいものばかりであった。恵尺はいたずらにうろうろし、その果てに大きな麻布を床に広げ、手当たり次第につかんだものを置いていった。長年、並々ならぬ情熱を注いで収集してきたものだった。どれもこれも愛着があって捨てがたかった。

あっという間に小山ができた。あきらめきれずにもう一枚麻布を広げ、二つ目の山をつくりはじめたとき、戸外を四、五人のあわただしい足音がざくざくと駆けていった。

手を止めて、大臣《おおおみ》蝦夷の母屋《もや》の方角に耳を澄ました。

「大臣っ、謀反でござりますっ」

蝦夷の親衛兵らしい。

「大郎入鹿《たいろういるか》様が、中大兄皇子《なかのおおえのみこ》様にお討たれになりました！」

悲鳴に近い絶叫をあげている。

さらに注進の駆け足が、ざくざく、ざくざく、続く。

恵尺は作業を中断してふたたび表へ出た。

先ほどの黒雲は消えて、雨はあがっていた。その代わりに真下に見下ろす飛鳥寺《あすかでら》を何百とも知れぬ兵が埋め、さらに四方八方から蜘蛛手《くもで》のように軍勢が集結しつつあった。

――ああ……。

蘇我稲目《いなめ》、馬子《うまこ》、蝦夷、入鹿と、百年以上にわたって栄華を極めた大豪族、蘇我宗家が終わる。

こういうかたちで終わる。

崩れるような気分で目をつむった背後で、

「だんなさまっ」

音を抑えた、しかし必死の声がした。

「阿品《あじな》か」

忠僕の阿品だった。「早うここを離れねば――」

阿品は腰をかがめたまま寄りきたり、恵尺の身にぴたりと添って下方を指さした。

「みな中大兄様に勝機ありとみて、続々と手勢を率いて参陣しております。この甘樫丘も周囲を固められつつあります。早うせねばわれらも蝦夷様方とみなされて、ここを出られぬようになります」

と、そこまで言うと、「いや、むしろ――」と思案顔をした。

「しばらくここへひそんでおりましょうか。下りるのはほとぼりがさめてから」

恵尺もそれがよい気がした。いま不用意に姿を見せたら、どのように間違われて矢を射かけられぬとも限らない。

阿品が強い口調で続けた。

「南の斜面に窟《いわや》があったはず。あそこなら、一晩くらいしのげましょう」

恵尺はうなずき、「ちょっと待て。持ってゆくものがある」と、小屋へ取って返した。薄暗い室内に、先ほどの二つの山がそのままになっていた。

阿品が呆《あき》れたような声をあげた。

「旦那《だんな》様、このような荷は危《あぶ》のうござります。身軽うにせねば、万一追われたとき逃げることもかないませぬ。阿品が一荷、承ります。旦那様はどうかなにもお持ちにならず」

恵尺は意を決して片方の山を選び、ぐるぐると包んで阿品の背に縛りつけた。おのれは机上の巻《かん》子《す》一巻のみをひったくるように取って懐《ふところ》におさめた。

扉を閉め、立ち去りかけると、こんどはかなり大勢の人間がのぼってくる気配がした。恵尺と阿品は顔を見合わせ、かたわらの岩の後ろに身をひそめた。

先ほどの兵たちとは違って、緩い歩みであった。ぼそぼそと交わされている声音は威圧的であった。加勢の兵ではなく、敵方の者だとすぐにわかった。

護衛らしき十人ほどの後ろに、ひげの濃い、しかめ面の鎧武者《よろいむしゃ》の姿があった。巨《こ》勢徳多《せのとこだ》だった。徳多はもともと蘇我方の忠臣であったが、乱の直前に寝返った。おそらく中大兄の使者として蝦夷に降伏の説得にやってきたのだろう。

そのまた後ろに、大きな戸板を担いだ者たちが現れた。恵尺と阿品はぎょっと息を吞《の》んだ。ちょうど二人がしゃがんだ目の高さにそれは担がれていて、こんもりとしたなにかの上に莚《むしろ》がかぶせてあった。よもや――、と思いながら見送ったとき、担ぎ手の一人がよろけて戸板が斜めにかしいだ。と同時に、どさり、という感じで腕がいっぽん滑り出た。

ぶらん、ぶらん、と揺れる大きな手のひらのつけ根に、見覚えのあるあざがあった。恵尺は心臓が止まりそうになった。大郎入鹿に違いなかった。

脇《わき》についている兵が立ち止まり、垂れ下がった腕をつかんで戸板の上に上げた。その拍子に莚に隙間《すきま》ができ、中が見えた。

恵尺はこんどは心臓がのどから飛び出そうになった。遺骸《いがい》は足を前に、頭を後ろにして運ばれているらしかったが、頭があるべき位置に頭はなく、代わりに丸太のような肉の断面と、そのまん中に白々とした頸椎《けいつい》が見えた。

恵尺はめまいがして、へなへなと尻《しり》もちをついた。

「急ぎましょう」

阿品に呼ばれてわれに返ると、徳多と遺骸の一行はすでに消えていた。恵尺は彼らの去ったほうに向かって合掌した。

2

ぱあん、ぱあん、かあん、ぱあん……。イヤー、ハッ、ハッ、ハアーッ。

なんの音だろう。

苔臭《こけくさ》い窟の闇《やみ》の中、尻に接している岩を伝って、兵たちの怒号と喚声と干戈《かんか》のぶつかりあいが聞こえてくる。その中に、間歇的《かんけつてき》になにかを弾《はじ》くような音と、掛け声のようなものが混じっている。

なんだろう。太鼓の音？　鉦《かね》の音？

やがて、あれだ、と思い至った。飛鳥寺に集まった兵たちが蹴鞠《けまり》をしているのだ。

小札《こざね》を綴《つづ》った臑当《すねあて》の脚が威勢よく蹴り出され、ぱあん、と、堂塔の甍《いらか》より高く鞠が上がる。中大兄皇子だ。おみごとっ！　やんやの喝采《かっさい》が飛ぶ。青空の色に染まって戻ってきた鞠を、たったと駆け寄って返すのは、中臣鎌足《なかとみのかまたり》だ。臑当がかあん、と鳴る。おみごとっ！　返った鞠を中大兄がふたたび蹴りあげる。ぱあん、おみごとっ！

うまい。うまいな。蹴って、返して、蹴って、返して、鞠は落ちない。いつまでも落ちない。さすが鉄壁《てっぺき》の二人組だ。

しかし、感心して眺めているうちに気がついた。掛け声とともに飛鳥寺の甍より高く蹴りまわされているその鞠は、よく見ると鞠ではない。なんということだ。大郎様の首じゃないか。

宙を舞ういかついおもざしに、不釣りあいに白い歯が輝いている。陽《ひ》の光を反射して、きらきら、きらきら、輝いている。大郎入鹿の首。

イヤー、ハッ、ハッ、ハアーッ。

すると、回転しながら落下してきたそれを鎌足がピタリと両手に受け、いつの間にか首座についている中大兄皇子の足許《あしもと》に、脱げた履《くつ》でも捧げるようにうやうやしく据えた。皇子は青白い頰《ほお》で満足げにうなずき、臑当の片足を思いきり上げて——。

ぐしゃ！　と音を立てて踏《ふ》み潰《つぶ》した。

とたん、割れんばかりの歓声が虚空を轟《とどろ》かし、恵尺はガバ、と跳ね起きた。いつの間にか寝込んでしまっていたらしい。

「旦那様」

すぐ目の前に阿品の顔があった。双の眸子《ひとみ》がぎらついている。不寝《ねず》の番をして乱の様子をうかがっていたのだろう。

「いよいよ攻めにかかった模様にござります」

「まことかっ」

窟から飛び出すと夜ははや薄青く明け、蝦夷の屋形の方角から邸門を突き崩す破壊音と、矢唸《やうな》りが響いている。

やがて、どおおっ、どおおっ、と、ひときわ大きな鬨《とき》の声があがり、焦げ臭い煙とむせ返るような熱風が流れてきた。屋形に火がかけられたのだ。

恵尺は全身、総毛立った。

——ご最期だ。

恵尺の耳の中で、ほわあああ、ほわあああと、赤ん坊がけたたましい泣き声をあげた。もつれるように柴《しば》を踏み、望景の際に駆け寄った。

——いまだ、オオタカ！

心の中で叫んだ。

恵尺の目は起伏の多い飛鳥の地形をせわしなく捜索し、東の丘の一点で止まった。こんもりとした林の奥に小さな火の手があがっている。凝視しているその網膜《もうまく》の奥に、女の赤子をかき抱いて疾《しっ》駆《く》するわが子オオタカの姿が大写しになった。

いつの間にか、背後にぴたりと阿品が寄り添っていた。

「オオタカ様も、どうやら首尾よういったようにござりまするね」

改めて四囲《あたり》を眺めると、あちらこちらに黒い軍勢が動き、点々と各所が炎上していた。蘇我宗家の武器庫や係累《けいるい》の住まいだろう。しかし、東の丘のその火災は捨て置かれたまま、兵が集まってくる気配もない。

阿品がいがらっぽい空気に溶け込むような深い声音でつぶやいた。

「蘇我様もこれで終わりになりました。なにもかも中大兄様の思惑どおりでござります。なれど、われらのささやかな思惑も——」

恵尺は黙ってうなずいた。

そして、一つ深呼吸した。その拍子に懐の中でなにかがごそっと動いた。昨日持ち出した巻子だった。手を突っ込んで取り出すと、熱と汗でふやけて巻きがゆるんでいた。

恵尺はその筒形のものを指先ですう、すう、と撫《な》で、緒《お》を巻き直し、ふたたび懐におさめた。

＊

コダマ、ヤマドリ、まだ起きておるのか。もう遅いぞ、早う床《とこ》に就《つ》かぬと母上に叱《しか》られるであろうが。なに、寝られぬ？　お話をしてほしい？　ええ、しかたがないな。なんのお話がよいのだ。うん？　この世の始まりのお話？　ゆらゆら、ゆらゆら、渦の中から神様が現れてくるお話？

よし、ではしてあげよう。天地開闢《かいびやく》のお話。かのお偉き厩戸皇子《うまやどのみこ》様が斑鳩宮《いかるがのみや》の夢殿に一年もおこもりになってつくった物語ぞ。ようお聞き。

＊

この世の始まりのとき、この乾坤《あめつち》にはなんにもなかったのだ。海もない、山もない、川もない、土もない、木もない、花もない。すべてのものの区別がなくて、ただ風が吹いて、煙のような、靄《もや》のようなものが、あたり一面に渦巻いていたのだ。

そのうちになんとなく天と地の区別がついてきて、やがてお空の高いところに光り輝く楽園ができた。高天原《たかまのはら》だ。そうして創始の神様たちが現れはじめた。

いちばん最初はアメノミナカヌシという神様だよ。次はタカミムスヒの神。その次はカムムスヒとおっしゃる神様だ。いっぽう、地面のほうはまだ固まっていなくて、ぬるぬると浮かび流れる鹿《し》猪《し》の脂《あぶら》のような、あるいは、ゆらゆらと泳ぐクラゲのようなありさまで、そのぬかるみの中から葦《あし》の芽のように萌《も》えあがってきたのはウマシアシカビヒコヂの神。その次に現れたのはアメノトコタチの神。この五柱の神様は特別な神様で、別天《ことあま》つ神《かみ》と呼ばれているのだ。

ここまでの神様はみな独り神だったけれども、だんだん様子が変わってきて、男と女の神様が一対になって現れるようになった。ウヒヂニの兄神とスヒヂニの妹神、ツノグヒの兄神とイクグヒの妹神……、その末にイザナキとイザナミという、とりわけ尊い兄妹神が姿をおみせになった。

先達《せんだつ》の神様たちはイザナキ、イザナミの二神に向かって、「そなたたちはこの日の下の頼りない地をお固めなされ」と勧め、天《あめ》の沼矛《ぬぼこ》をお授けになった。二神は仰せに従って天と地をつないでいる天《あめ》の浮橋《うきはし》の上に立ち、大きな矛を二人で握りなすって、ゆらゆらと漂っている潮の中に差し入れ、コヲロコヲロ、と掻《か》き混ぜ、引きあげなすった。そのとき矛の先からホタリ、ホタリ、としずくが垂れ、固まって、最初の島が生まれた。これがオノゴロ島だ。

イザナキ、イザナミの神様はできたてほやほやの島に降りられて、そこにりっぱな天《あめ》の御柱《みはしら》を見立て、りっぱな御殿があるとみなして中にお入りになった。

そうして、イザナキの兄神がイザナミの妹神にお尋ねになった。「そなたのからだはどのようにしてできておる」。イザナミ様が答えられた。「私のからだは一部分、成り成りて、成りあわぬところがあります」。イザナキ様はおっしゃった。「そうか。わしのからだは一部分、成り成りて、成り余っているところがある。その成り余っているところで、おまえの成りあわぬところを刺しふたいで、国土《くに》を生みなそう」

イザナミの神はよろこんで承知された。これはミトノマグハヒというて、男の神様と女の神様が夫婦になられるための神聖な儀式なのだよ。

お二人は天の御柱をそれぞれ逆側からめぐりはじめた。イザナキ様は左から、イザナミ様は右からだ。そして、行きあわれたところでイザナミ様が「あなにやし、えをとこを」とイザナキ様をお求めなさり、イザナキ様も「あなにやし、えをとめを」と応じられて、ミトノマグハヒをなさった。「あなにやし、えをとこを」「あなにやし、えをとめを」とは、なんとうるわしい殿方じゃ、なんとうるわしい乙女じゃ、という意味だ。

このおかげでお二人のあいだにはお子様が誕生した。けれども、最初のお子も次のお子もすぐにみまかってしまった。お二人はなにがいけなかったのか悩みたもうて、先達の神様たちに教えを乞うた。すると、女神のほうが先に誘うたのがよくなかったといわれた。ゆえに柱をめぐるところからやり直し、こんどは男神が先に「あなにやし、えをとめを」と声をおかけになった。すると、すこやかな国土がどん、どん、と生まれはじめた。

最初に誕生したのはアハヂの島、続いてイヨの島、次にオキの島、それからツクシの島、イキの島、ツの島、サドの島。そうして最後にオホヤマトトヨアキヅの島が生まれた。こうして、いまわれらが住まっている倭国《やまと》の大八洲《おおやしま》ができあがった。

この地上世界のことを、神様たちは葦原《あしはら》の中《なか》つ国《くに》とお名づけになったのだよ。

＊

イザナミ様はそれからもいろいろな神様をお生みになったが、その最後に燃えさかる火の神カグツチを生んだため、大やけどをして亡《な》くなられてしまった。

イザナキ様は淋《さび》しうてしょうがなくて、黄泉《よも》つ平坂《ひらさか》という通い路を通って、黄泉《よみ》の国《くに》のイザナミ様に会いにいった。すると、一つの屋形から懐かしいイザナミ様が現れなすった。イザナキ様は「ともに帰ろう」と誘われたけれど、イザナミ様はためらわれた。

「私はもう黄泉の国の食べものを食べてしまいました。黄泉の国の食べものを食べるとかんたんには元の世界に戻れないのです。この国の神様に帰っていいかどうか尋ねてきますから、待っていてください。私が戻ってくるまで、けっして入ってこないでくださいね」

イザナキ様は言われたとおり、屋形の外で待っておられた。けれども、イザナミ様はいつまでたっても戻ってこない。痺《しび》れを切らして中に入ってみることにした。

屋形の中はまっ暗で、なにも見えなかった。髪に挿《さ》していた櫛《くし》の歯を折って、火をつけた。すると、恐ろしや、イザナミ様は寝台に横たわっておられて、からだはどろどろに腐って、無数のウジ虫がうごめいておるではないか。そのうえに、八つものイカヅチの鬼が取りついておった。

イザナキ様はワッと叫んで逃げだした。すると、イザナミ様は起きあがって、「あれほど入ってはいけないと言ったのに、ようも私に恥をかかせてくれましたね」。恨めし気にののしって、ヨモツシコメという化けものをけしかけなすった。

イザナキ様は必死に逃げたが、化けものは足が速くて追いつかれそうになった。そこで、かしらに巻いていた蔓草《つるくさ》を取って投げつけた。すると、ツタツタと蔓がしげってヤマブドウの実がなり、化けものは夢中になって食べはじめた。しかし、食べ終わるとまたも追ってくる。イザナキ様は髪に挿していた櫛の歯を折って後ろへ投げた。こんどはタケノコがむくむくと生えてきて、また化けものは夢中になって食べはじめた。

それを見たイザナミ様は、さらにイカヅチの鬼をけしかけた。イザナキ様はこれもなんとか躱《かわ》して、ようよう出口に近い黄泉つ平坂にたどりついた。ふとまわりを見ると桃の木に実がなっていたので、もいで投げつけたら、イカヅチたちは恐ろしがって逃げていった。

イザナキ様は「いまだ」とお思いなさって、かたわらにあった巨岩を渾身《こんしん》の力を込めて動かし、道をぴたりとふさいだ。そこへイザナミ様が追いつかれ、お二人は岩越しに言の葉で対決することになった。

イザナミ様はこう呪詛《じゅそ》なさった。

「いとしいあなた様よ。あなた様は私にひどいしうちをなさった。かくなるうえは、私はあなた様の大切な民を日に千人殺してさしあげましょう」

対抗して、イザナキ様が返された。

「いとしいわが妻よ。そなたがそうするならば、われは日に千五百の産屋《うぶや》を建てよう」

これゆえに、その後、この世では毎日千人の人間が死に、千五百人の人間が生まれることになったのだよ。

さて、黄泉の国でおどろおどろの思いをされたイザナキ様は川で穢《けが》れを清めることにした。すると、杖《つえ》、帯、衣、冠……、身につけていたものを離すたびに、どん、どん、と神様が生まれた。水に立った泡からも、どん、どん、と神様が誕生した。

そうして、禊《みそぎ》の最後に左目を洗ったら、アマテラスの女神様が生まれた。右目を洗ったら、ツクヨミの神様が生まれた。鼻を洗ったら、スサノヲの神様が生まれた。この三神はあまたある神様の中でもわけて尊い神様だ。

イザナキ様にとって妻のイザナミ様を失ったことは大きな悲しみだったけれど、その果てにすぐれたお子たちを得られたのは、とてもうれしいことだった。そこで三神それぞれに特別な任務をお与えなさることにした。

すなわち、長女のアマテラス様には、日の照り輝く高天原の統治を。まん中のツクヨミ様には、月や星の浮かぶ夜の世界の統治を。末っ子のスサノヲ様には、青く広い大海原の世界の統治を。

ところが、このあとスサノヲ様はちと悶着《もんちゃく》を起こして、天の神々の世界を逐《お》われることになるが――、まあ、今日はこのあたりまでにしておこうか。続きはまたこんどだ。

さあ、コダマもヤマドリもお休み。よい夢を見るのだよ。

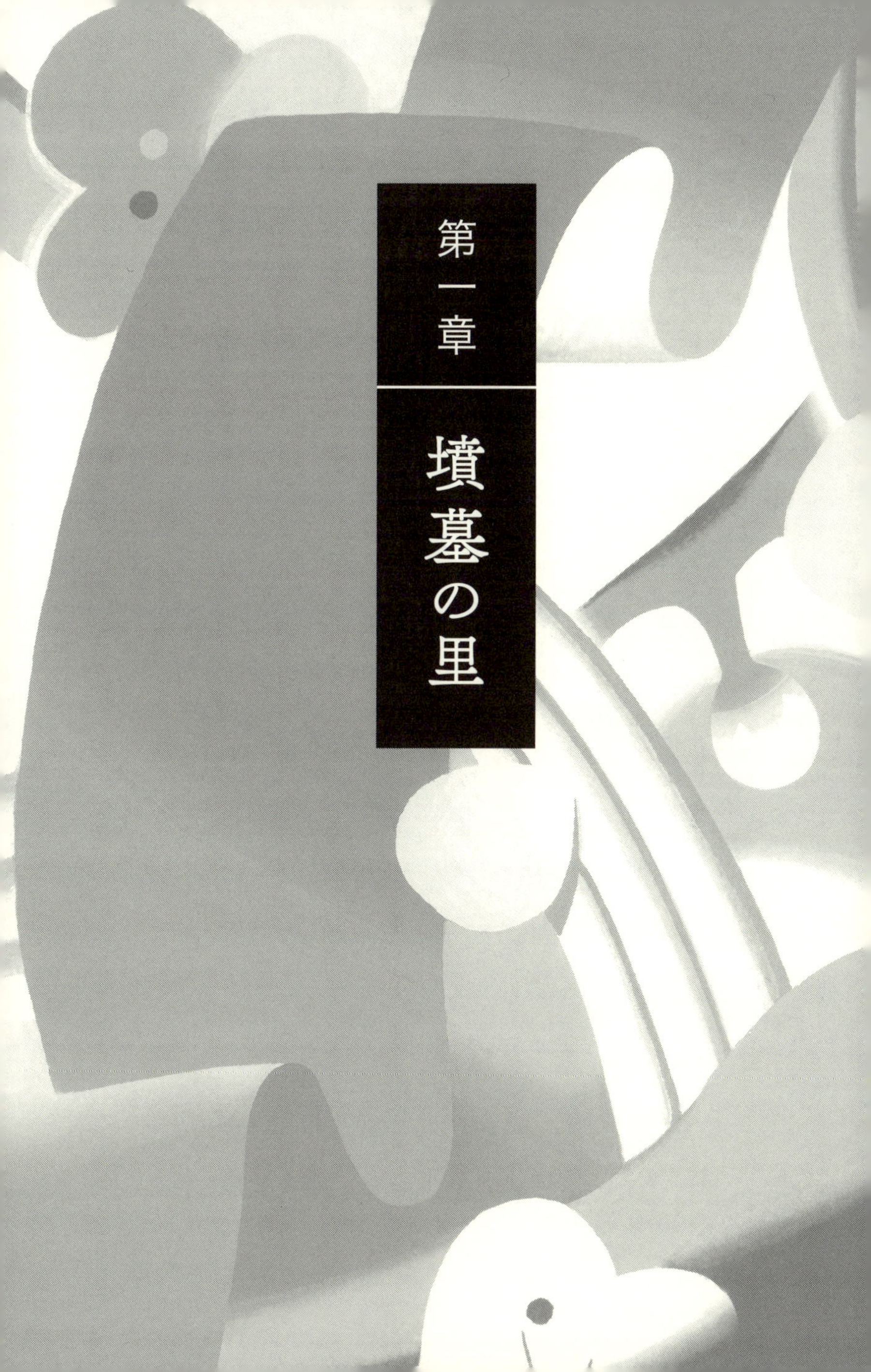

第一章 墳墓の里

1

チーッツ、チーッツ、と鳥が啼く。

飛鳥《あすか》から難波《なにわ》に都が遷《うつ》って五年の、白雉《はくち》元年（六五〇）の春である。陽《ひ》の光は霞《かすみ》の紗《しゃ》をまとい、環濠《かんごう》の翠《みどり》がとろりとぬるむ。うすあたたかな風が吹くたびに、甘酸っぱい藻のにおいが運ばれてくる。

ここは河内《かわち》の国のまん中丹比《たじひ》郡の、野中《のなか》の里である。遠い遠いいつかの昔、この国の王たちが拠点をつくり、殷賑《いんしん》をきわめていた土地だ。でもそんな記憶は忘却の彼方《かなた》に過ぎ去って、彼らが眠る大小たくさんの墳墓《みさんざい》は、いまはただこんもりと草木の茂る緑の丘になっている。ふつうの丘と違うのは、土器のかけらがたくさん土に混じったり、転がったりしていることだけだ。

その墳丘の一つにもぐり込んでいる兄妹がいる。

コダマとヤマドリである。この里に住む船《ふね》氏の長《おさ》、恵尺《えさか》の子たちだ。

この墳丘はずいぶん大きいほうだけれど、どなたのものなのか誰も知らない。墓を守る番人もいない。コダマとヤマドリは、ここをオノゴロ島と呼んでいる。

オノゴロ島――？　それはまた、どうして？

この乾坤《あめつち》が創造されたとき、イザナキとイザナミの二神は力を合わせ、くらげなすわたの原に倭国《やまと》の大八洲《おおやしま》をつくっていった。その最初にできた島がオノゴロ島だ。うらうらの日の満ちる季節、この里の田に水がみなぎると、ぽこぽこと点在する墳墓はその国生みの島々みたいになる。その中でも二人がいっとう好きなのがここなのだ。だから、オノゴロ島。

ここの森には大きな木がたくさんあって、木陰を吹く風が心地よい。木の実や草の実がたくさんなる。ヤマブドウ、アケビに、ナツメに、ノイチゴ。ドングリも拾えるし、山菜も摘める。ワラビやゼンマイを集めて帰れば、母の朱玲《しゅれい》やまかないの由宇《ゆう》がよろこぶ。

ということで、今日もまたニレの木の苔《こけ》むす根元で、甘い春風になぶられながら、つむりを並べてお昼寝をしているのである。

チチ、ツツ、ピヨピヨ、ピー……。

リルリル、リリリ、ケキョ、ケキョ、ケキョ……。

ふわ、ふわ、となにかにまぶたをくすぐられた気がして、ヤマドリは目を開けた。見上げる木の枝に小鳥が二羽宿り、顔の上にこそばゆい影をつくっている。

吾《われ》は、どのくらい眠ってたんだろう？

隣を見やった。その気配にコダマも目を開け、きゃしゃな両腕でうーん、と伸びをした。

「小兄《ちいにい》」

桃のような頰《ほお》でにこっとした。「寝ちゃってたね」

兄妹にはもう一人、年の離れたオオタカという兄がいる。それが大兄《おおにい》だから、ヤマドリは小兄なのだ。

「うん」

と、返しながら、ヤマドリは妹の瞳《ひとみ》を見つめる。満々と水をたたえた泉のようだ。いや漆黒の、磨きあげた宝玉《ほうぎょく》のよう。その大きな黒目に自分の顔がありありと映っている。しかし、ありありと映っているその顔は、妹にはなんの認識もされていない。コダマは目が見えないのだ。生まれつきではない。あるときから霞がかかり、曇天《どんてん》になり、濃霧になり、夕闇《ゆうやみ》になり、ついに見えなくなった。

吸い込まれるように美しいこの瞳がなぜなにも映さないのか。ヤマドリは対峙《たいじ》するたびに神様から解けない謎《なぞ》を与えられた気分になる。

リルリル、ケキョ、ケキョ、キキキキキ……。

あ、とヤマドリは思いついて、

「アメドリ、チドリ」

と、お題を出した。

コダマが即座に両手を伸べ、兄の顔を手探り、双のまぶたをすう、すう、と撫《な》でた。

あめ　つつ　ちどり　ましとと　など黥《さ》ける利目《とめ》

(アメドリさん、セキレイさん、チドリさん、ホオジロさん、なんであなたのお目々はこんなに鋭く裂けてるの?)

その昔、カムヤマトイハレビコの大王《おおきみ》に求愛されたお姫様が詠《うた》ったというお歌。おもしろいお歌。

王様の想《おも》いを伝えた使者が目のまわりに鋭い刺青《いれずみ》をしていたのだ。

ヤマドリは目をつむって、妹のされるままになりながら歌う。

をとめに　直《ただ》に逢《あ》はむと　わが黥ける利目
(美しい乙女の姿をしかと見たくて、こんなに鋭く裂けたのです。)

機転をきかせた使者のお返しの歌。

そして、ヤマドリは力強く言い添える。

「コダマのぶんも、二人ぶん見るため」

「ほんと?」

コダマが、うふっ、とうれしいえくぼをつくる。

「そうさ。吾の目はコダマの目だよ」

ふいに、はさ、とかすかな音を立てて褐色《かっしょく》の小鳥がコダマの膝《ひざ》に降りてきた。

なにが来た?　とコダマは首をかしげる。

「サザキの鳥だよ、ミソサザイだよ」

小鳥たちはコダマが好きだ。盲目ゆえに敵とみなさないのか、肩に止まる。膝に止まる。触らせさえする。

コダマは両の手のひらを合わせてサザキの鳥をすくいあげ、唇を寄せた。

「お行き」

明るい方角に向かってぱあっと両手を放った。

ちゅちゅ、ちゅんちゅん、ちぃー。

陽春の風と羽ばたきが一つになる。

と、思う間もなく、今度はひょおーと、背後でひときわ高く陽気な音《ね》があがった。

「あ、ヒバリね？　小兄」

ヤマドリが、うん、と答えて見上げる青空を、ハヤブサが悠々と一文字に切り取って飛んでいく。

「ハヤブサもゆくよ。コダマ。あっ、コダマのサザキを食っちゃうぞ」

コダマは、わ、たいへん、と肩をすくめ、

ひばりは　天《あめ》に翔《かけ》る　高行《たかゆ》くや　はやぶさわけ　さざき取らさね
（ひばりは、天高く翔る。ハヤブサも空をひとっ飛び。ミソサザイなんかやっつけちゃえ。）

ああ――、そうだった。そんな歌もいつか誰かに教えてもらったことがあったっけとヤマドリは思う。

「コダマは、よく覚えてるなあ」

妹の記憶のよさに、ひたすら感服する。

「小兄の覚えが悪いの。小兄のぶんも、私が覚えてあげてるのよ」

コダマは得意げに小さなあごをあおってみせた。

む、なんだって、と、ヤマドリは鼻白み、

「さざき取らさね、コダマなんてやっつけちゃえ、だ」

と言うや、妹を掻《か》っさらってヤッと斜面に身を投げた。柔らかい草の斜面をだんごになった二人がくるくる転げ落ちる。ヤマドリの得意技だ。きゃあああー、とコダマの高い歓声があがる。無邪気な巴《ともえ》の車輪は思いきり軽快に転がって、斜面の中ほどの段ですたっと止まった。

ヤマドリは妹を抱いたまま起きあがる。そうして、小鳥の雛《ひな》を降ろすように地面にそっと降ろした。

草だらけの妹の衣をぱんぱんとはたく。ほらコダマ、前向いて、後ろ向いて。ほどけた襟紐《えりひも》を結び直し、最後に乱れた髪をきれいに梳《す》いてやる。

「はい、いいよ」

「ありがと」

コダマは興奮冷めやらぬほっぺでにこっとする。

手に手を取って、若草の段に立つ。二人並ぶとコダマのからだはヤマドリの半分ほどしかない。

コダマは六つ。ヤマドリは八つ。二歳しか違わぬが、コダマは人一倍小柄で、ヤマドリは人一倍すくすくと大柄なのだ。

ヤマドリはあいているほうの手をよく焼けたひたいにかざし、遠方を仰いだ。

環濠の向こうを街道が走っている。河内の広大な平野を東西に貫く丹比道《たじひみち》だ。この道を東へ行けば、ふたこぶの形に特徴のある二上山《ふたかみやま》の南の峠《とうげ》を越えて大和《やまと》の国に入る。西に進めば南北の道である難波大道《なにわたいどう》と交差し、北上すればいまの都である難波に至る。

春うららの道は人びとの往来でにぎわい、かぽかぽとひづめの音、がらがらと車輪の音、しゃんしゃんと鈴《れい》の音。耳を澄ますと、のんきな馬子唄《まごうた》なんかも聞こえてくる。

コダマはむしょうに心楽しくなる。

「あ──」と、だしぬけに思いついて、ヤマドリの袖《そで》を引いた。

「小兄、国生みごっこしよう」

この墳墓には柴《しば》を採りにくる人たちのために土橋《どばし》が渡してある。その上に立ち、大きな枯れ木を二人で持って、濠の水をゆっくりと掻き混ぜるのだ。

この濠の藻《も》は細かくて、枯れ木を掻きまわしているうちに粘るように絡みつき、だんだん混ぜる手が重くなる。それが目の見えぬコダマには、ほんとに天の沼矛《あめのぬぼこ》で島をつくっているように思えるのである。

コヲロコヲロ、と潮掻きならし、ホタリ、ホタリ、としずくが垂れる。粘る潮が固まって……、コダマの心は遠い昔へ飛んでいく。遥《はる》かな思いでうっとりする。

やがて、目の先の街道の上に、ヤマドリのよい目が待ちもうけていた人の姿をとらえた。

「あっ、父上だ！」

騎乗の恵尺が徒《かち》の二人を連れている。恵尺は都で働いている官人なのだ。

「ほんと?」

コダマも見えぬ目を懸命に開く。

「大兄もいるよ！」

「ほんとっ？」

コダマがさらに歓声をあげる。

「ほらっ、コダマ、乗れ」

ヤマドリが矛を投げ捨て、くるりと背を向けてしゃがんだ。コダマはあやまたずぴょんと乗る。二人には慣れきった間合いである。小さな背負《しょ》い荷をきちんと装着したのを確認すると、ヤマドリはタッタタと土橋を飛ぶように渡りながら、

「ちちうえー！　おおにいー！」

と、叫んだ。

馬と徒の三人連れが気づいて、歩みを止めた。

「ヤマドリ！　コダマ！」

彼らも顔いっぱいの笑顔になり、揃《そろ》って高く手を振り返した。

2

あたたかな宵である。金色の大きな月が出ている。庭のアンズが満開だ。

同族の船、白猪《しらい》、津《つ》の者が集まって、車座になっている。白猪の長老の平田《ひらた》が六十の齢《よわい》を迎え、

あわせて曽孫《ひまご》ができた。おめでたごとが二つ重なったから、花見の宴でもやろうぞよという話になり、平田の屋形に集まったのである。三氏はこのあたりを地盤とする百済人《くだら》だ。

恵尺はここのところ忙しく、里に戻るのは半月ぶりである。官人の中には家族を伴ってきている者もいるが、単身赴任の者も多い。都にはそういう者のための官舎があり、船の一族では恵尺のほかに三人が入っている。身辺御用の侍女や童《わらべ》はちゃんといるから日々の暮らしに困りはしないが、独り身はやっぱり殺伐だ。それに、恵尺は子煩悩《こぼんのう》なのでなおのこと淋しい。久しぶりに里に帰ってくると心がほかほかする。

恵尺のいまの仕事は難波津《なにわづ》の徴税吏である。港に出入りする船を記録し、荷を改め、税を取る。が、今日はたまたま古京の飛鳥に所用あって出かけ、長男の道昭《どうしょう》と落ちあうことができた。道昭は五年前に仏道に入り、いま飛鳥寺に詰めている。二十二歳の若き僧侶《そうりょ》だ。出家前はオオタカといった。

道昭と会うのは半年ぶりだ。「息災か」「父上は、ちと太られたような」「お師匠様はいかが」などと雑談に花を咲かせていたら、

「恵尺の長《おさ》。オオタカもよう来てくれた」

特徴あるしわがれ声がして、白猪の長の平田が現れた。平田は最近体調が悪く、臥せりがちになっている。そんななかでよい歳を迎えられたから、感慨もひとしおなのだ。

「長生きはするものじゃ。恵尺の長も早う跡取りが欲しかろう。けど、オオタカは御坊、ヤマドリもコダマも子供じゃから、あと十年は無理かな。とまれ、それまでそもじが息災でおることだ。か

まえて養生なされ」

恵尺はかしこまってうなずく。

恵尺は船氏の長で、いま四十一である。父の龍《りゅう》が比較的早死にしたので長の位置を継いだが、ほんとからいえばかなり若い。白猪の長の平田は六十。津の長の仁志《にし》は五十五。だが、三氏の中では船氏が本宗家だから、二人とも年下の恵尺を立ててくれる。恵尺はちょっと遠慮である。

渡来人の社会は秩序を重んじるため、気をつけねばならぬことも多い。礼を尽くしている限り惜しみなく助けてもらえるが、不義理をしたときはきびしい。村八分のような目に遭うこともある。

「最近、難波はどうじゃ」

平田が恵尺に向き直った。

「なかなか賑《にぎ》わっております」

「宮の普請はどうじゃ」

仁志が訊く。

「八分がた、というところです。明年には遷りもなりましょう」

難波では長柄豊碕《ながらとよさき》の台地に新宮を造営中で、いまは仮宮を使っている。年月をかけただけに新宮は飛鳥の岡本宮《おかもとのみや》や板蓋宮《いたぶきのみや》をはるかにしのぐ規模になる見込みで、完成の暁には衆目を驚かすだろうと期待されている。

「恵尺の長も忙しかろう」

「ええ、なにしろ皇太子の熱意が凄《すさ》まじい。内臣《うちつおみ》の熱意も凄まじい。それがしはいたらぬゆえ、あたふたし通しです」

皇太子とは中大兄皇子、内臣とは中臣鎌足《なかとみのかまたり》（鎌子《かまこ》）のことである。難波の現政権はほとんどこの二人が動かしているのだ。

3

いまから五年前の乙巳《いっし》の年（六四五）、天地を揺るがす大事が起こった。女帝皇極《こうぎょく》の下で絶大な力をふるっていた豊浦大臣蘇我蝦夷《とゆらのおおおみそがのえみし》と息子の大郎入鹿《たいろういるか》を、女帝の子の中大兄と側近の鎌足が誅殺《ちゅうさつ》したのである。

前代未聞の事態にはばかって女帝は位を退き、中大兄に譲ろうとした。が、変を起こした本人が即座に王位に就《つ》けば反発も予想される。それに中大兄は齢二十で、少々若すぎた。そこで女帝の弟の軽皇子《かるのみこ》が即位して孝徳《こうとく》大王となり、中大兄は皇太子となった。軽は当時大王候補に名があがっていた中では最年長で、性《しょう》も温和で御しやすい。これを表看板に立てておけば一種の隠れ蓑《みの》となり、諸事全般進めやすくなるだろう――というのが、中大兄と鎌足の深謀であった。

「どうじゃ、あいかわらず抵抗は大きいか」

津の仁志が思わしげに言う。

「ええ、なかなか難しいです」

恵尺が返す。

「わからぬではない。みな裸に剝《む》かれるように感じるのだろう」

仁志が硬い鶉《うずら》の肉をむやみに食いちぎりながらうなずいた。

凶変が起こったとき、多くの者は、中大兄らは君側《くんそく》の奸《かん》を討って大王の権威を取り戻しただけだと思った。ところが、そうではなかった。彼らはその後、思いもしなかった新政策をどん、どん、と打ち出しはじめた。

かんたんに言えば、それまで豪族たちが有していた特権を取りあげ、連合政権的なまつりごともやめ、大王を唯一絶対の頂点とする中央集権国家をつくりあげようという大改革であった。お手本は唐の制度だ。

畿内《きない》の豪族たちはしぶしぶ従いはじめているが、地方の首長はいまも多くが抗《あらが》っている。それがかけひきとして成功した場合はいいが、しくじって睨《にら》まれたらたいへんだ。現に地位を逐《お》われ役から締め出され、冷や飯喰《ぐ》いを余儀なくされている者も少なくない。

「われらもうまくやらねばな。こういうときの身の振り方が、あとあとに響いてくる。あだやおそろかにいたしますまいぞ」

平田が老練らしく言う。

「いかにも」

恵尺が応じる。

「そもそも難波に都を遷したことだって、従わぬ者をあぶり出すためなのだろう？」

仁志が中大兄の意図を読んでみせる。

乙巳の年の末、新政権は難波に遷都した。それまでの難波には異国の使節のための施設がじゃっかんあるくらいで、王宮も官衙《かんが》もなかった。にもかかわらず強硬に移動したのは、敵と味方を選別するためだった。血なまぐさい政変のあとだからこそ、ついてくる者とそうでない者を見極める必要がある。忠誠を誓った者は大きく取りたて、逆らう者は切り捨てる。それが中大兄皇子と鎌足のやり方だ。

もひとつ言えば、遷都は唐の建国以来なにかと錯綜《さくそう》している韓土《かんど》の情勢をにらんだものでもあった。高句麗《こうくり》、百済、新羅《しらぎ》の三国の動きをいち早く把握するためには、内陸の大和より水際にいるほうがいい。異国人の目に最初に入る玄関口にりっぱな宮都を築けば、国の威信もあがる。

「怨嗟《えんさ》の声もあるけれど、まあ、たしかに遷都にも意味があったわな」

みながうなずきあった背後で、藪《やぶ》から棒にドン、リン、シャン、と楽の音が響いた。窓の外に目をやると、中庭で若者たちが国の衣装を着て、銅鑼《どら》や太鼓を叩《たた》いて踊りはじめている。篝火《かがりび》にアンズの花が浮きたち、白い壁に照り映える。

百済人の住まいは倭人《わじん》の住まいと違って粘土を厚く塗り固めた大壁《おおかべ》造りで、礎石建《そせきだ》ちや土壇建《どだんだ》ちにする。建物の形は真四角に近い。そして、アンズやモモなど賑やかに花の咲く木を植える。恵尺はわが里のこの景観が好きだ。

鳴りものに気分を囃《はや》され、薄紅色の彩りの下に寄り添っている若い男女を眺めているうちに、恵尺は自分ら一族の来し方に、ゆらゆらと想念をいざなわれていった。

恵尺ら船氏の姓《かばね》は「史《ふひと》」という。史とは文人《ふみひと》のことで、文書の作成、異国語の翻訳、議事の記録、徴税事務など、文筆を必要とする仕事全般にたずさわる。渡来人の独占的な職掌だ。

恵尺たちの祖は、百年ほど前の王辰爾《おうじんに》という人物である。「船」とは変わった名前だが、それは辰爾にまつわるこんな話に由来している。

当時、倭国は欽明《きんめい》大王の御代《みよ》で、大臣の蘇我稲目が一の側近としてまつりごとを執っていた。稲目は算勘に長《た》けた大臣で、財政を豊かにすることに注力していたが、あるとき、難波津を出入りする船舶を記録し、賦《みつぎ》をかけることを辰爾に申しつけた。辰爾は命令にみごとにこたえ、その功績によって「船」という名を与えられた。――これが恵尺たちの命名伝説である。

辰爾にはたくさん兄弟がおり、いずれも優秀だった。辰爾の兄の子の胆津《いつ》は大王家の直轄領である屯倉《みやけ》の戸籍をつくることで手柄を立て、たずさわっていた吉備《きび》の白猪の屯倉にちなんで「白猪」という名を与えられた。

辰爾の弟の子の牛《うし》は、港湾管理にたずさわりながら渡来人の来航記録をつくることで功をなし、「津」の名を賜った。こうして辰爾とその兄弟から、「船」「白猪」「津」の三氏ができたのである。

いっぽう、おのれらを取り立ててくれた蘇我氏は、かつて大和一の大豪族といわれた葛城《かずらき》氏の支族で、葛城氏が衰退したあと中央政界に進出した。

蘇我氏は稲目のとき、娘たちを大王家のきさきに入れる閨閥《けいばつ》戦略によって大躍進したが、いわゆる成りあがりだから氏族としての規模も知れており、子飼いの郎党のようなものもない。そんな彼らが成功したいちばんの理由は、特殊技能を持った渡来人をうまく使ったことにあった。とりわけ今来《いまき》の才伎《てひと》と呼ばれる、最新の技術を持った渡来人である。

なかでも知られているのは東漢《やまとのあや》氏で、土木建築や軍事の側面で才を発揮した。仏教文化の面で抜きんでていたのは鞍作《くらつくり》氏だった。そして、財政や税制面の実務官僚となったのが、文字を扱う船の一族であった。

さらに、恵尺たちは父の龍《りゅう》の代から、この国初の国史の編纂《へんさん》にもたずさわることになった。

4

「恵尺の長、どうした？」

ハッとわれに返ると、白猪の平田が酒器を持ちあげ、恵尺が盃《さかずき》を受けるのを待っていた。

「おお、失礼した。少々疲れておるかな」

恵尺は盃の中の残りをあけてから、「かたじけない」と差し出した。

陽気な平田は「おっとっと、おっとっと」と戯れながら酒をつぎ、続いて、「それ、オオタカもいけ」と、道昭に向き直った。

そして、あ——と、動きを止め、

「沙門《しゃもん》は禁酒であったか」

道昭は渋色の袈裟《けさ》を翻《かえ》し、

「いや、そんな決まりはない——と、わが師も申しております。むしろこれで」

盃を大きな器に持ち替え、「おっとっと、おっとっと」と受け、「申しておらぬかな」。磊落《らいらく》に笑った。

平田はみなの盃が満ちたのを確認すると、しみじみつぶやいた。

「思うてみれば、あの乙巳の年から毎年、ゆゆしきことの連続じゃな」

恵尺がこくりと同意した。

「去年《こぞ》は石川麻呂《いしかわまろ》様があのようなことになられたし」

ちょうど一年前の春、右大臣《みぎのおおおみ》の蘇我倉山田石川麻呂《そがのくらやまだのいしかわまろ》が突然、謀反の企てありとして誅《ちゅう》されたのである。

密告したのは石川麻呂の弟の日向《ひむか》で、石川麻呂は反論の余地すら与えられなかった。ところが、その後無実の罪であったことがわかり、日向も大宰府《だざいふ》に流された。誰もが後味の悪い思いを嚙《か》みしめた。

恵尺がさらに言った。

「あまつさえ内麻呂《うちまろ》様のことがありましたからね」

人びとの不信を増幅させたのは、事件の直前に左大臣《ひだりのおおおみ》の阿倍内麻呂《あべのうちまろ》が病死していたことだった。内麻呂の死の直後はおかしな憶測をする者もいなかったが、石川麻呂が亡《な》くなると、見る目が変わった。左右の大臣がたて続けにいなくなるのは不自然である。そこで、内麻呂も病死ではなく、じつは毒殺だったのではないかとまことしやかにささやかれるようになったのだ。二人とも中大兄皇子と鎌足内臣の性急な路線に賛成していなかった。

「邪魔者は消せ、ということかな。やっぱり」

道昭が言った。

「皇太子は執念《しゅうね》きおん方だからな。一度目をつけられたら、逃れるのは容易でない」

平田が酸いものでも含んだような口つきをした。

それだけではない。中大兄の異母兄で皇位継承の敵であった古人大兄皇子《ふるひとのおおえのみこ》も、乙巳の変ののち謀反の疑いで葬られた。古人は王位への野望のないことを示すため出家して吉野《よしの》へ隠棲《いんせい》していたが、将来の危惧《きぐ》を摘み取る意味で許されなかった。

いま周囲を見まわせば、中大兄皇子の邪魔になる者は雑草でも間引くように確実に除かれている。

「次はたれかのう。まさか――、今上《きんじょう》か?」

仁志がどまん中に的中したようなせりふを放った。みながウッと声にならぬ声を呑《の》み込んだ。

現大王の孝徳は暗愚ではない。けれども実権は中大兄皇子と鎌足の手に握られていて、発言力はないに等しくみえる。

聞くところによると、おとなしい皇子だった軽をまつりごとの渦中に引っ張り出したのは鎌足だったそうだ。鎌足は軽を玉座にたてまつり、おのれは蘇我入鹿のような宰相《さいしょう》の役をやりたいと考えたらしい。しかし、軽は担ぐ相手としてはやや器が小さかった。それに気づいて、若年《じゃくねん》だが大器の中大兄皇子に乗り換えたのだ。

そんなこんなを考えあわせれば、二人がいつ現大王を不要者として葬り去ってもおかしくない。

平田がつぶやいた。

「わしはかつて大郎様を恐ろしいお方じゃと思うておった。しかし、いまは皇太子のほうがよほど恐ろしい」

仁志がそのとおり、という顔で引き取った。

「われらもしくじるまいぞ。われらのような弱小氏族が生きのびるためには、よほど用心せねばならぬ。あらぬ疑いをかけられぬように気をひきしめて、なあ」

恵尺はぐっと唇を結び、二人の長へ等分に同意のまなざしを送った。

しかし、もっともらしいそぶりをつくりながら、恵尺はじつは後ろめたいのである。まつりごとの大転換期を、船の一族は無難に乗り切った。はっきり言えば、主君をうまく鞍替えした。蘇我蝦夷と入鹿の親子から、中大兄皇子と中臣鎌足へ。そしてこんにちも大過《たいか》なく過ごしている。

でも、ほんとのところ、恵尺はとても危ない橋を渡ったのだ。

いや、過去形ではない。いまも危ない橋を渡っている。そのことを白猪の者も津の者も知らない。

――ようもわしは、あんな大それたことをしたものじゃ。

恵尺はなんとなくめまいのするような心地がして、「ちょっと手洗いに」と席を立った。手水鉢《ちょうずばち》にしゃがみ込んだら、明らかな望月に照らされて、水の面《おもて》に思いつめた自分の顔が映っていた。

――ようもわしは、あんな大それたことを……。

同じ言葉が鸚鵡《おうむ》返《がえ》しのように頭の中で鳴った。

だしぬけに背後で弾《はじ》けるような笑い声がして、振り返ると、向こうの小屋に子供たちが集まっている。ああ、そうだった、と恵尺は思い出した。

今日、飛鳥から戻る途次、みやげをあがなおうと海柘榴市《つばいち》に寄ったら、与三弥《よさみ》という顔見知りの翁《おきな》に出会ったのだ。

「どうじゃ、翁、こんにち里で祝いがある。参らぬか」

与三弥は二つ返事で肯《うけが》った。

首を伸ばすと、コダマとヤマドリと白猪の孫たち、津の孫たち、それに、生まれたばかりの赤子を抱いたねえやも加わって、翁の話に熱心に耳を傾けている。

開け放たれた窓から漏るる灯火が、アンズの花を昼間より色濃く見せている。そのたわわな花びらを揺らすように、笑い声がまたワッと起こった。

5

恵尺が小屋に入っていったとき、ちょうど与三弥は「では、このくらいにいたしましょうかな」

と話を終えたところで、子供たちは拍手喝采《かっさい》を送っていた。

与三弥は遠い昔、大和王権と出雲《いずも》勢力が戦ったとき、臣従《しんじゅう》を誓って出雲から大和に移り住んだ一派である。

祖先は主君の夫人や王子たちに一族の歴史を語って聞かせる語り部だったという。が、いまは人びとの集まる市や辻《つじ》に出かけていっては、おもしろおかしくふるさとと出雲の昔語りをする。一種の芸人である。恵尺はこれまでにも何度も「来ぬか」と誘って連れてきている。コダマもヤマドリも与三弥のお話が大好きだ。

「盛大であるな」

恵尺が声をかけると、与三弥は「若様たちにとんだ無駄話を吹き込んでおります」と、まっ白なひげ面を笑み崩した。

「なんのお話をしてもらったのだ」

コダマとヤマドリが揃って「ちちうえっ」と叫んだ。二人とも喜悦で目が輝いている。

恵尺が尋ねると、ヤマドリが「スサノヲ様のお話っ」と叫んだ。

「ほお。どんなお話だ」

「八つの頭と八つのしっぽのあるお化けを退治するんだ。しっぽからりっぱな刀が出てくるんだよ」

「ヤマタノヲロチの話だな」

コダマが続きを引き取って、小鳥が囀《さえず》るように訴える。

「オホクニヌシの神様のお話も聞いたのよ。稲羽《いなば》の白ウサギのおはなし。毛皮を剝かれて丸裸になっちゃったウサギさんを、オホクニヌシ様が助けてあげるの」

白猪の平田の孫娘の白萩《しらはぎ》が割って入る。

「お兄さんたちにいじめられて、何度も死にそうになるのよ」

全員がいっせいにわいわい言う。

「焼けた石で潰《つぶ》されちゃうの！」

「木の罠《わな》にはさまれちゃうの！」

恵尺がみなの話をさばく。

「ほう。たいへんだな。で、どうするのだ」

コダマが答える。

「スサノヲ様の国に逃げるの。でも、スサノヲ様にきびしい試験をされるの」

「ほう。どんな?」

また全員がわいわい言う。

「蛇のお部屋に寝かされたり!」

「ムカデを取らされたり!」

与三弥はみな様によう聞いていただいて語り部冥利《みようり》に尽きます、と相好《そうごう》を崩す。

恵尺はさて、と立ちあがり、「翁、あっちへ行って大人向けの話もせぬか」と声をかけた。

「はい、こんどは殿様方にお耳汚し」

与三弥は白いホウキで床でも掃《は》くように、ひげ面を深く垂れた。

庭に降りて天を見上げたら、月がずいぶん移っていた。先ほどまで歌い踊っていた若者たちも、落ち着く場所へ落ち着いたのか、もう姿もない。

ふたたび宴席に戻りかけた恵尺の耳に、ひときわ高いコダマの笑い声が聞こえた。振り返ると、目隠し鬼の遊びであろう、目を布でしばったヤマドリの背にかじりついている。

さっきの長たちとの会話をまた思い出した。

——大郎入鹿様より、皇太子のほうがよほど恐ろしい。

そのとおりだ。大郎様は荒々しいが、恐ろしいお方ではなかった。むしろ逆だ。スギかヒノキのようにまっすぐで、表裏のないお方だった。だから自分は大郎様のお子を——。

白い月を仰いだ。

——助けたのだ。

コダマは、じつは恵尺の娘ではない。蘇我大郎入鹿の忘れ形見なのだ。

恵尺は黙然《もくねん》としてアンズの木の下に座った。

6

恵尺が入鹿を知ったのは十年前、三十一歳のときだった。

父の龍とともに国史編纂の仕事にたずさわることになり、豊浦大臣蝦夷の屋形に設けられた作業室に詰めているうちに親しくなった。

蝦夷と違って入鹿は史書づくりには無関心だったが、ときおり気まぐれに訪ねてきた。恵尺の前にどん、とあぐらをかき、「どんな話じゃ。ちと話してみよ」などと求めたりもした。承って説明すると、フンフンとおもしろそうに聞いた。

入鹿は巨軀《きよく》の持ち主で、眉もひげも濃く、目がぎょろりと大きい。いわゆるこわもてである。が、歯が美しく、大きな口を開けて笑うと無邪気な少年のようになった。

初めは世界の違う人だと遠い目で眺めていたけれど、年が近いこともあって次第に親しみを感じるようになった。狩猟の帰りに獲物《えもの》を抱えてどかどかと踏み込んできて、おい、いっしょに食おうなどと誘われることもあった。

気が荒く、遠慮会釈《えんりょえしゃく》のない物言いをするため恐れる者が多かったが、国家創造への理想は高く、並々ならぬ知性の持ち主でもあった。恵尺は入鹿が好きだった。

そんな入鹿が白い歯を輝かせて、

「恵尺、来い。赤子が生まれたのじゃ。初めての女子《めのこ》じゃ。見せてやる」

と言ったのは、運命の日からいくばくも溯《さかのぼ》らぬ夏だった。側女《そばめ》が生んだ子とのことだった。

入鹿にはすでに二人の男子があったが、二人を生んだ妻は嫉妬《しっと》深く、いままでにも三人、うわなり打ちして里へ逃げ帰らせていた。このたびの子を生んだのは側女のそのまた侍女のうら若き乙女で、知れば逆上してなにをするかわからぬ、ゆえにまだ内密にしているとのことだった。

入鹿についていくと、飛鳥の東の丘のふもとの小家《こいえ》に世にも可憐《かれん》な赤子が眠っていた。これほど愛らしい子は初めて見たと恵尺は思った。

入鹿が「どうじゃ、別嬪《べっぴん》であろう」と抱きあげると、赤子は火のついたように泣いた。恵尺ははらはらした。まだ首もすわっていないのに、頭と足を間違えたような抱き方をする。

「ああ、ああ、大郎様、そのように乱暴になすっては――」

入鹿はムッとした顔になり、

「ならばそちが抱いてみよ」

ぽい、と渡された。

すると、赤子は恵尺の顔をじいっと見つめ、ぴたと泣き止《な》《や》んだ。ふふうー、と花のように笑った。

「なんじゃ、姫は恵尺が好きなのか」

入鹿は破顔した。

恵尺は涙が出そうになった。

というのも、恵尺と妻の朱玲にもひと月ほど前に初めて女の赤子が生まれたのである。二人して手を取りあってよろこんだ。しかし、その子は虚弱で数日しか生きなかった。朱玲は落胆して半病人のようになっていた。

入鹿にその話をするとしばし考え、そちはこの子の乳人《めのと》になる気があるかと訊いた。

「檜隈《ひのくま》の東漢の者たちに育てさせようかと思うておったが、そちらが承知ならそのほうがよい。われも安心して任せられる」

貴人の子の乳《ち》の人をつとめるということは、一族あげてその子の後援者になるということでもある。慎重に考えねばならなかった。けれども、まずは朱玲の気持ちが優先だ。

朱玲にその話をして、東の丘の宅へ連れていった。すると、姫君のあまりの可愛《かわい》らしさに歓声をあげた。ひしと抱きしめ、柔らかい生え際に頬ずりし、いつまでも離そうとしなかった。死んだわが子の生まれ変わりのように感じたらしかった。

恵尺は入鹿にお引き受けする方向で考えたいと返答した。

入鹿は「わが子と思うて育ててくれ」とおおらかに笑った。よい主君であった。

しかし、恵尺にとってはよい人である入鹿も、中大兄皇子にとっては憎悪この上なき敵であった。

入鹿は中大兄の母の皇極女帝の寵愛《ちょうあい》を受けて、まつりごとをほしいままにしていた。その威勢は飛ぶ鳥落とす勢いで、逆らう者はほとんどなかった。それでも入鹿は満足していなかった。お飾りの大王と、実質的な力を持つ大臣——。そんなまだるっこしい二重構造はやめにして、真に力を持つ者が名実ともに大王になるべきだ。現に、大国唐《とう》では禅譲《ぜんじょう》といって、血統によらず実力ある者に帝王の座が譲られるのが当たり前になっている。唐より近い韓半島でも最近、過激な政変が起こっている。わが邦《ほう》でもそういう流れが生まれてもおかしくない。それを実現するのは自分だと入鹿は本気で考えていた。

そして、入鹿がどれほど度を越したふるまいをしても、女帝の寵愛が揺らぐことはなかった。そのことが中大兄皇子の怒りにいっそう激しい火をつけた。

母上は入鹿をどうなさるおつもりなのか——。中大兄はぎりぎりと歯ぎしりした。

その中大兄の嫉妬の炎を利用したのが中臣鎌足だった。鎌足はこのまま座視していたら、ほんとに入鹿に大王の座を奪われるであろう、としきりに若い皇子を焚《た》きつけた。

「取られる前に、取らねばなりませぬ」

7

「恵尺殿、ちょっとお話があるのだが、よろしいか」

鎌足が少々裏声気味の特徴ある声をもって近づいてきたのは、運命の日のわずか十日前だった。

唐帰りの僧である旻《みん》法師の講義に参加した帰りだった。

そのころ世上では、渡来系の学識僧が海の向こうの進んだ学問を氏族の子弟に教えることが流行《はや》っていて、恵尺も旻法師や南淵請安《みなぶちのしょうあん》の塾にせっせと通っていた。

中臣家は鎌足の父の御食子《みけこ》のときに蘇我氏に取り立てられた神職で、それほど古い家柄ではない。けれども鎌足は傑出した頭脳の持ち主で、幼いときから神童としてまわりの注目を集めていた。恵尺が旻法師の塾に通いはじめたときにはすでに師の代講ができるほどになっており、旻法師は鎌足を傍《そば》から離さず、「鎌子、鎌子」といろいろ補佐をさせていた。

いきおい学生たちはみな鎌足を尊敬のまなざしで見た。が、鎌足は驕《おご》る様子もなく、太り肉《じし》の頬と重いまぶたに柔和な笑みを浮かべ、目上に対してはもとより、目下の恵尺のような者に対しても腰が低かった。

鎌足に声をかけられた恵尺はなんだろう、と首をひねった。でもとくに不審も感じず諾《うべな》った。

「もちろんでございます」

史の者たちは異国の密書の翻訳だとか、交渉の文書の作成だとか、機密にかかわる仕事を命じられることが少なくない。きっとまたわけありの御用だろうと思った。

だが、指定された多武峰《とうのみね》のふもとの小社《こやしろ》にたどりついて、考えを改めた。鎌足の後ろから中大兄皇子がうっそりと姿を現したからだ。これはただならぬ用件だと直覚的に悟った。

皓皓《こうこう》たる月に照らされ、皇子のもともと白い肌がなお蠟《ろう》のように青白く見えた。その頬をぴくりとも動かさず、皇子はこう言った。

「十日後、蘇我大郎と豊浦大臣の命を奪《と》る。そなたも合力《ごうりき》せよ」

――えっ！

恵尺は天地がひっくり返る気がした。

「……いったい、……どういうことで」

それだけ返すのがやっとだった。

鎌足が「この鎌子が説明申しあげよう」と、いんぎんに続きを引き取った。

「いま、難波には高句麗、百済、新羅の三国の使者が来ておる。彼らが大王に拝謁する儀式を十日後に板蓋宮で執り行う。というても、使者はみなニセモノだ。異国の俳優《わざびと》を使う。本物の使者は二十日後に儀式をやるというて送迎の館に留めてある。

儀式の出席者は王族と少数の臣だけじゃ。その者たちはすでにわれらに内応しておる。大郎様には当然、護衛の者がついてくるであろうが、宮のうちには入らせぬ。大王の御前であるから、佩刀《はいとう》ははずしていただく。そうして蘇我倉山田石川麻呂殿に上表文《じょうひょうぶん》を読みあげさせる。石川麻呂殿もわれらの味方じゃ。大郎様は聞き入るであろう。そこを一気に斬《き》る。おそらくうまくいくはずだ。そもそもこれは大郎様のいちばんの庇護者である大王の儀式じゃ。よもやその目の前で自分が討たれるとは思うまい」

鎌足はそこで一息切り、さらに続けた。

「大郎様を始末したら、次は豊浦大臣じゃ。即刻、甘樫丘のお屋形を包囲する。大郎様のほうさえ首尾よう運べば、ことは八分がた成功したようなものじゃ。

大郎様の傍若無人《ぼうじゃくぶじん》を快く思わぬ者は多い。なのにたれも異論を唱えぬのは、ひとえに大王の後ろ楯があるゆえだ。計画を知らなんだ者たちも、大郎様が殺られたと知れば、その時点でわれらの陣営に参じるであろう。豊浦大臣にとっても、大王に盲愛されている大郎様だけが切り札だ。それを失うたら、一気に戦意喪失なさるに違いない」

恵尺は膝ががくがくして、立っているのがやっとだった。

「そのことは、大王はご存じなのであられましょうか」

舌がのどに貼《は》りついたようになっているのを無理やり剝《は》がし、一つだけ質問した。

鎌足は大仰すぎるくらい目を見張り、よいところに気がついたという顔をした。

「ご存じである――、わけがなかろう」

ホホホ、と楽しげな声を立てた。そして、次の瞬間、すっと笑顔を消し、

「ご存じないのは、大王と蘇我のお二人様だけじゃ」

昏《くら》くしびれていく恵尺の頭の芯《しん》に、中大兄皇子の言葉が鋭く突き刺さった。

「承知であろうな、船恵尺。これはそなた一人の問題ではない。そなたの一族全員の生き死にの問題じゃ」

――一族全員の生き死にの問題。

恵尺の脳裏に、野中の里の塗り壁の家々がぱあっといっぱいに映じた。

おのれらは海の向こうからやってきた小さな氏族であった。この倭国に生を受け、この倭国に根を張っている豪族たちとは違う。ふわふわと流動している浮草のようなものだ。史の特技をもって

時々の政権に重宝がられ、たつきをつないできただけだ。蝦夷と同族の蘇我の人ですら涙を呑んで宗家を見棄《みす》てた。いわんや、われらのような者においておや。

同胞を路頭に迷わすわけにはいかぬ。

けれども、心を鬼にしたとき、恵尺は忽然《こつぜん》として先日見た愛らしい赤子を思い出した。

——恵尺、来い。赤子が生まれたのじゃ。初めての女子じゃ。見せてやる。

そう言ったときの入鹿の、なんとしあわせそうだったことか。

——そちが抱いてみよ。

ぽい、と手渡され、こちらを見て笑った花のような赤子。

——なんじゃ、姫は恵尺が好きなのか。

妻の朱玲は乳母になるつもりで、もう準備をしているのだ。

恵尺は決心した。

赤子は、助ける。

野中の者たちは幸いにして朱玲の生んだ子が死んだことをまだ知らない。入鹿の側女が生んだ赤子のことも、まだ公《おおやけ》にされていない。きっとうまくいくだろう。これは神様から与えられたなにかの采配《さいはい》だ。恵尺は奇妙な確信でそう思った。

凶変の日、大郎入鹿の赤子が養われていた小家は炎上し、その存在は消えた。そして、恵尺には娘ができた。

しかし、因果はめぐった。

あるときから、コダマは目をこするようになった。「目が赤い、目が赤い」と言って泣いた。コダマが失明した理由は、ようやく目が開いたときに恐ろしい出来事を経験したからに違いないと恵尺は思っている。

8

「父上、いかがされました」

ハッと気づくと、道昭が背後に立っていた。

「手水に行かれるというてお戻りが遅い。どこぞで倒れておられるのではないかと心配しましたぞ」

「すまぬ。子供らの様子を見にいってな。ちと考えごとをしておった」

片手でちょいと拝むふりをした。

「長老たちは?」

「与三弥の艶笑譚《えんしょうたん》を聞いております。やんやの喝采《かっさい》だ」

道昭が豊満な女の胸の形を手でつくって、「なかなかおもしろいわ。出雲の語り部」と言った。

奥の母屋からどっと男たちの哄笑《こうしょう》が聞こえた。

「ほら」

二人してくすっ、くすっ、と笑った。上からと、下からと、ぴたりと目が合った。

一呼吸置いて、「父上」と、道昭が言った。

「我は唐へ行きます。師に次の遣唐使船に乗りたいと告げました。なんだか無性に遠くへ行きたい。風通しのよい山野を歩きたいですよ」

引き締まった細面が、風に吹かれる一本柳のように飄飄《ひょうひょう》とした。道昭は幼いときから放浪児的なところがあるのだ。

ヤマドリと道昭は母が違う。道昭の母は恵尺が若き日に娶《めと》った最初の妻で、道昭を生むと同時に亡くなった。

「おまえはおまえの道を行くさ」

「ええ」

「だが、死ぬなよ」

しばし、沈黙になった。

「父上、さっきおっしゃった考えごとというのは――」

と、道昭はそこまで言って口をつぐんだ。頭上のたわわな花を見上げ、「アンズの花が美しいですね」と、関係のないことをつぶやいた。

恵尺の隣にどっこいしょ、と腰を下ろした。

「我はいつも思うんですよ。アンズという花は倭人的でない。むしろわれわれに親しい花だ」

そうかもしれぬ、と、恵尺も思った。

道昭が続けた。

「百済人はアンズを好む。唐人は梅を好む。倭人は――」

「なんだ」

「桜を好みます」

「なるほど」

「コダマにはあまりアンズは似合わない。あの子は桜のほうが似合う」

「そうだな」

「はかない子だ。しかし、ヤマドリが守ってくれましょう」

そのとおりだ。ヤマドリは片時も妹から離れない。コダマの守護神である。

「冷えてきました。戻りましょうか」

「ああ」

恵尺は道昭の後ろに続きながら、

――ようもわしは、あんな大それたことをしたものじゃ。

また思った。

もしこのことが知れたら、ただではすまない。累《るい》は里の者みなに及ぶだろう。自分のなしたことの大きさに、恵尺はいまさらながら鳥肌が立つ。

心の中でぐっとこぶしを握った。

ぜったいに知られてはならぬ。蘇我入鹿の娘。

＊

お集まりの若様方よ、われは大和三輪山《みわやま》のふもとに住んでおります与三弥というじでござる。わが父祖が出雲よりいできたりてはや十代、いや二十代。時は川の流れのように遥《はる》か彼方《かなた》に過ぎ去った。けれども慕わしき故郷の記憶を忘れぬように、かの地の昔話をえいえいと語りつづけております。ハイ、このじじ、拙《つたな》き語《かた》り部《べ》でござります。

さて、なんのお話をいたしましょう。あれがよきか。これがよきか。いや、こんにちはお初のお客様が多うござりまするゆえ、出雲の神様の双のおかしら、スサノヲ様とオホクニヌシ様のお話がよろしかろう。みな様どうぞ、ひとときお耳をお貸しくださりますよう。

＊

われら出雲の国にはあまたの神様がおわしますれど、スサノヲ様はとりわけ大切な祖神様《おやがみ》でござる。わが国須佐の郷にゆかりあってスサノヲ様と申しあげるともいうし、武勇に長《た》けておられるゆえ、荒れすさぶスサノヲ様なのじゃとも申しあげる。

スサノヲ様は根《ね》の堅州《かたす》の国という、深い地の底にある、この世の根源のごとき国にお住まいになっておられるのじゃが、ときおり地上を巡回なさる。で、あるとき、出雲の国の鳥髪《とりかみ》の、肥《ひ》の河《かわ》のわたりを通りかかられた。そしたら、悲しそうに泣いておる老夫婦と美しい娘に出くわした。夫婦の名はアシナヅチ、テナヅチといい、娘はクシナダヒメというた。

スサノヲ様は彼らに「なぜ泣いておるか」とお訊ねになった。すると夫婦は、毎年この時期になると恐ろしいヲロチが現れる。それはとてつもなく巨大で、八つの頭と八つの尾を持っていて、からだにはスギやヒノキやコケがはえ、目は赤いホオズキのように不気味に光っている。そうして村の娘を人身御供《ひとみごくう》に取っていく。自分たちには娘がたくさんいたのだが、一人ずつヲロチに奪われ、残るはこの娘一人になった。それももうじきヲロチに取られるゆえ、悲しうて泣いておるのでござりますと、いらえを返した。

スサノヲ様は憐《あわ》れに思《おぼ》しめし、「よし、わしがおまえたちのために、その化けものを退治してやろう。その代わり、娘をわしの妻にもらい受けたいがどうじゃ」ともちかけられた。彼らはよろこんで承知したのじゃよ。

スサノヲ様は彼らに命じて、強い酒を八つの大甕《おおがめ》に満たしたものを用意させ、屋形のまわりに据えさせた。そうしておん身は物陰にひそんでヲロチを待ちもうけられた。

やがてヲロチが姿を現し、ズズ、ズズと近づいてきた。ところが、よいにおいのする酒が屋形の外に置かれてあるので、これはうまそうだと八つの頭を八つの甕に突っ込んで飲みはじめ、へべれけになって眠ってしもうた。スサノヲ様はいまぞ、と佩《は》いていた十拳《とつか》の剣《つるぎ》を抜き、ヲロチを一気に成敗された。

このとき一つ、ふしぎなことがあった。スサノヲ様がヲロチの八つの尾のうちの一本を斬《き》り落としたとき、ガッと鋭い音を立てて太刀が折れたのでござる。不審に思うて尾っぽを切り裂いてみたら、中からみごとな宝剣が現れた。これを天叢雲剣《あめのむらくものつるぎ》と申しあげる。

みごとヲロチを退治したスサノヲ様は、約束どおりクシナダヒメを妻にしようと、妻迎えのためのりっぱな宮殿を建てられた。そうしてこんな歌をお詠《よ》みになった。

八雲立つ　出雲八重垣《いずもやえがき》　妻籠《つまご》みに　八重垣つくる　その八重垣を

（八重にうるわしく雲の湧き立つ出雲の、八重に垣根を囲ったこの宮よ。われはいとしい妻を迎えるために、このすばらしい八重垣の宮をつくったのだよ。）

これは出雲では知られた求愛の歌での。ここな若様方もよう覚えておかれて、将来、意中の姫に臨まれるとき、ぜひ使うてみなされ。

やがてスサノヲ様は根の堅州の国に戻っていかれるが、クシナダヒメとのあいだにできた子孫はたいへん栄えて、六代ののち、オホクニヌシの神様のご登場となるのじゃよ。

＊

オオクニヌシ様は気性穏やかで、おつむりすぐれ、思いやり深き神様だ。けれども八十人もおられる兄弟神様の下のほうの神様での。おやさしい性格ゆえいつも兄様たちにいばり散らされ、使い走りをやらされ、苦労しておいでだった。

そんなある日、兄様たちのお供をして稲羽《いなば》の海岸を歩いていたら、一匹のウサギに出会《でお》うた。見れば毛皮をまる裸に剝かれ、痛い、痛い、痛いと泣いておる。

オオクニヌシ様は声をおかけになった。

「ウサギよ、どうした。なぜ泣く」

ウサギは赤い目を上げて、説明した。

そのウサギは海に浮かぶ隠岐《おき》の島のウサギでの。なんとか向こう岸に渡りたいと思うて海に住むサメに話をもちかけたのじゃ。

「おぬしらとわれらとどっちが数が多いか比べっこしようじゃないか。まず、われがおぬしらの数を数えてやろう。岸に向かって、一列に並んでごらん」

ウサギはその背を「一匹、二匹……」と数えながら、ぴょん、ぴょんと飛び跳ね、うまいこと波間を渡っていった。そして、調子に乗って「やーい、騙《だま》された」と囃《はや》したてたら、サメが怒っての う。ウサギを襲って、毛皮をむしり取ってしもうた。

ウサギは痛うて痛うて、海岸にうずくまって震えておった。そこへオオクニヌシ様の兄様たちが通った。ウサギは「助けて下さい」と頼んだ。兄様たちは「ならばまず海に浸《つ》かって、そのあと潮風に吹かれておれ」と教えた。ウサギはそのとおりにした。だが、しょっぱい海水が傷に沁《し》みて、潮風で赤剝けの皮膚が乾いて割れ、ますます痛うなった。兄様たちは意地が悪うて嘘《うそ》を言うたのじゃ。それでわんわん泣いておるところに、兄様たちの荷物を持たされてびりっけつを歩いておったオホクニヌシ様が通りかかったわけ。

オホクニヌシ様はそれは痛かろうと憐れんで、ほんとの治し方を教えてやった。

「まず真水でからだを洗って塩気をきれいに洗い流すがよい。それから、柔らかいガマの穂を敷き詰めた上で静かに寝ておれば、治るであろう」

ウサギはそのとおりにした。そうしたら、元のフカフカの毛並みに戻った。オホクニヌシ様は医の心得もある神様なのじゃ。ウサギはお礼に稲羽一の美女のヤガミヒメ様とオホクニヌシ様が結ばれるよう取りはからろうてさしあげた。

オホクニヌシ様はよろこんだ。じゃがそれも束の間で、ここからが受難となる。ヤガミヒメ様は兄様たちにとっても憧《あこが》れの的で、みながわが妻にしたいと思うておった。その美しいヒメ様の心をいつも家来扱いしていた弟が射止めてしまったため兄様たちは腹を立てたのじゃ。生意気な弟め、殺してしまえといきり立った。

兄様たちはオホクニヌシ様を伯耆《ほうき》の国のある山の下へ連れていって、こう言うた。

「この山には恐ろしい赤イノシシがおる。力を合わせて退治しよう。おれたちが山の上からイノシシを追い落とすから、おまえは山の下で捕まえろ」

オホクニヌシ様は言われたとおり、イノシシを捕まえた。ところが、それはイノシシではのうてまっ赤に焼けた大岩じゃった。オホクニヌシ様はジュウジュウ焼かれて死んでしもうた。

そしたら母様が悲しみなさってのう。なんとか助けたいと思うた。そこで、出雲の海原に宿っておられる偉い祖神様のカムムスヒ様にお願いした。カムムスヒ様はおのが娘であるウムギヒメ様とキサガヒヒメ様を遣わしてくださった。女神様方は母乳からつくった薬をオホクニヌシ様の黒焦げのからだに塗って手当てなさった。そうしたら無事にもとの美しい若者に戻ったのでござるよ。

やれやれじゃ。が、兄様たちは小癪《こしゃく》な弟め、なぜに死なぬかとますます憤られ、大木に罠をしかけて殺そうとしたりもした。

母様はため息をつかれた。このままここにとどまっておったら、息子は命がいくつあっても足りぬ。どこかによい逃げ場所はないかしら。思案して、木の国《きのくに》の親戚《しんせき》のオホヤビコ様のところへ逃がすことにした。じゃが兄様たちは木の国までも追いかけていった。オホヤビコ様はオホクニヌシ様をさらにスサノヲ様のところへ逃がすことにした。オホヤビコ様はスサノヲ様のお子神様で、木の国にも根の堅州の国への入口があるのじゃ。オホクニヌシ様はその勧めに従ってかの地下世界に向かわれることになったのでござる。

＊

根の堅州の国にたどりついたオホクニヌシ様は、スサノヲ様にご挨拶《あいさつ》におもむかれた。すると、おん娘のスセリビメ様が出ていらした。これがまあ、うっとりするような美人でな。オホクニヌシ様は一目で恋に落ちてしまわれた。ヒメ様の父君であるスサノヲ様はその様子をご覧になって、オホクニヌシ様が婿としてふさわしいかどうか試されることにした。

スサノヲ様も剛勇の神様であるから、その試練はなかなかに荒っぽかった。オホクニヌシ様を蛇がひしめいておる小屋に寝かせてみたり、ムカデと蜂《はち》が群れておる小屋に寝かせてみたり、草原の中へ追い込んで火をつけてみたり。じゃが、スセリビメ様がそれらに克《か》つ魔法をこっそり授けてくれたので、オホクニヌシ様は涼しい顔じゃった。

スサノヲ様は感心して、屋形のうちにオホクニヌシ様をいざなわれ、髪の毛の中の虱《しらみ》を取るようお命じになった。オホクニヌシ様は「御意」と言うて手入れをしてさしあげようとした。が、よう見るとそれは虱ではのうてムカデなのじゃ。オホクニヌシ様は噛《か》まれるのが怖ろしうて手が出せなかった。

すると、スセリビメ様がまたも機転をきかせ、赤土とムクの木の実を渡してくれた。オホクニヌシ様は、ははあ、と心づいて、その二つを口に入れて噛み、赤黒い塊をぺっぺと吐き出し、ムカデを喰《く》いちぎっているふりをした。スサノヲ様は素直に言うことをきくよい婿じゃと安心して寝込んでしもうた。

オホクニヌシ様はその様子をうかがって、いまのうちに退散しようと思われた。スサノヲ様の長い髪を部屋の柱に括《くく》りつけ、スセリビメ様を背負い、スサノヲ様の宝物の生太刀《いくたち》と生弓矢《いくゆみや》と天の詔《あめのり》琴《こと》を奪って、そっと屋形を抜け出した。

ところが、琴が庭の木にぶつかって大きな音が鳴り、スサノヲ様が目を覚まされた。でも髪を柱に結わえつけられていて動けない。怪力をふるって起きあがったら家が崩れてしもうた。スサノヲ様は瓦礫《がれき》を掻き分け、二人を追った。けれども追いつけなくて、地上世界に出る口のところで断念なすった。

そして、こう叫ばれた。

「おまえはその太刀と弓矢をもっておまえの性悪な兄どもをぜんぶ成敗し、地上をあまねく統《す》べる王となり、わが娘スセリビメを妻として、宇迦《うか》の山のふもとに太い宮柱を立て、天上に届くほど高い宮殿を建ててそこに住まうのだ。この野郎！」

ちと乱暴な物言いじゃが、これはスサノヲ様一流の、婿殿に対することほぎなのじゃよ。

その言葉どおり、こののちオホクニヌシ様はぐんぐんたくましゅうなられて、宇迦の山のふもとに高大な宮殿をつくられ、この天の下に並ぶものなき王者となられた。

そう、このお住まいこそが、われらの出雲の大社《おおやしろ》の始まりなのでごさる。

おお、ちょうど恵尺の長がみえられた。ではこんにちはこのくらいに。またいつでも呼んでくださりませ、野中の里の小さな神様方よ。

第二章

お話を聞かせて

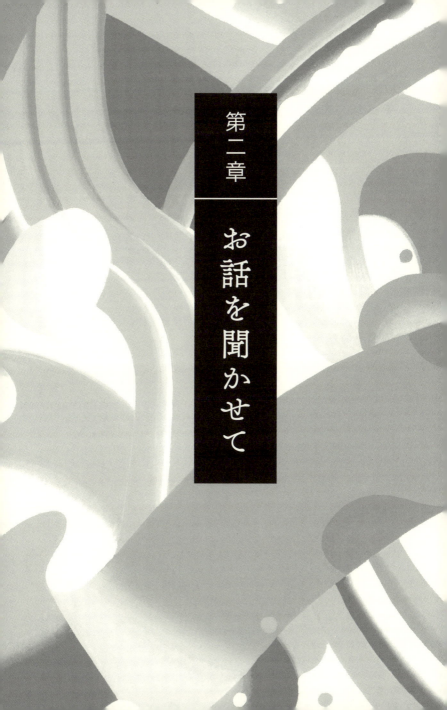

1

三年の月日が流れた。

白雉四年（六五三）の冬である。

先ほどから恵尺《えさか》は文机《ふづくえ》に向かって一心に書きものに取り組んでいる。

ふと燭台《しょくだい》の炎が大きくジジッ、と瞬《またた》いた気がして目をやると、板戸の隙間《すきま》から風が入り込んでいる。立ちあがって改めたら――、雪が降っていた。

いつの間にか軒も庭も木々もまっ白に化粧して、夜闇《よやみ》の中にも世界が一変している。

雪だ。しんしん、と雪。

部屋の中はオンドルがあるから、あたたかくて気がつかなかった。恵尺は文字を眺め疲れた目をすがすがと洗われた気がして、にこりとした。

河内は雪国ではもとよりないが、生駒《いこま》や葛城の山塊に雪雲がぶつかることがあるのか、ふもとのこの里に思いのほか白い落としものを降らす年がある。

先だってもいく日か、ずいぶん積もった。今年は当たり年なのかな、と恵尺はひとりごち、かじかんだ手を擦《す》りあわせてから、なるたけ隙間のできぬよう扉を閉めた。

部屋の隅を見やると、コダマとヤマドリが頭と足を互い違いのようにして眠っている。さっきまで父上のお邪魔ですよ、と朱玲《しゅれい》にたしなめられるのも聞かず、小太鼓を鳴らして歌って、踊っていた。はしゃぎすぎて疲れたのだろう。
くすっと笑って、コダマのほつれた髪を直してやった。とたん、その鈴を振るような歌声が耳の中によみがえった。

物部《もののふ》の　わが夫子《せこ》が　取《と》り佩《は》ける
太刀《たち》の手上《たかみ》に　丹画《にか》きつけ
（勇猛な武人たるわが君が、腰に佩いた太刀の柄《つか》に赤い絵を描きつけ、）

高く、長く尾を引くように、声を張る。そして、トンと一つ太鼓を叩《たた》く。ヤマドリが合わせてトン、と一つ足踏みして踊りだす。

その緒《お》は　赤幡《あかはた》を載《の》せ　赤幡を立てて　みれば
い隠《かく》る　山の三尾《みお》の　竹をかき苅《か》り、末押《すえお》しなびかすなす
（太刀の緒に赤い幡《はた》をつけ、その赤幡を立てて周囲を見渡し、敵のひそむ峰に生うる竹を根こそぎお倒しになった。）

ここは力を入れて歌いあげる。ヤマドリは旗棹《はたざお》を振るそぶりをしながら、右へひょい、左へひょい、と跳躍する。

八紘《やつお》の琴を調べたるごと　天《あめ》の下《した》治めたまひし
（八本の絃を持つ琴を調べるように、天の下を治めなさった。）

八紘の琴、に合わせて、トトトトン、トトトトンとコダマが八つ太鼓を叩く。ヤマドリはあなた、こなたを睥睨《へいげい》して、宙を一つ大きく蹴《け》る。

イザホワケの大王《すめらみこと》の御子《みこ》
イチノヘノオシハの王《おおきみ》の奴末《やつこすえ》
（イザホワケの大王の御子、イチノヘノオシハの王の、われらはその末流。）

ヤマドリがぐるりとまわって、コダマの隣にどん、とあぐらをかく。コダマは袖《そで》を翻《かえ》して涙を拭《ふ》く真似《まね》をする。

その昔、王位継承争いに巻き込まれ、父のイチノヘノオシハの王を殺されたオケとヲケという二人の王子がいた。彼らは遠い播磨《はりま》の国に逃れ、貧しい火《ひ》焚《た》きに身をやつしていたが、この歌と舞によって尊い身の上であることがわかる。折しも都では王家の血統が絶えて困っており、兄弟はめでたく正式の大王《おおきみ》として迎えられる――。

この夏、恵尺は竜田道《たつたみち》の片岡山《かたおかやま》で播磨から流れてきたほかい人の親子に出くわした。年取った父親が太鼓を叩きながら歌を詠《うた》い、息子二人が舞うのだが、その様が絶妙におもしろく、声をかけて里に伴ってきた。以来、コダマとヤマドリはなにかというとその真似をして遊んでいるのである。

「イザホワケの大王の御子、イチノヘノオシハの王の奴末……か」

恵尺は小さくつぶやきながら子ら二人の夜具をそれぞれ首元まで直し、ふたたび文机の前に腰を据えた。

目の前には、びっしりと文字をつらねた料紙が、皺《しわ》の寄らぬよう重石《おもし》で広げられている。その浄書の空間を取り囲むようにして、机の脇《わき》も、向こうも、うずたかい下書きの木簡《もっかん》の山だ。恵尺以外の者は崩すことが恐ろしくて掃除もしかねている。妻の朱玲さえ、このまわりだけはあなたにおまかせします、と触らない。

それほどまでにして恵尺が打ち込んでいるのはなにかというと、この倭国の国史『大王記《だいおうき》』である。正しくは、『大王記・国記《こっき》・臣連伴造国造百八十部并公民等本記《おみむらじとものみやつこくにのみやつこももやそともならびにこうみんらのほんぎ》』という。

さて、いま都は難波から還都して飛鳥へ戻った。いや、正確に言えば還都ではない。中大兄皇子が大王孝徳《こうとく》を難波に置き去りにして、鎌足内臣《うちつおみ》、弟の大海人皇子《おおあまのみこ》、母の皇極《こうぎょく》前女帝、妹で現大王のきさきの間人《はしひと》皇后まで引き連れ、飛鳥に引き揚げてしまったのだ。

もともと血なまぐさい政変のほとぼりをさますためと、海の玄関口に対外的な構えを用意するためだけの、戦略的な都遷りだった。その目的が果たされたらもう用はないというところなのだろう。孝徳は憤りのあまり病に倒れ、こんにちも床に臥《ふ》したままである。

とはいえ、みまかったわけではないから正式の都は難波であり、いきおい恵尺たち官人は二つの都を行ったり来たりするはめになっている。今日は飛鳥、明日は難波、あさってはまた飛鳥。けっこう疲れる。

しかし、よいこともある。

野中の里は飛鳥と難波のちょうどまん中だから、ちょくちょく帰ってこられる。

そうして帰るたびに、恵尺はこつこつ夜なべ仕事をしているのである。

2

『大王記』の編纂《へんさん》は、いまから三十余年前に嶋大臣蘇我馬子《しまのおおおみそがのうまこ》の発案で始められた——と、恵尺は聞いている。ときの大王は推古《すいこ》女帝だった。

当時の倭国は大国隋《ずい》と国交を再開し、世界に恥じぬ先進国になることをめざしはじめていた。その折も折、ほかならぬ隋が滅び、唐《とう》に取って代わられた。馬子は驚愕《きょうがく》し、ますます意をあらたにした。

そもそも国家が国家として自己主張をするためには、みずからの来歴をきちんと説明できねばならない。おのが国はいつ、どのようにして生まれ、どんな王たちがいて、いかなる展望を持ち、戦い、民を富ませてきたか。ところが、わが邦《ほう》にはその統一見解がない。馬子はそれを欲しいと熱望した。

そして、それはぜひとも文字で記されていなければならないと考えた。この国ではだいじなことは語り部が伝承しているが、口伝えでは元の形がどんどん変形してしまう。文字化することこそが、国の歴史を確固たるものにする方法だ。

このとき馬子は齢《よわい》七十に届こうとしていた。やるべきことはほとんどやり終え、位人臣《くらいじんしん》をきわめた彼は、残りの人生をその仕事に捧げようと思った。

馬子は推古女帝の甥《おい》の厩戸皇子《うまやどのみこ》に相談をもちかけた。厩戸皇子は熱烈な仏教信者で、政治感覚には乏しいが無類の学問好きで、豊かな識見は並ぶ者なく、女帝にもかわいがられていた。文才も抜きんでている。史書づくりにこれ以上の適役はないと馬子は思った。

続いて編纂を手伝う史《ふひと》の選抜を行い、恵尺の父である龍のほか、船氏の三人を指名した。そのころ船の者たちは主に徴税の仕事に携わっていたが、その中からとくに龍に白羽の矢が立ったのは、実務的に優秀だっただけでなく能筆ということも大きかった。国史づくりはその場限りの記録ではなく、のちのちに残るものであり、一種の芸術品だ。だから、筆が達者なことは大きな加点になるのだ。

恵尺も父譲りの能筆である。定規を当てて書いたような矩形《くけい》の美しい文字が書ける。

史書をつくるためには情報収集が第一歩である。龍たちは大王家の系譜を改めて調べ、諸豪族に由緒由来を提出させ、さらには、おのおのが奉斎《ほうさい》している神々のいわれなども奏上させた。馬子と厩戸皇子はそれをもとにああでもない、こうでもないと議論を続けた。

ところが、厩戸皇子は作業を始めて三年目に病を得て亡くなってしまった。馬子は熱意を保って編纂を続行したが、その四年後に薨《こう》じ、さらに二年後、ことを背後で見守っていた推古女帝もみまかった。事業は頓挫《とんざ》し、龍たち四人の編纂担当官ももとの仕事に戻った。

国史編纂が再開されたのは、それから十余年ののちだった。ときは舒明《じよめい》大王の御代《みよ》で、馬子の跡を継いだ豊浦大臣蝦夷《とゆらのおおおみえみし》の屋形の一隅に編纂室が設けられた。ふたたび龍が召喚され、恵尺も作業に携わることになった。三十一歳だった。

以降まる五年、恵尺はその仕事ひとすじに打ち込んだ。そのかんに父の龍は世を去り、恵尺が筆頭責任者になった。

乙巳の変が起こったのはそのときであった。

『大王記』は馬子以来の蘇我氏の情熱だったが、かかわっている恵尺にとっても大いなる情熱であった。だから凶変の日、決死の思いで巻子《かんす》を持ち出した。二十五年にわたる苦労の結晶である。ぜったいに失ってはならぬと思った。

そして、中大兄皇子に捧げた。それは新しい主君に対する一種の忠誠の証《あかし》でもあった。ところが、中大兄は一顧だにせず、冷たい頬《ほお》で言い放った。

「船恵尺、大義であった。国史はもうよい。ほとぼりがさめたら、つくり直す」

恵尺は愕然《がくぜん》とした。おのれの努力を泥のついた履《くつ》で踏みにじられた気分だった。

が、冷静に省《かえり》みれば、それもそうかと思った。中大兄にとっては、蘇我は憎んでも憎み足りぬ敵である。そのもとでつくられた国史など、汚らわしいだけだろう。

献上した『大王記』がその後どうなったのか、恵尺は知らない。たぶん、捨て去られたのだろう。いや、もしかしたら王宮の長櫃《ながびつ》の底にでも眠っているのかもしれない。でも、行方《ゆくえ》を尋ねることはできないし、返してくださいとも言えない。

無念だった。あきらめきれなかった。だから、恵尺はそれ以来こつこつと夜なべして、失われた書をよみがえらせようとしているのである。

筆記の仕事をする者は、おのが刻む一文字一文字に命を懸ける。だから、よくよく気を集めて思い出せばおおむねの再現はできる。蝦夷の屋形の編纂室にあったものは、あの日阿品が背負って逃げた一山以外すべて焼けてしまった。けれども、恵尺や龍が自宅で考えたり書きつけたりした控えは残っている。それでもわからぬところは一族の仲間に尋ねてみたりする。

作業は里に帰ったときしかできぬから、まことに遅々とした歩みである。六年もかけてようよう下書きを木簡に復元し終え、貴重な紙に清書を始めた。それから二年ほどかかって、やっと半分できたというところである。

3

「あなた」

という声がして、朱玲が顔を覗《のぞ》かせた。「おお、さむ」と素早く室内に滑り込み、

「雪ですよ。気がついていらした?」

肩についた白いものを払いながら、にこっとした。

「おう、よいところへ来てくれた。墨を少し磨《す》ってきてくれぬか」

と、頼んだ。

「はい」

即座に返していく柔らかい後ろ姿を見ながら、恵尺は一つ伸びをして、茫漠《ぼうばく》と来《こ》し方《かた》を反芻《はんすう》した。

父の龍に連れられて編纂室を初めて訪れたときの驚きを、恵尺はいまも忘れない。驚いたというよりも、途方に暮れたといったほうが正しかった。

嶋大臣馬子の死ののち十年以上も放置されていたせいもあろうが、部屋のうちには木簡や反故《ほご》類が雑然とほこりをかぶったまま、足の踏み場もないほどになっていた。「これは整理だけで数年かかるな」と、二人で苦笑した。

だが、龍が説明してくれた『大王記』は、予想を超えておもしろかった。

その構成は前半、後半に分かれていて、まず前半は天地の開闢《かいびゃく》から人による治世が始まるまでの浪漫《ろうまん》的な神々の物語であった。

こんな筋だった。

この世の始まりのとき、世界は靄《もや》のように形をなすものはなく、すべてのあわいがなかった。やがて天と地が分かれはじめ、天上に高天原という楽園のようなところができ、創世の神々が現れはじめた。さらにイザナキ、イザナミという特別な兄妹神が登場し、その神婚によって幾多の島々が生みなされ、葦原の中つ国と呼ばれる地上世界ができあがった。その後、天上世界である高天原はアマテラスが治めることとなり、地上世界である葦原の中つ国は、アマテラスの弟であるスサノヲの子孫のオオクニヌシが治めることになった。

葦原の中つ国は初めは未熟であったが、オオクニヌシの国造りによって豊かな国土に姿を変え、その様子を高天原から見ていたアマテラスは、おのが子孫に統治させたいと考えるようになる。そこで、譲渡の要請の使者を送って交渉し、了解を取りつけた。

かくして準備が整うと、アマテラスは孫のニニギにたくさんのお供をつけて日向《ひむか》の高千穂《たかちほ》の峰に天降《あまくだ》らせた。ニニギは山の神の娘のコノハナサクヤビメを娶《めと》ってホヲリを得、ホヲリは海の神の娘トヨタマビメを娶ってウガヤフキアヘズを得る。そして、その子で人皇《にんのう》初代のカムヤマトイハレビコのとき、さらによい土地を求めて東征を行い、実りうるわしき大和にたどりつき、治世の場所とした――。

続く後半は、そのカムヤマトイハレビコからトヨミケカシキヤヒメに至る人の代の大王の帝紀《ていき》で、三十三代の大王の系譜が列挙されている。

龍によると、このうちまがりなりにも実在の大王としてなにがしかの事蹟をたどれるのは十代目のミマキイリヒコイニヱからで、それより以前は伝承上の大王ということであった。

後半部分は、前半のような大がかりな創作をする必要がないということもあってあとまわしになっており、そのときは集めた生の資料がほとんど手つかずのまま、編纂されるのを待っている状態だった。

4

『大王記』の神話を初めて父から聞いたとき、恵尺はようもこんな壮大な話を描いたものだと、いたく感じ入った。龍によると、馬子大臣に協力を頼まれた厩戸皇子はまる一年、斑鳩宮《いかるがのみや》の夢殿《ゆめどの》にこもりきりで筋を考えたそうだった。恵尺は音に聞く厩戸皇子という人の才能を改めて思い知らされた気がした。

しかし、疑問も感じた。これはいったいどこまで事実が反映されているのだろうか。なにを言わんとしているのか、意図が呑み込めぬところも少なくなかった。

龍に尋ねた。

「父上、これはまさかぜんぶつくり話ではないですよね」

すると龍は自分の手柄ででもあるかのように、「ようできておろうが」と笑みを浮かべ、「まあ、半々だ」と微妙な答えをした。

「大王家にも、各家にも、各地にも、いろんな伝えがあるからのう。それらをつなぎあわせて、つじつまのあう物語に再構成した。それでもつながらぬところは空想によって補《おぎの》うた、という感じかな」

そして、「教えてやろう」と、縷縷《るる》種明かしをしてくれた。

「まず天上に高天原という神様たちの楽園みたいなものをこしらえ、女神のアマテラス様を主役にして、その子孫が大王家の祖として地上に降りてくる形にしたところが厩戸皇子様のいちばんの狙いどころじゃ」

「ほお。なぜです」

「まあいろいろだけれど、最たる理由は大王家の権威づけのためだ。この国にはとにかくたくさんの神様がおられる。氏族ごとに崇める神様がおって、海、山、川、草木一本にいたるまで神様が宿っておる。それらと大王家の祖神《おやがみ》様が同列ではいかぬ。段違いに格の違う存在であらねばならぬ。だから、とりわけ神々しい場所へ舞台をもうけた」

「うん、うん」

龍はあごひげをいじりながら薀蓄《うんちく》を続けた。

「この国の人たちは古くから、大王は太陽の子であるという考え方を持ってきた。しかし、だからというて祖神様が最初から空の上に住んでおられると思うていたわけではない。聞くところによると、アマテラス様というおん方は、もとは太陽をお祀《まつ》りする妻のような巫女《みこ》のような神様であったそうだ。光り輝く日に仕え、聖なる日の御子をお生みになる母神様だな。

おまえは知らぬであろうが、魏《ぎ》の国の史書に、倭国の王はヒミコ様という名の女王だったと書いてあるそうだ。ヒミコとは、おそらく間違いなく日の巫女という意だろう。いまの大和の王権がしかと定まる前のことだ。これが文字に記された倭国の最初の歴史だが、厩戸様が思い描かれたアマテラスの女神様には、このおん方の姿がなにがしか重なっておるらしい」

「日の巫女のヒミコ様か」

恵尺は強い興を感じた。

「韓土《かんど》には、王者は天から降ってくるという伝えがありますよね」

すると、龍は「それだよ」と応じた。「厩戸様は物知りであられるから、海彼《かいひ》の王たちの伝承にも通じておられる。それに倣《なろ》うたところが大きい」

恵尺に向かって眼《まなこ》を片方つぶった。

「倭国人がもともと崇めておった太陽とは、昇る朝日、あるいは沈む夕日のことであり、なかでもとりわけ日の出の太陽だ。いま、伊勢《いせ》の地にアマテラス様の御霊《みたま》が祀られておるけれど、それは伊勢が大和から見て真東にあって、広やかな水平線から日が昇る場所だからだ。倭人というのはがんらい低く横に広がるやさしい光に尊さを感じる。これに比して、海の向こうの日の信仰はちと違う。あちらの太陽は頭上の天高くに金色燦然《こんじきさんぜん》と輝くものだ。王者は絶対的な威力をもって、そこから一直線に降り注いでくる」

「そうか。同じ太陽でもずいぶん違うのですね」

恵尺は頭の中で、日の光が縦、横に交錯する気がした。

「倭国のようなものの感じ方も悪うはない。けれど、馬子様らがそもそも国史をつくろうと思うた所以《ゆえん》は、祖国を唐のように強く進んだ国に育てあげることだ。だから、向こうの型を取り入れて、天高くから大王の子孫が降ってくるような創世物語になさったのだ。なればこその高天原じゃ」

「なるほど」

こんどは恵尺が問うた。

「出雲のオホクニヌシなる神様が葦原の中つ国で国造りをするのはどうしてです」

「それはな、遠い昔、出雲のあたりに抜きんでて強い勢力があったらしいのだ。高天原の神様が彼らに国を譲らせるのは、彼らが大和の力に降伏したことを表しておるそうな。しかし、制圧した民から無体に国土をまきあげるような話になってはようないから、厩戸様は上手に血筋の関連づけをなすった。すなわち、オホクニヌシ様はただの国つ神ではのうて、アマテラス様の弟のスサノヲ様の子孫だということにした。というよりも、そのスサノヲ様自身、もとは出雲の祖神様だ。彼らの伝えでは根の堅州の国というこの世の源郷のようなところのあるじ様だそうだ。それを、厩戸様はアマテラス様の駄々っ子の弟神様という役どころに昇格させたわけだな」

「それはおもしろい」

恵尺は思わず手を打った。

龍は満足げにあごひげをしごいた。

「出雲はすぐれた伝統を持つ国ゆえ、昔語りの語り部がたくさんおる。それらから集めた話を、厩戸様は巧みに取り込んでおられる」

恵尺はもう一つ訊《き》いた。

「アマテラス様の孫《むまご》様が国土の譲りを受けた出雲ではなく、日向に降るのはどうしてです。あるいは最初から大和に降りたっていいじゃありませんか」

龍は、ああ、それな——と、双の眼《まなこ》をしばたたいた。

「わしも思うた。馬子の大臣もそう言われた。だが、厩戸皇子様が日向のほうがよかろうとのたもうたのじゃ。

そのゆえはいくつかあって、一つは、日向あたりにも出雲と同じようなまつろわぬ勢力があったことだ。おまえも知っておろう、かの地には熊襲《くまそ》や隼人《はやと》の者たちがおる。彼らはずいぶん長いこと中央に抵抗を続けておった。だから、それらを大和王権が平らげたことを暗に表すためにかの地に天孫を降り立たせた。厩戸様は日向の昔話もずいぶん上手におのが物語の中に換骨奪胎《かんこつだったい》されておるよ。

また一つは、さっきも言うたように、この国の王権は日の神様を祀っておるから、まず西のほうへ降り、日の昇る東へ東へと進んでいったというのは、気持ちの上でしっくりくるのだ。瀬戸の海を東に向かい、どんづまりが大和の盆地だからな」

「ふうむ。ずいぶん細やかに考えられているんですね」

「さようさ。厩戸皇子様は智慧《ちえ》の塊じゃ。言葉もおできになる。書物の虫でもある」

龍はひととおり説明し終えると、

「さて——」

と、顔を改めた。これからとりかかる後半は、前半とは別の意味でたいへんぞ、と釘《くぎ》を刺した。

そうであろうと恵尺は思った。架空の神代のことはある程度自由に話をつくることができるが、現実に存在した王や氏族についてはそのようなわけにいかない。

おのれらの名を国史の中で大きく取りあげてもらいたいと思うのは誰しも同じであり、できるだけ古い段階のよい位置におのれらの発祥を位置づけたいと思うのも同じである。しかし、その希望をみな容《い》れていたら、いつまでたってもまとまらない。

そんないろいろのことを勘案しながら、恵尺たちは蝦夷大臣のもとで作業をこつこつと進めていった。

長いようで短い年月があっという間に過ぎた。

5

「お待たせしました」

朱玲に声をかけられて、恵尺はわれに返った。

「このくらいでいいですか」

黒ぐろと磨りあげた墨を手元に据えてくれる。そして、

「お疲れになったでしょう。湯漬けでも召しあがってください」

振り返ると、膝元《ひざもと》の碗《わん》からほかほかと白い湯気が立っている。

「おお、ありがたい。ちと腹がすいたと思うておったところだ」

さっそくずずっとかき込んだ。勢いよくすすりすぎて、あつっ、と舌をやけどした。

朱玲があらあらと、水を渡してくれる。「ほんに空腹であられたのですね、お気の毒様」と、肩をすくめた。

「里の者がみんな言うておりますよ。恵尺の長はよう働くなあって」

恵尺はひとくち水を含んで、

――まことにそうだな。

と思った。

自分はこんなにもこの書きものに精魂を込めている。それは、なんのため？

じつのところ、初めて国史の編纂にたずさわれと命じられたとき、恵尺は少々不満だった。やれと命じられればやらぬではない。が、どこか絵空事のように感じた。徴税吏のほうが仕事らしい仕事だと思ったりした。史の仕事はほかにもたくさんある。なのに、なぜ国史なのだろう。

しかし、すぐに気が変わった。その仕事は思いのほかにおもしろかったからだ。なんとなれば、それは歴史を探すことではなく、歴史をつくることであったから。

歴史はあるのではない、つくるのだ。そう気がついたとき、自分の中にあった違和感がすうっと消えた。

たしかに血脈からすればわが祖国は百済である。だが、行ったことも見たこともない祖国だ。これから先も帰ることのない祖国だ。それよりも、いまこうして大地を踏み、空気を吸い、風景を目にし、家族とともに生きている倭国こそがおのれのふるさとなのではないか。その歴史をつくることは、自分自身の根をつくることなのではなかろうか。

恵尺は生まれてこのかたずっと、宿無しの気分がどこかにあった。自分は倭人ではない。かといって百済人でもない。そのあてどのない浮き草のような感じが、国史をつくることによって定まっていく気がした。

そう思ったら、生まれて初めてこの国を愛する気持ちが湧《わ》いてきた。地熱で温泉が沸くように自分の中の血も沸いて、のめり込んでいった。これは一生の仕事だと思った。だから、もはや国史のことなどみなが忘れてしまったこんにちでも、こうして疲れたからだに鞭《むち》打って、一文字一文字を刻んでいるのである。

しかし、理由はそれだけではない。

と、思ったとき、はかったような間合いで、

「ちいにい……、ちいにい……」

と、震える声がした。

ハッと目を投げると、コダマが床に起きあがり、恐怖におびえた顔で夜具を掻《か》き抱いている。大きな黒目に涙がいっぱいたまっている。

ヤマドリが気づいて、「どうした、コダマ」と飛び起きた。

少し熱があるかしら、と朱玲がひたいに手を当て、薬湯を持ってきましょうと立つ。

「ヤマドリ、ちょっと見ていて」

よいしょ、と抱かれたヤマドリの腕の中で、コダマはしきりにしゃくりあげる。

コダマはいま九歳だが、五、六歳にしかみえない。あいかわらず小さな雛鳥《ひなどり》である。

「小兄、死んでないの？」

と言う。

「当たり前じゃないか」

ヤマドリは汗でひたいに貼《は》りついた妹の髪を掻きあげ、頬の涙を袖でごしごしぬぐってやる。

「生きてるの？」

「生きてるよ。馬鹿だな」

「小兄が死んじゃって、私、追いかけていったの。暗い、暗い、穴の奥よ」

コダマは定まらぬ瞳《ひとみ》で頭上の兄に訴えた。

「コダマ、吾《われ》はここだよ、ここだよって、穴の奥から小兄の声がした。コダマ、いい子だから待ってろって。だから私ずっと待ってたの。でも小兄、なかなか戻ってきてくれなかった」

ぶるぶる震えだした。

「だから、壁を伝って探しにいったの。そしたら、ごろごろ、ざわざわ、変な音がした。沼みたいな、泥みたいな、変なにおいがした。私、小兄が病気で寝てるんだと思った。で、触ってみたら、小兄、ぐずぐずに腐ってて、気持ち悪い虫みたいなものがたかってて……」

恵尺はイザナキの神がイザナミの神に会いに黄泉の国へ行った話が夢に出てきたのだと思った。

「私、恐くなって逃げたの。一所けんめい這《は》って逃げたの。でも追っかけてくるの。コダマ、なんで逃げるんだって」

ヤマドリが「コダマ、それは夢だよ、吾じゃないよ」とたたみかけるが、コダマの耳にはもう入らない。

「とうとう追いつかれちゃった。足首をつかまれて、コダマ、見たな、殺してやるって、ものすごく怒ってた。いやっ、いやっ、いやーっ」

ヒクヒク、ヒクヒク、と二、三度引きつけ、蒼白《そうはく》になったとみるや、大きく目を見開いてのけぞった。とたん、恵尺のまわりの木簡の山がカタカタと振動しはじめ、一枚、二枚、三枚、そして雪崩《なだれ》うってがらがらと床に崩れた。湯漬けの碗がはじかれ、粉々に砕けた。

ああ、いけないと恵尺は駆け寄り、コダマを抱いているヤマドリもろとも、思いきり強く抱き締めた。ヤマドリとのあいだに小さなからだを押しつぶし、しぃー、しぃー、と呪文《じゅもん》をかけるようにする。

ふしぎなことに、コダマは極度の恐れを感じると、こんな状態になるのである。

何年か前、浮浪の徒の一群が里に乱入してきたことがあった。コダマが異変にいち早く気づき、鋭い悲鳴をあげた。そのとたん、黒雲が起こり、バリバリと雷鳴が轟《とどろ》き、真一文字の閃光《せんこう》が落ちた。賊の首領は落雷をまともに受け、黒焦げになって死んでしまった。

また、子供たちが野原で遊んでいる最中に飢えた山犬が襲いかかってきたことがあった。そのときも、コダマが恐怖の叫びをあげると、どおお……、どおお……、と地鳴りがしはじめ、木の葉が舞いあがり、竜巻が起こった。山犬は尻尾《しっぽ》を足のあいだにはさんで退散し、竜巻はぴたり、とやんだ。

天の神様がコダマの見えぬ目を補ってなにかの力を与えてくださっているのだろうか、と恵尺は思うことがある。

朱玲が戻ってきて、「コダマ、お口を開けて。甘いおくすりよ」。匙《さじ》で薬湯をすくい、ふうふうと冷まして差し出した。コダマは従順にこくりと飲み下す。「さあ、がんばって、もうひとくち」

赤子に乳を飲ませたあとのように、とんとん、と背を叩いてさする。だんだん頰に血の気が戻り、瞳の緊張がゆるんできた。

恵尺は感受性の強い娘に黄泉の国の話などしたことを、ちょっと反省した。

両手であわあわとした頰を包み、

「コダマ、恐いお話をして父が悪かった。だけど、あれは神様の世界のことなのだよ。われら人間にはあんな恐ろしいことは起こらないから、安心しておくれ」

と、説明した。

「われらには、黄泉の国の入口がどこにあるのかもわからぬのだから」

すると、コダマは大きくかぶりを振った。

「ううん、黄泉の国の入口はあるのよ。いろんなところにあるのよ。丸山の森の中にもあったもの」

ヤマドリが、「あっ」と小さな声をあげた。くすっと笑った。

「コダマはあそこの夢を見たのか」

「なんだ、ヤマドリ」

恵尺はいぶかしみの目を向けた。

「コダマと二人で丸山にのぼったことがあるんだ。石川を越えて、コダマをおんぶして、山の上にえっさ、こらさって」

この里の東を流れる石川の北向こうに、丸山という小高い丘陵があるのである。

「そしたら、森の中に洞窟《どうくつ》があったんだ。コダマと入ってみた。岩の壁が濡《ぬ》れたみたいにぬるぬるしてて、まっ暗な穴の奥のほうに、石のお棺みたいなものが見えた。恐くなって引き返そうとしたら、コラッて怒鳴られた。ぼうぼうの髪の、毛皮を着たおじいさんが出てきて、ここは黄泉の国の入口だ、鬼に取って食われるぞ、早く帰れってものすごく叱《しか》られた」

恵尺は驚いた。

「それはいつの話だ」

「だいぶん前だよ。コダマがずっと小さかったころ」

それはおそらく横穴の墳墓の羨道《せんどう》であろうと恵尺は思った。この野中に散らばっている墳墓のほとんどは、頂部に穴を掘って棺を入れてふさぐので羨道はない。けれども、他の地域には横から穴をつくって棺を置いた形のものがしばしばある。飛鳥にもある。丘陵地帯の墓は横穴式が多い。

「なるほど、そういうことか」

恵尺は納得した。

ヤマドリは「泣き虫やい」と、懐の中を覗き込んだ。「大丈夫だよ。恐いことなんかなんにもありゃしない」

コダマは涙の残った目で、「そうお?」と兄を見上げた。

「そうさ」

「小兄、死なない?」

「コダマを置いて死ぬものか。一人になんかしないよ。吾はコダマの目なんだから」

妹の鼻の頭をちょい、とつついた。

「そっか」

コダマがうれしいほっぺでうふっと笑った。

安心したら、てきめん薬がききはじめたらしい。まばたきをゆっくりと二度、三度して、ゆらゆらっと揺れ、かくんと首を落とした。

恵尺は息子に向き直った。

「しかしおまえ、なぜそんな危ないところへコダマを連れていったのだ。怪我《けが》でもしたらどうする」

ヤマドリは妹を抱きかかえたまま、日に焼けた頰を引き締めた。「それは――」と、まっすぐ父親を見返した。

「コダマが、小兄、なんで毎日曇ってるの。国生みの島がよく見えないよ、って言いだしたから」

恵尺はハッとした。

「丸山にのぼると、王様たちのお墓が遠くまでとってもよく見えるんだ。大きいの、小さいの。ほんとに海に浮かんでる島のようなんだよ。だから、あそこならコダマにも見えるかなと思って連れていったんだ。そしたら森の中で迷って、いつの間にか洞窟に出ちゃったんだ」

「そうか」

恵尺はヤマドリの頭をぐりぐりっと撫《な》でた。

「悪かった」

6

コダマにこの国のいにしえの物語を語って聞かせる。そんなことを恵尺が始めてから、もう五年にもなる。

そう――。恵尺が一つしかないからだに鞭打ってこの仕事に取り組みつづけている理由の半分はコダマのためなのである。

「父上、なにを書いてるの？　教えて」

コダマがしきりにおねだりをするようになったのは、四つのときだった。そのころはまだ見えていたはずだ。が、もしかすると、目の前の世界がだんだん微《かす》かになる予兆のようなものが現れていて、その埋め合わせの本能が、「お話を聞かせて」の要求になったのかもしれない。

「なあに、なあに、教えて」

真剣そのものだった。

「コダマには、ちと難しいかもしれぬぞ」

幼な子には無理だと恵尺は思った。しかし、コダマは頑強にこだわった。

「ううん、いいの。教えて」

観念して、少し語ってみた。

「この世が初めて始まったとき、高天原になりいでた神の名は、アメノミナカヌシの神。次にタカミムスヒの神。次にカムムスヒの神。この三柱の神はみな独り神でおわします。……」

すると、翌日またやってきて、膝の上によじのぼり、小鳥が囀《さえず》るように言った。

「この世が初めて始まったとき、高天原になりいでた神の名は、アメノミナカヌシの神。次にタカミムスヒの神。……」

恵尺は仰天した。

――覚えている!

もともと覚えのよい子だったが、こんなに聡耳《そうじ》であるとは思わなかった。

徐々に話を進めた。

「さて、筑紫《つくし》の日向の高千穂の峰に天降《あも》りなさったヒコホノニニギは、ここは韓《から》の国に向かいあい、笠沙《かささ》の岬《みさき》に通じていて、朝日が海からさし昇り、夕陽《ゆうひ》も輝き渡るうるわしい土地だ、ここに住もうとおっしゃった。……」

語り聞かせるたびに、コダマは翌日やってきて、膝の上によじのぼり、一言たがわず復誦《ふくしょう》した。

「筑紫の日向の高千穂の峰に天降りなさったヒコホノニニギは……」

海綿が水を含むように、教えたぶんだけいくらでも吸収するようだった。

前半が終わると、後半に入った。

「ここからは、コダマにはもっともっと難しいぞ」

恵尺は躊躇《ちゅうちょ》した。しかし、コダマは譲らなかった。

「いいの。教えて」

根負けして語り進めた。

「シキツヒコタマテミの大王は片塩《かたしお》の浮穴宮《うきあなのみや》にいまして、天の下を治めたもうた。師木《しき》の県主《あがたぬし》の祖のカハマタビメの兄、県主ハエの娘アクトヒメを妻として、生んだ御子はトコネツヒコイロネ、オホヤマトヒコスキトモ、シキツヒコ。シキツヒコの子孫は、伊賀《いが》の須知《すち》の稲置《いなき》、那婆理《なばり》の稲置、三野《みの》の稲置らが祖じゃ。……」

「ミマツヒコカヱシネの大王は葛城の掖上宮《わきがみのみや》にいまして、天の下を治めたもうた。尾張《おわり》の連の祖オキツヨソの妹、ヨソタホビメを妻として、生んだ御子はアメオシタラシヒコ、次にオホヤマトタラシヒコクニオシヒト。兄のアメオシタラシヒコは春日《かすが》の臣、大宅《おおやけ》の臣、粟田《あわた》の臣、小野《おの》の臣、柿本《かきのもと》の臣らの祖になった。……」

結果は同じであった。「シキツヒコタマテミの大王は……」「ミマツヒコカヱシネの大王は……」。なにを聞かせても、コダマはやはり同じように翌日やってきて、鸚鵡《おうむ》のように復誦した。

とうとう最後までいった。

恵尺が教えられることは、コダマはぜんぶ覚えてしまった。

けれども、コダマは満足しなかった。前半のお話はおもしろいと思ったが、後半は退屈だった。なかにはめずらかな逸話がたっぷりある大王もいたが、宮の場所や皇子たちの名前がずらずらと連ねられただけの大王も多かった。骨ばかり多くて肉のついていない魚みたいなものだ。調度のなにもない空っぽの部屋のようなものだ。

自分が求めているのは、その大王はやさしい方なのか、恐い方なのか、なにがお好きだったのか、なにがお嫌いだったのか。どんな冒険をしたのか、どんな恋をしたのか、そういうお話なのに。

コダマはしきりに恵尺に迫った。

「それで?」

「どうなったの?」

いよいよ目が見えなくなると、おねだりはもっと強くなった。

「コダマはもっとおもしろいお話が聞きたい!」

恵尺はコダマが哀れだった。その目が見えなくなったのはわが罪業のせいだと思っていた。あの恐ろしい乙巳の変におのれが加担したために、この子をこんなひどい目に遭わせた。この子の目に見える世界は失われた。ならばせめて心の中の世界くらいは広げてやろう、そのためなら、なんでもしてやろう――。そう決心した。

恵尺が幼な子にもわかりやすく楽しい昔話ができる人間を求めはじめたのは、それからだった。その気になって探せば、そういう人びとは市井の片隅に思いのほかたくさんいた。めでたい歌謡を詠うほかい人、老いて隠居した巫《かんなぎ》、いろいろな土地の古老、辻《つじ》に立つ俳優《わざびと》、諸国流浪の語りの芸人……。彼らはちょっと心づけをすれば、よろこんで求めに応じてくれた。なかには飯とねぐらを供するだけでえんえん語りつづけてくれる者もいた。

また、自分らが住んでいる河内はいにしえの大王たちの墳墓の里だ。ホムダワケの大王、ヤマトタケルの皇子、タラシナカツヒコの大王、シラカの大王……。それらの番人たちの中にはいにしえの伝承をよく知っている者がいることもわかった。恵尺は折を見つけてはコダマを彼らのところへ連れていった。仲よくなると、コダマはヤマドリと二人で遊びにいきはじめた。

いま指折り数えれば、コダマは今日のこの日までに五十人以上にものぼる人びとに話を聞いている。それらの話はコダマの小さな心をどのくらい豊かにしてくれたかしれない。

恵尺も知らぬ話に出会ったらできるだけ記録を取るようにした。その点からするならば、昔話の聞き取りはコダマのためだけでなく自分自身のためでもあった。

ふいに、ヤマドリが「ちちうえ」と、寝言を言った気がして、恵尺は振り返った。二人とも無邪気な寝相を描いて、すっかり夢の中だ。

恵尺の頭の中で、トトトトン、トトトトン、と先ほどの太鼓の音が鳴り、コダマの可憐《かれん》な声が重なった。

イザホワケの大王の御子
イチノヘノオシハの王の奴末

オケとヲケの王子と同じだなと思った。重大な秘密を呑んで、世に身をひそめている子。

7

「やれやれだな」

恵尺は文机に戻った。

「進んでいらっしゃる?」

朱玲が床に砕け散った碗のかけらを拾いながら尋ねた。

「まあまあだ」

朱玲はちら、とかたわらを見やり、「イハレビコの大王ですか」と、もの思わしげな表情をした。いざなわれて視線を向けると、先ほどコダマが悲鳴をあげたときに崩れたのだろう、カムヤマトイハレビコの由緒のあれこれを下書きした木簡が、膝元近くに出てきていた。

カムヤマトイハレビコは、わが『大王記』においては、日向に降り立った天孫ニニギから四代の裔《すえ》である。父祖三代の神王が日向の海と山をよく統《す》べたのち、さらに住みよい土地をめざして長い遠征を始めた。瀬戸の海から難波津《なにわづ》に入り、登美《とみ》、熊野《くまの》、宇陀《うだ》、忍坂《おさか》などで抗《あらが》う敵を平らげ、やがて実り豊かな大和に至りつき、畝火山《うねびやま》のふもとの白檮原《かしはら》に宮を築いて鎮座した。そんな物語になっている。

だが、厩戸皇子が初めに考えたのは、それとはじゃっかん異なるものであった。カムヤマトイハレビコの名にふさわしく、遠征の最後に宮を築いて世を治めた地は磐余《いわれ》ということになっていたのである。

この国で実在をたどれる最初の大王のミマキイリヒコは三輪山のふもとに拠点を置いたとされており、それから数代、付近に宮を営む王が続いた。磐余は三輪山の南西で、距離的にもほど近い。すなわち、厩戸皇子はカムヤマトイハレビコをミマキイリヒコから始まる三輪の王たちの始祖として位置づけたのである。

また、そのイハレビコからミマキイリヒコまでの間に八代分の王をもうけたのは、ここに子や兄弟の枝葉をたくさんつくれば、現政権に連なるあまたの臣の祖先をうまく処理できると考えたからだった。

物部《もののべ》氏や大伴《おおとも》氏や忌部《いんべ》氏といった由緒ある氏族は、天孫が降臨する初めのあたりに発祥の伝承がないと恰好《かっこう》がつかないが、それ以外の中小氏族はもっと後でよく、イハレビコが大和入りしたあとのこのあたりが遅からず早からずで適当である。そんな思惑による緩衝部分であった。

葛城氏の後裔である蘇我氏は、八代目のオホヤマトネコヒコクニクルの大王の枝葉のところに始祖がもうけられた。

嶋大臣馬子はこれに関してとくに異論は出さなかった。そもそも蘇我氏はさほど古い氏族ではない。ありていに言って新参者だ。客観的にみれば、そのくらいの祖先伝承がふさわしい。自分たちは臣下の分を超えてまつりごとの頂に君臨している。過度の粉飾を行って群臣の反感を買うのは得策でない。そう馬子は判断した。

しかし、父のような均整のとれた政治感覚を、息子の蝦夷は持ちあわせていなかった。蝦夷にとってその筋書きは物足りなかった。もう少し自分たちを王権に強く関連づけたかった。

その相談を、恵尺は何度となくもちかけられた。

「のう、船の史よ、もちっとうまく話をつくれぬものかな」

生まれながら貴公子として育った蝦夷は穏健な協調主義者だったが、一度こだわりはじめるとなかなか考えを変えられぬ、融通のきかぬ性《しょう》でもあった。

「なにかこう、あからさまな潤色の感じではのうて、さりげなく、なおかつずしりとわれら蘇我の力を感じさせてくれるような運びにならぬであろうか。工夫してくれ、恵尺」

あごひげをいじりながら、しきりに同じ求めを繰り返した。

そんなとき、いつも脇から鋭い異論をさしはさむのが、蝦夷の子の大郎入鹿であった。

「父上、そのようなことはどうでもよいではありませんか」

入鹿は渋面をつくっている蝦夷にしらじらとした眼《まなこ》を向け、「蘇我の系譜など」と吐き捨てた。

「くだらぬ」

しかし、恵尺としては、大殿である蝦夷の希望は捨て置けない。あれかこれかと考えた末に、そうだ、と案を思いついた。

それこそが、始祖王のイハレビコの宮の位置を、磐余から白檮原に変更することだった。なぜならば、高市郡の畝火山のふもとの白檮原一帯は蘇我氏の本貫だからである。恵尺はあわせて御陵《ごりょう》も白檮原に営んだことにしようと思った。そうすると、イハいレビコと言いながらイハいレビコでなくなってしまうが、微細なことだ。やむをえない。

われながら名案だと手を打った。これならば蘇我の権威はずっと格上げされる。

恵尺はまずこの筋書きを蝦夷大臣に提案し、なお物足りぬと仰せならさらなる変更を加え、いまは八代目の枝葉に位置づけられている蘇我氏の始祖を初代イハレビコ自身の兄弟のところに持ってきてみようと考えた。

さっそく御前にあがり、概要を説明した。蝦夷は思った以上によろこんだ。それはよい、ぜひそうしてくれと乗り出してきた。恵尺はすぐに修正にかかった。その矢先に、恵尺は中大兄皇子と中臣鎌足から呼び出され、恐ろしい政変の計画を聞かされたのである。

多武峰《とうのみね》の小社の境内で恵尺が二人から求められたのは、三韓朝貢の儀式のその日、蝦夷を屋形のうちに釘付けにせよ、という命令だった。

中大兄の白皙《はくせき》の貌《かお》の中で、男にしては赤すぎる唇がゆっくりと動いた。

「儀式には豊浦大臣は呼んでおらぬ。なぜならば、確実に大郎を殺《や》らねばならぬからだ。めざす敵はとにかく大郎だ。そのためには二人をどうしても引き離しておかねばならぬ。大臣には万が一にも儀式を覗きにいってみようなどと思ってもろうては困る。されば、そなたには大臣をしかと足止めする役を負うてもらいたい。そなたは大臣のもとで国史の仕事をやっておるのよな。それをうまく使うてはどうか」

鎌足が不気味なほど柔らかい調子で脇から言葉を補った。

「案ぜずともよい。大臣に毒を盛れとか、斬《き》れとか求めておるのではない。気をそらすだけじゃ。それだけだ。なんにも恐ろしいことではない。できるであろう？　のう、恵尺」

恵尺は頭を抱えた。

その果てに、もし自分がその役目を果たすならば、できることは一つしかないと思った。それは、例のくだりだ。例のくだりを書き直したものを決行の日に蝦夷大臣に提示する。そうすれば、大臣は必ずや夢中になるだろう。『大王記』の中での蘇我氏の位置づけ。それは蝦夷の積年の執着であり、最大の関心事なのだから。

それから恵尺は夜を徹して該当箇所の抜き書きをつくった。原本は渡せない。原本を渡したら混乱の中で失われてしまう可能性が高いと思ったためだ。

結果は恵尺が予想したとおりになった。板蓋宮で入鹿誅滅《ちゅうめつ》が完遂されたとき、蝦夷は自室にこもって一心不乱にそれに読みふけっていたのである。

恵尺は改めて、半分清書の終わった机の上の『大王記』を眺めた。

いまこの中で、人皇初代のイハレビコの宮と御陵は白檮原になっている。しかし、蘇我氏の始祖は八代目の大王の枝葉にとどまったままだ。あの事件で蝦夷大臣は死んでしまい、それ以上の希望を聞くことはできなかったからだ。大臣はこれで満足だったろうか。

恵尺は深くため息をつき、思い切るように首を振った。

――もう、忘れよう。

せっかくいま、なにごともなく過ごせているのだから。

もはや蘇我の時代は終わった。いまのおのが主君は中大兄皇子である。大臣は中臣鎌足である。よけいなことは考えまい。

「さて、われわれも寝るとするか」

朱玲に笑いかけた。

「ええ」

「明日は難波へ行かねばならぬ」

「そうですとも。お早うおやすみなされませ」

恵尺はよっこらしょと立ちあがり、板戸を細く開けてみた。雪はいつの間にかやみ、一面の銀世界を明らかな月が照らしていた。

「やんでいるよ」

閂《かんぬき》をかけ、子供たちを見下ろした。すう、すう、と二つの寝息が立っている場所が、オンドルがもっともあたたかいところだ。子供たちは猫の子のように上手に、部屋の中でいちばん快適な場所を見つける。

そっとコダマのひたいに手を当てた。熱はすっかり下がっている。朱玲に向かってこくりと頷いた。

朱玲は安堵《あんど》したようにほほえみ、取り散らかった文机のまわりを片づけ、灯火をふっと吹き消した。

恵尺は闇《やみ》の中で目を閉じた。

しだいに眠りに落ちていくまぶたの裏に、入鹿の野性的な笑顔が映った。馬の鞍《くら》を編纂室の床に無造作に投げ捨て、父の蝦夷の手元を斜めに覗き込んだ。

「蘇我の系譜など」

と、放言した。

たしかにそうだろう、と恵尺は思った。蘇我の系譜などどうでもよいと言い切るだけの理由が、蝦夷と違って入鹿にはあったのだから。

＊

さて、姫様、若様、またまたやってまいりました。難波の辻の蟹丸《かにまる》でございます。こんにちは恵尺の殿様とばったりお会いしまして、うまうまとお呼ばれ。この蟹《かに》みたいな面相を存分にお笑いくださいまし。

さて、なにをお見せいたしまするか。お歌に、踊りに、笛、太鼓……。ナニお話がよい？　ああ、そうでした。姫様はお話がお好きなのでございました。あい承知にございます。

さようならば、西の果て日向《ひむか》のあたりの昔話などいかがでございましょう。拙者、じつはそちらが生国《しょうごく》でございます。あ、それがよい？　あい承りました。

では、かの地の奇特《きどく》なるお姫様のお話を、こんにちはひとつ。

＊

昔むかし、日向の笠沙《かささ》の岬にとても美しい姫御前《ひめごぜ》が住んでおられて、そこへ、狩りの途中の王様が通りかかったのでございます。王様は面食いなお方で、別嬪《べつぴん》さんの姫御前に一目惚《ひとめぼ》れなさりました。で、こう問いました。「そなた、名はなんという」。姫御前は答えました。「私の名前はコノハナサクヤビメ。この地の山の神、オホヤマツミの娘でございます」

王様は「そなたをわしの妻にしたい」と申し込まれました。コノハナサクヤ様は畏《おそ》れ多いことじゃと思いました。そんなだいじなことは、自分の一存では決められぬ。そこで、こうべを垂れて、申しあげました。「ならば、父に許しを得ていただけますでしょうか」

王様は親父《おやじ》様のオホヤマツミ様に使者を遣わし、ヒメを妻にしたい旨、申し入れなさいました。オホヤマツミ様はよろこんで応諾《おうだく》なさいました。

ところが、ここで悶着《もんちゃく》が起こり申した。コノハナサクヤ様にはイハナガヒメ様という姉様がおられて、オホヤマツミ様はこの姫様もコノハナサクヤ様といっしょに王様のもとへ遣わされたのでございます。

意中のヒメの後ろに思いもしなかった姉様がくっついてきたことに、王様はびっくりなされました。そして、その顔を見てもっとびっくりされた。なんとなれば、そのおかおばせがあまりにも醜かったからです。イハナガヒメというその名のとおり、でこぼこの岩を鑿《のみ》で穿《うが》ったような、それはそれはひどい醜女《しこめ》でござった。王様は世の中にはこんなに醜い女もいるのかと恐れおののいた。イヤ、必ずしも悪気があったわけではござらぬのよ。王様のまわりにはそもそも美女《くわしめ》しかおられぬ。醜い女というものを見たことがなかったのです。

王様はコノハナサクヤ様だけを手元に残し、イハナガ様のほうは即座にオホヤマツミ様の元へ返してしまわれました。

このしうちに、オホヤマツミ様はひどく腹をお立てなさりました。というのも、オホヤマツミ様が娘二人を捧げたことには深い意味があったからでござります。

オホヤマツミ様は、王様に向かってこんなお恨みの言葉を申しあげました。

「それがしがあなた様に娘を二人並べてお送りしたのは、あなた様に対する精一杯のことほぎでござりました。コノハナサクヤをご鍾愛《しょうあい》になれば、あなた様の御代《みよ》は桜の花が咲くようにお栄えなさるでしょう。しかし、花はすぐに散ります。いっぽう、イハナガをご鍾愛になれば、雨降り、風吹き、雪降り、雷鳴が轟《とどろ》こうとも、あなた様の御代は永遠に揺らぐことがないでしょう。すなわち、それがしは繁栄と不変という二つのものを二つながらあなた様にさしあげたのです。なのに、あなた様はコノハナサクヤのみを取り、イハナガは追い返されてしまわれた。かくなるうえは、あなた様の御代はひとときは殷賑《いんしん》をきわめるでしょう。しかし、それはすぐに終わるでしょう」

おお、こわや。手厳しい呪詛《じゅそ》の言葉でござりまする。

それにしても、この王様はちと知恵のいたらぬおん方でありまする。目先の美しさのみに惑わされて、せっかくのよいお申し出をおじゃんにしてしまわれたのだから。

けれども、この話はただ面食いな王様の失敗譚《たん》、ということではないのでござるよ。というのも、わが日向にはあるいはこの話の元種かやと思われるお話が別にあり申して――、こんにちはそちらも特別にお教えいたします。それは美女と醜女のどちらを選ぶかというのではなく、石と握り飯のどちらを選ぶかというお話。

遠い遠い昔のむかし、コノハナサクヤ様よりずっと昔、人間たちは天の神様がくだされる恵みものによって生きておったのでござります。そんなある日、神様は石と握り飯の二つを天からお下ろしになって、どちらか一つ選べとおっしゃった。人間たちは「石は食えぬ。腹がふくれぬ」と言うて、みな握り飯を選びました。そしたら神様は、おまえたちは馬鹿《たわけ》じゃと断じました。「飯はうまいが、一度食うたらおしまいだ。食わずにとっておけば腐ってしまう。それにひきかえ、石は腐りもせず、なくなりもせず、永遠に同じ姿形を保ちつづける。石を選べばおまえたちは永遠の命を得られたのに、これでおまえたちの命は限りあるものとなった」

じつはそれまで、人間には寿命というものはなかったのでござる。ところが、このとき以降寿命ができて、しかも、常に食うては働き、食うては働き、永遠にあくせくせねばならぬ定めを負うことになった——と、まあ、そういうおもむきのお話にござります。

このお話をふんまえて申せば、コノハナサクヤ様のお話も、思う以上に人間の真実をついておるのかもしれぬのです。どんなにりっぱな王様の御代でも、とこしなえに続くことはござらぬ。また、どんなに尊い王様のお血筋も、とこしなえに継がれていくことはござらぬ。いつかは絶えて、別のお血筋に交代する。そういう理《ことわり》を、このコノハナサクヤ様のお話は示しておるのかもしれぬからです。だとすれば、なかなか意味しんちょうだ。

人間というのははかないものでござります。滅び、生まれ、滅び、生まれ、をせっせ、せっせと繰り返す。滅びねば生まずとすむのに、滅びるから生まねばならぬ。無駄といえば無駄なことだ。けれども、そもそもそういうのを人間というのかもしれぬ。なあんて、不肖この蟹丸は思うたりするのでござりまするよ。

＊

さて、王のおきさき様になったコノハナサクヤビメ様は、しばらくしてお腹《はら》にお命を授かりました。待望の初めてのお子様だ。そこで、王様の御前《おまえ》にまかり出て言われました。

「王様、私は身ごもりました。もうじき生まれますのでお知らせにあがりました」

めでたいことだ。ところが、王様はまたしてもお口をすっぺらかしました。

「それは、ほんとにわしの子か？　どこぞの別の男の子ではないのか」

ああ、ああ、やらかした。女人に対していちばん言うてはならぬセリフを言うた。王様はイハナガ様を傷つけたうえに、コノハナサクヤ様まで侮辱した。まことにもって、迂闊《うかつ》なおん方様でござりまする。

しかし、多少おかばい申しあげるならば、この王様はおのれに自信のない王様であられたのです。おん身はコノハナサクヤ様にぞっこんであられたけれど、ヒメのほうはおのれを好いてくれておるのか心もとなかった。本当は好きでもないのに、自分が王だから無理して従ってくれているだけではないか、とか思うたりしていた。で、いつかヒメに真《まこと》に好きな相手が現れたら、そちらへ行ってしまうのではないかと怖《お》じけもされておった。だから、つい他の男の子ではないか、なあんて言うてしまわれたのだな。おのれがヒメから心底愛されておるという確信があれば、こんな言葉は出るものではござらぬよ。つまり王様はヒメを愛していないのではなく、むしろ愛しすぎておられた。

それゆえの疑《うたぐ》りであったのだ。その意味からしたら、王様もちとお気の毒でござりまする。

しかし、コノハナサクヤ様はお怒りになった。烈火の如《ごと》く怒られた。「あなた様がそんなことをおっしゃるなら、私は身の潔白を証《あか》してみせます」と仰せられ、出入り口の一つしかない産屋を建てさせなすった。

「もしこのお腹の子が正しくあなた様のお子であるなら、無事生まれるでしょう。もしそうでないならば、無事ではないでしょう」

と言うなり産屋に籠《こも》り、扉を塗り土でもってふさがせ、火を放たせました。そして、燃えさかる炎の中で出産なすったのでござりまする。これまたなんとも激しいお姫様じゃ。

で——、どうなったか?

ヒメは劫火《ごうか》に焼かれて死んでしまった。あとかたもなく消えてしまった。けれども、その灰の中から元気な産声《うぶごえ》が響いておった。そう。赤子は無事であったのです。ヒメはおのれの命とひきかえに身の潔白を立てたのでござりまする。

王様はここで初めておのれの愚かさをお悟りなすった。おいおい泣いて悲しんだ。けれども、どうにもならなかった。ヒメはもう帰ってこない。後悔先に立たずでござりました。

おやおや、姫様も、若様も、なんとひどい話じゃ——というお顔をなすっておられまするな。まことにさよう。ひどい話だ。しかし、ひどいだけではないのでござるよ。なぜならば、この結末はさっきの寿命の話にちゃんとつながっており申すのだから。

すなわち——。

花の命ははかなく終わる。その代わりに新しい命が生まれる。これでござる。

さてどうじゃ。なかなか意味しんちょうでありますろう。

なに？　おん父君からうかごうた話にようにたのがあった？　だけど、おん父君のよりおもしろかった？　そりゃ蟹丸、光栄の行ったり来たり。

第三章
女帝の首飾り

1

むっとする草いきれと、濃厚な木々のにおいが瘴気《しょうき》のようにたちこめている。

斉明《さいめい》二年（六五六）の夏である。

二上山《ふたかみやま》の山越えの道を、四人の道連れがゆっくりと進んでいる。青鹿毛《あおかげ》の上には、恵尺《えさか》とコダマ。馬の口を取っているのは忠僕の阿品。そして、馬の尻《しり》に添うてくてく歩いているのはヤマドリだ。

道はやがて胸突き八丁ののぼりにさしかかる。

「コダマ、危ないから、ようつかまっておれよ」

「あい」

コダマはぴたりと父の懐に貼《は》りつき、息を止める。今日のために縫ってもらった短い裳《も》と白褌《はかま》の両脚をうんと踏ん張る。

馬のひづめがさがさとクマザサの藪《やぶ》の中に入り込み、日陰の土の湿りけの中に閉じ込められる。と思う間もなく空気が変わり、ぱあっとまわりが開けた気がして、コダマは見えぬ目を大きく見開いた。

馬の脇《わき》についていたヤマドリが「わあー」と歓声をあげた。

「コダマ、峠《とうげ》だよ。大和の国が見えるよ。すごいよ」

さんさんと降り注ぐ光を肌に感じる。頬《ほお》を撫《な》でる風が新しい。

ヤマドリもコダマも、峠より向こうに足を踏み入れたのは初めてである。

「とっても広い緑の大地だよ。蜘蛛《くも》の巣みたいに川がキラキラ光ってる。遠くのお山は深い青だ。空の色に溶け込んでる。ものすごくきれいだよ」

「まあ」

コダマは思わず笑顔になる。

阿品がヤマドリを導いて、彼方《かなた》の地理を一つずつ指して教える。

「小兄様《ちいにい》、ずうっとお目を凝らしてごらんなさりませ。ほら、あそこに小さくちょこなんと見えておりますするのが耳成山《みみなしやま》。その隣の一まわり大ぶりなのが畝火《うねび》のお山でござります。そのまた向こうのほうからなだらかな丘が連なっておりますす端っこが天香久山《あめのかぐやま》。その右手のほうが飛鳥の都でござります。こうっとお目を返していただいて左のほうにまいりますと、きれいなゆるい三角の頂《いただき》。あれが三輪のお山でござります。それから竜王山《りゅうおうざん》、石上山《いそのかみやま》、といったぐあいに大和の東の壁のようなお山が続いてまいります」

かたわらで耳を澄ましながら、コダマの胸の中に未知の土地の姿がじわじわと像を結んでくる。夢のような、憧《あこが》れのような、まだ見ぬ未来のような、あるいは遥《はる》か昔の思い出のような、なんともいわれぬ気色《けしき》である。思わずほうっ、とため息が出る。

恵尺が後ろから頬を寄せ、言葉を重ねる。

「コダマ、大和の国は青垣山隠《あおがきやまごも》れる、というてな。河内と違うてまわりの四方をぐるっとお山で囲まれておるのじゃ」

「あおがきやまごもれる?」

「ああ、そうだ。青い垣根で守られておるような、やすらけき風土だよ」

「そうなの」

コダマは胸いっぱいに新しい土地の空気を吸い込む。

みんな考え違いをしている、とコダマは思うことがある。目の見えぬ者にも見えるものはあるのだ。心の目はちゃんと開いているから。肌で感じる形がある。髪で感じる色がある。鼻で感じる味がある。耳で感じる感触がある。風の温《ぬく》みと、粘り気と、湿り気。それらが織りあわさって心の中に一つの風景ができあがる。

そして、お日様の光の明るさ。まぶたを圧《お》すその力の強さで、おのれが向かっている方角もわかる。

「父上、私たち、ひむがしのほうに向かっているのね」

「おう、そのとおりだ。ようわかるな」

恵尺が感心する。

阿品がついっとそばに寄りきたり、「せっかくお初の山越えでござりまする。この阿品が姫に一つ、よいお話をお教え申しあげましょう」と言う。

「うん」

コダマはまんてんの好奇心で待ちもうける。

「その昔、この向こうの葛城《かずらき》のお山をオホハツセの大王《おおきみ》が家来をひきいて越えておられたことがあったのです」

「オホハツセの大王――。長谷《はつせ》の朝倉宮《あさくらのみや》にいましたおん方ね。葛城のカラヒメ様を奥方様となされ、シラカの大王のおん父君」

「おお、さすが。姫はよう知っておいでじゃ」

阿品が賞賛する。

「その大王が、なあに?」

阿品はコダマのまとっている縹《はなだ》色の上衣をちらりと見上げ、

「大王は家来のみなに、いま姫がお召しになっているような青い衣をお着せになって進んでおられたのです。すると、向こうのお山の道にも同じように青い衣の人びとを率いて進んでいる王が見えた。大王は不審に思われました。この国には大王は自分一人しかいないはずなのに、あれはたれじゃ。そこで、大音声《だいおんじょう》をもって問われました。『そちらはいかなる者どもぞ』。そうしたら、向こうの王もまったく同じ言葉を返したのです。『そちらはいかなる者どもぞ』」

「あっ、木霊《こだま》?」

コダマはおもしろくなって、うふっと笑った。

「さんそうろう。木霊にござりまする。コダマ姫。でもただの木霊ではござらなかった」

「うんうん、なあに?」

「オホハツセ様は無礼なと思うて、家来に弓矢をつがえさせました。そしたら、向こうの家来も瞬時にして弓矢をつがえ返したのです」

「まあ。鏡みたい」

「オホハツセ様は声を荒げられました。『やあやあ、相対する者よ。戦う前にまず互いに名乗りあおうではないか。弓矢を交えるのはそれからじゃ』。すると、向こうの王様が、『われはこの山に宿るヒトコトヌシである』と返されたのです。ヒトコトヌシ様はいにしえより葛城の民がお祀《まつ》りしてきた神様でございます。よきことも悪《あ》しきことも一言にて言い当てる託宣の神様でございます。それを聞いてオホハツセ様はびっくりして、たちどころに弓矢を置き、太刀をはずし、家来たちの衣も脱がせて神様にたてまつりました。

なぜならば、オホハツセ様は先ごろ、ほかならぬその葛城の人びとを攻め滅ぼしてしまわれていたからです。神罰があたったかとお怖れになったのです。でも、ヒトコトヌシの神様はオホハツセの大王のうやうやしい態度を殊勝に思しめして、ご自身も武器をお下ろしになりました。そして大王の御代栄えんと祝福してくださったのです」

「ふうん、おもしろいお話ね」

「ヒトコトヌシの神様は、正しき行いには正しくお応《こた》えくださる神様にござります。本日姫がここをお通りになったことも、ヒトコトヌシの神様は向こうのお山からご覧になっておられましょう。姫はお心の清いおん方でありますから、神様もその清きお心を映されて、ねんごろにお守りくださるでありましょう」

ヤマドリが脇から「きっとそうだよ」と応援し、「吾《われ》も神様にお祈りしよう」とこうべを垂れた。

恵尺も「そうだな」と応じ、後ろからコダマの両手を取り、おのれの両手と重ねて目をつむった。

――コダマの身に、どうかご加護をお与えくださいますように。

そして、「さて行くか」という恵尺の合図に阿品は馬を励まし、下りの道に入った。

こんにちの四人のぽくぽくの山路行き――。その目的は、コダマの目を飛鳥の医師に見せることなのである。

彼らが向かっている飛鳥に、一昨年の暮れ、都は正式に還った。難波の孝徳《こうとく》大王が逝去したからだ。位には孝徳の姉の皇極《こうぎょく》元女帝が返り咲き、斉明《さいめい》女帝となった。一度退《ひ》いた大王が重祚《ちょうそ》するのはわが邦《ほう》初のことで、それを実現させたのは、例のごとく皇太子中大兄と側近の中臣鎌足による強引なまつりごとであった。

新しい都には人が集まる。富が集まる。才が集まる。すぐれた医の技も集まる。その眼病医は今《いま》来《き》の百済人で、治せぬ病も治せるとして評判になっており、恵尺がつてをたどって訪ねてみると、同国の誼《よしみ》もあって気軽に応じてくれた。ともかく一度連れてきてみなされと言われた。そこで、里に帰った折を拾ってコダマを伴ってきたのだ。

ヤマドリはおまけである。馬には二人も乗せられぬ、来るなら徒《かち》だぞ、疲れるぞ、と脅《おど》したのに、「吾も行く」と言って聞かない。ヤマドリは妹の影法師のように、その傍《そば》から離れることがない。

「小兄、くたびれたでしょう」

そのヤマドリに、コダマが声をかける。

コダマはさっきからヤマドリの足音が乱れているのが気になっている。左右が不均衡で片方の足をかばっている気配がある。

「なんの、これしきの山道」

ヤマドリは景気よく返すが、ほんとはなんの、ではない。草鞋《わらじ》の指にまめができて、破れてしまった。ずきずきして痛い。

心やさしい阿品が察して、助け船を出す。

「小兄様、爺《じじ》は年寄りゆえちと休みとうなりました。この先の當麻《たいま》に女房の由宇めの里がございます。茅屋《ぼろや》でござりまするが、小兄様と姫がお訪ねくださったらどれほどよろこぶでありましょう。ご相伴くださりませぬか」

「うん、いいよ」

ヤマドリは内心ほっとする。

ああ、見えてまいりました、あすこでござります、と、坂道の下にへばりつくようにしている集落を、阿品は指さした。

2

當麻は二上山のふたこぶの東のふもとの邑《むら》である。由宇の先祖は遠い昔当地の大豪族だった葛城氏に仕えていたが、その葛城氏は滅び、支族から台頭した蘇我氏も滅びた。いまはとりとめのない農民たちが、ただおぼろげな記憶を抱いて一帯に点々と暮らしている。

恵尺たちがそのうちの小家の一つにかぽかぽ踏み込んでいくと、由宇の姉の錦《にしき》と、腰の曲がった老母の尾津《おづ》が飛び出してきた。

錦が「まあまあ、これは恵尺の長《おさ》。ようお越しくだされました」と低頭する。

尾津は恵尺に抱かれたコダマと、草鞋の泥足で寄り添っているヤマドリに人の好い笑顔を向け、

「これはこれは、コダマ姫とヤマドリ小兄様でおざりましょう。お噂《うわさ》はかねがね伺うておりまする。まあまあ、なんとめでたき姫様と若君じゃ。さて、おいくつになられました、お二方」

「十二！」

「十四！」

コダマとヤマドリは競うように答える。

「ほうほう、十二と十四。姫様は愛らしきゆえ十くらい、若様はごりっぱゆえ十六くらいかとお見受けいたしました。まことに祝着におざります。われらが由宇めも、さぞかしお仕えするのが心楽しゅうござりましょう」

尾津はねじれた松の枝が天を見上げるように精一杯に腰を伸ばし、ささ、と家のうちに主家の親子をいざなった。

錦がさそくに、「なんにもござりませぬが、おくつろぎくださりませ」と、心づくしの餐《さん》を運んでくる。小さくつくねた粟団子《あわだんご》やら、甘い小イモをふかしたのやら、川魚をあぶったのやら。コダマの目をおもんぱかって、食べやすいものばかりだ。

香ばしいにおいがたちこめる。二人のお腹がぐるぐると鳴る。

「小兄様もコダマ姫も、遠慮せずとたくさん召しあがりませ。こうっとお手でおつかみなされて、

ぱく、ぱく、と食らいますのが、この里の流儀でござりまする。さあさあ」

ヤマドリとコダマが「いただきまあす！」と交互に叫ぶ。コダマの口の端についた粟粒をヤマドリがちょい、と取って自分の口に入れる。

二人とも旺盛《おうせい》な食欲で馳走《ちそう》を平らげ、あっという間に皿が空になる。

「ごちそうさま！」

恵尺はそんな子供たちをほほえんで眺め、開け放たれた窓の向こうに目をやり、野良仕事に励んでいる者たちが女ばかりであるのに、おや、と首をかしげた。たしかこの家には兄弟やら甥《おい》やら、男衆が三、四人もいたはずである。覚えず小柄な媼《おうな》をかえりみた。

「尾津よ、子息らの姿が見えぬようだが、息災であるか」

すると、老女の皺《しわぶか》深いひたいを飾る白い眉《まゆ》が急に曇った。

「いえのう――、あれらは都の普請に駆り出されておりまして」

なかば顔をそむけるように応答した。

恵尺はハッとした。

「さようか」

いま飛鳥では宮都の造営が凄《すさ》まじい勢いで行われており、近国から何万という働き手が徴発されているのだ。

「つい数年前まで、あれらは難波の宮づくりに使われておりました。それがようようできたと思うたら、こんどは飛鳥へお呼び出しじゃ。おかげでわれらの田畑は手弱女《たわやめ》ばかりになり申して、穫《と》れ高《だか》は従前の半分にも至りませぬ。かというて、上様へお納めするものが変わるわけでもございませぬ。難儀なことでおざります」

老母がやや不穏な訴えを始めたのをうかがい見て、錦がコダマとヤマドリに声をかけた。

「小兄様、おみ足がだいぶお疲れでございましょう。表によい湧《わ》き水がございまする。冷たい水で冷やしますと、心地ようて疲れが取れまする。飛鳥までの道のりなど、ひとっ飛びじゃ。姫様もいかがです」

「うん！」と叫んで子供二人が飛び出していくのを見送ったのち、恵尺は媼に向き直った。

「男手がみなのうなってしもうては、媼もたいへんであるな」

尾津はこくりとして、「まあ、おあがりくださいまし」。桑の葉を煎《せん》じた茶を恵尺と阿品の前に据え、ほっかむりを取って、少しばかりにじり退《さ》がった。

そうして、おずおずと問いを発した。

「恵尺の長は、今上《きんじょう》の大王に直《じか》にお仕えになっておられるのですか」

「いや、そういうわけでもないが、なぜにじゃ」

「いえのう、まつりごとをようご存じのお方に、この婆《ばば》は一度聞いてみたいと思うておりましたのです」

「なにをじゃ」

「この宮造りは、大王のご命令でござりまするか」

恵尺は思わず相手の顔を見た。

「それは、いかなる趣《おもむき》の問いであろう」

媼は垂れたまぶたをしょぼしょぼとしばたたいた。

「いえのう、大王ではのうて日継《ひつ》ぎの皇子《みこ》様のご命令であられるかとお察し申しあげましたゆえ」

恵尺は民衆というものは思う以上に暗愚《あんぐ》でない、と感服した。形のうえでは女帝が立っているが、内実は中大兄皇太子が実権を握っていることを、このような老婆でもちゃんと見抜いているのだ。

尾津はさらに続けた。

「われらはあの乙巳の年、日継ぎの皇子様のことを大王家に巣くう獅子身中《しししんちゅう》の虫を退治た正義のおん方じゃと思うておったです。それでいておんみずからは位にお就きにならず、叔父君をお立てなすって、ゆかしい方じゃと拝見申しあげておりました。しかし、その皇子様もはや三十路《みそじ》になられた。若すぎるお年ではございませぬ。なのになぜ、ご自身がお立ちにならぬのでしょう」

もっともな疑問であった。恵尺は黙って媼の次の言葉を待った。

「これは言うては障《さわ》りあることとなれど、亡くなられた難波の大王は、毒をもって弑《しい》せられたと噂する者もございます。恐ろしきことにございます。ほんとだとすれば、それをお命じになったのは、いったいどなた様でありますろう」

ゆゆしき話である。が、中大兄皇子にはたしかにそういう噂もあるのだ。

「そのうえに、いま、このような苦役。あちらこちらで怨嗟《えんさ》の声が立っております。と、いうようなことをおもんみまするとら、皇子様が民からの反発を喰《く》らわぬために、おのれの身を守る壁として母様を位にお立てになったのではなかろうかなどと、われらは疑うてしまうのです」

と、そこまで言うと、媼はぶるっと目が覚めた顔になり、「あっ、これは恵尺の長《おさ》、この婆は畏れ多くもずいぶん言いたい放題を申しあげました」と、木の根が這《は》ったように土間にひれ伏した。

「長はおやさしき方ゆえ、つい調子に乗りました。ひらにご容赦願います。ええ、この、皺《しわ》だらけの悪い口じゃ」

巾着《きんちゃく》のような口許《くちもと》をぺん、ぺん、と何度もはたいた。

だが、恵尺は下々の者のほんとの声にむしろ興味を感じた。おうように「よいよい」と返し、

「媼の話、わしも聞いてみたい。遠慮せずみな言うてみよ」と、うながした。

尾津は恐縮して、「ありがたきお言葉」と、コメツキ虫のように頭を下げ、くしゃくしゃの手拭《てぬぐ》いに顔を埋《うず》めて鼻をかんだ。のち、姿勢をぴた、と正した。

「最近、この婆はしきりに思い出すのでございます」

「なにをじゃ」

「大王が即位されたあと、葛城の峰の上を鬼が飛びました」

わななきながらこうべをめぐらし、上方を少し振り仰ぐようにした。

「恐ろしき鬼でございました。ふしぎな青い笠《かさ》をかぶっておって、生駒のほうへ飛んでいきました。この婆だけでない、たくさんの者が見て、腰を抜かしました。首や腕をざくざくと斬られて、血を滴《したた》らせながら、ケラケラと高笑いしてござった。あれやあ、蘇我大郎入鹿様の亡霊に違いございませぬ」

ああ——、と恵尺は思った。媼の言うとおり、去年の女帝の即位ののち、鬼が空を飛んだのだ。

都じゅうがその噂でもちきりになった。大郎様の亡霊が出た、祟《たた》りじゃ祟りじゃとみなが震えあがった。しかし、その鬼が青い笠をかぶっていた、という話は、恵尺は初めて聞いた。

——青い笠？

どういうことだろう。

媼はしゃべりつづける。

「入鹿様は日継ぎの皇子様のことをさぞかし恨んでおられましょう。その入鹿様が、新しう大王が位に就《つ》かれると現れなすった。それは大王の即位が皇子様のおはかりごとじゃと思われたからでありましょう。そうして、飛鳥の都の普請は失敗続きでおざります。それはきっと、憎い皇子様の妨げをなそうとする入鹿様の呪《のろ》いでござりましょう」

——入鹿様の呪い。

と、恵尺がつぶやいたのと同時に、「ちちうえっ」「ただいまっ」と明るい声がしてヤマドリとコダマが戻ってきた。ヤマドリはきれいな足になって、錦に怪我《けが》の手当てもしてもらい、すっかり元気になっている。

それを機《しお》に、恵尺は場を切りあげることにした。

「そろそろ行こう。遅うなる」

そうして、

「まつりごととは難しいものであるな。媼、大儀であるが頑張ってくれ。からだをよう養えよ」

無難な言葉をかけ、尾津と錦に深く頭を下げた。

3

カン、カン、カン、と鋭い音がするたびに、コダマが恵尺の腕の中でびくっ、びくっとする。

「父上、なんの音?」

「石を割っているのさ」

ずず、ざざっ、と、なにかを引きずる音がする。コダマがまたびくっとする。

「父上、なんの音?」

「柱を運んでいるのさ」

しゃこ、しゃこ、しゃこ、となにかを擦《す》るような音がする。コダマがまたびくっとする。

「父上、なんの音?」

「板を鋸《のこぎり》で削っているのさ」

飛鳥の都に近づくほどに、槌音《つちおと》がかまびすしくなる。ひっきりなしに人夫や荷車が行きかう。

鉤《かぎ》の手に曲がった街道を過ぎると、前方に天香久山のなだらかな姿が現れた。そのとたん、

「あっ、船!」

と、ヤマドリが叫び、足の裏を見せて駆けだした。「小兄様、お気をつけて」と、阿品が後を追う。香久山のふもとに水路の発着場があって、笹型の舟がどんどん入ってきているのだ。

どの舟も大きな石材を積んでおり、到着するたびに、えっさあー、えっさあー、という掛け声と

ともに、赤銅《しゃくどう》色の人夫たちが順送りして岸に積みあげていく。舟が空になると、とおー、りゃあ、と陸揚げされ、人夫がいずこかへ担ぎ去る。また次の舟が来る。えっさあー、えっさあーと石が積みあげられる。空になった舟がとおー、りゃあ、と担ぎ去られる。積みあげられた石材は、陸の人夫の組がさらにどこかへ運んでいく。更地になった地面にまた次の石材が積みあげられる。

ヤマドリはせわしない荷揚げに興味しんしんで見入っている。えっさあー、えっさあー、とおー、りゃあ。目がまわりそうだ。

ヤマドリが阿品に聞く。

「この石はどこから来るの？」

「石上山からですよ。ここから北へ四里ほどのところでございます。そこからここまで石材を運ぶために堀を開いたのでございます」

さらに歩を進めると、こんどは広大な材木置き場に行きあった。よっしゃー、こーい、よっしゃー、こーい。いっぱいに丸太を積んだ荷車が運ばれてくる。スギ、ヒノキ、ヒバ。粗い木肌の材木がざらっと地面にあけられる。人夫が端からさばいていく。また荷車が来る。ざらっと地面にあけられる。土埃《つちぼこり》とおがくずが舞いあがる。いがらっぽい樹木の香気と、人の熱気と汗と脂《あぶら》が入り混じったにおいがたちのぼる。コダマがゴホゴホとむせる。恵尺がふところから麻布を取り出し、コダマの鼻と口に巻いてやる。

右も左も、ものすごい喧噪《けんそう》だ。

見物に足を取られていたヤマドリがようやく恵尺の駒《こま》に追いつき、いっしょに歩きだした。

「父上、これぜんぶ、宮をつくる材料？」

「そうだよ」

「うわあ」

興奮したような、呆《あき》れたような声を出す。

「すごいのね」

コダマも声を揃《そろ》える。尾津が先ほど不満を述べたように、飛鳥周辺はこのところずっとこの調子なのである。

都づくりにかける中大兄らの情熱はなみたいていでない。さっきの長大な運河などは、「狂心《たぶれこころ》の渠《みぞ》」と揶揄《やゆ》されている。正気の沙汰《さた》ではないという意味だ。当初から大掛かりな計画だったのに、失敗が相次いではかばかしく進捗しないため、金と労力が何倍もかかっているのだ。

もともとは、かつて推古女帝の宮があった小墾田《おはりだ》の跡地に新宮を建てる予定だった。従来より二まわり三まわり大きく縄張《なわば》りし、渡来の工法を取り入れ、石材や無垢《むく》の木材をふんだんに使い、これまでは寺院にしか用いられていなかった瓦屋根《かわらやね》を葺《ふ》く計画だった。ところが、工事にとりかかってみると木食い虫が大発生して建材は朽ち、石材はヒビだらけで礎石にも石垣にも使えない。工事監督は原因を必死に調べたが、理由はさっぱりわからなかった。

やむなく作業を中断し、別の構想をたてはじめた矢先に、現宮の板蓋宮が火災で焼けた。中大兄らはやむなく別宮の川原宮《かわらのみや》を仮住まいとして、火災の跡を整地して新宮の再建設を始めた。すると、それが八分ができあがったところで、またしても火事が起こった。何者かによるつけ火らしかった。まさしく呪われている。

こうなったら、もう意地だ。中大兄らはふたたび川原宮に移り、いくらでもかかってもよいからすばらしい宮を完成させてやると、堀を開削し、良材の産地である木の国や美濃《みの》の国に号令し、人夫も倍増徴発しているのである。

けれども、そのような調子でいま各所で行われている工事も、よくよく眺めればすべてが中大兄の存念というわけでもなさそうなことがわかる。ずいぶん奇妙なものにも、金はつぎこまれているのだ。

「父上、この垣根の向こうはなあに？」

折しもヤマドリが左手の丘に設けられた長大な囲いを見ながら尋ねた。ずらりと続く白木の柵のところどころに番兵が立ち、サカキと白い紙垂《しで》が飾られ、一般の者は立ち入れぬようになっている。

「ようわからぬが、神様にお祈りを捧げる場所のようだよ」

恵尺も中に入ったことはないが、工事にたずさわった者によると斜面が切り開かれ、白石が敷き詰められ、大掛かりな祭祀《さいし》施設になっているそうだ。ふしぎな模様を刻んだ巨石が据えられ、亀形《かめがた》や舟形の水槽が置かれ、猿、蛙《かえる》、亀、馬、抱きあう男女などの石像が群れるように設置されているという。

謎《なぞ》の構えはそこだけでない。飛鳥の後方の多武峰《とうのみね》の頂《いただき》にも大量の石材が運び込まれ、道観《どうかん》が築かれ、立ち入り禁止の聖域になっている。結界が張られたそれらのうちには鳥や獣などのいけにえが運び込まれ、いんいんたる祝詞《のりと》や、悲鳴とまごう呻《うめ》き声のようなものが聞こえてくることもあるのだとか。

では、これらは誰の命によるものなのか――といえば、それは、ほかならぬ斉明女帝自身の希望であるらしいのである。女帝は最近道教、もしくは何教ともいえぬ信仰に入れ込んでおり、異国の僧や修行者を身辺に侍《はべ》らせ、風変わりな儀式に余念がない。飛鳥だけでない。神仙境の吉野にも離宮をつくり、わずかな供まわりを連れて行幸《ぎょうこう》し、一心不乱になにかを祈っているという。

女帝はもともと霊感の強い、巫女《みこ》王のようなおん方である。

その名が世に響きわたったのは夫の舒明《じょめい》大王がみまかり、皇極女帝として即位して間もなくのことだった。ひどい旱《ひでり》がいく月も続き、このままでは飢饉《ききん》になると民が騒ぎはじめた。時の為政者だった豊浦大臣蝦夷《とゆらのおおおみえみし》は事態を重くみて、お家芸である仏教の威信をかけて降雨祈願を行ったが、効験はまったくなかった。

そこで、女帝の登場となった。女帝はみずから卜《ぼく》によってよき峰を定め、身を清め、一心に祈念した。すると、半刻《はんとき》もたたぬうちに一天まっ黒に掻《か》き曇り、激しい雨が降りはじめた。雨は五日も降りやまず、カラカラだった田は満々と水をたたえ、木々の緑は復活した。民は躍りあがった。女帝は霊妙《くしび》の力を持つおん方として、いちやく注目されるところとなった。

霊験はそれだけでなかった。女帝が極度に怒ると稲妻が光り、雷が落ち、極度に悲しむと地がぐわらぐわらと鳴動し、極度に恐れると竜巻が巻き起こった。

恵尺はこの倭国には遠い昔、鬼道《きどう》をもって民を治める女王がいたと父の龍から聞いたことがあった。それは日の巫女《みこ》のヒミコ様なる名前で、皇祖女神のアマテラス様となにがしか面影が重なっていると龍は言っていた。おそらくそれと同じような力を、この女帝も持っているのだろう。

そのような女帝がいま必死に祈願している。それはなんに対してであるか。

それこそ――、ほかならぬ入鹿の怨霊《おんりょう》に対してだろうと恵尺は推測している。

尾津の媼が言ったように、女帝の重祚とともに葛城の峰に恐ろしい鬼が現れた。そして、飛鳥の宮都造りに、いま、ただならぬ異変が起こっている。それは入鹿が騙《だま》し討ちされたことを依然として恨みつづけているからだろう。女帝はそれゆえにりっぱな祭祀施設をつくって、入鹿の魂鎮《たましず》めに打ち込んでいるのだろう。

右手前方に川原宮が見えてきた。薬師《くすし》の宅はこの宮をぐるっとめぐった向こうである。

恵尺は宮の丹《に》塗《ぬ》りの塀を眺めながら、その中にいるはずの女帝のさらなる秘密について、思いをめぐらせた。

4

そのことを知ったときの衝撃を、恵尺はいまも忘れない。

教えてくれたのは、父の龍であった。長らく絶えていた『大王記』の編纂《へんさん》が大臣蝦夷のもとで再開され、若き恵尺が要員に加わって二年目だった。女帝が亡き夫舒明の跡を継いでから半年ほどたっていた。恵尺は三十三だった。

女帝は即位するやいなや入鹿を重用し、その寵愛《ちょうあい》ぶりは目に余るほどになっていた。二人のあいだには男と女の関係があるのではないかと噂が立ち、恵尺もまさかと思いながら、ありえぬことではないと思いはじめていた矢先であった。

「おまえに知らせておかねばならぬことがある」

龍がいつになく真剣な顔で言った。

龍はそのころからだを患い、床に臥《ふ》せることが多くなっていた。自分にもしものことがあったときのため、告げるべきことは告げておこうと考えたらしかった。

恵尺もかしこまって相対した。

「なんでござりましょう」

「かまえて、他言無用ぞ」

「承知いたしました」

「驚くなよ」

「はい」

とんでもない言葉が発せられた。

「じつはな、大郎入鹿様は大王のじつのお子様であられるのだ」

——なっ！

恵尺は魂が弾《はじ》け飛ぶ気がした。

「父上、いま、なんと仰せられました」

驚くなというほうが無理である。

龍は神妙な顔を崩さなかった。

「大王は初婚ではあられない。先にお一人夫君がおありになって、大郎様はそのあいだにお生まれになった王子だ。元のおん名を漢皇子《あやのみこ》様と申しあげる」

恵尺は度肝を抜かれ、絶句した。

龍が縷縷《るる》語ったのは、次のような話であった。

もとの名を宝皇女《たからのひめみこ》といった女帝は、父方から言えば敏達大王の曽孫《ひまご》、母方からいえば欽明大王の曽孫にあたる。十八のとき用明大王の孫の高向王《たかむくのおおきみ》の妻となった。高向王とその父田目皇子《ためのみこ》は蘇我氏の縁戚《えんせき》で、経済的に強い援助を受けていた。宝のほうも母の吉備姫王《きびのひめみこ》とともに蘇我氏の庇護下に育っていた。

いっぽう、時の為政者豊浦大臣蝦夷は力のある政治家であったが、不幸なことに子種がなかった。そのため、祖父の稲目や父の馬子が盛んに行ったような大王家に対する閨閥《けいばつ》工作をとることができなかった。できるだけ多くの子女を持ち、王族との間に網の目のように婚姻関係を結び、おのれの地歩を固める。それは氏族が権力の階梯《かいてい》をのしあがっていくための常道である。が、蝦夷はその道を断たれていた。

当時、世は推古女帝の末期で、継嗣を誰にするかで揉《も》めていた。候補としてあがっていたのは、山背大兄王《やましろのおおえのおおきみ》と田村皇子《たむらのみこ》の二人だった。山背大兄王は厩戸皇子の子で蘇我の血を濃く継いでいるが、独自の仏教的世界観をもって斑鳩《いかるが》に拠点をつくり、蘇我の天下に対抗していた。蝦夷にとってはやりにくい相手であった。これに対して、田村皇子は蘇我氏と血縁関係はない。しかし、従順でおとなしく、なにかにつけて反抗的な山背大兄王よりよほど御しやすかった。

蝦夷は自陣営に田村皇子を取り込み、王位につけたいと思った。しかし、どうやって——。そのときに目をつけたのが、蘇我の息のかかった宝皇女と高向王の夫婦だった。蝦夷は宝を高向王と別れさせ、田村皇子に再嫁させたのである。

蝦夷が宝を田村皇子と娶《めあ》わせたのは、宝を田村の次に女帝として立てようという深謀を持っていたからでもあった。蝦夷の頭の中には、推古女帝と父の馬子のあいだで実現した超長期政権がまつりごとの理想の姿としてあった。女帝と強権の大臣という組みあわせである。それになぞらえた道を、蝦夷は歩んでみたかった。

対する宝皇女と田村皇子の側にも、蘇我氏の力を後ろに得て安定したかたちで玉座に就きたいという欲望があった。どちらにとっても悪い話ではなかった。

宝の再嫁に当たって、蝦夷は一子の漢皇子をおのが養子として引き取ることにした。宝にすれば再嫁に際して障《さわ》りになる子の始末がつき、蝦夷にとってはこれ以上望めない毛並みのよい養子ができる。かかわる人全員の利害が一致した。

そのもくろみどおり、やがて田村皇子が即位して舒明大王となり、その跡には宝が即位した。

宝は田村とのあいだに中大兄、大海人《おおあま》、間人《はしひと》の二皇子一皇女をもうけた。しかし、母としての愛情はもっぱら外に残してきた入鹿に向かった。宝はもともと華やかなことが好きな性分であった。うだつのあがらぬ王孫より、次期大王の妻になりたいと憧れた。その欲望に負けて高向王を捨てて田村を選び、入鹿を犠牲にしてしまったという良心の呵責《かしゃく》もあったのだろう。

「——というのが、大王が大郎様を異常に寵愛されている理由じゃ」

龍は唇をへの字に結んで言い切った。

恵尺は強烈な毒気にあてられた気がした。

「父上……、それは、たいへんなことではありませんか」

「ああ、たいへんなことだ」

「群臣方のどこまでが知っておられることですか」

「おそらく、夫君の大王と、お子様方、すなわち中大兄様と大海人様、あとは鎌足内臣くらいではなかろうか」

「で、高向王とおっしゃる前の夫君はいかがされたのです」

龍は微妙な表情になった。

「夫婦別れなさった翌年にご病気で亡くなられた」

きなくさい話であった。が、あれやこれやを考えあわせると、恵尺には腑《ふ》に落ちるところが多かった。

恵尺はかねてから、並ぶもののない権勢を誇っている蝦夷が家庭的に孤独なことが疑問だった。これほどの地位のあるおん方ならば、ふつうはたくさんの奥方、たくさんのお子を持ち、王家と結ぶはずだ。なのにその気配がほとんどない。奥方は二人ほどおられると聞いていたが、亡くなったのか離縁されたのか、ほとんど話題にのぼらない。入鹿しか子がないから蘇我の分家とのつながりも薄く、一族の中で孤立している感がある。むしろ宗家を除いた支族どうしのほうが団結している。

奇妙なことだった。それは、そのせいだったのかと悟った。

国史編纂の中で入鹿が蘇我氏の来歴についてまったく拘泥《こうでい》していなかった理由も呑み込めた。当然である。入鹿は蘇我氏ではないのだから。

さらに、女帝は夫である舒明大王がみまかってから急に入鹿を寵愛しはじめた。その所以《ゆえん》も納得した。おそらく舒明への遠慮がなくなったため、心おきなく前夫の子をかわいがることができるようになったのだろう。

恵尺はこうべを上げ、右手にそびえている甘樫丘を見つめた。あの凶変の日、阿品と二人、身も凍る思いで過ごした場所だ。

そしてうつむき、大きくため息をついた。けっきょくのところ、このゆゆしき事実こそがあのむごい変事を引き起こしたのだ。入鹿は女帝の母性愛を後ろ楯《だて》に本気で次期大王位を狙《ねら》い、中大兄皇子はそれを猛然と阻止しようとした。そういうことだ。

入鹿は三韓朝貢の儀式を塵《ちり》ほども疑っていなかった。なんのためらいもなく佩刀《はいとう》をはずし、板蓋宮のうちへ入った。女帝もまた、政変の計画などなにも知らなかった。中大兄に斬りつけられた入鹿は瀕死《ひんし》の身で女帝の際まで這っていき、「なぜですか」と燃ゆる眼《まなこ》で問うたという。女帝も示しあわせのうえで裏切られたと思ったのだ。女帝は「違う、わらわはなにも知らぬ」と弁明したが、その言葉を聞き終わらぬうちに、入鹿の首が宙に飛んだ。

女帝はあらん限りの悲鳴をはりあげた。その瞬間、宮の上に黒雲が集まり、目もくらむ閃光《せんこう》が瞬き、バリバリバリッ、ドーンッ！　と雷が落ちたのだ。

恵尺はそういえば――、と思った。さっき當麻の里で尾津の媼は、葛城山を飛んだ鬼は青い笠をかぶっていたと言った。もしかしたら、それはそのときの雨に関係するのではなかろうか。倭国の蓑笠《みのがさ》は藁《わら》でつくるが、韓半島には彩色した油紙を用いた雨具がある。三韓の使節に化けた異国人がそういうものを持っていたのかもしれない。

「小兄様、もうじきでございまするよ」

という阿品の声に、恵尺はハッとわれに返った。

かたわらを見やると、阿品がヤマドリの肩を抱いて、斜め前方を指さしている。いざなわれて目をやると、薬師《くすし》の応明《おうめい》の屋形が見えていた。

「コダマ、着いたよ」

恵尺が懐のうちに声をかけると、コダマはこちらを仰いで、きゅっとえくぼをつくった。

「よう辛抱したな」

桃色の丸い頬を指先でちょいとつついた。

5

「これは見えるかね」

「これは、どうだね」

薬師応明はコダマの目に燭《しょく》の炎をかざし、遠ざけ、目隠しし、またほどき、窓辺にいざない、暗がりにいざないして、さんざん改めた。

「ふうむ」

しばらく考えた。

そうして、「姫よ」と言った。

「よい薬をあげよう。ちと時間がいるかもしれぬが、母様に煎じてもらって根気よくお飲み」

ヤマドリはコダマのかたわらで目を剝《む》くようにして薬師を凝視している。一言も聞き洩《も》らさぬ構えである。

応明はくすっと笑った。

「お兄坊《あにい》はたいへんな妹《いもと》思いじゃな。わしはちと父君とお話がある。二人で外で遊んでおいで。このあたりには、よい声で鳴くコマドリがようやってくるぞ。それから、スモモの木がたくさんある。いまが実のなりどきじゃ。姫はスモモは好きかや？　兄様にもいでおもらい」

応明がぱん、ぱん、と手を鳴らすと美しい夫人が現れ、アケビの蔓《つる》の籠《かご》を渡してくれた。これに満たして母様へのおみやげにしておあげなさいと、やさしくほほえんだ。

ヤマドリとコダマは夫人に導かれて表へ出た。

子供二人が去ったのを見届けてから、応明は恵尺に「さて」と向き直った。

「残念じゃが、難しかろう。しかし、気を落とされるな。姫はまれに見る聡耳《そうじ》じゃ。お手前は気がつかなんだろうが、わしは診察しながら針を三度落としてみた。そのたびに姫は落ちたところへ正しく耳を向けておった。目の見えぬことを補って余りある力だ」

「さようでござりまするか」

恵尺はよろこんでよいのか、悲しんでよいのかわからなかった。

薬師応明は続けた。

「というても、すべての病は気からと申す。人のからだは思いもよらぬ治癒の力を持っておる。どのような奇跡が起こらぬとも限らない。ゆえに、治らぬと決めつけないで、ときどき連れておいで。望みがあるということは大切なことだ」

「わかりました。そういたしましょう」

恵尺は深く頭を下げた。

6

「小兄」

コダマが手元の柔かい草を撫でながら言った。

「なんだい」

「やっぱり、だめなのね。私の目。お医者様は私を傷つけまいとして、お外に出したのよ」

ヤマドリはなんと言うべきか迷った。たぶんそうなのだろう。いまごろ薬師と父はその話をしているのだろう。

黙って「よっ」と掛け声をかけ、スモモの木に登った。横枝に腰かけ、明るく叫んだ。

「すごいよ、コダマ。実が鈴なりだよ」

上衣をたくし上げ、両脇を結んで袋をつくり、収穫物を確保して一気に滑り降りた。

いちばん大きな実を選んで皮を剥き、

「ほら、コダマ、口開けて」

と、妹に向き直った。

コダマは大きく「あーん」の形をつくって兄に顔を向け、口いっぱいに広がる甘酸っぱい味に思わず両頬を手のひらで覆った。

「おいしい！」

ヤマドリはもう一つ皮を剥き、こんどは自分の口に入れた。

「ほんとだ」

顔を見合わせて笑った。

ヤマドリは、もう目の話はすまいと思った。

妹の腕を取り、立ちあがらせた。

「あっちのほうへ行ってみよう。あっちの木はもっと大きいから、実ももっとなってるよ。たくさんもいで帰って由宇に甘葛《あまずら》で煮てもらおう。コダマ、好きだろう？」

「ええ。大好き」

二人して手をつなぎ、ずん、ずん、と草原の中を進む。そうして、ひときわたくましげな木の下で立ち止まった。

「これがいいかな。ちょっと持ってて」

ヤマドリはアケビの籠をコダマに託し、また「よっ」と掛け声をかけて登りはじめた。ところが、見かけによらぬ老木であったらしく、足場にした枝がもろくも折れて、ドスン、と転落した。

きゃっ、とコダマが悲鳴をあげ、四肢を使って伝い寄る。

「大丈夫？　小兄」

「平気だよ、なんともないよ」

じつは平気ではない。手も足も傷だらけだ。

コダマは兄の全身を撫でさする。足首のところで手のひらがぬらっとした。舐《な》めてみた。塩からい。「あっ、血が出てるじゃない」

あわてて袖《そで》を傷に押し当てた。

「痛いでしょう。ごめんなさい」

泣きたくなった。

「コダマのせいじゃないよ。かすり傷さ。唾《つば》つけとけば治るって」

ヤマドリはすくっと立ちあがり、足を踏み鳴らし、ぽぽん、と手を打った。

「よし、治った。もう大丈夫」

「ほんと？」

「ほんとだよ」

コダマは心がきゅうっとした。

こうしていつも兄が傍にいてくれるのなら、目なんか見えなくても十分だと思った。

涼しい夕風が吹いてきた。おくれ毛が乱れ、ふわり、ふわり、と頬を撫でられる。

「小兄、ちょっと休みましょう」

兄といっしょに大きな幹にもたれて座った。もう一個ずつスモモの皮を剥いて食べた。さっきのよりも、もっと甘くておいしかった。

「小兄、お礼に笛を吹いてあげましょうか」

と、問いかけた。コダマは朱玲にもらった細竹の笛をいつも持っているのである。

「うん」

コダマは風に向かって楽器を構えた。笛は向かい風に抗して吹くほうがよい音が出る。

ひょおー、ひょおー、ひょおおおー。

澄んだ鳥の鳴き声のような音が立った。

「吾も」

ヤマドリは樫《かし》の木の葉っぱをむしり、形を整えて唇に押し当てる。

ぷうー、ぷうー、ぷうううー。

高く、低く、異なる音色が交わって、傾きかけた夏の空をほのかに染めた。

と――そのとき、コダマは香水のようなにおいと、金属が触れあう音をかすかに聞いた気がして、左、右に、こうべをめぐらせた。

「小兄、誰か来るみたい」

「どこにだい？」

ヤマドリはあたりを見まわした。

「誰もいないよ」

薬師の宅の柵《さく》のところに、馬と阿品の影が小さく見えるだけだ。

「ううん、そっちじゃない、あっち。女の人よ」

コダマは反対側の草原のほうを指さした。

ヤマドリは眉の上に手をかざし、うながされたほうをぐっと仰いだ。すると——、本当だ。彼方《かなた》に黒い点々が動いて、輿《こし》をかついだ六、七人が現れた。そのうちの一人が、ずん、ずん、こちらに近寄ってくる。山吹色の袍《ほう》と濃淡色の褶《ひらみ》と裳をつけた若い女官であった。

「いま、笛を吹いておったのはたれか。大王がご所望じゃ」

と、聞かれた。

——おおきみ？

二人は顔を見合わせた。

そして、はたと気がついた。この草原はさっき通った川原の仮宮の裏手に当たっているのだ。

と、思ううちにも輿が目の前に至りつき、しずしずと草の上に降ろされた。庇《ひさし》についている金細工の鳳凰《ほうおう》飾りがしゃらしゃらと鳴った。帳《とばり》があげられ、豊かな宝髻《ほうけい》に結った女帝が現れた。

蘇芳《すおう》色をぼかした裳の豊かな襞《ひだ》と、純白に透けた領巾《ひれ》が風に翻り、芙蓉《ふよう》の花のようである。金の冠には真珠が点々とちりばめられている。

老女と言ってよい。だが、威厳があって美しい。福々しい頬と額に赤い花鈿《かでん》を粧《ほどこ》している。

コダマとヤマドリは呑《の》まれたように硬直した。

女帝はほほえんだ。

「そのように怖じずともよい。吹いてごらん。いまのは倭国《やまと》の曲かえ?」

コダマは首を振った。

「百済の曲です」

母から教わった曲である。

「そうか。そなたらは渡来の者か」

コダマはうなずき、ヤマドリに向かって吹きはじめの合図をした。

ひょおー、ひょおー、ひょおおおおー。

ぷうー、ぷうー、ぷうううー。

二人が吹き終えると、女帝はやや二重にくびれたふくよかなあごでこくりとした。

「よい響きじゃな。目が見えぬから、心の音色が鳴るのじゃな」

笛の音の残響のような風が吹いた。

それから、女帝は静かに言った。

「そなたらは、兄妹《はらから》か、妹背《いもせ》か」

薬師応明の屋形からようやく退出した恵尺は、おや、子供たちは——、とあたりを見まわし、仰天した。スモモの木の向こうになにやら雅《みや》びな人だかりができている。見るからに高貴な集団である。その中に、わが子らしき人影が二つある。

近づくにつれて、こともあろうに女帝の一行であることがわかった。心臓が飛び出る思いで駆け寄った。

息を切らせながらひざまずくと、

「父御か。よいものを聞かせてもらった」

女帝は悠揚《ゆうよう》として言葉を発した。

「そなた、名はなんと言う」

「船恵尺でございます」

「船……、船……、恵尺……」

女帝は口の中で味わうように、何度か名前を繰り返した。

「史か」

「さようでございます」

女帝は自分が蝦夷らに仕えて国史編纂にたずさわっていたことをご存じなのだろうかと、恵尺は疑った。あるいは入鹿との会話の中に、自分の名が出たことがあったとか。

女帝はコダマに目を戻し、穴があくほど顔を見つめ、また恵尺に問うた。

「娘はいくつか」

「十二、いえ、満で十一でございます」

「十一――」

視線がすうっと宙を泳ぎ、どこか果てしないようなおももちになった。

「そうか」

恵尺の見つめる前で女帝はおもむろにおのれの首飾りをはずし、コダマの細い首の後ろできゅっと結んだ。けむった翠《みどり》色の勾玉《まがたま》が三つ連なった、美しい首飾りであった。それから恵尺に目を返し、

「娘をだいじにしておやり」とひとこと言い、輿の人になった。

コダマはドキドキと女帝のなすがままになりながら、その人が呪文のようにつぶやいた言葉を、聞き逃していなかった。

「ミクラタナ」

たしかにその人はそう言った。

コダマは輿の遠ざかっていく方向をいつまでも見送りながら、胸の上の首飾りのつややかな感触を手の中でいとおしんだ。

勾玉が揺れ、かすかな音をたてた。

——ミクラ……タナ?

なんだろう。

ミクラタナ、ミクラタナ。

かたかた、ゆらゆら。かたかた、ゆらゆら。硬質な玉の響きそのもののような気もした。

紐《ひも》を結んでもらうときに触れた手の感触と、香料のえもいわれぬよいにおいが、いつまでも身の上に残った。

まあまあ、姫様も若様もこのようなむさくろしき寺へようおいでになりました。お初にお目にかかります。この尼は柳井《やない》と申しまする。

はてさて、なにをお話し申しあげようか迷いましたのですが、この纏向《まきむく》の里に伝わる悲しい妹背の恋のお話をひとつ、いたしたいと存じます。このような年になりましたいまでも、聞くだに涙、語るだに涙いたします。

姫様、若様のお胸に少しでも副《そ》いましたならば、この尼、心よりうれしゅうございます。

＊

昔むかし、師木の玉垣宮《たまがきのみや》にイクメイリビコイサチ様という大王《おおきみ》がおわしまして、そのおきさき様にサホビメ様と申しあげるおん方がおられたのです。

サホビメ様はそれはそれはお美しくて、数々の殿御から引く手あまた、大王が求愛してもなかなか首を縦に振ってくれませんでした。大王はそこをぜひにと何年もかけてお口説きなさって、ようやくわが手に入れました。ゆえに、手中の珠《たま》のようにだいじにされておられたのです。

サホビメ様は日ごろから口数少なく、どこか秘めたるところがございました。大王にとってはそれもまた心寄せる一つで、ますますご寵愛なさったのですが、サホビメ様の憂鬱《ゆううつ》にはわけがありました。それは、ほかに好きなお方があって、そのお方はこともあろうに父母を同じうする兄様であったのです。兄様の御名《みな》はサホビコ様と申しあげます。

いかにいとしうても、じつの兄妹が愛しあうことは許されませぬ。サホビメ様が大王の求愛になかなか首を縦に振らなかったのは兄様を愛するゆえでありました。が、最後のところで応じられたのも、兄様への想《おも》いを断ち切るためであったのです。

サホビメ様は大王のことを好いていなかったわけではございません。むしろ誠に満ち、おやさしく、よい方だとお慕いしていました。けれども恋と好意とは違います。胸ふるえ、たぎるような想いは兄様のほうに向いております。だから、大王に対してはおのずと嘘《うそ》をつき、罪をつくることになってしまいました。

そして、このもつれた恋はたいへんな事件につながっていくことになります。兄様のサホビコ様が大王へのご謀反をお考えになったのです。

サホビコ様はがんらい覇気に満ちたおん方でありまして、ご自身が大王になろうと思われたのですが、そのゆえの半分は、サホビメ様をわが手に取り戻すためでありました。大王になればサホビメ様とのことに正面切って反対できる者もいなくなり、さすれば夫婦《めおと》になるも同じである。そのようにお考えになったのでございます。大胆と言えば大胆、浅はかと言えば浅はかですが、サホビコ様は真剣でした。そもそも恋は盲目と申します。

サホビコ様はサホビメ様をお呼び出しになり、問いかけました。

「わが妹《いも》よ、そなたは夫と兄とどちらがいとしい」

改めて問われれば、答えは決まっているのです。

「兄様がいとしい」

サホビメ様はそう答えました。「わが背《せ》の君」

サホビコ様は、「ならば――」とサホビメ様の手を取り、短刀を握らせました。

「この刀で大王が眠っているところを刺し殺せ。そして、おまえと私と二人でこの天の下を治めよう」

サホビメ様はおののきました。そんな恐ろしいことが自分にできるだろうか。けれども、兄様と結ばれるためにはそれしか道はないような気もいたしました。血の気も失《う》せる思いで宮へ戻りました。

それから、サホビメ様は夫の大王を殺《あや》める隙《すき》をうかがいはじめました。機《おり》は何度かありました。けれども、いざとなると決心がつきません。踏み切れぬまま、日数《ひかず》ばかりが過ぎていきました。

いっぽうの大王はそんなこととはつゆほども知りません。つねと変わらぬ日々を過ごし、いつものようにいとしい妻の膝《ひざ》を枕《まくら》にお昼寝をしていましたら、顔の上にほたり、ほたりと雨のしずくが垂れた気がして飛び起きました。すると、雨ではなく妻の涙でありました。サホビメ様はこのときも兄様からもらった短刀をかざしてはためらい、かざしてはためらいを繰り返していたのです。でも、どうしてもできず、思わず涙してしまったのです。

大王は驚いて、「なぜ泣く、きさきよ。わけを話してごらん」と訊ねました。

サホビメ様は罪悪感に耐えきれなくなって、ほんとのことを言ってしまいました。兄様と愛しあっていること。兄様が謀反を起こそうとしていること。短刀を渡され、大王の殺害を命じられたこと——。そうして泣き伏しました。

大王は仰天し、即座にサホビコ様を討つことに決めました。サホビコ様のほうも大王が軍勢を集めはじめたことに気づき、かねてから準備していた防御の砦《とりで》に立てこもりました。ついに抜き差しならぬいくさになってしまったのです。

サホビメ様もここに及んでようやく心が決まりました。そっと宮を抜け出し、兄様のもとへ走りました。そのときサホビメ様はお腹《はら》にややができていました。どちらのお子様かはわかりませぬ。神のみぞ知るでござります。

大王とサホビコ様のにらみあいは半年も続き、やがて砦の中で月満ちて赤子が生まれました。サホビメ様は大王に使者を立てました。

「子が生まれました。あなた様のお子とお信じくださるならば、お渡しいたします」

大王は悩みました。その子はまことに自分の子であるのか、ないのか。

確証はなにもありません。けれども、大王はサホビメ様を愛していました。そこで、赤子は育てると返答し、兵たちに赤子を受け取るとき、母のサホビメ様ももろともに奪い返してしまえと命じました。

対するサホビメ様は夫の大王がどのような行動をおとりなさるか、おおよそ予想できておりました。そこで、備えをしました。長い髪を切り落としてかつらをつくり、紐を腐らせた玉飾りを腕に巻き、ぼろぼろに朽ちた衣をまとって臨みました。

受け取りの日、兵たちは砦の扉の隙間から赤子が差し出されると、サホビメ様もともに引きずり出そうとしました。ところが、ヒメ様が細工をしておりましたから、そうはいきません。腕をつかんだとたん玉飾りは切れて地面に散り、衣は裂けて脱げ、髪をつかめばすっぽりとかつらが抜け落ち、砦の中に逃げ込まれてしまいました。

大王は失望しました。わが妻はそこまで兄を愛しているのかと悲しく思いました。けれども、まだ未練がありました。そこで、あれやこれやと使者を立て、心変わりさせようとしました。

「妻よ、子の名はなんとつけようか」

「戦火の中で生まれた子ですから、ホムチワケといたしましょう」

「いかに育てればよいか」

「よき乳母を選んでねんごろにお育てくださりますよう」

「そなたがいなくなったら、朕《ちん》のきさきはどうすればよいか」

「旦波《たには》のエヒメとオトヒメは心のやさしい者たちですから、彼女らをお使いになるのがよろしうございましょう」

サホビメの決心は固く、とりつくしまがありません。ここに至って大王はあきらめ、砦に火をかけ、サホビメ様、サホビコ様、もろともに攻め殺してしまったのです。

大王のお手元に残されたホムチワケの君は、許されぬ愛が報いたのでありましょうか、生まれながらにおからだ弱く、口のきけない皇子様でござりました。のちに出雲の大神に祈願することによって言葉を発されたというお話もござりますが、くわしい消息は伝わっておりません。おそらく早世されたのでしょう。おいたわしいことにござります。

それにしても、この尼はときどき思うのです。そもそも兄妹というものは愛しあうようにできているのではござりますまいか。

サホビメ様とサホビコ様より少しあとにも、キナシノカル様とソトホシノイラツメ様という悲恋の皇子様と皇女様がおられたそうです。また、これは言うては憚《はばか》られることなれど、いまの皇太子中大兄様とお妹様の間人様もそうしたおん仲であられるとか。もっと申せば、この倭国《やまと》の大八洲《おおやしま》をお生みになった御祖《みおや》、かのイザナキ様とイザナミ様もご兄妹であられました。そもそも兄妹が愛しあうことによって、わたくしどもの天地《あめつち》はできあがったのです。それなのに、いつの間にやら禁忌ということになってしまいました。

愛しあう女と男のことを、妹背《いもせ》と申します。妹背という言葉には、兄妹という意味もござります。ここにすでになにかの徴《しるし》が顕《あらわ》れておりましょう。

神様はなぜ兄と妹を愛しあうようにおつくりになり、なおかつ、愛しあってはならぬととどめられたのでしょうか。解せぬことにござります。

そうして、悲しいことにござります。

第四章
愛しあう妹背

1

春である。

斉明《さいめい》七年（六六一）の三月である。

野中の里の塗り壁に、アンズの花が映える季節がまたやってきた。

戸外にぱかぱかとひづめの音がして、コダマはハッと顔を上げた。

侍女の小熊《こぐま》が、「きっと小兄様《ちいにい》たちですよ」と、勢いよく立ちあがる。けれどコダマはぎゅっと我慢して「そう?」とだけ返し、小熊に見えない裾《すそ》のあたりをこぶしで握ったり開いたりする。ほんとは今日か明日かとこがれるように待っていたのである。そのくせに、いざとなったらからだが動かないのだ。

「どうなすったんです、姫。半月ぶりですのに」

小熊が怪訝な声音で寄ってくる。「さあ」と、両脇《りょうわき》に手を差し入れ、人形でもつまみあげるように立たされた。小熊はたいへんな力持ちなのだ。

その剛力に引っ張られて迎えに出る。

「コダマ、帰ったよ」

やさしい父の声がする。

「姫、ただいま戻りました」

いつも忠実な阿品。

その後ろに、

「ただいま」

慕わしい人の声がした。

ドキッとした。小兄だ。小兄の声は低くて、柔らかくて、よく響く。おぼろ月をぼうっと縁どる暈《かさ》みたいな声。幼いころは甲高《かんだか》かったのに、いつの間にか胸がふるえるようなすてきな声になった。でも、それを聞いても、コダマは前のように「ちいにい！」と無邪気に抱きついたりしない。できないのだ。

ヤマドリのほうも、コダマの手の中に「土産《みやげ》だ」と小さな包みを押しつけるなり、ぷい、と出ていってしまった。

小熊が、「まあ、つれないこと」とつぶやく。そして、あ、と気づいたように、

「きっと白萩《しらはぎ》様のところでございましょう」

ぽん、と手を打った。

「照れてらっしゃるんですよ。ね、姫」

コダマはグサリと心を突かれる。

そうなのだろうか。小兄。白萩とどうなっているのだろう。

白猪の長《おさ》の平田が孫娘の白萩とヤマドリの縁談をもちかけてきたのは半年前のことだった。コダマはいやな気がした。白萩は昔からヤマドリのことが好きだった。美人で、気が強く、しばしばコ

ダマを邪魔者扱いした。ヤマドリとのあいだに割り込んできたり、コダマのできない激しい外遊びにヤマドリだけを誘ったりして、意地悪された。

いま、ヤマドリは十九歳。白萩はコダマと同い年の十七歳。結婚のことを考えてもおかしくない年だ。平田は白萩を目に入れても痛くないほどかわいがっていて、齢ははや七十を超えている。存命のうちに孫娘の望みをかなえてやりたいと、強く話を進めたがっているという。

では、肝心のヤマドリはどうなのだろう。乗り気なのだろうか。コダマは知らない。本人には恐くて聞けない。だって、肯定されたらいやだもの。

でも、この気持ちは誰《だれ》にも明かしてはいけない。心の底に秘めて、抑えて、殺さなければならない。なぜならば。

――小兄は兄様だから。

ふいに、いつか柳井という老尼から聞いたサホビメとサホビコの物語を思い出した。愛しあってはいけない兄と妹の恋。悲しい悲しい物語。

苦しくなって胸を押さえたら、翡翠《ひすい》の首飾りが手に触れた。ぎゅっと両手で握った。五年前に飛鳥の草原で斉明女帝に出会ったとき、首に結んでもらったものである。あの日以来、コダマはずっとお守りのように身につけているのだ。

女帝はあの日、こう言った。

――そなたらは、兄妹《はらから》か、妹背《いもせ》か。

なにか果てしないような声だった。

そのときは意味がわからなかったが、いまはわかる。あれは自身の御子たち、中大兄皇太子と間人《はしひと》皇女の姿を重ねていたのだ。二人もやはり許されぬ仲にあったというから。

その因果が響いてか、中大兄の第二子の建皇子《たけるのみこ》は口のきけない皇子だった。まるでホムチワケの君だ。建皇子の母は蘇我遠智郎女《そがのおちのいらつめ》とされているが、コダマは間人皇女ではないかとひそかに思っている。女帝はこの皇子を哀れがって手ずからいつくしみ育てたが、早世してしまった。

なんと切ないことだろう。誰もしあわせになれない。自分と小兄も道を踏みはずせばそうなるのだ――。

ヤマドリが出ていったなり開け放たれたままの妻戸《つまど》の白い光に、コダマは悄然《しょうぜん》と顔を向けた。

2

ぴゅー、ぴゅー、ぴゅうううう―。

風に乗って草笛の音が聞こえてくる。

「小兄様ですわね」

縫い物の手を止めて、小熊が言った。

「そうね」

ヤマドリは白萩のところへ行ったのではなかった。音の大きさと方向からして、オノゴロ島だ。

コダマは少しホッとする。けれどもやっぱり悲しい。昔はどこへ行くのもいっしょで、笛も必ず手合わせしていたのに。

――吾《われ》はコダマの目だ。

――コダマを一人になんかしない。

いつもそう言ってくれていたのに。

小兄と自分がギクシャクするようになったのは、いつごろからだったろう。コダマはぼんやりと考える。

たぶん、二年前くらいからだ。

初めて気づいたのは、そうだ、あの日――。

いつものように背中に預けていたからだを、突然荷物でも捨てるように降ろされた。

「自分で歩いてくれ」

どうして？　傷ついた。それからだんだん手もつないでくれなくなり、求めてもすぐ離されるようになった。私のことが嫌いになったのだろうか、いっしょにいるのが恥ずかしいのだろうかと、心が冷える思いがした。

そして、決定的になったのは、あの日――。

一年前の里の祭りの夕方だった。遠縁の玖波《くば》という若者から、珍しい鳥の巣をみつけたから行こうと誘われた。玖波は剽軽《ひょうきん》で、話し上手で、歌もうまい。楽しい兄様だと思っていた。疑いもせずついていった。手を引かれ、林の中へ入った。でも、なかなか目的の場所にたどりつかない。だんだん不安になった。「まだ？」「もう少しだよ」「まだ？」「すぐそこだよ」

おかしいと思った。手を振り払い、「私、帰る」と言った。

とたん、「つれないこと言うなよ」と抱きつかれた。心臓が止まるほどびっくりした。よろけて尻《しり》もちをついた。その上に重いからだがのしかかってきた。声を限りに叫んだ。

「ちいにいー！」

次の瞬間、重石《おもし》が取り除かれたと思ったら、乱闘が始まっていた。びゅん、びゅん、と、空を切って棒のようなものが振り下ろされる風圧と、ぐしゃっ、ぐしゃっと、肉が裂け、液体が飛び散る音がした。怒りの塊《かたまり》のような息遣いが往復した。「許してくれ、ヤマドリ」「頼む、悪かった」と、玖波が悲鳴をあげていた。

恐ろしくて、恐ろしくて、耳をふさいでしゃがみ込んでいた。

やがて、「やめろ」と恵尺《えさか》が駆け込んできて、静かになった。玖波は恵尺の制止がなかったら死んでいたそうだ。

それから間もなく、ヤマドリは恵尺とともに都で働きたいと言いだし、家を出ていった。

コダマは淋《さび》しい。苦しい。胸がよじれそうだ。でも誰にも相談できない。

ぴいー、ぴいー、ぴりりりりー。

先ほどより高い音色が、また風に乗って運ばれてきた。

「あ、違った草でござりますね。小兄様、お上手だこと」

小熊がなにも知らぬげに言う。

そして、

「姫もいらっしゃればいい。お連れいたしますよ」

景気よくぽんと胸のあたりを叩《たた》いた。

コダマは黙って首を振る。そんなの駄目。誘ってくれてもいないのに押しかけていって、迷惑がられたらどうするの。

「ま、ご遠慮な姫。かわゆい姫」

フフフッ、と小熊がくったくなく笑う。

小熊はたくましい侍女である。去年の初め、やさしかった母の朱玲《しゅれい》が流行《はや》り病にかかって世を去った。そのうえにヤマドリも宮仕えすることになり、コダマの身辺は急に不如意《ふにょい》になった。それを恵尺が案じて探し出してきたのだ。

恵尺が求めた条件はただ一つ。とにかく頑丈で、力があること。なにかことあったときにはある じ姫をひっ抱えて走れるくらいが理想である。

しかし、そんな娘がおいそれといようはずもない。まあ無理かなと笑っていたら、ぴったりの娘が由宇《ゆう》の縁者にいた。男勝りの力自慢で、相撲《すまい》は負け知らず。乗馬も得意。弓矢も使える。剣も使える。水練《すいれん》もできる。年はコダマより五つ上である。

小熊とは勇ましい名前だが、小熊にはじつに似合っている。ぎゅう、と抱きつくと、胴体は丸太のよう。腕は薪《まき》のよう。握ってくれる手は分厚くて、コダマの倍くらい大きい。顔はコダマにはわからぬけれど、やっぱり小熊みたいにまん丸で、きっとつぶらな瞳《ひとみ》なんだろう。

いいなあ、小熊は、なんでも自分一人でできて、行きたいところへどこでも行けて——と、思っ

ていたら、

「そうだ、姫、小兄様のお土産《みやげ》は、なんでございましたの」

つつっと脇に寄ってきた。

手の中に握りつづけていた包みに、コダマはいまさらのように気がついた。麻布に包まれ、紐《ひも》でぐるぐる結わえてある。なんだろう。硬いものだ。

「開けてごらんなさいましよ」

「ええ」

紐をはずし、包みをほどいた。とたん、小熊が「まあ、すてきな櫛《くし》」と、手を打った。

「櫛なの？」

指先で撫《な》でてみた。つるつるしている。木ではない。冷たい。象牙《ぞうげ》だろうか。なにやら細かい模様が彫ってある。

小熊が顔を寄せてくる。

「珊瑚《さんご》ですよ。きれいな朱鷺《とき》色です。それに、唐草《からくさ》みたいなすてきな細工がしてあります。これはたぶん、お国のものではないですね。高句麗か、唐渡りじゃないでしょうか。お高いお品ですよ。きっと生絹《すずし》二反、いいえ、三反くらいしますとも。小兄様、市じゅうを探しまわってくださったに違いない」

そうなのだろうか。だったらうれしいけれど。

小熊がいそいそして言う。

「そうだ、姫。この髪飾りが似合う髷《まげ》に、おぐしを結い直してさしあげます」

さあ、さあ、と鏡の前に座らされる。小熊は力が強いだけでなく、手先も器用なのだ。

コダマは常は素直な黒髪を後ろで一つに束ねているが、小熊はそれをほどいて、すい—、すい—、と頭頂部に梳《す》き集める。髷の形にもいろいろある。貝殻のような形。丸い形。太鼓のような形。

「さあて、どうしましょうねえ」

ああでもない、こうでもない、と毛束を右に左に動かし思案する。やがて決心したように、ぎりぎりと元結《もとゆい》を縛り、慎重に時間をかけて毛束を広げて整えた。のち、ここがよいでしょう、と、まん中の高い位置にぐい、と櫛を挿《さ》し込み、

「さあ、できた」

明るい窓辺へいざなわれた。

小熊が「すてき」と歓声をあげる。「姫、ついでにこれにお召しかえなさいましよ」。いま縫いあがったばかりの上衣をふわ、と肩にかけられた。

「おぐしの飾りより少し濃い朱鷺色で、ぴったりですよ」

ほらほら、とためらう間もなく交換させられる。そして、

「まあ、なんてお美しいこと」

きゅっと胸紐を長く結びながら、一段と大きな感嘆の声をあげた。

「ほんと?」

「とびきりお美しいです。姫ほどおきれいな女人はこの河内、いえ、大和じゅうを探したってそう

そうおられません」

「ほんと？」

「ほんとですとも」

おかしそうに笑っている。

自分の顔が見えぬことが、これほどもどかしいことはない。以前は顔など気にしたこともなかったのに、いまは鏡を掻《か》きむしりたいほど気になる。

手を上げて、結いあげてもらった髻と飾りを触ってみた。蝶々《ちょうちょう》のような形になっており、まん中のくびれの前に櫛が挿してある。ああ――どんな飾りなんだろう。見たい。見たい。

ひとしきり撫でまわしたのち、コダマははた、と手を止めた。

これは、私だけにくれたものだろうか。小兄は白萩にも似たようなお土産をあがなってきたのではなかろうか。だとしたら、とんだぬかよろこびだ。

膨らんだ気持ちが萎《な》えかけたとき、戸外にどやどやっと来客の気配がした。

小熊が「どなたでしょう、見てまいります」と立っていく。

「おう、来たか」

と、恵尺が応じているのが遠くに聞こえる。

なにごとだろう。いくたり？　二人、三人？

間もなく小熊が息も荒く戻ってきて、かたわらに手をついた。

「津の人たちですよ、大島《おおしま》様と宮島《みやじま》様。ご兄弟で筑紫へ行かれるのですって。いくさのお手伝いですよ」

ああ、とうとう――、とコダマは思う。

去年《こぞ》の七月、海の向こうで祖国の百済が唐と新羅の連合軍に滅ぼされた。同胞たちはいま捲土重来《けんどちょうらい》のいくさを行っており、倭国が救援することになったのだ。女帝や中大兄皇太子、弟の大海人皇子《おおあまのみこ》は、すでに本営となった筑紫に移って出兵の準備をしている。后妃《こうひ》や皇子皇女もひき連れての大移動で、実質的に遷都に近い事態になっている。これにともない諸臣百官も筑紫、難波、飛鳥へ分散配備され、あわただしい。

「あがれ、あがれ」と、恵尺がねぎらっている声がする。

小熊が不安そうに、

「恵尺の長や小兄様にもご命令がくるのでしょうか。恐ろしいこと」

と、言う。

ほんとにそうだ。官人として前線に詰めることと兵になって海を渡ることとは違うのだろうが、コダマにとっては同じようなものだ。

筑紫とは、どのくらい遠いところなのだろう。この河内よりも、むしろ韓半島に近いと聞いている。さすれば異国みたいなものだ。そんなところへ行ってしまったら、おいそれと帰郷もできまい。いま、月に何度か飛鳥から戻ってきてくれるだけでも物足らぬのに。

コダマは胸がざわざわとざわついた。

3

「さあさ、お若い方たち、どんどん飲んでくださいい」

由宇が酒を運んでくる。侍女たちに「干し魚と、フキノトウを肴《さかな》に出して」などと指示している。朱玲が死んでから、家のことはもっぱら由宇が仕切っているのだ。

筑紫行きを命じられた津の兄弟は酔うほどに意気があがり、「滅ぼせ新羅」「大唐なにするものぞ」と気炎を吐いている。事情のわからぬ翁《おきな》たちが、二人に「お国のために死んで来い」とはっぱをかける。恵尺が、「翁、それは違いますぞ」と冷静に訂正する。

韓土の国々の争いは遠い昔に高句麗、新羅、百済の三国が生まれて以来のことだが、とりわけ黒雲が漂いだしたのは、数年前に新羅が唐と結んでからであった。

唐は前代の隋に引き続き、南に国境を接する高句麗を攻撃しつづけてきたが、高句麗はいくさ巧者でなかなか落ちない。それを見た新羅はいらだつ唐に取り入り、正面の敵に勝つためには、まず背後の敵を討つべしと焚《た》きつけた。それを是とした唐はにわかに矛先を変え、水陸十三万の兵をもって半島西南の百済を急襲したのだ。予想外の攻撃に百済は虚を衝かれ、首都はわずか一カ月で陥落した。百官は捕虜となって長安《ちょうあん》に拉《らっ》し去られた。

だが、百済も攻められる一方ではなかった。王城は根こそぎ潰《つぶ》されたが、各地に相当の遺臣が残っており、このまま滅びてなるものかと猛烈奮起した。

百済の猛将の鬼室福信《きしつふくしん》が倭国に長年預けていた彼らの王子、余豊璋《よほうしょう》を返し受け、王として立て、祖国再興の戦いをしたいと言ってきたのは敗戦の三月後だった。豊璋は三十年前に倭国との友好の証《あかし》——いわゆる人質——として、預けられた王子だが、倭王家は粗略に扱わず、年の近い中大兄皇子などは幼馴染《おさななじ》みとして育ってきた。福信は長年の関係を汲んで、ぜひとも力を貸してほしいと中大兄に求めた。

これに対して飛鳥の廟堂《びょうどう》は千々《ちぢ》に割れた。が、最終的に中大兄の鶴《つる》の一声で援軍を出すことが決まったのである。

「百済にはまだ鬼室福信がいる。倭国が力を貸せば、新羅など倒せぬわけがない」

兄の大島が威勢をあげた。

「そうさ、豊璋王子も健在だ。まだ祖国は滅びたわけではない」

弟の宮島が軒昂《けんこう》に応じる。

恵尺はそうだな、と静かに相槌《あいづち》を打って二人に酒をついでやる。

大島が赤い顔で盃《さかずき》を受け、中大兄を褒《ほ》めたたえた。

「それにしても、皇太子の英断はすばらしかった。あの雄勁《ゆうけい》な詔《みことのり》。倭国の武人たちよ、立ちあがれ、友国百済を救うため出陣せよ。敵を屠《ほふ》り、王城を奪還し、われらが友を塗炭の苦しみより救うべし——。われは身震いした。あのときほど皇太子を尊敬したことはなかったな」

いま、百済人社会では中大兄の人気は義理に篤き仁《じん》としてかつてなく上昇している。しかし、恵尺はそう単純なものでもなかろうと思っている。あの乙巳《いっし》の凶変から今日まで中大兄の挙措《きょそ》を見続けてきた者としては、その同じ人が友誼《ゆうぎ》一途《いちず》で危険な賭《か》けに出るとは思えぬのだ。

勝てばよいけれど、負けたときはどうなるか。では、それを押してまでなぜ思い切った決断をしたか――といえば、やはり、いくさの裏側に危険を上まわる利益を読んだからだろう。利益とはなにか？　それは韓土における倭国の利権だ。

倭国は百年前に半島の拠点である任那《みまな》を新羅に奪われた。それを復活させることは、倭国の王にとっては長年持ち越されてきた悲願であった。もし、自分たちの後押しによって百済が復興を果たすことができたなら、それは余豊璋をかりそめの王とする傀儡《かいらい》政権を半島に持ったこととほとんど同義になる。

いま士気の高い百済の残党と組み、さらに強豪の高句麗とうまく結ぶことができれば、新羅を叩き伏せることはさほど難しくないだろう。その後ろにいる唐は脅威だが、勝利は無理であるとしても、拮抗《きっこう》することは可能かもしれない。とするなら、多少無理をしても兵を出す意味はあるのであり、兵を出さないほうが損失が大きいということになる。国内でおのれに逆らう邪魔者を次々に屠って専制君主となった皇太子中大兄は、いまもう一つ新たな武勇伝をつくろうとしているのかもしれない。

「恵尺の長、さあ、いきましょう」

兄の大島が酒器をちょい、とささげた。

考え込んでいた恵尺は、おう――と、笑顔をつくった。

大島は慎重な恵尺が戦況を悲観していると思い込み、

「なに、長、案ぜずとも大丈夫ですよ。われらにはアマテラスの女神様のような大王《おおきみ》がついておる」

力強くニカッと笑った。

中大兄は例によっておのれは目立つ位置に立たず、母大王を表看板に掲げたのだ。

「そうそう。征討将軍は無敵の神通力を持つ、かの大王なのだから」

弟の宮島が力強く応じる。

その言葉を聞いて、父の後ろに隠れるように座っていたコダマはハッとした。

コダマには国家間のむつかしい駆け引きのことなどはわからない。でも、あのおやさしい女帝が海を越えていくさに出向かれると思うと、心が波立つ。あのおん方は飛鳥の野で出会ったとき、すでに六十を超えておられたそうだ。ということは、いまはすでに七十に近い。そのお年でなんという勇気だろう。

宮島がさらに気炎を吐く。

「大王は船の舳先《みよし》に立って、瀬戸の村々を巡幸されているそうです。すると、われもわれもと兵が集まってくるんですとさ。徴兵吏が束になって駆けまわるよりよほど効き目がある。やはりただのおん方ではあられぬ」

「ふうむ、そうなのか」

と、恵尺が応じたそのとき、ひとしきり華やかな気配がして、大島が、

「おう、白萩、来たか」

大きな声で言った。

白萩と侍女たちであった。

「ヤマドリ小兄がお待ちかねだぞ」

大島がちゃかす。

コダマはドキリとした。

小兄はどこにいるのだろう。様子をうかがうと、反対側の隅からあいまいな挨拶《あいさつ》のようなものが一言だけぼそりと返った。ヤマドリは今日はちっとも声を発さない。一人で憮然《ぶぜん》として酒を飲んでいるようだ。

いっぽうの白萩は、ヤマドリではなくコダマの傍《そば》に寄ってきて、

「あら、コダマ、ごきげんよう」

賑《にぎ》やかに裳裾《もすそ》の風を立てて腰を下ろした。上から見下ろすような声音の中に、すでに兄嫁めいた響きが混じっている。

身をすくめていると、

「まあ、きれいにおぐしをお結いなのね、すてきな髪飾り」

大袈裟《おおげさ》に褒められた。コダマは気後れして言葉が出ない。小熊が助け舟を出してくれる。

「白萩様こそ、おきれいです。すてきな髪飾り」

――すてきな髪飾り?

コダマはハッとした。やっぱり、と思った。小兄は白萩にも贈りものを買ってきたのだ。

白萩は、

「これ？　これは父上が吉備の国に行かれたお土産なのよ」

と応じた。

なんだ、違うのだ――と、コダマはホッとした。が、次の瞬間、自分の櫛について白萩に訊《き》かれたらなんと答えようとキリキリ緊張した。本当のことを言えば、どんなにきつく当たられるかわからない。嘘《うそ》を言えば、聞いているヤマドリがおかしく思うだろう。

コダマは白萩の視線が露骨に自分のからだの上を這《は》いまわっているのを感じ、さらに小さく身をすぼめた。

4

飛鳥の官吏はその後も続々と筑紫に下っていき、すっかり閑散とした官舎の恵尺のもとへ留守居の内臣《うちつおみ》鎌足から「来よ」との呼び出しがかかったのは、七夕月《たなばたづき》のことだった。
なんだろう――、と恵尺はいぶかった。恵尺のたずさわっている税務の上役は阿部の大夫《まえつきみ》で、通常の命令はそこを経て下りてくる。最上部に君臨している鎌足から指示が来ることはない。なにか落ち度でもあったろうか。いや、そんな覚えもない。だとすれば、筑紫行きの沙汰だろう。先ごろ送別をした津の兄弟が知らせてきたところによると、前線はてんやわんやで、徴兵の記録やら、異国語の翻訳やら、詔勅《しょうちょく》の作成やら、史《ふひと》の仕事は山のようにあるそうだ。おそらく自分だけでなくヤマドリも含めて一族あげて移動せよというのであろう。

あるいは、外交のかけひきが切迫している昨今だ。機密にかかわる仕事の用命かもしれない。不安顔をして「なんの御用でしょうか」と寄ってくるヤマドリに、「たぶん、筑紫へ下れとの御命だろう。覚悟しておけよ」と言いおいて、恵尺は馬上の人になった。

鎌足の屋形は天香久山のふもとである。官舎からは半里ほどで、いかほどもかからない。じゃっかんの緊張を抱えながら駒《こま》を急がせると、まもなく大きな夫婦杉《めおとすぎ》に特徴のある構えが見えてきた。

門をくぐり、舎人《とねり》に取り次ぎを頼むと奥の中庭に導かれ、ほどなく大柄な人影が姿を現した。

「来たか」

やや裏声の、聞き覚えのある声がした。

「面《おもて》を上げよ」

恵尺がうながされて見上げると、薄笑みを浮かべた高官の顔が目の前にあった。半身を捻じって背後の三人の舎人に「下がっていよ」と命じてから、

「船恵尺、久しぶりだな」

目を細めてにゅっと笑った。

鎌足とこれほど近くにまみえるのは、乙巳の年に寝返りを迫られた、あのとき以来であった。昔よりもひとまわり肥え、あごのあたりも二重になって貫禄《かんろく》十分である。恵尺より五つほど年下のはずだから、四十代の後半だろう。肥大したぶんだけ老獪《ろうかい》な感じもいやましになり、まったく隙《すき》のない感じが不気味である。

大兵《だいひょう》の高官は縁《えん》から段々をとんとん、と降り、恵尺をピタリと見下ろした。

「急に呼び出して悪かったな」

黙って後ろ手し、かたわらに色濃く茂っている二、三本の橘《たちばな》のかたわらをゆっくりとめぐりはじめた。

「これは遣唐使が唐から持ち帰った木だ。倭国の橘とはちっと違うらしうて、大きな甘い実がなる」

「はっ」

恵尺はかしこまった。

「トキジクノカクの木の実とも言う。おまえは知っておるかな、この実の話。その昔、師木《しき》の玉垣《たまがきの》宮《みや》にいましたイクメイリビコの大王の臣にタヂマモリという者がおってな。大王の命を受けて不老不死の果実を探しに旅に出たのじゃ。そうして、苦労の果てに橘の実を見つけた。しかし、王宮に戻ってきたときには大王はすでに亡《の》うなっておられた。タヂマモリは遅すぎたことを悔い、『わが君《きみ》様、タヂマモリ、ただいま永遠《とわ》の命の実をもって帰りました』と絶叫して、そのままの形で息絶えてしもうたとか」

語り終わるとくるりと向き直った。

「おもしろい話であろう」

たしかにおもしろい。が、いかなる意図でそんな話を聞かせるのかわからない。恵尺は黙って次の言葉を待った。

「ほんとに時を止められたらよいのだがな。じっさいには橘などなんぼ食うても止まりはせぬ。わしも年を取った。おまえも年を取った」

葉っぱをつい、と一枚むしった。濃緑の梢《こずえ》が弓を射たあとの弦《つる》のようにゆさ、ゆさ、と揺れた。

「皮を煎じれば薬になる。のどを痛めたときに服用するとよう効く。葉は胸の痛みによい。異国の者たちは薬種の知恵に長《た》けておるな」

「いかにも」

恵尺は相槌を打った。なかなか本題に入らない。このまま黙って聞いていてよいのか戸惑いはじめたとき、

「子は息災にやっておるか」

唐突に話題が転じた。

恵尺はようやく召喚の目的が読めた気がした。

「道昭にございまするか」

道昭は八年前に遣唐使船に乗って唐に渡ったが、鎌足の長子の定恵《じょうえ》も同じ船に乗ったのだ。定恵は出家していて、師も道昭と同じである。唐と橘の話はその前置きであったかと恵尺は心づいた。

「あれは昨年帰国いたしまして、いま、諸国修行に出ております」

定恵は道昭より十五ほども若く、当時十歳そこそこであった。いまも二十歳にならぬはずだ。僧になることはとりも直さず世を捨てることであるから、鎌足ほど高位の人の、しかも長男がその道に入るのは珍しい。ましてや遣唐使は命にかかわる旅なので、いかに優秀であっても随員となるこ

とはまれである。それについては相当の事情があるらしいと噂《うわさ》されていた。

しかも、道昭をはじめとして同じ船に乗っていた者はほとんど帰国しているのに、定恵はまだ海の向こうにとどまっている。ずいぶん長滞在である。そのさなかに唐、新羅とのいくさが確実になった。鎌足はきっと、道昭から恵尺に定恵の情報がもたらされていないか知りたくて呼び出したのだ。

鎌足が言葉を継いだ。

「親にとって子ほどだいじなものはない。気の揉《も》めることよな」

「まことにもって、さようでございます」

恵尺は深い同情の念をもって返答した。

「わが子道昭はすでに三十路《みそじ》を超えておりますが、内臣のご子息はお若い。さぞかしご心痛でございましょう」

「そうだ。若いと心配だ。おまえの子も心配だろう」

鎌足はまた後ろ手して、ゆっくりと橘のねきをめぐりはじめた。

――若いと心配？

怪訝《けげん》に思った。会話が嚙《か》みあっていないようだった。

「山鳥《やまどり》のことにございましょうか」

と、返したのとほとんど同時に、鎌足が「いや――」と振り返った。福々しい頬が笑った形のまま固まっていた。異国の芝居の面のようだった。

「娘のほうじゃ」

恵尺は後頭部にガン、と激しい一撃をくらった。

見つめあう視線が蜘蛛《くも》の糸のように絡まり、疑念のしずくを点々とつけたまま気味悪く揺れた。

「娘のほうじゃ。心配であろう」

もう一度、同じことを言われた。

「と、仰《おつしや》いますと……」

ふふん、と、肥えた高官は頬の肉に埋もれた鼻を鳴らした。

「あれはおまえの娘ではなかろう。たれの子か。正直に言うてみよ」

恵尺は鏡を見ぬながら、おのれの顔が蒼白《そうはく》になっているのがわかった。なぜだろう、どうしてだろう、とぐるぐる考えた。

その思いを見透かしたように、鎌足が「首飾りじゃ」と言った。

「おまえの娘は翡翠の首飾りを持っておろうが」

あっ——、と思った。雷に打たれた気がした。

薄笑みの眼《まなこ》が、恵尺を斜めに見下ろした。

「あれはな、大王家に伝わる家宝なのだ。とりわけ母から娘へ、娘から孫娘へと、女人に相伝される宝だ。おまえたちはただの翡翠と思うておったであろう。しかし、あれは独特の斑《ふ》が入っておって、見る者が見ればすぐわかるのだ。それをなぜおまえの娘が持っておるの、かな」

石のように固まった恵尺を置き去りにして、目の前の人は言葉を続けた。

「おまえの娘は飛鳥の薬師《くすし》のところに通うておるな。応明だ」

そのとおりである。ふた月ほど前にも阿品と小熊に付き添わせて連れていかせた。

「王家の首飾りらしきものをつけた娘を応明の家で見かけたと注進してきた者があったのだ。代々王家の宝物を管理しておる者だ。わしはその娘はたれか、応明に問うてみた。そしたら、おまえ」

鎌足はちょい、と恵尺をひとさし指の先でさした。

「船恵尺の娘であるということだった」

ああぁっと、恵尺は胸を掻きむしりたかった。だからコダマを里から出してはいかぬのだ、もう大丈夫だと油断していた――と、いまさらのように激烈に後悔した。

「なぜ船の娘がそんなものを持っておるのか。わしは気になってのう。大王の女官たちに訊いてみた。そしたら、覚えておる者がおった。大王が数年前、手ずからお前の娘に与えた、とな。

なぜ大王は娘から孫娘へと相伝すべき家宝をおまえの娘に与えたのか。わしはますます気になった。大王にはそれをお与えになってしかるべき方がほかにいくらでもおられる。ご自身のおん娘である間人様にお与えになってもよい。皇太子のおん娘の大田《おおた》様や鸕野《うの》様に譲られてもよい。あるいは大海人様のおん娘の十市《とおち》様にお与えになってもよい。なのに、なぜわざわざおまえの娘に？」

鎌足は悠然たる足取りで恵尺のまわりをめぐった。それにつれて黒い影も動き、前から、横から、斜めから、嬲《なぶ》るように恵尺の身をスルリ、スルリと撫でた。

「あの十六年前の乙巳の年、われらが予定しておらなかった火事が一つ、あった」

恵尺はいまにも卒倒しそうであった。

「大郎入鹿様の側女《そばめ》の家だ。女の赤子が一人おったそうだ。迂闊《うかつ》にも、そのときわれらはそういう者があったことを知らなんだ。生き残った蘇我の下男の口から後になってわかった。焼け跡から黒焦げの遺体が見つかったそうだ。しかし、われらは側女が子を道連れに大郎様に殉じたのであろうと、あまり気に留めなかった」

鎌足は橘の木に歩み寄り、また葉をつかんだ。

「が、真実はどうであったの、かな」

ざわっ、と音を立てて細枝がむしりとられた。先ほどより激しく木が揺れた。

息詰まる沈黙になった。

「おまえは知っておるのであろう？　大郎様は大王のじつのお子だ。元の名を漢皇子《あやのみこ》と申された」

恵尺は石のように地面を見詰め、じりじりと脂汗を垂らした。

鎌足がフン、と鼻を鳴らした。

「大王がもっとも愛されていたお子様は大郎様だ。皇太子が大郎様に激しく嫉妬《しっと》されたのもそのせいだ。その大郎様の娘がもし生きていたとしたら——、大王はその子に首飾りを与えたいと思うのではないかな」

深くうつむいた恵尺の足許《あしもと》に、橘の枝がぽいと投げ出された。切り口から青臭いにおいが立ちのぼり、恵尺はむかむかと吐き気がした。

投げ出された枝のかたわらに鎌足の革履《かわぐつ》がゆっくりと近寄り、止まった。恵尺はその大きな影の中に完全に囚《とら》われた。

「おまえは豊浦大臣《とゆらのおおおみ》の気に入りの史であった。大郎様とも親しかった。そして、おまえの娘は――、満で十六だそうだな」

万事休す、であった。

逃げ切ったつもりだった。それがいまになって、こんな陥穽《おとしあな》に陥ろうとは――。

「船恵尺、はっきり聞こう。あれは鞍作《くらつくり》の子か」

鞍作とは、入鹿が鞍作氏を乳人《めのと》として養育されたことからついた陰の呼び名である。かつての主君を、鎌足はもはや呼び捨てにしていた。

恵尺には、答えようもなかった。答えないことが答えであった。

ホホホホ、と甲高い声があがった。

「やっぱりか。いや、よう騙《だま》してくれた。あのたいへんな騒ぎのときに、ようやった。むしろ賞賛するわ。大王もよう気づかれた。いや――、あのおん方はただの人間ではないからのう。おまえも知っておるように、はんぶん神様のようなお方じゃ。ご自身と同じ血のにおいは即座に嗅《か》ぎ取られるのであろう」

ホホホホ、と鎌足はさらに高い声をたてた。そして、ゆっくりときざはしをのぼり、縁に大きくあぐらをかいた。

「わしはどうも、あの女人の大王が苦手でのう」

渋い調子で口の端を歪《ゆが》めた。

「鞍作を殺《や》ったときから、わしは目の敵にされておる。あのお方の中では、あれは皇太子がなしたことではない、すべて佞奸《ねいかん》な鎌子がたくらんだことじゃ、という話になっておる。まあ、無理もない。目の前でかわいいわが子の首が飛んだのだもの。同じわが子がやったとは思いとうないであろう。黒幕は別におったと思いたいだろう。そういうわけで、わしはすっかり悪者だ。あれ以来、大王はわしがなにか言うたびに、ケッと冷たい顔をされる。

こたびの韓土のいくさも、わしは反対であった。おやめになったがよろしかろうと申しあげた。そしたら、言われたわ。同心でないならおまえは来ずともよい。わらわと皇太子とでみごと攻めてみせる。大海人もおる。そなたは飛鳥で留守居しておれ、とな。

しかし、ふしぎなもので、わしはあのおん方だけにはなぜか逆らえぬのよ。あの大王の中には理屈の矢の通らぬ鋼《はがね》の楯《たて》のようなものがある。そうして、わしはいつもどこの馬の骨とも知れぬ成りあがり者と蔑《さげす》まれてきた。だから、いつか、なにかのかたちで一矢報いてやりたいと思うておった。そしたらこんなところに格好の種があったわ。いや愉快」

鎌足はホホホホ、とみたび癇性《かんしょう》な声をたて、のち、ぴた、とどこかへ笑いをおさめた。

重低に調子を落とし、

「船恵尺」

恵尺はゾーッ、と総毛立った。

刑場に引き据えられた罪人の気分であった。こうべを垂れて刑の申し渡しを待った。

「鞍作の娘を連れて参れ。おまえは娘一人助けることで鞍作に忠義を尽くしたつもりだったのだろうが、そのつまらぬおせっかいのおかげで、一族全員を危険にさらすことになった。愚かなことをしたものじゃ。とんだしっぺ返しが来た」

　容赦のない声がいんいんと響いた。

「一日だけ待ってやろう。おかしなことを考えるでないぞ。そのときはそなたの一族全員、逆賊として扱う。そなたらは賢い。ゆめ、あやまちを犯すまいぞ」

　恵尺は悪夢の霧を掻き分けるようにして、御前を退出した。

　どこをどう通って戻ったのか、まるで記憶がなかった。気がついたら官舎の入口にたどりついていて、ヤマドリの真剣そのものの顔が目の前にあった。

「父上、どうしました」

　腕をつかんで揺すぶられ、ようやくわれに返った。

「お帰りが遅いので、なにごとがあったかと案じていました」

　ヤマドリのもともと一文字の眉《まゆ》が、なおいっそう引き締まっていた。よく焼けた肌が緊張で白っぽくそそけだっている。

「なんの御用だったのです。やっぱり筑紫ですか。まさか、従軍ですか？　海を越えて向こうへ渡れと？」

「いや、そうではない」

　恵尺は強く首を振った。

「わしは急ぎ里へ帰る。おまえはここに控えておれ」

「野中へ？　いまからですか？　お一人で？　どうして？　父上」

ヤマドリが驚いて迫った。

恵尺は応答せず、

「よいか、動くな。おまえはけっして動くなよ」

厳然として言い放った。

5

カッ、カッ、カッ、カッ。

ドッ、ドッ、ドッ、ドッ。

小熊のからだにかじりつき、疾駆する駒の振動に身を預けながら、コダマの胸は早鐘のように鳴っていた。

先ほど飛鳥から突然戻ってきた父に、驚天動地の事実を告げられた。

信じよというには、あまりにも信じがたい話であった。衝撃というには、衝撃の域を越えていた。

固く秘されていたおのが出生の真実であった。

――おまえのほんとの父君は、蘇我大郎入鹿様である。

――入鹿様のほんとの母君は、今上《きんじよう》の大王である。

あの入鹿様が私の父？　あの大王が私のおばあ様？

頭の中が地震《ない》のように鳴動するのに失神せずにすんだのは、崖《がけ》っぷちでめらめら燃ゆるような父の気魄《きはく》に打たれたからである。これまでに一度も接したことのない烈《はげ》しさだった。

「いままで黙っておって悪かった。しかし、これだけはしかと心に銘ぜよ。おまえはわしのだいじな娘だ。そのことはなんら変わらない。一分《いちぶ》たりとも変わらぬ。これまでもそうだ。これからもそうだ。おまえはわしの命だ。命よりだいじな娘だ」

即刻、當麻《たいま》の由宇の里に逃れるよう、急《せ》き立てられた。自分はいまから白猪の長老と相談する。対処を決めたら必ず迎えにゆく、それまでけっして外に出るなと、威嚇《いかく》するように命じられた。

そしてドン、と背中を押され、こうして小熊とともに馬を駆ってきたのだ。

カッ、カッ、カッ、カッ。

ドッ、ドッ、ドッ、ドッ。

ひづめの音とともに、コダマの心の中に荒波が押し寄せる。さまざまな感情が湧《わ》きあがる。

懐かしい家族。懐かしい墳墓の里。懐かしいオノゴロ島。そのどれとも自分はつながっていなかった。すべての糸が切れてしまった。

疾駆する頬に涙が走り、風の中に飛んでいく。

しかし、その激情の中に一つだけ、甘い気分が交じっていた。それは、ヤマドリがじつの兄でなかったことだ。

——小兄。

——好きになってもよい人だった。

それでいながら、コダマの頭の中はめまいがしそうに複雑である。好きになってよい人だったからこそ、その人を危険にさらしているのだ。ならば、いったいどうするべきか。

コダマはまとまらない頭で必死に考える。

父上は自分を内臣にはぜったいに渡さないだろう。命懸けでかばってくれるだろう。でも、それによって内臣が攻め手をよこしてきたら？

父上、大兄《おおにい》、小兄。わが家族の命は確実にないだろう。白猪の長、津の長の命も危ないだろう。助かった縁者の者たちも、地位と仕事は確実に失うだろう。そうなったら、史として何百年も積み重ねてきた伝統が水の泡だ。住み慣れた野中の地も失うかもしれない。一族はおしまいだ。

だめ、そんなわけにはいかない。だったら――？

コダマはまたしばらく考えた。

のち、首をしゃんと起こした。

――覚悟を決めよう。そうだ、覚悟を決めよう。

奥歯を食いしばり、唇をぎゅっと結んだ。

もともと自分はあの乙巳《いっし》の年に、ほんとの父の大郎入鹿と大臣蝦夷とともに死ぬ運命にあったのだ。自分以外の子や妻はみな殺された。なのに自分のみ、たまさか心ある家臣に救われ、こんにちまで長らえてきたのだ。いまこそ、その恩返しをするときだ。

ヤマドリ小兄とお別れすることは、身を切られるようである。けれど、好きになってよい人だったとわかっただけで、最高にしあわせではないか。

好きな人のために尽くせるとは、なんとすばらしいことだろう。いままでは尽くすこと自体、許されていなかったのだから。それを思えば、恐いことなどなにもない。潔く内臣にこの身を差し出して、一思いに斬《き》られよう。そして、これまでわが目になってくれていたいとしい人をあの世から見守ろう。

そう、それですべて解決だ。

決心したとたん、心が透明になった。身を取り巻いていた分厚い霧があとかたもなく晴れあがる気がした。

涼しい夕風が鬢《びん》のおくれ毛にすう、すう、と吹いた。峠《とうげ》に出た、と思った。

「小熊」

コダマは低く呼びかけた。

「止まって」

抱きついていた胴を強く制した。

「どうなさいました、姫、急ぎませんと」

小熊がいぶかしげに馬を止めた。

ホー、ホー、とフクロウが鳴いている。

コダマは空を仰いだ。まぶたにほんのかすかな光の圧力を感じる。今日は細い月だろうか。

いつかこの峠で阿品からヒトコトヌシの神様の話を聞いたことがあったのを思い出した。オホハツセの大王の言葉を木霊《こだま》返ししたという託宣の神様。真摯に祈りを捧げれば、必ずお応《こた》えくださる神様だと阿品は言っていた。いまこそ、それだ。この決心に応えていただこう。

コダマは胸いっぱいに息を吸い込み、夜気に斬り込む気分で言葉を発した。

「小熊は私の味方？」

「さようでございます」

「私の言うことはなんでも聞いてくれる？」

「もちろんですとも」

「そう。じゃ――」

手綱を握っている小熊の両手をぎゅう、と握った。

「私は當麻へは行かない。このまま香久山の内臣のお屋形へ行ってちょうだい」

「ええっ」

小熊のからだが瘧《おこり》のようにわなないた。

「なにをおっしゃるのです、姫、気でも狂ったんですか」

コダマは頑として言い返した。

「なんでも私の言うとおりにしてくれるって言ったじゃない。行ってくれないなら、いますぐ降ろして。私は一人で這っていくから」

「だめですっ」

「じゃ、大声で叫ぶわ。私はかの逆臣の蘇我入鹿の娘です。私を鎌足様のもとに突き出してくださいって。聞いた人はみんな恐れて、頼まなくても捕《とら》えてくれるでしょう。このあたりの人はみな、入鹿の父上のことを恐ろしい鬼だと思っているのだから。都に祟《たた》りをなす怨霊《おんりょう》だと思っているのだから。さあ、叫ぶわよ！」

「だめっ！　姫、おとなしくなさってください」

馬上でもみあいになった。

コダマは小熊の衣をがむしゃらにつかんだ。

「行って。行ってくれないなら、ほんとに降りるわよ」

つかんでいた手をするっとはずし、身を浮かせた。とたん、小熊があっと叫んで、力いっぱい引き戻した。

「だめですっ！」

「じゃ、行ってくれるの」

小熊は返事をせず、肩ではあ、はあ、呼吸をはずませている。

「いやなの？　それなら小熊が私を殺してちょうだい。小熊に殺してもらえるなら、私も安心よ。さあ、やりなさい。私さえいなくなれば、父上も小兄も、里の人たちもみな助かるのだから。さあ、やってちょうだい」

コダマは目をつぶって、静かに上半身を改めた。

沈黙になった。

ホー、ホー、とフクロウだけが鳴いている。

やがて、

「わかりました」

岩のようにこわばっていた小熊のからだがぐにゃり、とほどけた。

「行ってくれるのね」

「はい」

「じゃ、急いで。さあ。私を内臣の屋形で降ろしたら、小熊はすぐお里へ逃げてね。父上や小兄に知らせてはだめよ。それが私への忠義というものなのだから」

「かしこまりました」

コダマは小熊の丸太のような胴にふたたびひし、としがみついた。

「さあ、行って！」

はっ、という掛け声ののち、手綱が一揺れして、二人の娘を乗せた馬が峠をカッ、カッ、と下りはじめた。當麻の里をそのまま通過して香久山の方角に消えていくのを、ヒトコトヌシのような月だけが見送っていた。

6

目の前で震えている娘を見ながら、鎌足はちょっとした感動を覚えていた。

——けなげなことだ。一人で来おったわい。

あわあわとした沫雪《あわゆき》に似た頬に、黒目のまさった泉のような瞳。

桜色の上衣と短い裳の下に白褌《はかま》をはいて脛《すね》を足結《あゆい》で括《くく》っている。細い首もとに翡翠の勾玉が揺れている。これか――、と鎌足は思った。女帝が手ずから与えたという首飾り。大王家の女人相伝の宝。すなわち、この娘の中には古代から連綿と続いてきた女王の血が受け継がれている。

女帝の孫。そして、入鹿の娘。危うい火の玉だ。

しかし、そんな剣呑《けんのん》を相殺《そうさい》して余りあるほど、娘は可憐《かれん》だった。まるで白い小鳥である。これほど可憐な娘は大和じゅうを探しても見つかるまいと思った。即刻首をはねる――気は失《う》せた。もったいなかった。鎌足はぞわぞわと興奮した。

鎌足はいま並ぶものなき権勢を誇るが、ここに至るまでには並々ならぬ辛苦があった。とりわけ女人に関しては、あまりよい思いをしていなかった。

最初の妻の小足媛《おたらしひめ》は先の孝徳《こうとく》大王のおきさきの一人で、孝徳が軽皇子《かるのみこ》といっていた時代に力を貸したことを感謝され、つかわされた女人だった。媛は間もなく長男の定恵を生んだ。が、それは鎌足の子ではなく軽の子である可能性があった。ために、のちに孝徳と中大兄皇子が不仲になると微妙な存在となった。中大兄はおのれを脅《おびや》かす者は看過しない。ゆえに鎌足は後難《こうなん》を憂えて定恵を出家させ、遣唐使として海の向こうへ逃がしたのである。

軽皇子のもとを離れ、中大兄皇子に臣従するようになると、またそのきさきの鏡王女《かがみのおおきみ》を賜った。功を積むと、さらに寵愛《ちょうあい》の采女《うねめ》の安見児《やすみこ》を賜った。いずれもお古であった。鎌足が望んだのではない。しかし、やろうといわれたものは、ありがたく頂戴《ちょうだい》しなければならなかった。それが主従のあいだをつなぐ紐帯《ちゅうたい》になるのであるから。

鎌足は権力の階梯《かいてい》をのしあがるためならば、苦痛も快楽に転じうる性《しょう》であった。謀略の手本といわれる『六韜《りくとう》・三略《さんりゃく》』を座右《ざゆう》の書となしているような男だ。けれども、度重なる屈辱が濁った溶岩のように心の底にわだかまっていた。それが、思いもかけぬ可憐な生贄《いけにえ》によって噴出した。

目の前にいる娘は、中大兄皇子が憎んでも憎み足りぬ入鹿の子であった。そして、なにかにつけてこちらを蔑《さげす》みの眼《まなこ》で見る女帝の孫であった。多少大袈裟に言うならば、鎌足は彼ら主君に対して生まれて初めて絶対的な優越感を味わった。ある意味で最高の意趣返しであった。

この一点の穢《けが》れもない生きものを思いきり穢してやろう、とまっ黒な心で嗤《わら》った。この娘の存在は自分以外誰も知らない。いまならばできる。たまに人の食い残しでないものを食うてなにが悪い。

「娘」

と、呼びかけた。

「はい」

消え入るような声が返った。

「父を救いたいか」

「救いとうございます」

「家族を救いたいか」

「救いとうございます」

「里の者たちを救いたいか」

「救いとうございます」

「ならば、一つだけ方法がある」

地面についている細い腕をつかんで、引っ立てた。

「来よ」

そのからだは羽のように軽く、吊《つ》りあげるといともかんたんに宙に浮いた。鎌足はひょい、と脇に掻い込み、母屋のきざはしを大股《おおまた》にのぼった。

コダマは驚愕《きょうがく》した。自分がなにをされようとしているのか、ようやく悟った。

思いだにしていなかったことだった。愛する兄、愛する父のために命を捧げることは、まったくいとわなかった。けれども、それだけはぜったいにいやであった。死ぬよりもおぞましいことだった。

「いやっ」

力の限り暴れた。猟師にとらまえられたイノシシの子のように、激しく身をうねらせた。両手で縁の勾欄《こうらん》を握りしめ、渾身《こんしん》の力を込めて野卑な男の腰をドシ、ドシ、蹴《け》った。

か細い娘の存外な抵抗に鎌足は驚き、両手を勾欄からもぎ離した——瞬間、娘の手が結いあげた髷の中からなにかをつかみ出し、ぶん、と振った。頬に焼けるような痛みを覚えた。細い指の中に朱鷺色の櫛が握られていた。裂かれた皮膚から血糊《ちのり》が流れ、袍《ほう》の胸もとへぼとぼと垂れた。まっ赤な血の色を見たら、鎌足はカッと逆上した。

——なまいきな。

娘の横面を容赦なく張り倒した。

「おのれは、逆らえたような身の上かっ」

櫛が宙を舞い、きざはしに撥《は》ね返って、カンッと高い音を立てて割れた。

「殺してっ、殺してくださいっ」

「ああ、殺してやろう。けれども、ただに殺すのは惜しいのだよ」

鎌足は縁の端にしゃがみ込んでいる窮鳥《きゅうちょう》をふたたびつかみあげ、母屋のうちへ藁苞《わらづと》でも投げるように放擲《ほうてき》した。小柄なからだは板床の隅まで飛んで、のち、四つん這いに這って逃げはじめた。鎌足は大股に歩み寄り、ぐさぐさに乱れた髻をひっつかんで、愛らしいひたいを思いきり床に叩きつけた。もう一度叩きつけた。そうして、やっと静かになったからだをくるりと返して、上に跨《またが》った。

7

それから、どのくらいたったろう。一刻《いっとき》か、半刻か、あるいはほんの一瞬だったのか。

「……ダマ」

どこかで自分を呼ぶ声がした気がして、コダマはハッと意識を取り戻した。

「コ……ダマッ！」

また、聞こえた。

――小兄？

「コダマッ！」

こんどはすぐ近くではっきり聞こえた。複数の人間が激しく争う音が、すぐ外の庭でした。

「コダマッ！　コダマッ！」

上にのしかかっていた男が舌打ちして起きあがり、「たれじゃっ」と、妻戸を開け放った。

コダマはズタズタの半裸になった身をすばやく改めた。どうやらだいじなものはまだ冒されておらぬようだった。そのことへの歓喜が弾《はじ》けるような力を呼び起こした。争う音のするほうへ両手両足を使って猛烈に這い進み、背をとらまえようとする手を振り切って、ぽっかりと四角く口を開けている夜気の中に身を投げた。

ごん、ごん、ごん、と肩を打ち、頭を打ち、脚を打ちして、きざはしを転げ落ちた。

「コダマッ」

次の瞬間、駆け寄ってきた慕わしい懐の中にすっぽりととらえられた。

「ちいにい……」

安堵《あんど》で心が溶けていくようだった。

悪鬼のような高官が、縁の上から、

「なんだ、おまえは！」

と怒鳴った。

ヤマドリが怒鳴り返した。

「船恵尺の息子でござる。妹はお返しいただきます！」

「よい覚悟じゃ。命が惜しゅうはないのか」

「命など惜しいものかっ。妹のおらぬ世に生きておっても甲斐《かい》のないことだっ！」

「ほお、ぬしらは恋仲であったか。兄妹の恋か。ますますおもしろうなった」

鎌足は神経質な高笑いをした。

ヤマドリが嚙みつくように吠《ほ》えたてた。

「いかにも。しかし、もう兄妹ではなくなった。わが妹《いも》だ、わが妻だ！　真実《まこと》を教えてもらったことを心から感謝する！」

「よう言うた。おまえの一族、みな滅んでもよいのか」

ヤマドリがまた吠えた。

「おおいにけっこう！　妹のおらぬ一族など滅んでしまえ。この世から消えてしまえっ！」

鎌足は袖を振りあげ、

「では、二人ともしかと結ばれよ。ただし、あの世でな」

舎人に向かって鋭く叫んだ。

「やれっ！　二人とも斬ってしまえ！」

屈強な舎人が三人、同時にしゃっと太刀を抜き払い、ざざっと荒い足音をたてて三方から迫った。

ヤマドリはコダマの上にがば、と覆いかぶさった。

兄の下にかばわれながら、コダマは胸のところにハッと熱いものを感じて両手で強く押さえた。

それは、女帝の首飾りであった。三つ連なった翡翠の勾玉は火傷《やけど》するほど熱くふつ、ふつ、と煮えたぎっており、見えぬ目のうちにも金色の燐光《りんこう》を発しているのがわかった。

おばあ様！　と思った――のと同時に、頭の上でキン、カン、シュン、と鋭い金属音が鳴り、刃の振りおろされる強い風圧を感じた。

コダマはヤマドリのからだの下で輝く首飾りを握りしめ、総身を震わせ絶叫した。

「いやあああーっ！」

そのとたん、それまで皓皓《こうこう》と照っていた月がにわかに暗雲で覆われ、漆の闇《やみ》になった。チカチカッ、チカッ、チカッ、と何度か火花のようなものが天空にまたたき——、
バリバリバリッ、ドーン！

轟音《ごうおん》とともに宮柱に似た真一文字の閃光《せんこう》が夫婦杉のうちの一本に落ちた。めりめりっ、ぎいっ、ときしんで、どうっ、と根元から倒れた。庭じゅうに無数の青い鬼火が燃えあがった。

縁の上にいた鎌足は勾欄を越えて転げ落ち、きざはしのかたわらに尻もちをついた。

舎人たちはバラバラに倒れ伏し、コダマも気を失っている。

鎌足が「なっ、なんじゃ」とつぶやいたとき、頭上から、

「かまこ……」

黄泉《よみ》の国の使者にも似た声が降った。

ヤマドリと鎌足は弾かれたように、残った一本杉を見上げた。頂《いただき》に笠《かさ》をかぶった一匹の化けものが座っていた。腕と足が一本ずつぶらぶらに斬られ、白い骨がのぞいている。首も変なふうに折れ曲がっている。

「た、た、た、大郎様……」

鎌足は声にならぬ声をあげて後じさった。

化けものはケラケラ笑いながら、その足許に笠をはさ、と投げた。青い油紙を張った、大きな笠だった。鎌足は立ちあがって逃げようとして、また腰を抜かして後ろに倒れた。化けものの頭には、角が生えていた。

ヤマドリは鬼に驚いた、というよりも、鎌足が大郎様と呼んだことに驚いた。これが音に聞くあの蘇我入鹿様か——と、奇妙に冷静な目で観察した。

鬼は木の上でゆらゆらと揺れながら、

「おぬしがかぶせてくれた笠じゃ」

と鎌足に言った。

鬼火が共鳴するようにいっせいに震えた。

あの凶変の日、板蓋宮で惨殺《ざんさつ》された入鹿のむくろの上に、鎌足は異国の使者が持っていた青い雨具を投げかけた。そうしてその場に芥《あくた》のように放置して、本陣の飛鳥寺へ急いだのである。

鎌足はひいーっ、と叫んで笠をはねのけ、仲間でも求めるようにヤマドリたちのほうに這ってきた。すると、こんどはヤマドリの懐の中から、

「かまこ……」

という低い女の声が出た。

ヤマドリがギョッとして見下ろすと、コダマはガアッと嘔吐《おうと》するように口を開いていて、のどの奥から煙の塊が吐き出された。それは鬼火の燃える中空でぼわりとふくらみ、墨絵の濃淡のような像を結んだ。男の結うみずらに髪を結い、身に甲冑《かっちゅう》をまとった——、斉明女帝であった。胸には燐

光を放つ翡翠の首飾りをさげている。

鎌足はギャッと叫んで、反対側に四尺ほども飛びすさった。

「お、お、お、大王《おおきみ》」

「かまこ……」

女帝がまた鎌足の名を呼んだ。

「おまえはなぜ次から次に、わらわの子の命を取る」

「お……、お許しください」

ヤマドリの鼻をツン、ときつい臭気がついた。鎌足が恐怖のあまり失禁したらしかった。

「許さぬ」

女帝の顔は中空でいったん大きく後方へ反ったのち、ひゅっと細長いくちなわのように伸び、鎌足の首に巻きついた。そうして、家畜でも引きずるがごとく泥沼の地面に引き倒した。そのまわりをおもしろがるように、青白い鬼火が群れ飛ぶ。

木の上から鬼の高笑いがケラケラと降る。

「おぬしの子も殺すぞ」

鎌足はくちなわに首を絞められながら、雨水と尿の混じった泥の中を這いまわる。

「お……お許しください。わ……わたくしは知りませぬ。こんな娘は……知りませぬ。知らぬ娘でございます。なんにも……知りませぬ」

すると、くちなわの動きがぴた、と止まった。するする、とほどけた。そして、ふたたびほわりとふくらむと、鎌足の顔のまん前で甲冑姿の女帝になった。

「知らぬと言うか」

「知りませぬ。なにも知りませぬ」

「まことか」

「見たこともなき娘にござりまする」

「そうか」

一刹那《せつな》ののち、白い煙が地面の低い位置をひゅうっと流れた、と思ったら、コダマの口の中に戻り――、げほ、げほ、とコダマが意識を取り戻した。

鬼火は消え、木の上の鬼も消えた。

あとには鎌足と、ヤマドリと、コダマと、気絶した舎人三人が残された。

鎌足が腰を抜かした体勢のまま、「娘っ、若造っ！」と裏返った罵声をあげた。

「おまえらはたれじゃっ！」

ヤマドリとコダマは取り乱した高官に顔を向けた。

「わしの屋形でなにをしておる。なぜここにおる！　去れ！　二度と現れるな。帰れっ。わしはなにも知らぬ。なにもなかった。邪魔だっ、無礼者っ、なにをしておるっ、早う去れっ！」

ヤマドリはコダマを背に負い、深く一礼して踵《きびす》を返した。

8

先ほどの雨は嘘のように晴れわたり、美しい月が照っていた。

目の先に二上山《ふたかみやま》が迫っていた。もうすぐ當麻の里である。

「もう、大丈夫だろう」

ヤマドリは手綱を引いて駒の歩みを緩め、首筋をととん、と叩いてねぎらった。

「ごめんよ、おまえも疲れたろう。ゆっくりいこうな」

小兄はやさしい、とコダマはほほえんだ。

馬の背にのんびりと揺られながら、コダマは夢のようだった。ぴたりと接している懐かしいからだ。大きくて、あたたかくて、しなやかな感触。こうやって触れあうのは、何年ぶりだろう。

「小兄」

広い背中に頬をつけたまま、呼びかけた。

「なんだい」

柔らかな、お月様の暈みたいな声。

「どうしてわかったの。私が内臣のお屋形に行ったこと」

「小熊が飛鳥の官舎に来たんだよ。姫が死んでしまう、早く助けにいってくださいって。近くにいてよかったよ。野中にいたらおしまいだった。とんでもないことだ。一人で敵の屋形に乗り込んでいくなんて」

「だって――」

それは、おのれの想《おも》いのありったけであった。ぎりぎりいっぱいの勇気であった。なぜ理解してくれぬのだろう――と、コダマはじゃっかん不満だった。

「小兄を助けたかったから。私さえいなくなれば、小兄は助かるんだもの。だから」

と訴えると、ヤマドリの声が真剣な怒気を孕《はら》んだ。

「それは反対だ。コダマが死んだら吾のほうが生きていない。わからないか」

コダマは心臓がどきん、とした。

それをきっかけにどくん、どくん、と脈が早くなり、頬がぽおっと火照った。さっきヤマドリが鎌足に向かって叫んだ言葉を思い出した。

――妹のおらぬ世に生きておってもも甲斐のないことだっ！

――もう兄妹ではなくなった。わが妹《いも》だ、わが妻だ！

急にものすごく恥ずかしくなって、言葉が出なくなった。

――わが妹《いも》。

ぽく、ぽく、とひづめの音だけが、夜の往来に響く。

そのとき、コダマは胴にまわしていた掌《てのひら》をふいにヤマドリに取られ、「これ」と、小さな塊を握らされた。ハッとした。半分に割れた珊瑚の櫛だった。だいじなだいじな宝物であった。

「小兄……、拾ってきてくれたの」

どっと涙があふれた。夢中になって櫛を握り込んだままいとしい人にしがみついた。

「わが背《せ》の君」

とたん、コダマ――、と引き寄せられ、目の前の背中が振り返った。と、思う間もなく、駒が鋭いいななきをあげて棹立《さおだ》ちになった。二人ともぽーんと宙に放《ほう》り出された。

「うわっ」

「きゃあああっ」

落ちたところは草地の斜面で、巴《ともえ》になってもつれあいながら、ごろん、ごろん、と転げ落ちた。うわあっ！　きゃあああっ！　ごろん、ごろん、と回転を続け、ようやく止まった底は豊かに実った麦畑だった。

ヤマドリがあわてて這ってきた。

「すまぬ、馬を驚かしてしまった」

振り返った拍子に、またがっている馬のあらぬ箇所を思いきり蹴ったのである。

コダマはおかしくなって、ぷっと吹き出した。

「大丈夫よ。どっちみちぼろぼろだもの」

「そうだな」

二人して声をたてて笑った。

並んで麦の褥《しとね》に横たわり、天を見上げた。

「小兄、今夜はいいお月様なんでしょう」

「ああ、きれいだよ。よく研いだ鎌のような三日月だよ」

コダマは、心にまばゆい光が染み入ってくるようだった。

隣のヤマドリのからだがつ、と動いて上になった。両手で顔を包まれた。

「かわいそうに。こんなにあざだらけになって」

すう、すうと、ひたいと目の下を撫でられた。

「もう二度と、あんな目には遭わせない」

そう言った唇がおのれの唇の上に降ってきたのを、コダマはとろけるような気持ちで受け取った。

人を愛するとはこういうことかと知った。

唇が離れたとき、自分も相手の頬を両手でとらえ、すう、すうと撫で返した。

思わず、言った。

「あなにやし、えをとこを」

ヤマドリが笑った。

「だめだよ、コダマ、女が先に言っちゃいけないんだ」

「じゃ、小兄、先に言って」

「あなにやし、えをとめを」

ヤマドリはコダマを抱いたまま立ちあがった。かたわらの毀《こわ》れかけた納屋の扉を蹴って入った。

＊

ご機嫌うるわしゅうござります。お初にお目にかかります、それがし、つたない話芸をもってみな様のお耳汚しをいたしております大端《おおはし》と申します。独り身にてほうぼうを渡り歩く奴にてござりまするが、先祖、先祖の元をたどれば、河内と摂津《せっつ》の堺に根を張っておった小さき一族。ゆえにもって、郷土のいにしえ話には少々くわしうござります。

いま都は飛鳥にござりまするが、倭国の大王《おおきみ》がお栄えなすったのは大和ばかりではござりませぬ。この河内には、尊きおん方の墳墓《みさんざい》が大小無数にひしめいております。難波には前の大王のりっぱな宮がござりました。それより前にも尊き宮がござりました。わが邦《ほう》のあるじ様の中でも、とりわけ名高きオホサザキの大王のお住まいでござります。

ということで、こんにちはその大王のお話をさせていただきとう存じまする。

＊

姫様も若君も、かの大王のお噂はお聞きになられたことがござりましょう。難波の高津宮《たかつのみや》にいまして、それまでになき際立った事業《ことわざ》をなさりました。土地を上手に墾《ひら》かれ、田畑を増やし、りっぱな道をつくられました。茨田《まむた》の堤や依網《よさみ》の池、また、難波の湊《みなと》や墨江《すみのえ》の津を整えたりもなさりました。

しかし、オホサザキ様が御名《みな》を讃えられておりますのは、それ以上に民の心を察し、善政をお布《し》きになられた有徳《うとく》の大王としてでござります。

こんなお話がござります。

大王はある日、高い山に登り、わが治める風土を眺め渡され、ハッとされました。なぜというに、国土のどこにも炊煙《すいえん》が立っていなかったからです。大王は反省されました。これはきっとおのれが行きすぎた事業を行ったせいに違いない——。

そこで、宣言なさいました。

「これから向こう三年間、朕《ちん》は工事も、貢ぎものを出させることもやめる」

大王はこのお触れを徹底され、ご自身の宮が雨漏りするのも辛抱なさりました。

三年ののち、大王はふたたび山に登って国を見渡しました。すると、どの家からも煮炊きの煙が立っております。大王はどうやら民も豊かになったらしいと安堵され、ようやく民の徴発や貢納を再開されたのです。

オホサザキ様の御代《みよ》は人びとから「聖帝の世」とことほがれました。その徳をうつして、毛受《もず》の耳原《みみはら》にあります墳墓は、父王様の誉田《こんだ》の御陵に勝るとも劣らぬ壮麗なものにござります。

かにかくに御名鳴りひびいておりますゆえ、オホサザキ様は生まれながらの帝王のような感じがいたすのですが、じつはそうでもありませぬ。むしろ大王にはおなりになれなかった公算が高かったのでござります。

＊

と申しますのは、オホサザキ様には母君の違う兄様と弟君がおられて、父王のホムダワケ様のお跡を狙《ねら》って三つ巴になっておられました。血筋から申しますれば兄様のオホヤマモリ様がもっともすぐれ、父王様のご愛顧から申しますれば弟君のウヂノワキイラツコ様がもっともまさっておられました。オホサザキ様はいちばん分が悪かったのです。

ある日、父王様がオホヤマモリ様とオホサザキ様をお召しになり、お訊きになりました。

「親は年長《としかさ》の子と、年若な子と、どちらがいとしいものだと思うか」

オホヤマモリ様は父君にわが身を軽んじられては困ると思うて、「もちろん年長の子をいとおしむべきです」とお答えになりました。いっぽう、オホサザキ様は父君の御心をようご存じでありましたから、「年長の子はすでに分別がついておりますので放っておいても構いませんが、年若な子はなにかと心配なものです。そのぶんいとおしさもひとしおなのではないでしょうか」とお答えになりました。父王様はオホサザキ様のお答えに満足して、「おまえは朕の思いをよう見通した」と悦に入られました。

その後、父王様は三人のお子様にそれぞれお役をお命じになりました。すなわち、ウヂノワキイラツコ様を日継《ひつ》ぎとなす。オホヤマモリ様は山海のまつりごとを執り、オホサザキ様は廟堂のまつりごとを受け持ち、ともに大王たるワキイラツコ様を両脇から支えるように――と。

では、そのご遺命《ゆいめい》にもかかわらず、オホサザキ様の襲位がなったのはなぜでしょう。それは、こんな次第であったと伝わっております。

父王のホムダワケ様がお亡くなりになると、案の定、ご兄弟のあいだでたちまちいくさが起こりました。弟のワキイラツコ様が位につくことを不服とされた兄のオホヤマモリ様が兵を起こされたのです。

兄様の不穏な動きをいち早く察したオホサザキ様は、ワキイラツコ様に危険を知らせました。それを聞いたワキイラツコ様はねんごろに計略をめぐらせました。

まず、おのが宮のある宇治川《うじがわ》のほとりに手勢を伏せ、川向こうの山の上に絹の帳《とばり》をもちいて偽の小屋をつくり、替え玉の舎人を首座に座らせ、そのまわりに従者を往来させ、自分が政務を執っているかのようによそおいました。そこへ行くためには川を渡らねばなりませんから、渡し船を用意し、おのれは貧しげな船頭に身をやつし、船底にぬるぬる滑るサネカズラの根の汁を塗って待ちかまえました。

しばらくするとオホヤマモリ様の軍がやってきて、山の上を見上げました。オホヤマモリ様はそこにワキイラツコ様がおいでになるとまんまと騙され、船に乗り込みました。船頭に化けたワキイラツコ様は川のまん中へさしかかったところで船を揺すってオホヤマモリ様を振り落とし、伏せておいた兵に矢を射かけさせ、岸へ寄りつくこともできぬようにして殺してしまいました。

ウヂノワキイラツコ様がいくさに勝利されますと、オホサザキ様は弟君を祝福して、父王様の希望どおり位に就《つ》くようお勧めなさいました。しかし、ワキイラツコ様も賢明な皇子様なので、危険を知らせてくれた兄様を立てるべきではないかと遠慮されました。このため、「兄様がどうぞ」「そなたがつとめよ」と譲りあいになりました。けれども、これもすぐに解決いたしました。ワキイラツコ様が急な病でみまかられたからです。

かくして、オホサザキ様が大王位に就いたのです。

＊

以上が巷間《こうかん》伝えられております大王オホサザキ様のお話でございます。

しかし、これだけではあんまりおもしろうないので、もうちとだけ余計なおしゃべりをさせていただきます。

と申しますのも、一見平らかに位にお就きになったごときかの君でございますが、仔細に調べてみるとあんまり穏やかならぬのです。穏やかならぬどころか、これまでに例《ためし》なきほどゆゆしき噂に満ちているのです。

まず、父王様がお亡くなりになったとき、オホヤマモリ様に挙兵のことを焚きつけたのは、どうもオホサザキ様であられたらしい。卑母の生まれの皇子が位に就けば世の秩序が乱れる。ここは由緒正しきお血筋の兄様が立ちあがりたまえ――、と、オホヤマモリ様の背を押したのでござります。そのいっぽうで、弟君のウヂノワキイラツコ様には兄様の来襲のことを教え、それを撃退する策もねんごろにお授けなさいました。つまり、兄様と弟君を戦わせ、おのれは高みの見物、というわけでござります。

そうして弟君が勝ち残られると、親しう接近されて即位のことを勧め、弟君がお心を許されたところで召しあがりものに毒を盛ってお命を頂戴したのです。オホサザキ様が難波津の海の幸を進物なすった夜、ワキイラツコ様はにわかに悪心《おしん》を発され、逝去されております。かくしてオホサザキ様はおのれは血を流さず、軍も動かさず、無駄なくすみやかに欲しいものを手にお入れになったわけです。

ここで、父王様に問いをかけられたとき、オホサザキ様が涼しい顔して、「親は年若な子がいとしいものでござります」とお答えになったことを思い返してくださりませ。なんとお腹《はら》の底の見えぬおん方様でありましょう。

さて、余計ついでにもう一言だけおまけを加えますと、オホサザキ様、オホヤマモリ様、ウヂノワキイラツコ様――、この三皇子の三つ巴は、わが邦にとって案の外に大きなできごとであったようにござります。と言いますのも、このあとに連綿と続くことになる兄弟間の王位継承争いの初めだからでござります。

という次第で、今上《きんじょう》の大王におかれましてもそのような悲劇が起こらぬとよろしいがと、それがし、心より祈念いたす今日このごろなのであります。

第五章
兄と弟

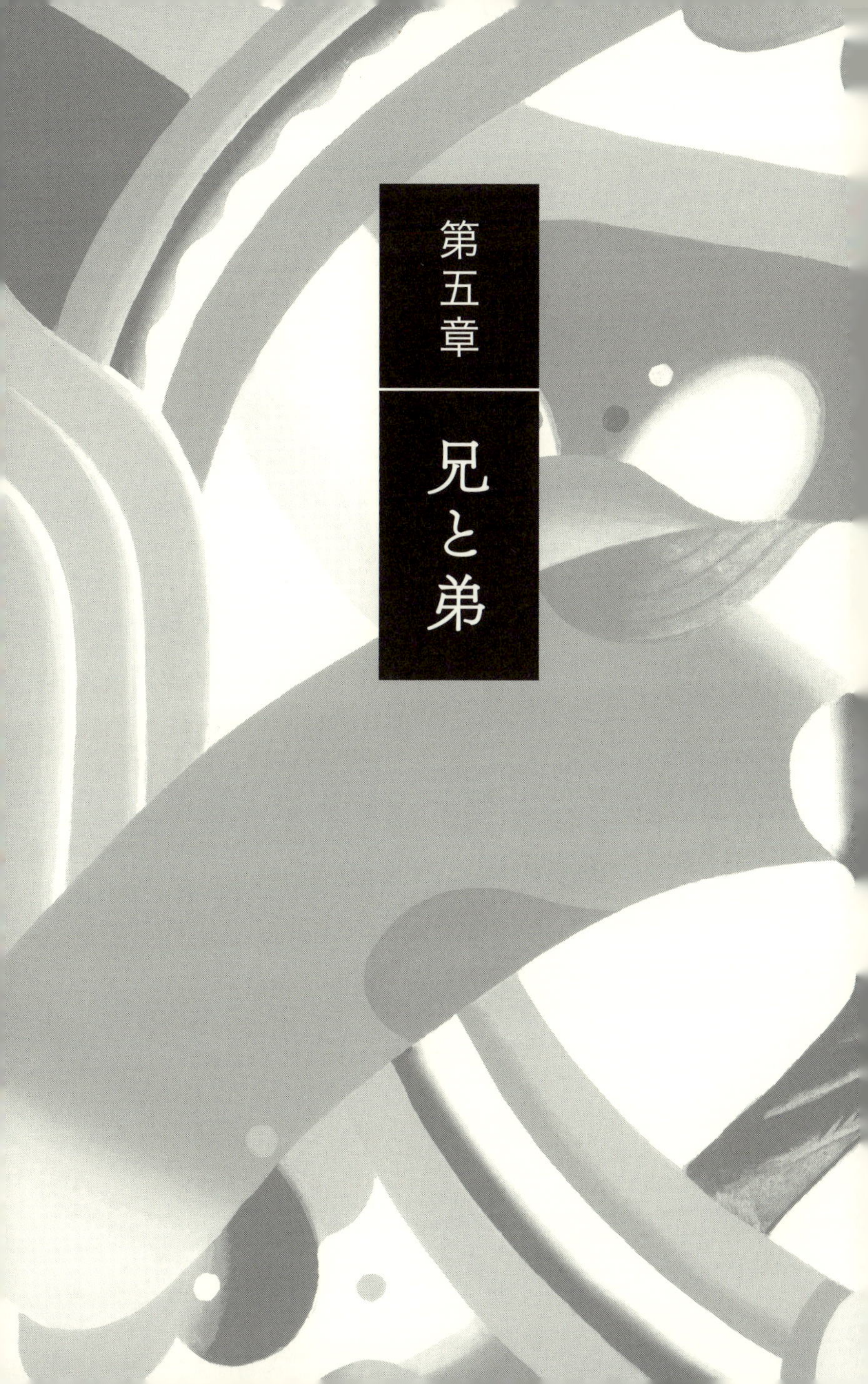

1

茜色《あかね》の雲の海に浮かんで、たゆたっているようである。

寄せては返す銀のさざ波。小舟に揺られて、波濤《はとう》にのぼっては落ち、落ちてはまたのぼる。

やがて、雲の切れ間に見えてくる虹《にじ》の階梯《かいてい》、天の浮橋。その上に立っているのは幼い子供の小兄《ちいにい》と私だ。

コダマ、いっしょに握るんだよと、と小兄が矛《ほこ》を差しいだす。コヲロコヲロ、と潮搔《しおか》きならし、矛の先からホタリ、ホタリ、としずくが垂れる。垂れたしずくが結ぼれて、新しい島ができあがる。

オノゴロ島――。それは、河内の平野に眠る、いにしえの大王の墳墓《みさんざい》。

その島で二人抱きあい、小兄が言う。

「あなにやし、えをとめを」

私が言う。

「あなにやし、えをとこを」

環濠《かんごう》の縁《へり》に寄り添い、とろとろと揺らめく淵《ふち》に矛を差し入れ、コヲロコヲロ、と搔きならす。はじけるような歓喜が湧《わ》く。矛の先からホタリ、ホタリ、としずくが垂れて、次々に命が誕生する。目を覚ます皇子たちの魂。歓《よろこ》びの中に咲く蓮《はちす》の花、ヒシの花、カキツバタ。アメンボウ、ミズスマシ、虫たちが跳ねたわむれ、タナゴ、モツゴ、輝く小魚が寄りきたる。

チドリ、ウグイス、ホオジロ、サザキ。肩に載り、膝《ひざ》に載り、手のひらに載る。やわらかい和毛《にこげ》がこの身をふわふわと愛撫《あいぶ》する。

成り余れるところと成りあわぬところで深く溶けあって、これ以上一つになれぬくらい一つになりたい。もの見えぬこの身にはそれがすべてで、それしかすべがないから。この指と、この肌と、耳と唇で感じるものがすべてだから。

寄せては返す銀のさざ波。茜色の雲の海。のぼっては落ち、落ちてはまたのぼる。

あなにやし、えをとめを。

あなにやし、えをとこを。

2

「父ちゃま、母ちゃま」

いきなり小さな柔らかいものが抱きついてきて、コダマとヤマドリは目を覚ました。

「おお、堅香子《かたかご》か」

ヤマドリが、ぎゅうと抱き返す。

四つになる二人の娘である。堅香子とは愛らしい紫色をしたカタクリの花のこと。

「おっきして。もうお昼よ」

ヤマドリとコダマの腕を交互に引っ張る。

昨夜、明け方までもつれあって、その後すとんと穴に落ちるように意識がなくなった。そのままどのくらい眠っただろう。一瞬の気がするが、二、三刻《とき》も熟睡したのだろう。もっとかもしれない。

「ほら、お日様がさんさん！」

堅香子が板戸をバーンと開ける。とたん、まばゆい光が流れ込む。遠くで田を耕す野良の声、普請らしき木槌《きづち》の音、街道を行く荷車の音。外界はすっかり活動のたけなわであるらしい。

身づくろいして棟を出ると、中庭で阿品とともに勇ましく薪割《まきわ》りをしていた小熊が寄ってきた。

「お目覚めでございますか。お疲れでありましょうから、お起こし申さないでいたのですよ。久しぶりのお帰りですもの。遠慮されることはありませんわ」

おおらかにそう言われ、ヤマドリとコダマは肩をすくめる。

天が高い。空気が澄んでいる。とんびが鋭く鳴き渡る。中庭のナナカマドの赤が白壁に映え、馬《うま》桶《おけ》の水を錦《にしき》に染めている。

天智《てんじ》八年（六六九）の十一月である。

ヤマドリは二十七。コダマは二十五歳になった。

八年前、内臣《うちつおみ》中臣鎌足に秘密を知られ、二人は絶体絶命の危機に陥った。しかし、斉明《さいめい》女帝と入鹿の御魂《みたま》に助けられ、奇跡的に難を逃れた。あとで知ったところによると、コダマとヤマドリが鎌足の屋形で異様の経験をしていたそのとき、筑紫の朝倉宮で女帝が急死したそうだった。その刹那《せつな》、宮の庭には一面、青い鬼火が燃えあがり、朝倉山《あさくらやま》の上に青い笠《かさ》をつけた入鹿の鬼が現れたという。

いまでもあの日のことを思い出すと、コダマとヤマドリはこの世には理屈では説明できぬ霊妙《くしび》が存在するのだと、おごそかな気分になる。

コダマが入鹿の娘である事実は白猪の長老の平田の胸一つにおさめられ、爾後《じご》、二人には平穏な日々が訪れた。

いっぽう、鎌足は不幸にみまわれた。息子の定恵《じょうえ》は数年後唐から帰国したが、何者かに滅多斬《めったぎ》りにされ、謎《なぞ》の死を遂げた。鎌足本人は数カ月前、屋形に激しい落雷があり、まもなく重病にかかってみまかった。

コダマとヤマドリは言い知れぬ思いで顔を見合わせた。が、その逝去はとにもかくにも二人に一つの安堵《あんど》をもたらすものではあった。

「さあさあ、お腹《なか》がおすきになったでしょう」

由宇がもはや朝餉《あさげ》ともいえぬ朝餉を並べはじめる。小熊が母上はまんまですから、お邪魔しないようにしましょうね、とコダマの膝から堅香子を抱き取る。

いま、都は飛鳥から遷《うつ》って、近江《おうみ》の湖のかたわら大津にある。

近江は遠い。馬で駆けどおしに駆けても、瀬田から宇治、淀《よど》の水利を使っても一昼夜はかかる。そうかんたんには帰ってこられない。だからこそ一日千秋の思いとなる。

「都がもう少しお近ければよろしいんですけれどね」

由宇が気の毒げな声色でコダマに向かう。

「そうね」

それでも、筑紫よりはましである。白村江《はくそんこう》の戦いのときは、戦中戦後の処理のため、ヤマドリと恵尺《えさか》は一年以上もかの地に足を取られたのだ。コダマは半身をもがれるようだった。

談笑しながら健啖《けんたん》に食事を片づけているらしきわが背《せ》の様子をうかがい、コダマはきゅっと頬《ほお》にえくぼをつくった。

3

いまから六年前、皇太子中大兄の号令に従い、倭国二万七千の兵は勇躍海を越えたが、韓半島南東の白村江で大敗した。もともと陸上のいくさを想定していたのに、量質ともに桁《けた》違いの唐水軍に洋上で挟み撃ちされたことが大きかった。軍備に貧しく、訓練に乏しく、作戦にも劣る倭国はひとたまりもなく、海の藻屑《もくず》と消えた。

そうなると、次なる恐怖は敵がこの国土に攻め込んでくることであった。もはや百済の再興どころではない。わが身が百済と同じ運命をたどる可能性があった。

中大兄は総力をあげて敵襲に備えはじめた。壱岐《いき》、対馬《つしま》、筑紫に防人《さきもり》や烽《とぶひ》を置き、筑紫に長大な水城《みずき》を築き、対馬の金田《かなた》や讃岐《さぬき》の屋島《やしま》、大和の高安山《たかやす》に堅固な山城をつくった。そのいっぽうで戦勝国である唐とぎりぎりの交渉を行い、占領や割譲の憂き目からからくも祖国を守った。

それらの処理が一服したのち、行ったのが近江への都遷しであった。

近江が緊急の都として選ばれたのは、東国を扼《やく》する玄関であることが、まずは大きかった。万一の敵襲があったとき東国へ逃げ込むことが容易で、東国の兵も徴収しやすい。飛鳥の群臣は「あのような辺鄙《へんぴ》なところへ」と猛反発したが、耳を貸す中大兄ではなかった。あれこれ議論しているひまに移動してしまえ。宮などはあとでおいおい整えていけばよいという、いつものやり方であった。

そうして遷都がなると、母の女帝が亡くなって以降執《と》っていた称制《しょうせい》をやめ、正式に位に就いた。大王天智《おおきみてんじ》の誕生であった。

対外戦争に負けることは国家を存亡の危機にさらすことである。異議を唱える豪族はいまもその失政を責めている。しかし、船《ふね》の一族をはじめとする百済人のあいだでは天智を支持する声が強い。多大な危険を冒してわが同胞のために出血してくれたと思うからだ。

ヤマドリの器が空になっているのに気づいて、由宇が「小兄様、お代わりは？」と手を差し伸べたとき、「おう、起きたか」と、恵尺がひょいと顔を出した。

「父上」

ヤマドリが大きな笑顔になる。

恵尺は右足をゆっくりとひきずり、両手で膝を二つに折りたたむようにして菅《すげ》の円座《わろうだ》についた。

「元気そうだな、ヤマドリ」

近ごろとみに白髪が増えて翁《おきな》めいた温顔をゆるめた。

恵尺は二年前、落馬がもとで脚が不如意になり、都との往復が難しくなったため引退することにしたのである。齢《よわい》も六十近くなった。長年の功労を認められ、小錦下《しょうきんげ》の位にも叙せられた。もう思い残すことはない。あとは総領息子のヤマドリに任せようと現役は譲ったかたちだ。以来、毎日ゆるゆると孫の相手などしている。

ケガは不幸であったけれど、父が家にいてくれるようになったことは、コダマにはちょっとうれしい。ヤマドリのいない淋《さび》しさが埋まる。

「わしにも湯漬けを一杯くれ」

と、小熊に頼む恵尺に、ヤマドリが訊《き》く。

「父上、どうです。書きもののほうは」

「『大王記』か。ようやくできたぞ」

「おっ、まことですか」

何年もこつこつと浄書を進め、先《せん》の月にやっと終えたのだ。見せてやろう、取ってきてくれ、と阿品に頼む。

ヤマドリは目を細め、両手を擦《す》りあわせる。

「思い出すな。父上が里へお帰りになるたびに、夜なべしておられたこと。なあ、コダマ」

「ええ、そうね」

一心不乱に机に向かっている父の膝にまとわりついて、さんざん邪魔したものだ。

「旦那様《だんなさま》」

阿品が後ろからにじり寄り、一巻の巻子《かんす》を差しいだした。

「見せてください」と、ヤマドリが手を伸べる。

簡素な紺色の表紙に「大王記・国記・臣連伴造国造百八十部幷公民等本記」と題箋《だいせん》が貼《は》られてある。ヤマドリが指先で撫《な》でていると、恵尺が口を出した。

「できたというても、そもそもが編纂《へんさん》途中のものであったから、完成しておるわけではない。それを考えると、ちとおおげさな題名ではあるけどな」

「いやいや、いったん失われたものをようも再現されたものです。たいへんなことですよ」

ヤマドリは巻き緒を引いてスルリと開く。定規を用いたような几帳面《きちょうめん》な文字が現れる。ああ、と感嘆の声が漏れる。

「吾《われ》は父上ほどの美筆は知らない」

船の者たちはみな筆達者だが、なかでも恵尺の字がいちばん美しい。

恵尺が脇から覗《のぞ》き込み、目を細めた。

「まあ、これは史《ふひと》としてのわしの誇りだ。いまのところこれが大王家の帝紀《ていき》や旧辞《きゅうじ》を記したもっとも正統な書じゃ。今上大王《きんじょう》は乙巳の年、こんなものはいらぬと一蹴《いっしゅう》されたが、国史の編纂に取り組もうとなさるおん方はいつかまた必ず現れるはずだ。何年先、何十年先かわからぬが、そのときはこれが原本になるとわしは信じておる。その折にはヤマドリ、船の史としてお役に立てよ」

「はい」

ヤマドリは改まってうなずいた。のち、きゅっと斜めに父の顔を仰いだ。

「でも、父上、語り部の翁たちの昔話は、あいかわらず聞いているのでしょう?」

「うん。でもそれは、わしよりもコダマが主役だから」

堅香子が脇《わき》から口を出す。

「母ちゃまが覚えるのよ。それをじじ様がゆるゆると書き取るの。母ちゃまはなんでも覚えてしまうのだから。ね、母ちゃま」

「ええ」

コダマが笑顔で返す。

語り部たちが教えてくれるお話によって、『大王記』では名前しかわからなかった大王や皇子皇女に血が通い、肉がつき、いきいきした人間として立ちあがる。それはコダマにとってはなんともいえず楽しいことだ。

それに、いまは堅香子もいる。堅香子もコダマに似てお話が大好きで、翁たちの話を聞くときはいつも脇にくっついている。それがまたなんとも楽しい。

「というわけで、わしも身体不如意になったが、コダマたちといっしょにまあまあ賑やかにやっておるわ」

と、恵尺が言い添え、おや——と、怪訝《けげん》な目をした。

「おまえ、どうした、ここ」

ヤマドリのひたいを指さした。冠を脱いだ生え際に、大きな切り傷ができている。

ヤマドリが苦笑した。

「これですか。尾張の子供にやられたんですよ」

「まあ、小兄、ケガしたの？　小熊、膏薬《こうやく》を持ってきて」

小熊がはい、と立つ。

「一晩も気がつかなかったのか。おまえたちはしあわせだなあ」

恵尺が茶化す。コダマは見えない自分が悲しくなる。

ヤマドリはいま難しい仕事にたずさわっていて、ときおり民の抵抗にあって痛い目に遭うのである。それは全国一斉の戸籍《こせき》づくりで、きっかけはやはり白村江の敗北にあった。

海彼のいくさで屈辱的な敗北を喫してから、大王天智はその理由を日夜粘着質に考えつづけた。そして、究極するところ敗因はおのれらの徴兵体制にあり、迅速に兵を集め、統一的な命令系統をもって兵を鍛錬することができなかったせいだと結論づけた。

旧来、わが邦《ほう》の兵は軍事氏族の采配《さいはい》に頼るか、または全国の首長を説いて、その下の農民を兵として差し出させるかであった。しかし、この方法だと氏族の長らが従わなかったときは兵は集まらない。白村江のいくさでは百済への救援を決めてから必要人員が揃《そろ》うまでに二年もかかった。こんな悠長なことでは勝てるはずもない。

では、それに頼らず軍を組織するにはどうすればよいか。それは、国家の頂点にいる王が全国津々浦々の民を直接支配することである。そのために必須となるのが戸籍だ。

この国土のどこに、どのような名前の、何歳の、どのような人間が、どのような家族構成で住んでいるか。そして、総人口はいく人であるか。これを把握できれば徴兵は迅速に進む。しかも偏《かたよ》りなく公平に実施できる。それは徴税においても力を発揮するし、さらには各地の首長による分権体制を解体し、大王のもとに全土を編成し直す素地にもなる。

この取り組みを提案したのは、船氏の若き総領のヤマドリであった。というのも、倭国内においても古くから戸籍化が進んでいる地域はあって、それは蘇我の時代から大王家が持っていた直轄領の屯倉《みやけ》であり、その業務を担っていたのがほかならぬ船の一族だったからだ。

あるときヤマドリははかばかしく進まぬ天智の改革を見ながら、はた、と屯倉のことを思った。自分らの父祖がそこで取り組んできたことを地方豪族の土地でもあまねく実施できたら、と考えた。いわば倭国全土の屯倉化である。

さっそく上役の大夫《まえつきみ》に持ちかけた。上役はそれはよいと話に乗り、ヤマドリに船の一族を采配して鋭意取り組めとはっぱをかけた。首長たちが囲い込んでいる袋の口をぶちまけさせるのは容易でないが、以来、ヤマドリは倦《う》まずたゆまず全国をまわりつづけている。

「小兄、お仕事うまくいってないの？」

ヤマドリの傷にそろそろと薬を塗りながら案ずるコダマに、ヤマドリは「うまくいってないどころか」と、明るく応じた。

「とても順調だよ。石を投げられるようなことも、以前に比べればずっと減った。あと一息だよ。来年中に必ず完成させよと命じられていて、名前ももう決まっている。庚午年籍《こうごねんじゃく》っていうんだ。すごくよいできだと思うよ」

にこっと白い歯並びを見せた。

4

庭先できゃっきゃっと遊ぶ堅香子の声がする。小熊と二人してアンズの木の下でままごとに興じている。

からだの大きな小熊は「父ちゃま」役である。堅香子は藁《わら》でつくったお人形を抱いて、「母ちゃま」役になっている。

かたわらの皿に泥でつくねた団子がきれいな段々に積みあげてある。

「赤ちゃん、まんまだよ、お口をあけて」「あい、ありがと」

堅香子が赤子と母親の二役を真剣そのもので演じている。小熊がからだを二つに折るようにして笑っている。

ヤマドリは開け放たれた窓からその様子を眺め、目を細める。堅香子は里へ帰ってくるたびに愛らしく育っていて、どんどんコダマに似てくる。

二十年前のコダマの面影を描いて、しばし揺らめくような心地になっていたら、

「ところで、ヤマドリ」

恵尺に夢を破られた。

見返すと、父は妙にきまじめな顔でこちらを見ている。

「先だって白猪の兄弟に、ちと気になることを聞いたのだがな」

「なんでしょう」

ヤマドリは改まって相対した。

「大王と王弟様のことだ」

「ああ――」

ヤマドリはすぐにその先の言葉を推察した。

「よくご存じですね」

「鯨《くじら》と鱸《すずき》があやしげなことを言うておった。薬狩りの宴でたいへんなことがあったとか」

鯨と鱸は白萩の弟である。

「そのとおりです」

「そうか、まことであったか」

恵尺は深く腕を組んだ。

「なあに？　小兄」

コダマは二人のただならぬ声音に不安を誘われる。

ヤマドリは、「ちょっと剣呑《けんのん》なことになりつつあるんだ」と、コダマに向き直った。

「コダマは王弟様を知っているか」

「ええ。大海人《おおあま》様でしょう？　大王をよう補佐されて、大王の片腕でおられるおん方」

コダマはこういう身の上だから都へ行くこともないし、偉い人たちに会うこともないが、父や里の者たちから話を聞いて、かなりのことは心得ている。

その人は兄の天智よりいかほどか年下で、乙巳の変を初陣として、以降、鎌足内臣とは別の意味で兄の協力者でありつづけてきた。研ぎ澄まされた白刃のような兄とは対照的に、骨太な武人と聞いている。人当たりもまろやかなので、兄の強硬なやり方に不満を持つ豪族を抑える役割も果たしてきたとか。

「その大海人様が、どうなすったの」

うむ、とヤマドリはうなずいて、

「兄様とのおん仲があやしくなりつつあるんだ。以前は睦まじくていらしたんだけど、ここ数年、そうだな、都が近江に遷ったころからかな、大王の中に王弟様を遠ざける気配が見えてきたというか。といっても、吾は王弟様にお仕えしているわけではないから伝え聞きだけど――」

恵尺が問うた宴の一件というのは、こんな話だった。

それは先年の夏のころ。王族が一堂に集って湖東の蒲生野《がもうの》で牡鹿《おじか》の角をとる狩猟のもよおしを行ったのである。その後おきさき方や皇子皇女を交えて華やかな遊宴が張られたのだが、宴たけなわになったとき、大海人が突然、長槍《ながやり》を馳走《ちそう》の並ぶまん中にドスン、と突き立てたのだ。女人は悲鳴をあげ、兄の天智は「狂ったか、大海人」と激怒した。

ヤマドリは、ドスン、にあわせて板床を踏み鳴らした。

コダマはビクッと身をすくめた。

「どうして、そんな乱暴なことを」

恵尺が言葉を挟んだ。

「鯨は額田王《ぬかたのおおきみ》様の所以《ゆえん》ではないかと言うておった。額田様と王弟様が艶《つや》めいたお歌のかけあいをされて、大王のご機嫌が悪うなった。そしたら、王弟様は兄上のご不興に逆《さかし》まに腹を立てて、得物《えもの》を持って立ちあがられた。要するに、自分たちの仲を裂いたのはもともとあなたではないかと責めた、と言うのだがね」

コダマは、ああ――、と思った。

額田王をめぐる兄弟の対立の噂《うわさ》は聞いたことがある。その人は近江の豪族の息女で、官女として宮中に仕えるうちに大海人の想《おも》われ人となって十市皇女《とおちのひめみこ》を生んだ。美しい容姿に加えて歌才に恵まれ、斉明女帝にも愛されていた。ところがその才色兼備の弟の妻を、兄の天智が横取りしたのだ。

即座にヤマドリが「いや父上、それは違うと思います」と否定した。

「たしかにお三方の恋の話はあるけれど、少なくとも宴の喧嘩《けんか》の原因はそれではないでしょう。額田様が王弟様から大王の元に移られたのは、かれこれ十年以上も昔です。いまさら額田様をはさんで諍《いさか》うとも思えない。相聞は宴席で戯《ざ》れてなされたことで、大王も笑ったし、その場にいたみな様も沸いたと聞いています」

「では、なんなのだ」

ヤマドリは、ようわかりませんが、吾が想像するには――と、いらえた。

「大友皇子《おおとものみこ》様のことではないかと」

恵尺とコダマは意味がわからず沈黙した。そして、ほぼ同時に解してえっと声をあげた。

「まさか――、大友様に大王位をお継がせになりたい、ということか？」

「そうなの？　小兄」

「そのまさかです。近江に都を遷した理由の一つは、それもあるんですよ」

大友皇子は湖西の渡来人の大友村主《おおとものすぐり》の人たちに養育されており、宮を営んだ大津はその地盤である。近江の都は次期大王を大友皇子とすることを見越して選ばれたふしもあるのだ、と、ヤマドリは説明した。

「そういうことなのか」

恵尺が深く腕組みした。

「それは存外であった。わしは次期大王は王弟様とばかり思うておった。わしだけでない、とくに飛鳥に居残っている者たちは王弟様を慕うておる。その世が来ることを心待ちにしておったであろうに」

ヤマドリが返す。

「しかしですね、父上。大王は王弟様に跡を継がせると公の場でおっしゃったことは一度もないんですよ。それに、吾が見たところ、大友様はお若いけれど人柄もごりっぱで、なかなかの器です。あながち大王の身びいきとばかりも思えない」

恵尺は「しかし、大友皇子は――」と言いかけ、途中で口をつぐんだ。

ヤマドリが素早く、「御母堂のことでありましょう」と受け取った。

大友皇子の母は宅子娘《やかこのいらつめ》といって、伊賀の豪族から貢進された采女《うねめ》である。母の身分が低いと、その皇子の王位継承順位はふつうはあまり高くならない。

ヤマドリは「だから、大王は――」と続けた。

「新しい王位継承の決まりもつくりつつあるのです」

「新しい決まり？」

コダマと恵尺が声を揃えた。

ヤマドリが呑《の》み込み顔でこくりとした。

「次の大王を決めたり、どなた様かへの譲位を決めたりすることを現大王の大権とするという法です。津の者たちがいま文面づくりに取り組んでいます。その他にも、大王は、『大王』という称号を『天皇《てんのう》』に変えようとなさったりもしているんですよ」

「天皇って天皇大帝《てんこうたいてい》のことか」

「いかにも」

天皇大帝とは、道教の思想に関係して、絶対的な頂点に立つ者の称号として使われている言葉である。

「いまや大王は群臣合議の長《ちょう》ではないとおっしゃりたいんでしょう。いよいよご自身は倭国随一の頂に立ったと意識されているんだと思う。だから、次期大王を誰にするかもおのれの一存で決める——と」

コダマが訊いた。

「小兄、その決まりのことは王弟様はご存じなの？　それにお怒りになって長槍を持ち出されたの？」

「いや、そこまではわからない。けれど、あれはちょっとふしぎな話でね、じつは宴席に毒蛇が入り込んでいたんだ。王弟様はそれを狙《ねら》ったんだよ」

「どういうこと？」

コダマは解《げ》しかねた。

「王弟様が突き立てた槍の下に、蛇の頭が貫かれていたのだって。召使いの一人が言っていた。つまり、王弟様は宴席で無礼を働いたのではなく、宴席にいたみなを救ったんだ。だから、いったん『狂ったか』と怒られた大王も、そのあと、『ようやった』と賞賛されたそうだよ」

「ますますわからぬ」

恵尺がつぶやいた。

ヤマドリが続ける。

「ええ。この話にはまだ先があるんです。そのあとに、新羅人の蛇使いが捕まった。その男が毒蛇をあやつって宴席の食膳《しょくぜん》に導いたらしいんです」

「いよいよわからぬ」

恵尺はまた首をひねったが、コダマはあっと思った。

「もしかして、誰かがその蛇使いを雇って、宴席に蛇を入り込ませたということ?」

恵尺もにわかに硬直した。

「そうなのか?」

ヤマドリは「わかりませんが――」と応じ、一息置いて、むしろ強く言い切った。

「でも、新羅人と親しいのは王弟様なんですよ。大王や大友様が百済人をひいきするのを王弟様はよく思っていらっしゃらなくて、その反発もあるんだと思います」

コダマは背筋がゾッとした。

「でも、みな様の前でそんな……。うっぷん晴らし? それか、兄様への威嚇?」

コダマはいままで磊落《らいらく》な武人だと思っていた大海人皇子という人のことが急にわからなくなった。もっさりとおおらかな人物を思い描いていただけに、それが計算ずくの演技であったかもしれないということに、倍ほど恐ろしいものを感じた。

しん、と座が静まったところへ、

「ただいまっ」

堅香子が小熊に伴われ、はつらつと戻ってきた。

「父ちゃま、どこかへ遊びにいきましょうよ」

さっそくヤマドリの膝に飛び込んで、ぴょんぴょん跳ねる。それまでの緊迫した空気との落差がみなの笑みを誘った。

ヤマドリが「そうだな」と応じ、「じゃ、とっておきの場所へいくか。オノゴロ島だ。紅葉がきれいだぞ。ピカピカのカラスウリもあるぞ」

堅香子が「うんっ」と目を輝かせる。

「母ちゃまも行きましょう」

コダマの腕をつかんでぐわらぐわらと揺すぶった。

さあ乗れ、とヤマドリは堅香子を肩車し、コダマの手を取った。

5

庭で夕餉《ゆうげ》の菜を摘んでいた侍女が、「奥様、奥様」と注進にやってきたのを、鏡に向かって身づくろいしていた女主人は「なあに」と、うっそりと見返した。

奥様、と呼ばれたのは白萩である。

侍女は野次馬のような顔つきで、

「船のヤマドリ様のご家族が、あれに」

背後をちょい、と振り返った。

——ヤマドリ。

その名を聞いたとたん、白萩は化粧《けわい》の道具を抛《ほう》り出し、はだしで庭に駆け下りた。そして、太い白樫《しらかし》の幹の陰から彼方《かなた》を食い入るようにうかがった。

望む目の先に三人連れの親子の姿があった。若い父親が童女を肩車し、盲目の美しい妻の手を引いて畦道《あぜみち》を行く。道端の草や木をさして、ほがらかに談笑している。ときおり童女が跳ねるように足をばたつかせたり、父親の首にかじりついたりする。絵に描いたようにほほえましい情景だ。

「おしあわせそうでございますこと、ねえ」

その言葉に、白萩はハッとわれに返った。

侍女が同意を求めるようにこちらを向いている。

あられもなく嫉妬《しっと》を剝《む》き出しにしたところを、はした女に見られてしまった。白萩はなんともいえずばつが悪くなり、

「おまえはなにをしているの。夕餉の支度はできたのかえ。旦那様は決まった時間にきちんと召し

あがらないと、必ず具合が悪くおなりなのだよ。早くお行き」

きつい口調で叱咤《しった》した。

女主人の歓心を買うつもりで言上した侍女は、しゅんとしおれて厨《くりや》に戻っていった。

白萩は一人、樫の木にもたれ、唇を噛《か》んだ。

ヤマドリが一文字の眉《まゆ》を引き締めて、申し訳ない、と頭を下げた日のことが苦くよみがえった。

白萩は幼いときからヤマドリのことが好きだった。将来はヤマドリの嫁になるのだと決め込んでいた。九年前、果たして縁談が起こった。有頂天になった。

両親や祖父もその気になり、さっそく婚礼の準備を始めた。肝心のヤマドリははっきりした態度を示さなかったが、照れ屋だから口に出さないだけで内心は乗り気なのだと思っていた。いつ情熱的な愛の言葉を贈ってもらえるだろうと、わくわくしながら待っていた。

ところが、半年以上も待ちわびてようやく訪ねてきてくれたと思ったら、いきなり土下座された。

「この話はなかったことにしてほしい」と謝られた。

「吾が悪かった。許してほしい。いや許さなくてもよい。いくら恨んでくれてもよい」

憤怒がこみあげた。自分は里いちばんの美女であり、多くの若者の高嶺《たかね》の花であった。誰が相手であっても三顧《さんこ》の礼をもって迎え入れられるはずだった。それがこんな肩透かしを食らわされるとは。

ヤマドリはその理由を、コダマを愛しているからだと言った。コダマ以外におのれの伴侶《はんりょ》は考えられぬ——。

白萩は驚いた。だって、コダマはヤマドリの妹ではないか。

ところが、聞けばほんとの妹ではないのだという。事情があって赤ん坊のときにもらわれてきたことが最近わかった。自分は昔からコダマが好きだったけれど、妹だからとあきらめていた。が、妹でないとわかった以上は、どうしてもコダマを妻にしたい――。

女としての矜持《きょうじ》を粉々に打ち砕かれた。

この自分が袖《そで》にされる？　とんでもないことだ。こんな赤恥はない。

すぐに祖父の平田に泣きつき、隣村の西文《かわちのふみ》氏のいちばんの美男の嫁になった。ほとんどふられたはらいせであった。ところが、新婚の夫は不時の土砂崩れに巻き込まれ、わずか二年で死んでしまった。白萩は二十歳になるやならずやで寡婦になった。まったく不運であった。

百済人の社会は二夫にまみえずという考え方が根強く、二度目の縁談は地味な話しかなかった。けっきょく、四十近くも年上の同族の老人の後添いになった。

その人は物持ちで、やさしく、懐深く、年若な白萩がやってきたことを心からよろこんでくれた。美しい衣装、装飾品、紅や香料、調度、山海の美味。望むものはなんでも与えてくれた。侍女もたくさんつけてくれた。思ったほどには悪くない相手だったと思った。が、それも束の間で、数年後、病にたおれて寝たきりになった。

以来、恋ともときめきとも情熱とも無縁の毎日だ。なんにもおもしろいことはない。だからといって、かこっても詮《せん》ない。ここを出てどうするのだ。どうやって生きていくのだ。

どこぞの若い男と駆け落ちでもしようかと思ったこともあった。しかし、そんなことはだめである。因習の強い里なのだ。礼節を重んじる一族なのだ。滅多なことをすれば、長老の祖父が困る。弟たちが笑われ者になる。

だとすれば、やっぱりこのまま朽ちていくしかない。少なくとも、いまの老夫が死ぬまで辛抱せよ、だ。でも、そのときたぶん自分は盛りを過ぎている。すべてが肯《がえ》じがたい。どうにもならぬ。考えはじめるとじりじりする。

それにひきかえ、コダマのなんと恵まれていることだろう。聞くところによると、ヤマドリは近江の都で精勤で、上役にも認められ、順調に出世街道に乗っているという。さわやかな男前だから女官たちにも人気があるのに、コダマ一筋で他の女には目もくれぬのだそうだ。かわいい子にも恵まれ、自分とはいかほどの違いだろう。歯がゆくて、またじりじりする。

「奥様、夕餉のお支度ができました」

ハッと気がつくと、すでに薄暮であった。侍女が目の前に膝をついている。

白萩は母屋に戻り、病み臭い寝床の脇に座った。

土鍋《どなべ》に湯気を立てているゆるい粥《かゆ》を一杓《しゃく》よそい、栗《くり》の木の匙《さじ》ですくった。

「さあ、あなた、お口をあけて」

枯れ木に皮をかぶせたような夫の皺首《しわくび》を、空しい目で見下ろした。

6

「ああ、風がよいにおい」

コダマは胸いっぱいにかりん、と乾いた空気を吸い込んだ。錦に染まった葉っぱの香りが濃厚にする。

「ナナカマドがまっ赤だよ。コダマ。ツタの葉は紫。カエデは黄色」

「ええ、わかるわ」

網膜に色は映らなくても、胸の中の景色には色がついている。風の中にうるわしい季節の肌触りがある。

久しぶりに来たオノゴロ島の墳墓である。

後円部の頂のニレの木の下に、幼いころと同じように並んで座る。膝にまとわりついている娘の感触が子猫のように柔らかくて快い。

「堅香子、ここは母ちゃまと父ちゃまが童《わらべ》のころいつも遊んでいたところだぞ」

ヤマドリが教える。

「いつもいっしょにお昼寝していたのよ。よいところでしょう」

コダマが言う。

「うん」

堅香子が楽しげに応じる。小さな手の中に、さっき見つけたカラスウリがある。鮮やかな朱色の肌を、袖口でキュッキュと磨いている。

ふもとの往来を人びとが行く。がらがらと車輪の音。しゃんしゃんと馬の鈴。調子っぱずれな馬子の唄《うた》。環濠の酸っぱい水のにおいもする。でも春よりは潔《きよ》く澄んでいて、さやかにさざめく波の音がする。

ふいに、コダマの胸の中に昨夜の甘美な夢がよみがえった。

「小兄」

こうべをもたせている良人《おっと》を振り仰いだ。

「昨日、ここの夢を見たのよ。小兄といっしょにお空の上へのぼって、茜色の雲の海に矛を差し入れてコヲロコヲロと掻き混ぜているの。そうしたら、いつの間にかここへ来ていて、お濠《ほり》の水を矛でコヲロコヲロと混ぜていた。お花や、水草や、虫がどんどん生まれてくるの。小鳥もたくさん」

と言う肩に、さっそく、はたはたとサザキの鳥が降りてきた。チチチチ、チッ、チッ。「あら？」。

膝の上にももう一羽。

チチチチ、チッ、チッ。チチチチ、チッ、チッ。

コダマは顔いっぱいの笑顔になった。

「あいかわらず、コダマは鳥に好かれるなあ」

ヤマドリが詠嘆する。

コダマは「ええ」と応じ、小さな生きものを一羽ずつ手のひらでいとおしみ、「お行き！」。宙にぱあっと放った。

ヤマドリは二つの羽ばたきが空に溶け込むのを待ってから、コダマの夢の話に答えた。

「吾もよく見るよ。ここの夢。濠の際でコダマと手をつないで、深い翠《みどり》の水を見ている。遠くを見渡すと、ぽこ、ぽこ、ぽこ、墳墓の島が浮かんでいる。雲の上みたいな、遥《はる》かなわたの原だ」

「そう、小兄も見るのね」

コダマがほほえみ返すと、ヤマドリは「だけど――」と、続けた。

「いま、吾は近江にいるだろう。そのせいだと思うけど、気がついたらいつの間にか淡海《あわうみ》の際に立ってるんだ」

「淡海って――、湖?」

「ああ」

コダマは湖というものを見たことがないので、想像がつかない。それは泉のようなものなのだろうか。川のようなものなのだろうか。それとも、幼児のときに幾度か見たことのある難波の津に近いようなもの?

「どんな景色なの」

ヤマドリは少し体勢を改め、コダマの肩に剛健な腕をまわした。

「近江はふしぎな水の国なんだ。湖はものすごく広くて大きい。けれど、とても静かだ。海みたいに潮が満ちたり引いたりするわけじゃない。波が打ち寄せるわけでもない。音もなく、動きもあまりなく、ひたひた、ひたひた、とたゆたっている。とても穏やかだよ。けれどもなんだか果てしがなくて、恐くなるときがある。とくに空が鈍色《にびいろ》に曇っている日は水の色が銀色になって、鏡――、そう、鏡みたいになるんだ。鏡を覗くと、自分の顔が映って引き込まれそうになることがあるだろう?　あんな感じだよ」

「鏡のような湖——」

「うん」

ヤマドリは首をかしげたコダマの横顔を見、頰に乱れたおくれ毛をそっと耳の上に搔きあげた。

「美しい眺めだよ。魚や貝がたくさん獲《と》れる。水鳥も来る。吾たちの糧《かて》の場所でもある。でも、なんとなく魂を奪《と》られそうでゾッとすることがある。じっさい、湖の底に銀色の龍が棲《す》んでいるっていわれていて、泳いではいけないことになってるんだ。古くから湖岸に住んでいる人たちは龍神様を祀《まつ》っているよ」

と語りながら、ヤマドリはだしぬけに脳裏に滅びの予感のようなものがかすめた気がして、ハッとした。目の先の濠のきらめきの中に銀色の龍のうろこに似たものが光り、しゅるしゅるっと丸くとぐろを巻いて鏡の形になり、あっという間もなく赤い血の色に染まって、干戈《かんか》のかちあう音がシャッ、キン、と聞こえた気がして——。

反射的に後ろを振り返った。そして、「なんだ」と、小さな笑い声をたてた。

「なあに?」

ヤマドリはしっ、とコダマの唇にひとさし指を当てた。

「ヤ、ヤ、ヤマドリだよ、吾の鳥が来た」

赤褐色に輝くからだで、兵隊よろしく長い矛のような尾を振っている。

「大きい。四尺くらいある」

クッ、クッ、と首を前後に動かして近づいてくる。人の気配のあるところにはあまり出てこない鳥なのに珍しい。奥の茂みの中に、小ぶりなメスも見つけた。

「夫婦だ」

メスはからだの色が黒みがかり、尾はオスに比べるとずっと短い。

ヤマドリといえば——と、コダマは思い出した。

「白萩にいやなことを言われたことがあったのよ」

それは、自分らの祝言の宴を張ったときだった。みなが祝ってくれる中で、白萩の言葉のみ、とげがあった。

「ヤマドリのつがいみたいにならないことをお祈りするわって」

ヤマドリは意味がわからなかった。

「どういうことだい」

「鳥ってオスとメスがぴったりとつがいをつくって離れないでしょう？　だけどヤマドリだけは尾が長いから邪魔になって寄り添えなくて、互いに一人寝するんですって」

コダマは白萩には申し訳ないことをしたと思っている。誇り高い彼女を傷つけた。皮肉を言われても仕方がない。けれども、いやな気分だった。

「そんなの迷信《たわごと》だよ」

ヤマドリはコダマの肩を引き寄せた。

「大丈夫。吾はコダマを離さない。一生コダマの目だ。コダマと二人分、吾が一生この目で見つづけるよ」

「ほんと?」

「ほんとだよ」

ひたいを寄せあった瞬間、膝の上の堅香子が「キャッ」と叫んで目を覚ました。クッ、クッと近づいてきた鳥がみごとな尾っぽで堅香子の頭を撫でたのだ。

堅香子が恐れてコダマにかじりつくと、鳥のほうも驚いて紅葉をカサカサと踏み散らしながら林の奥へ逃げていった。

ヤマドリが吹き出した。

「尾の長さなんか関係なかったな。堅香子のおかげで、どっちみち比翼《ひよく》の鳥に逃げられた」

堅香子がツンと口をとがらせた。

「父ちゃま、母ちゃま、なんのお話?」

う、とヤマドリは返答に困った。

コダマがちょっと考え、「ええと……、お兄さんと弟の喧嘩のお話よ」と、応じた。

「それなら、堅香子も知ってる」

堅香子が即座にはいっと手を上げた。

「おや、なあに?」

「オホサザキの王子様と、ウヂノワキイラツコの王子様のお話」

目の先の大きな墳丘をうーんと指さした。「あそこのホムダワケの大王のお子様たちよ。どっちが王様になるかで喧嘩したの。それから——」

反対の方角を指さして、「あっちのほうにお墓があるヤマトタケルの王子様も兄様と仲が悪かったの。タケル様は兄様をばらばらにちぎって、厠《かわや》に捨てちゃったのよ」

まあ——と、コダマは頬を両手で覆い、大仰に恐がってみせる。

「それから、オホクニヌシの神様と八十人の兄様たちも！」

ヤマドリが、「堅香子、よく知ってるなあ。まるで母ちゃまの子供のころみたいだ」と頭を下げ、

「兄弟、といえば——」と、瞳をめぐらせた。

「吾たちにも、兄弟がいたね」

「あ、そうね、大兄《おおにい》」

「大兄、どうしているかな」

道昭は九年前に唐から帰国して飛鳥寺に入ったが、一年もじっとしていず、以来ずっと諸国をめぐっているのである。民に説法したり、貧民や病の者に施しをしたり、救済小屋を普請したり、どこぞの村の食客《しょっかく》になりながら畑仕事を手伝ってみたり。

僧——と一口に言ってもいろいろある。まつりごとの近くに侍《はべ》る政僧、呪術《じゅじゅつ》をよくする祈禱僧《きとうそう》、経典をひもとく学問僧、異国語を駆使して対外交渉に当たる使節僧。道昭はそのどれとも違う。仏の道がめざすものは民を救い、民の力になることだと思っている。そのためには民の姿を知らねばならぬ。そこで、ぼろを着て、旅寝の空の下に暮らしつづけているのである。

それにしても、大兄はどうしてそんな道へ——と、コダマはときどき思うことがある。

ヤマドリが指を折り、

「大兄も四十過ぎだよ。野天暮らしはこたえるだろうに」

思案顔をした。

「でも、きっとお元気よ。大兄は志のある人だもの」

コダマが膝の上の堅香子に「大兄のおじちゃまのこと覚えてる?」と尋ねると、堅香子は返事の代わりにほっぺをむずっとさせて、くしょっ、と小さなくしゃみをした。

「まあ、寒いの?」

いつの間にか日が傾いている。空が群青に深まって、風が冷えている。

「帰ろうか」

ヤマドリが立ちあがり、「堅香子」と呼んで、ひょいと顔の高さに持ちあげた。鼻と鼻をくっつけ、

「このオノゴロ島ではな、特別な遊びがあるんだ。教えてやろうか」

と、言うが早いか腕の中に抱き込んで、斜面にやっ、と身を投げた。「わっ、わっ、父ちゃま!」。甲高い叫びとともに、ごろん、ごろん、と転げ落ち、中ほどの段ですたっ、ときれいに停止した。

コダマの脳裏にヤマドリとの幼い日の情景がありありとよみがえった。

——ああ、なんてあたたかいんだろう。

まぶたの奥に金色の光が満ちた。この日々がいつまでも続くといい。永遠に終わらないといい。

と、思う間もなくヤマドリがたったたと駆け戻り、「それっ、コダマもだ!」。

からだをもぎ取るように奪われたと思ったら、天と地が卍《まんじ》に絡まる心地がして、土と草といとし

い人の筋骨の中にもみくちゃにされた。

きゃあああ、という自分の声と、それより一段高い娘の笑い声が二重唱のように響くのを、コダマはめまいにも似た幸福の中で聞いた。

さあ、おいで。姫よ、兄者人《あんじゃひと》よ。恐れずともよい。そもそもそなたらのほうが興味しんしんでもぐり込んできたのではないか。

で、姫御前はいつから目が見えぬ？　五つ？　いまはいくつじゃ。七つ。そうか、哀れにのう。で、五つの日からこんにちまで、兄者はいつもそうやって妹を負ぶうておるのか。それはけなげなことじゃ。

さて、姫よ、兄者人よ。おん身らは話が聞きたいのじゃったな。おうよ、ではこの墓守の爺《じじ》が聞かせてしんぜよう。せっかくまかりこしたのじゃ。よう耳を澄ましていらっしゃい。この墳墓《みさんざい》のあるじ、ヤマトタケル様の物語。

＊

ヤマトタケルの皇子《みこ》は、纏向《まきむく》の日代宮《ひしろのみや》にいましたオホタラシヒコオシロワケの大王《おおきみ》の御子様じゃ。幼きころの御名をヲウス様、またの名をヤマトヲグナ様と申しあげた。

タケル様はたいへんおやさしうて素直であられるのだが、無双の怪力も持ちあわせたおん方でいらしって、この奇態《きたい》な勇猛果敢《ゆうもうかかん》が大きな不幸をもたらすことになる。その発端となったのは、タケル様が成年の儀式もすまさぬお若き日のことであった。

タケル様は父王様からこんなことを仰せつかった。

「最近、おまえの兄のオホウスはわしと顔を合わそうとせず、朝晩の御食《みけ》の場にも出てこない。いかなる心づもりなのか、おまえ、ちと行って、ねんごろにさとしてやりなさい」

じつは兄様のこの行いには理由があっての。父王様が美濃からお召しになった器量よしの采女《うねめ》を横取りして、代わりにたいして美しうもない女子《おなご》を差し出すというけしからぬことをしでかしておったのじゃ。

けれども、父王様はたくさんのおきさき様をお持ちだから、一人や二人の女子のことを正面切って説教するのも器小さしと思われたのであろう。ちくりと釘《くぎ》刺す役目を弟のタケル様に負わせたわけ。しかし、タケル様はそんなことはご存じない。父君からお仕事を賜ったとはりきって御前を下がった。

それからいくばくかして、父王様はまたタケル様におっしゃった。

「オホウスはまだ姿をみせぬぞ。そなた、まだつとめを果たしておらぬのか」

タケル様はいんぎんに頭を下げ、「兄様なら、とっくにねんごろにおさとししました」と応じられた。父王様は不審に思うて「いかにさとしたのか」と問い返された。

タケル様は世にも無邪気ににこりとした。

「兄様が明け方に厠へ入るところを狙《ねら》って握り潰《つぶ》し、手と足を引きちぎって菰《こも》に包んで投げ捨ててやりました」

父王様は震えあがられた。これはものの加減というものを知らぬ、とんでもない化けものだ。敵意があってやったのならまだしも、まったく悪気がないところが剣呑《けんのん》である。放《ほう》っておいたら将来、たいへんな災いをもたらすであろう。

恐ろしうなってわざと難しい仕事を与え、わが身から遠ざけることになさった。

ちょうどそのころ、父王様は遠国のまつろわぬ者たちを平らげることに意をくだいておられた。そのうちの一つ、西海の果てのクマソタケルの兄弟を討つようタケル様にお命じになったのじゃ。

タケル様はまず伊勢の斎宮《いつきのみや》をつとめておられる叔母《おば》のヤマトヒメ様のもとに立ち寄って、戦勝祈願のお守りとしてヒメ様の御衣《みけし》と御裳《みも》を賜り、勇気りんりん、遠征の途次につかれたのであったよ。

*

タケル様が旅路の果てにクマソタケルの根城にたどりついてみると、敵は大勢で、守りも固いようじゃった。いかにして攻めるかうかごうておるうち、敵らは近々屋形の新築の祝いをするらしいことがわかった。そのときならば、きっと酒に酔うて油断するであろう。そう考えたタケル様はその日を待って、化粧して、叔母上からもろうた衣装をまとって女に化け、宴席の女人の中に紛れ込んだ。そうして宴たけなわになって相手がへべれけになったとき、衣の下に隠しておった刀を抜き払い、兄のクマソタケルを斬《き》り殺した。それを見て弟のクマソタケルは逃げ出したが、すかさず追いついて、こちらも刺し貫いた。

弟のクマソタケルは刺されながら、「そなたはたれじゃ」と訊《き》いてきた。

タケル様は答えた。

「われは纏向の日代宮でこの大八洲《おおやしま》を統《す》べておられるオホタラシヒコの大王の子、ヤマトヲグナである。父王からそなたらを討てとの命を受けてやってきた」

相手は虫の息で言うた。

「われらは自分たちより強き者がこの天の下におるとは思うておらなんだ。しかし、大和にはわれらにも増して猛々《たけだけ》しい者がおったのだな。そなたに名前を奉ろう。そなたは今日からヤマトタケルと名乗りたまえ」

ヤマトタケル様というお名前は、このときについたのじゃ。

さて、父王様から授かったお役目はこれで果たされたわけだが、タケル様は大和へは戻らなかった。筑紫の湊《みなと》から船に乗り、出雲の国へ向かった。なぜというに、そこにもイヅモタケルという猛々しい者たちがいると聞いたからだ。

タケル様はかの地につくといろいろと様子をうかがい、噂《うわさ》のイヅモタケルを探し出した。すると、敵はおのれとさして変わらぬ年若な頭領じゃった。そこでクマソタケルのときとは策を変え、親しげなそぶりをつくって接近し、すっかり睦《むつ》まじうなったところで肥《ひ》の河に水浴に誘い出した。

タケル様はあらかじめイチイガシの木で偽の太刀をつくっておき、川で泳いだのち、先に上がって相手の太刀を腰に佩《は》き、誘いかけなすった。

「おい、友よ。互いの太刀を替えっこして手合わせしようではないか」

「おうさ」

イヅモタケルは疑いもせず、タケル様の太刀を佩いて向かいあった。ところが、その太刀はつくりものだから、抜くことができなかった。タケル様はそこをすかさず斬りかかり、一撃のもとにやっつけてしまわれた。

こうと思い込んだときのタケル様の威力は、まことに容赦なく凄《すさ》まじいのであるよ。

＊

かくして西国を平らげて、故郷へ凱旋《がいせん》されたタケル様であったが、父王様はあまりおよろこびにならなかった。それもそうじゃ、はんぶん厄介払いのつもりで遠国へおやりになったのに、頼みもせぬイヅモタケルまで成敗して戻ってきたのだから。

そこで、ろくにねぎらいの言葉もかけず、すぐに東国十二か国の平定に出かけるようお命じになった。タケル様は落胆した。

素直なタケル様は、父君から武勇を期待されて大役を命じられたとしか思うておらなかった。ぜひにもその期待に応えたいと願うていた。それがタケル様の熱情の源であった。しかし、父君のほうはそうではなかった。ただの捨て駒《ごま》としか考えておられなかった。それに気づいて、ひとしきり悲しみに暮れられたのだ。

それでもタケル様は一言の不満も漏らさず、ふたたび外征の旅に向かうことにした。なんとなれば、その戦いが祖国のためになることはあきらかであったから。いつかは父君もおのれの赤誠《せきせい》をわかってくださるだろう。そんなふうに辛抱されたのじゃな。

しかし、旅の前にふたたび立ち寄った伊勢のヤマトヒメ様には、胸のつかえを吐き出された。

「叔母上、われは父上に愛されていません。父上はわれなど死んでしまえと思うておられるようです。西の悪い者どもを討ってようやく帰ってきたばかりなのに、ろくに兵もくださらず、今度は東国に行けとおっしゃる。われはなんと哀れな息子でしょう」

ヤマトヒメ様はタケル様を静かになぐさめ、その昔、出雲のヤマタノチロチの尾っぽから見つかったという伝えの天叢雲剣と、なにやら小さな袋をお授けになった。

「危ないことがあったときは、これらをお使いなさい」

タケル様は深く御礼を申しあげて、ヒメ様のもとを退出された。

タケル様は父君の愛情に恵まれなかったぶん、女性には愛されるおん方でな、ヤマトヒメ様以外にもたくさんのおきさき様が力になってくださる。

遠征の旅には愛妻のオトタチバナヒメ様が同行されておった。それから、尾張に至ったときにはミヤズヒメ様を娶《めと》られることになった。その折はこれからいくさへおもむく場面であったから、つとめを果たしたのちに立ち寄られることにするのだが、これらの女人がまた、物語をおもしろうしていくのじゃよ。

＊

さて、タケル様はそれからも東への旅を続け、相武《さがむ》の国にたどりついたとき、当地の国造《くにのみやつこ》が頼んできた。

「この野のうちに沼がございまして、そこに住んでいる沼の神がひどく荒れて、みな困っております。退治してくださりませぬか」

タケル様は応諾《おうだく》して野へ入っていった。すると、国造はすかさずまわりに火をつけた。彼らは悪い一味で、タケル様を焼き殺そうとしたのじゃ。

タケル様はたばかられたとお気づきになったが、四方八方逃げ場はなく、時すでに遅しじゃった。そのとき、叔母上のヤマトヒメ様が「困ったときに開けよ」とおっしゃってなにかくださったのを思い出した。袋を開けてみた。入っておったのは火打石じゃった。タケル様はハテナと首をかしげたが、すぐに使い方に気がついた。まず天叢雲剣を使うてまわりの草を薙《な》ぎ払い、おのれの周囲にぐるりと重ねた。そして、火打石を打って火をつけた。これは向かい火というて、こちらへ向かってくる火を、こちらからも火の威勢をもって撥《は》ね返す方法じゃ。おかげでタケル様は危ういところを切り抜けることができた。このいわれによって、天叢雲剣には草薙剣《くさなぎのつるぎ》という名が新しうついたのぞ。

タケル様はなおも東へ進まれて、走水《はしりみず》の海を船で渡ろうとした。するとこんどは渡しの神が逆らって嵐《あらし》を起こし、進むことも退くこともできぬようにしてしまった。困っておったら、ともに旅を続けておった妻のオトタチバナヒメ様が進み出られた。

「皇子様には大王から仰せつかった使命がございます。それをお果たしにならねばなりません。また、皇子様には民を守るおつとめもあります。ここで立ち止まってはなりませぬ。この場はどうか私におまかせください」

と言うなり、荒れ狂う海の上に菅《すげ》の畳を八重、皮の畳を八重、絹の畳を八重にお敷きになって、その上にお座りになった。すると、荒波はおのずと静まり、タケル様たちはつつがなく前進することができた。

タケル様はそこからなおも奥地に分け入り、逆らってくる蝦夷《えみし》をことごとく平らげ、東の果てを極めたのち、帰路につくことになすった。

駿河《するが》と相武の境の足柄《あしがら》の峠《とうげ》に立ったとき、遠くに光る海が見えた。すると、かの走水の海で人身《ひとみ》御供《ごくう》になってくれたオトタチバナヒメのことが思い出された。タケル様は「吾妻《あづま》はや」と三度嘆かれた。「ああ、わが妻よ」という意味じゃ。この由来をもって、足柄の峠より東をアヅマと呼ぶようになったのぞ。

＊

そのあと、甲斐《かい》、科野《しなの》と山路をたどって尾張に戻りきたったタケル様は、往路の約束どおり、当地のミヤズヒメ様のもとを問いなすった。ヒメ様は父の国造ともども宴を催し、タケル様の無事を祝された。

宴ののち、タケル様はヒメ様と夫婦の契りを交わそうとされた。けれども、ヒメ様はそのとき月の障《さわ》りにあたっておられた。月の障りというのは乙女が神様の巫女《みこ》として月に一度召される折であるから、人間の男はしばし遠慮せねばならぬ。けれども、ミヤズヒメ様はタケル様が戻ってこられるのを一日千秋の思いで待ちわびておられたから、神様のお召しと同じようにお考えになって、そのまま結ばれなさった。

お二人は深く愛しあわれて、幸福な時を過ごされたが、伊服岐《いぶき》の山で悪《あ》しき山の神が騒いでおるという知らせが来て、また平定に出かけられることになった。

ところが、どうしたわけか、そのときタケル様はかの草薙剣をミヤズヒメ様のもとに残してきてしもうた。お忘れになったのか、それとも愛するヒメ様の元にすぐ戻ってくるという意味だったのか、ようわからぬ。もしかすると、これまで連戦連勝で荒ぶる敵をことごとく平らげてきたから、山の神など素手で倒せると思うてそのままお進みになってしまわれたのかもしれぬ。これがたいへんな悲劇を呼ぶことになるのじゃ。

伊服岐の山にたどりついたタケル様は、その登りはなで白い大きなイノシシと出会《でお》うた。じつはこれこそがタケル様がめざしている悪しき山の神が姿を変えたものだったのだけれど、タケル様はそれと気づかなかった。山の神の眷属《けんぞく》の一つだろうくらいに考えて、「この程度の輩《やから》の成敗はあとでよい」などと言うてしもうた。守り刀を持たぬゆえ眼力が弱くなっておられたのだな。そのとたん山の神は、なんじゃ、征夷《せいい》の勇者というてもこの程度かとあなどられ、恐ろしい攻撃をしかけてきなすった。毒気を含んだ氷雨をひとしきりタケル様の上に浴びせたのじゃ。

おかげでタケル様は目がくらみ、手足は萎《な》え、全身ふらふらになってしもうた。いつもの力がまったく発揮できない。これはいったいどうしたことじゃとご自分でもご自分をいぶかしみ、這《は》うようにして逃げだされた。

山を下りたタケル様は玉倉部《たまくらべ》の清水でのどをうるおし、しばし休憩した。すると少し気分がはっきりした。これによってその清水には居寤《いさめ》の清水の名がついた。が、しばらく歩むとひどい疲労に襲われ、たぎたぎと這うようにしか進めなくなった。これによってその野には当芸野《たぎの》という名がついた。それから衰弱はもっとひどうなって、杖《つえ》をつきながらでしか進めぬようになった。これによってその坂には杖衝坂《つえつきざか》の名がついた。さらにおみ足がもつれ、三重の勾《まがり》のようになった。これによってその地には三重《みえ》という名がついた。

そして、能煩野《のぼの》に至ったとき、いよいよ力尽きて倒れ伏してしまわれた。

もはや手も足も動かず、起きあがることもできない。その脳裏に浮かぶのは懐かしいふるさと大和の風景だった。それを、タケル様はこう詠《うた》われた。

やまとは　国のまほろば　たたなづく　青垣　山隠《やまご》もれる　やまとしうるはし

（大和は秀でた国、連なり重なる垣根のような山々。その山々に囲まれた大和こそ美しい。）

そして、もう一首、命の絶唱のように詠われた。

嬢子《おとめ》の　床のべに　わが置きし　剣《つるぎ》の太刀《たち》　その太刀はや

（いとしい乙女の床の傍に置いてきてしまった私の剣よ。その太刀をわが手に。ああ。）

そして、ついに息絶えられたのじゃ。

タケル様に同行しておったお供の者が都に早馬を出すと、おきさき様や皇子たちが集まりきたり、嘆き悲しみながら葬儀を行われた。が、タケル様が恋い焦がれた父王様だけはなんの言葉も発さず、弔いにもおいでにならなかった。

タケル様を偲《しの》ぶ人びとは、その御霊《みたま》を鎮めるために泣きながら歌を詠うた。すると、それに導かれたようにタケル様の魂は八尋《ひろ》もの白鳥《しらとり》になり、空に舞いあがった。

飛び立った白鳥はふるさと大和は通過して、河内に舞い降り、おとどまりなすった。ゆえに人びとはその場所に御陵《ごりょう》をつくった。それがここ――、この白鳥の墳墓なのじゃよ。白鳥はさらに飛び立ち、天高くいずこかへ去っていかれた。

タケル様の白鳥が父王様のいます大和に立ち寄られなかったことを、この爺は重く受け止める。それは、その死に際してさえあたたかな情愛をお示しにならなかった父王様への深い失意を表しておるのじゃなかろうか。

すれ違った心は最後まで寄り添うことはなかった。つらいことだな。ゆえにこそ、われらはいまでもこの墳墓をお守りして、祈りつづけておるのじゃよ。
タケル様の勇猛にしてお淋《さび》しい魂が、少しでも安らぎなさりますようにと。

第六章

不穏な使節

1

ピーン、ヨロヨロ、ととんびが鳴いている。

山辺《やまのべ》の道をほとほとと下り、三輪山のふもとを過ぎ、海柘榴市《つばいち》の賑《にぎ》わいを抜けて一里。やがて天香久山の高なりが見えてきたら、めざす土地はすぐである。青垣山隠《やまごも》れる大和のどんつき。柔かい山の袋に囲まれたような小天地――。飛鳥。

天智十年（六七二）の十月である。

「懐かしいな。久しぶりじゃ」

長身痩軀《そうく》に枯れ枝の杖《つえ》をいっぽんだけ手にした僧が、草鞋《わらじ》の足を止めた。道昭だ。

長年の諸国めぐりで肌はあぶったように焼け、散切《ざんぎ》り頭は砂埃《すなぼこり》をかぶり、風雨にさらされた僧衣は襤褸《らんる》のごとし。が、栗《くり》色に澄んだ二つの瞳《ひとみ》は好奇心いっぱいの少年のようである。

そのきれいな瞳の上に右手をかざし、ぐるりと四囲《あたり》を見渡した。

ふいに後方から、

「やれ、ありがたや、坊様」

振り返ると、野良仕事の翁が竹皮に包んだものを差し出し、こうべを垂れている。自分の弁当を喜《き》捨《しゃ》してくれたらしい。道昭は合掌してムニャムニャ経文を唱える。翁は殊勝に耳を傾けたのち、深く辞儀をして去っていった。

道昭は紅葉したハゼの向こうに曲がった腰が消えるのを見送ってから、

「はあ、どっこらしょ、ちと休むか」

路傍の大石に腰を下ろした。

開いた竹皮の中身は雑穀の握り飯で、喰《く》いはじめるとワラワラと小童《こわっぱ》が寄ってきた。

「わあー、坊さんが怠けておる」

「飯を食うておる」

「酒を飲んでおる」

甲高い声で口々に囃《はや》したてた。

道昭は竹筒を片手でぶんと振りあげる。

「坊主が休んで悪いか。ものを食うて悪いか。それに、これは水じゃ。酒ではないわ」

ほんとは酒である。

去れ、餓鬼ども、年寄りをいじめるとバチが当たるぞ、カッ、と大喝《だいかつ》すると、小童はキャアと悲鳴をあげ、蜘蛛《くも》の子を散らすように逃げていった。道昭はその威勢に負けぬくらいハハハと笑い、残りの飯を平らげた。

口許《くちもと》を袖《そで》で拭《ぬぐ》い、どっこらしょ、と立ちあがる。

うーんと大きく伸びをする。風が深い。たわわに実った稲田に黄金色の波が立つ。

めざす場所は飛鳥寺であるが、久しぶりの古巣である。道草してあちら、こちらとそぞろ歩く。

目の先に後岡本宮《のちのおかもとのみや》の甍《いらか》が見えてきた。都が近江に移ってはや四年。美しかった構えはすすぼけ、手入れも行き届かぬのだろう、丹塗《にぬ》りも剝《は》げ、南門は崩れかけたまま放置されている。が、ちらほらと居残りの人びとの気配がある。仏頂面の官吏がときおり出入りする。留守司《りゅうしゅし》が置かれていると聞いている。その者たちだろう。

長々と連なる塀の脇《わき》を通り過ぎ、さらに古京をめぐる。東の丘のふもとに破れた社《やしろ》が一つあった。その後ろにシイの林が風に揺れて鳴っている。

そのさんざめきにいざなわれて足を踏み込んで、道昭は覚えずドキリとした。木の間に透かし見る先に、見覚えのあるあばら家があった。かたわらに小祠《しょうし》がある。右側に黝《あおぐろ》い溜《た》め池《いけ》がある。

二十六年前の記憶がよみがえった。

――まさか、あの家ではないよな。

耳の底で、赤ん坊が火のついたような泣き声をあげた。

蘇我の宗家が亡びた日。池の端の小家《こいえ》で嬰児《えいじ》のコダマを受け取り、腕に搔《か》き抱いて林の中へ走った。そうして薄暗い木の間から、ぎりぎりと火矢を引き絞った。ひゅん、ひゅん、ひゅん、と三発。風の強い日だった。藁《わら》葺《ぶ》きの屋根は瞬時にして燃えあがり、ばちばちと紅蓮《ぐれん》の炎に包まれた。

いや違う――、と道昭は首を振った。

残っているはずがない。あの家はあの日、燃え落ちたのだから。

「時は、移る」

小さくつぶやいた。

川原寺《かわらでら》の伽藍《がらん》が見えてきた。小溝をよけながら、裏手をめぐる。

ふと見ると、誰のいたずら書きなのか、乱暴な文字が書きなぐってある。

「たちばなは己が枝々なれれども玉に貫《ぬ》くとき同じ緒に貫く」

若い官人らしき二、三人が、立ち止まって顔を見合わせている。戯歌《ざれうた》だ。

――たちばなは己が枝々なれれども……。

どういう意味だろう。

悪意を感じる。飛鳥に居残っている者たちは、近江の大王《おおきみ》の人事に不満たらたらだと聞く。おそらくいまのまつりごとを批判したものだろう。

ふたたび宮のほうへ戻ると、小さな官舎が棟を並べている近くの小路で、異国の言葉がわやわやっと聞こえた。はっとした。新羅語だ。赤い衣に身を包み、特徴のある髷《まげ》を結うた三人である。ああ、そうだったと道昭は思った。いま、新羅の使節が筑紫にとどまっているのだった。長逗留《ながとうりゅう》に飽いて飛鳥まで遊山にきたのかもしれぬ。

道昭はすべての言葉はわからないが、おおむねのところはわかる。さりげなく耳を澄ました。聞き捨てならぬ内容のようである。「王が……」とか、「王子が……」とか、敬称もつけずぞんざいにしゃべっている。向こうは倭人《わじん》には言葉はわからぬと思うのだろう。若造のくせに遠慮もない大声だ。

立ち止まって睨《ね》めつけると、こちらの存在に気づき、そそくさと散っていった。

なんだか殺伐としている。道昭はどろどろしたことは苦手である。

いまのは新羅人だが、今年の春には唐からも使節がやってきたと聞いている。先ごろ海の向こうで唐と新羅がいくさを始めたから、その関係なのだろう。彼らとの交渉はどういうことになっているのだろう。

不穏である。

——あ。

望む先に飛鳥寺の塔が見えた。ぐるりと周囲をめぐってから境内に入る。おお、これは道昭様、と、寺男が気づいて飛び出してきた。

2

「どうも最近、あんまり気色《けしき》がようないのです」

寺僧の有慶《ゆうけい》が柔和な丸顔に渋い色をにじませた。

有慶は道昭と同じ師に学んだ僧で、道昭には弟子《でし》にあたる。寺からほとんど外に出ない有慶は道昭と違って色白の贅肉質《ぜいにくしつ》である。そして、背後に鎮座ましましている巨大な金銅仏と姿が似ている。日々傍《そば》に仕えているからおのずとそうなるのだろう。

道昭はなんとなく吹き出したくなる気を引き締めて、

「それは、近江の朝廷への不満が高うなっているということか」

と、問うた。

有慶は薬湯を手先で勧めながら、

「そういうことです」

と、いらえた。

「具体的にどのあたりが不服なのじゃ」

有慶は渋い顔をさらに渋くして説明する。

「一つは道昭様もご存じかと思いますけれど、次期の大王位のことでござります。王弟大海人《おおあま》様をさしおいて大友様が上位にあがってこられた。飛鳥の者たちの多くは大海人様びいきですから、これがまず気に入らぬ」

うっと唇を結ぶと、肉厚なあごがくっきりと二重になる。

かねてから大王天智は、おのれの跡を弟の大海人ではなく、息子の大友に継がせたいのではないかと噂《うわさ》されていたが、今年の春、いよいよその意を明らかにして大友を皇太子に立てたのである。

長くあいまいにしていたその問題をはっきりさせたのは、肉体的な不安によっていた。天智は去年の暮れごろから体調不如意になり、不時の昏倒《こんとう》を繰り返すようになった。おのれの頭が慥《たし》かなうちに最重要の案件にかたをつけようと思ったのだろう。

あわせて、天智は革新的な新体制をつくった。唐の進んだ制度に倣《なら》って、それまでわが邦《ほう》にはなかった太政大臣《おおきまつりごとのおおまえつきみ》という官職を定め、大友皇子を任命した。そして、蘇我赤兄《あかえ》を左大臣《ひだりのおおおみ》、中臣金《かね》を右大臣《みぎのおおおみ》とし、巨《こ》勢人《せのひと》、紀大人《きのうし》、蘇我果安《はたやす》の三人を御史《ぎょし》大夫《たいふ》となし、息子のまわりを固めた。

さらに、最新の知識を持った亡命百済人を大量に高位に叙し、法令、学術、兵法、薬学、五経、陰陽道などの特殊分野の顧問とした。

いっぽう、大海人皇子はこの新人事からはずされ、なんのお役もあてがわれなかった。以来不貞《ふて》腐《くさ》れて、廟堂《びょうどう》にはとんと姿を現さぬようになっている。

有慶と話しながら、道昭は眉間《みけん》にしわを寄せた。

「まあ、大王も露骨ななさりようではあるな」

有慶がほんに、とうなずく。

「大王は無駄なことはお嫌いでござりまする。義理だの情けだのといったことは顧《かえり》みなさいませぬ。長く仕えてきた者たちをさしおいて、最近やってきたばかりの異国の者を山ほどもお取り立てになれば、それはやっぱり角が立ちましょう」

道昭は先ほどのいたずら書きのことを思い出した。

「さっき、おかしな戯歌を見た。ええと、たちばなは己が枝々なれれども……とかいう」

有慶は、ああ、とコクリとした。

「新参も異国人もいっしょくたに大王の珠飾《たまかざ》りに連なっておる、という皮肉でござります。飛鳥の者たちは、酒に酔うとみなおかしな節をつけて歌うておりまする」

「なるほど」

しかし――、と道昭は思った。

「そこまでの誹《そし》りを承知でそのような人事を強行されたということは、大王はそうとうお悪いのだろうか」

先達僧の眉間のしわを受け取って、有慶が答える。

「ええ、かなり。ゆえに少々あせっておられるのではないですかな。ご自分があの世へ行かれる前に、わが子のためにできるだけまつりごとを万全にしておいてやりたい。そのためにいちばん助勢してくれるのは、白村江で大王のご恩を受けた百済人たちです。彼らは知恵も手技もすぐれておりますし、飛鳥の旧族のように逆らいませぬ」

「ふうむ」

「ということで、こちらの居残り組は大王に抗し、皇太子の大友様にも冷たいまなざしを送っておるわけです。そこへもってきてもう一つ、海の向こうで始まったいくさのことがある。これへの近江の人びとの処しようが、また気に入らぬ」

三年前、百済に続いて高句麗が滅び、韓半島に残る国はいよいよ新羅一国となった。以来、唐と新羅は互いに百済と高句麗の故地の領有をめぐって権謀術数《けんぼうじゅつすう》の限りを尽くしてきたが、今年に入って、いよいよ全面対決のいくさを始めたのである。

「さっき、新羅人らしき三人組に出会うたけれども――」

と、道昭が言うと、有慶がそうですか、と眼《まなこ》を曇らせた。

「いまわが邦には唐と新羅、両方から引きあいが来ておるのですが、平たく言うて唐はいくさの助太刀を、新羅は中立傍観を求めております。そして、近江朝廷は唐のほうに肩入れしている。というよりも、唐の求めに対して弱腰なのです。きっぱりと断れない。飛鳥の者たちはそれが不服で新羅のほうを好意に見ている。まあ、そんな空気を察するのでしょう、最近、新羅の者たちがなにかとここいらへ紛れ込んできております。悪いことにならねばいいのですが」

「ほんとだな」

道昭は相槌《あいづち》を打った。そして、ヤマドリは大丈夫だろうかと心配になった。思いついたら、いても立ってもおられぬ気分になった。

——近江へ行ってみようか。

折しも寺男が運んできたお代わりの薬湯をぐっとあおると、

「有慶殿、我は気が変わった。これから河内の里へ帰るつもりであったが、行く先変更じゃ。近江の弟のところへ行ってみる」

にこりとした。

「ご舎弟《しやてい》——、山鳥殿でござりまするか」

「いかにも」

もうちとゆっくりしていかれるとよいのに、と引き止める有慶に丁寧に返礼して往来に出ると、すでに日は傾きかけていた。いまからじゃと平城山《ならやま》あたりで一泊かな、と遥《はる》かに北のほうを仰ぎ見た。

ふたたびぴたぴたと草鞋を鳴らして歩きだした道昭は、薄紫に暮れなずむ天香久山の近くで、ほこりよけの覆面をした三人連れの騎馬の人とすれ違った。粗末な狩装束《かりしようぞく》に身をやつした一行が大海人皇子と舎人《とねり》たちであったとは、道昭が気づくはずもなかった。

3

「そのようにかしこまらずともよい、急に訪ねてきたのはこちらなのだから」

土間に叩頭《こうとう》したままなかなか顔を上げぬ大伴馬来田《おおとものまぐた》と吹負《ふけい》の兄弟に向かって、大海人皇子はしきりに砕けた口調で話しかけつづけていた。

「やはりふるさとはよい。風がさわやかだ。緑がやさしい。近江はびしょびしょと水気ばかり多ゆうて、湖の反射で年じゅう目がぎらぎらする。早う都を戻したいものじゃ」

荒縄で束《たば》ねた二羽の雉《きじ》をぬっと差し出し、「これを肴《さかな》に酒でも飲まぬか」と、大海人皇子が二人の舎人を連れて香久山西麓《せいろく》の大伴の屋形を訪ねてきたのは、一刻ほど前であった。

「この近くで狩りをしておったら、そちらのことを思い出した。そしたら、どうしても話がしとうなってな」

いかにも親しげにニッとした。

こういう調子で下々の者に接するのが大海人皇子はうまい。

笑うと大づくりな目鼻が崩れ、にわかに人なつこい感じになる。色浅黒く、まみえ濃く、青白い美貌《びぼう》の兄とは似ていない。天智は相手を冷たく撥《は》ね返すが、大海人は相手を大づかみに引き込む力を持っている。

大海人皇子は大きな口でおのが獲《と》った雉肉をほおばり、狩りの話を続けた。

「こんにちは朝からよい出だしでのう。よう太った鴨《かも》を調子ようぽん、ぽん、ぽん、と三羽も仕留めた。だが、そのあとうっかり子を連れたイノシシの巣に矢を射込んでしもうた。熊《くま》ほどの大きさのある山の神さんだったぞ。さんざん追いかけられて、あやういところで樵《きこり》に助けてもろうたが、生きた心地がせなんだ。のう、おまえたち」

背後の舎人を振り返った。

「子育て中のイノシシは気が荒《あろ》うござりまするから」

「いかさま、恐ろしうござりました」

二人がそれぞれ応じる。

「というわけで、鴨は樵にやってしもうたゆえ、獲物《えもの》はそのあと獲った雉二羽だけじゃ。そちらは狩りの名人であるから、随伴してくれておったらもっとよい収獲であったろうにな。こんど誘おう」

「はっ。いくらでもお供つかまつります」

馬来田と吹負が揃《そろ》ってこうべを垂れる。

大伴の兄弟はいかにも楽しそうな大海人の話に相槌を打ちながら、しだいにこの皇子がわざわざ自分らのところを訪ねてきた用件はなんなのであろうと疑《うたぐ》りはじめた。

その心を読んだかのように、大海人は盃《さかずき》をおっとりと手元に置き、「こんにちはそちらに折り入って頼みがあって来たのだ」と顔を改めた。

兄弟は即座に姿勢を正し、両の拳《こぶし》を太腿《ふともも》の上にぴたりと据えた。

大海人皇子は熱いまなざしを兄弟に向けた。

「包まずきれいに打ち明けよう。近江のわが兄のことだ」

視線を受けた二人は、穏やかならぬ話題が始まったことを察し、次に繰り出される言葉をおごそかに待ちもうけた。

「そちらも知ってのとおり、いま近江の兄上は位を大友皇子に譲ろうとされておる。しかし、われはうなずけぬ。われは乙巳の年に蘇我の者どもを倒すのに参画してこのかた、白村江のいくさをはじめとして、兄上の進む道に助太刀しつづけてきた。その功績はわれながら小そうないと自負しておる。兄上もことあるごとに、そなたは朕《ちん》の片腕じゃ、朕になにかあったときにはそなたに任せると言いつづけておられた。それだけではない。兄上がくだされる皇女《むすめ》たちをおのが妻としていく人も受け入れ、逆に、おのが愛する妻を兄に譲りもして誠意《まこと》を尽くしてきた。それもこれもおのれが兄上の後継者たることを疑っておらなかったからだ。違うか」

「そのとおりにござります」

馬来田と吹負は交互にバッタのようにうなずきあう。

「しかるを、兄上はわが子が成人したら、そなたはもういらぬ。位は大友に渡すと手のひらを返された。納得のいかぬことじゃ」

大海人はきっと唇を結び、虚空をにらんだ。

笑ったときの顔が人なつこいだけに、怒気を孕《はら》むと一転、野獣のような迫力が出る。馬来田と吹負はすくみあがる気がして目を伏せた。

その二つのひたいに向かって、大海人皇子は太い声を放った。

「はっきり言う。われは位を大友に渡すわけにいかぬ。次に大王になるのはわれだ。そこで、そちらに合力《ごうりき》を頼みたい」

二人は弾《はじ》かれたように顔を上げた。

「そちらをとくに見込んで言う。どうだ、同心するか」

馬来田と吹負はにわかには返答しかね、凝然《ぎょうぜん》として主君を見つめた。

大海人はもすこし説明の要があるか、と、低い声でつぶやいた。

二人は痙攣《けいれん》するように細かくあごを動かした。

「よいか、僻事《ひがごと》と思うてくれるなよ。これはけっして私怨《しえん》でない。大友その人に対する悪意ではない。あくまでも国を思うての事挙げだ。なぜに大友に王位を渡してはならぬか。それには深い理由《わけ》があって――、兄がとんでもない法を考え出したからだ」

「とんでもない法？」

二人が鸚鵡《おうむ》返しすると、大海人は眼《まなこ》の色で返事をした。

「どんなものかというと、現大王が群臣の推戴《すいたい》によることなく、おのれの一存で後継を決することができるという法だ。兄上はそれを王位継承における不改常典《ふかいのじょうてん》にしようとしておる。とんでもないことだ。われはそれを効《き》かせてはならぬと思うから、大友の即位を阻むのだ。

わが邦ではいにしえより、大王は百官の総意あってこそ決まってきた。むろん、大王のご意志は重要である。それをないがしろにするものではない。けれども、それが必ずしも通らぬことにこそ意味があったのだ。大兄《おおえ》といい、皇太子といい、日継《ひつ》ぎの皇子《みこ》という言葉はあれど、絶対ではない。なかにはわが兄上のようにたれの異論もなく皇太子となり、たれの異論もなく大王にお進みになった方もある。しかし、そうでない者もある。むしろそうでない者のほうが多い。それこそが重要なのだ。

わが邦において、この仕来《しきた》りはたいへん意義深いものであった。なぜならば、それあるからこそ暗愚の者が位に就くことに歯止めがかかり、また王を推戴した者たちが力を合わせ、王を盛り立て、まつりごとを進めていこうという意欲につながってきたのだ。ところが、そのすぐれた伝統を兄上はおのれの一存で崩そうとされておる。これは間違いなく国を危《あや》うくする災いの種だ。不適格な王が不適格な継嗣《けいし》を選び、その不適格な継嗣がまた不適格な継嗣を選ぶ。そういう仕儀になってもたれも阻むことができぬ。ゆゆしきことであろうが」

そこまで言うと、大海人は大きく息をついた。

「さて、いま虚心に大友皇子という人物を眺めてみよう。大友は愚かではない。しかし、尊からぬ采女《うねめ》の腹の生まれだ。そのような者が王位につくことはよほど人物が払底《ふってい》しているとき以外ありえない。これまでの習いでゆけば、仮に兄上が彼を日継ぎに望まれても、兄上亡きあとに反対の声が出て、必ずやわれが大王に決まるはずであった。これは己惚《おのぼ》れで言うのでない。ごく当たり前に群臣はわれを推してわれが大王になるはずであった。

だが、兄上の無体な新法が発効すれば、たれも大友の襲位に異を唱えることはできぬ。大友はそのまま大王になる。あってはならぬ話だ。考えてもみよ、もしわれが大王だったとして、血統正しき母を持つ草壁《くさかべ》や大津《おおつ》をさしおいて、母の身分の高うない高市《たけち》に跡を継がせると言うたら、みな反対するであろうが。それを兄上はやろうとしているのだ。

これは悪法だ。血統のことだけでない。とてつもない烏滸《おこ》であっても、年端《としは》の行かぬ幼な子であっても、現大王の愛情さえあれば継嗣としてまかり通ることになる。それを憂えばこそ、大友を大王にしてはならぬのだ。

遠い昔、ホムダワケの大王は若年の皇子のウヂノワキイラツコ様を日継ぎに遺命された。しかし、それはかなわなかった。ワキイラツコ様の兄君たちがそれぞれに王位継承を望み、群臣もご兄弟ごとに割れたからだ。そして、中の君のオホサザキ様が位にお就きになった。それは間違っていなかった。大王としてもっともふさわしかったのは人品にまさり、血統も正しくあられるオホサザキ様だったからだ。ワキイラツコ様を継嗣になさりたいというのは、父君の若子《わくご》可愛《かわい》さの単なるえこひいきだ。兄上がなさろうとしていることはそれと同じじゃ」

長い演説を終えると、大海人皇子は手元の盃をぐっと飲みほし、

「わかってくれたか」

馬来田と吹負の顔の上を二、三度、目で往復した。

「もしそちらがわれに従ってくれるならば、成就の暁《あかつき》には大伴の者たちがふたたび廟堂で活躍できるよう取りはからおう」

大伴がふたたび廟堂で活躍できるよう——と大海人が言ったとたん、兄弟のまなざしがらんらんと輝いた。

馬来田たち大伴氏はかつての蘇我氏の時代、またそれより以前の昔には物部《もののべ》氏らと並ぶ軍事氏族として勇名をほしいままにしていた。しかし、時の流れの中で威勢を失い、まつりごとの場から徐々に締め出されていった。馬来田と吹負兄弟はかろうじて政権内で位置をつないでいたが、あるとき天智の不興を買い、近江の都を去ることになった。それ以来、日陰の身に甘んじている。

　このような氏族は彼らだけでない。東漢《やまとのあや》氏をはじめとして、天智の治天下構想の下で存在感を失ってしまった者は少なくない。大海人皇子はいま、つれづれに遊びふけっているように見せかけながら、そういう者たちと誼《よしみ》を通じ、仲間を増やしているのである。

　馬来田と吹負はほとんど同時に、床に鼻先がつくほど叩頭した。

「われらは王弟様に心底お仕えいたします。なんなりとお申しつけください」

　大海人皇子は満足げに二人の姿を見較べ、「さあ、いこう」と酒器をあげ、順々になみなみとついでやった。

　二人は盃を一気にあおり、次の指示を待つ顔で目の前の主君を仰いだ。

　大海人は肩の凝りでもほぐすように首を二、三度コキ、コキ、と動かし、

「大友を、殺《や》る」

　物騒な一言をすとん、と出した。そして、言葉に似ぬさわやかな顔で笑った。

　二人はおののくように半身をびくっと引き、震える声を合わせ、

「いつ、でござりまするか」

と、訊いた。

大海人はコクリとした。

「いまではない。兄上が死んでからだ。いま、兄上の病は重い。けれども、床に臥《ふ》せっていても、生きている限り兄上の力は恐るべく強い。首尾ようことをなすためには死ぬまで待たねばならぬ。兄上が死ねば、殯《もがり》の期間が半年かそこら持たれるであろう。大友が即位するのはそれが明けたのちだ。しかして、決行するのはそれより前だ。即位したあとではあきらかに王位の簒奪《さんだつ》になる。ゆえに殯のうちにやらねばならぬ。時はあまりない」

兄弟は声もなく聞き入る。

「兵をあげるとき肝要なのは大義名分だ。われが先に兵をあげてはならぬ。相手に先に攻めさせねばならぬ。ここが要《かなめ》である。われはあくまでも大友らに命を狙《ねら》われ、それに抗《あらが》うためやむなく立ちあがったことにせねばならぬ。いまや倭国はよくも悪くも進んだ国家になった。もはや乙巳の年とは違う。兄上と鎌足は蘇我の親子を騙《だま》し討ちで屠《ほふ》ったが、あのようなやり口はもう通らぬ。いまあれと同じ手を取れば、われのほうが裁かれるであろう。いまのところ大友にはなんの非もない。兄が望んだ正当な後継者だ。攻める理由はない。そして、ない以上は――」

大海人はしばしうつむき、ふたたび顔を上げた。

「つくらねばならぬ」

ニッとした。

兄弟がまた、ほとんど同時に声を合わせた。

「それは、いったいいかにして」

「われは機を見て近江を去る。吉野へ行くつもりだ。ただ退去するのでない。髪を落とし、沙門《しゃもん》の道へ入って位への無関心を訴えるつもりじゃ。伴もごくわずかにする。

そうして世の目を欺いたのち、兵をあげる準備をする。頼るべきは東国だ。われを育ててくれた大海《おおあま》の者たちのおる尾張や、われの湯沐邑《ゆのむら》のある美濃を主に働きかけるつもりだ。兄は古き豪族の支配を崩して大王直属の体制をつくろうと邁進《まいしん》されてきたが、まだ万全ではない。とりわけ東国の民は中央から遣わされた官吏よりも土地の首長の命を聞く。われがかの地の親しき者たちに呼びかければ、きっと力になってくれるであろう。尾張の大隅《おおすみ》なんどもあてにできそうだし、美濃安八磨《あはちま》の多品治《おおのほんじ》らも頼りになりそうだ。

そうして準備ができたら、なんらかの手をもって大友らに兵をあげさせる。その口実としては、いまの海の向こうで起こっておるいくさが使えそうだとわれは思うておる。この国の民はみな唐への合力に大反対であるが、近江の者たちはきゃつらの意に副《そ》おうとしておる。だから、たとえばわれがそれに異議を唱える。それを大友たちがうるさがってわれの命を狙う、とかな。実際に狙うてくれぬでよい。そういう噂が立つだけで十分だ。そうしてわれが兵をあげる段になったら――」

大海人はまた酒器を手に取り、馬来田と吹負にそれぞれついだ。

「そちらは先鋒《せんぽう》として、飛鳥で兵をあげてほしい。われは東国から離れられぬゆえ、そちらに頼む。緒戦だぞ。名門大伴の誉れを見せてもらいたい。どうじゃ」

馬来田と吹負は感動で瞳を熱く潤ませ、がば、と平伏《ひれふ》した。

「まことにもって光栄でござります。われらにおまかせください。誠心誠意、王弟様の御心にお応《こた》えいたしまする」

　一気に言い切った。

　大海人は兄弟を満足げに眺めた。

　続けて、「もひとつ訊きたいのだが」と、意趣ありげな横目をした。

「いま言うた新羅と唐のいくさな。内情にもっとも通じておるのはたれと思うか」

　馬来田と吹負はしばし思案したのち、「それでしたら――」と、口を開いた。

「筑紫大宰《つくしのおおみこともち》をおつとめになっておられる栗隈王《くるくまのおおきみ》様ではございますまいか。唐との交渉に当たっておられるのはもっぱら栗隈様です。気骨《きこつ》のおん方でありまして、大王や近江の重臣方のことを、内心快く思うておられぬやに推察しております」

　栗隈王は大海人皇子がかつて親しく使っていた王族である。

「そうか、やっぱり栗隈王か。ならばよかった。じつはわれもそう思うて、すでに連絡をとりおうておる」

　大海人は大きく二、三度うなずき、満悦の笑みを浮かべた。

「よし。話は決まった。切りあげる」

　膝《ひざ》をポンと打ち、勢いよく立ちあがった。

　薄闇《うすやみ》の中で馬上の人となった大海人は、背後の二人の舎人に地獄のあるじのように低い声で命じた。

「筑紫へ行け。栗隈王を連れて参れ。ひそかにだぞ」

4

緑濃い逢坂《おうさか》の峠《とうげ》に立ったとたん、目の下に青い湖が広やかに開けた。

「はあー、これはよい眺めじゃ」

道昭はすがすがしい風を胸いっぱいに吸い込んだ。塩気を含まぬ空気は角がなくてまろやかで、からだにすうっと溶け込む気がする。

てくてくと峠を下るほどに、湖水の際の賑わいが耳と目に迫ってくる。以前訪れたときはただ水と空の天地という印象だったが、ずいぶん様子が変わった。

湊《みなと》に近づくと、さらに人声がかまびすしい。馬車や牛車が群れをなし、水際には大小の船が浮かび、人夫が働き蟻のようにせわしなく荷おろししている。米俵、魚、貝類、芋に、青菜。丸太や板材、陶器、瓦《かわら》。磯臭さと働く人たちの体臭の入り混じったにおいがツン、とする。瓦や材木は宮の普請に使うのであろう。

それらの喧噪《けんそう》をあとにして都大路に足を転じると、趣はがらりと変わり、冠と袍《ほう》をまとった官人の群れとなる。紫、赤、青、緑、黒……、とりどりの色が美しく、泥色に褪《あ》せたおのれの姿《なり》が恥ずかしくなる。けれども仔細《しさい》に眺めれば、彼らのその色彩も綺羅《きら》を張るためではなく、廟堂の中での立ち位置をあからさまに示す峻厳《しゅんげん》なものであるのだろう。宮仕えに汲汲《きゅうきゅう》とする人びとの気持ちをなんとなく推しはかっていたら、ふいに左手の林の向こうから鋭い号令のようなものが響いてきた。

なんだろう――。いざなわれて歩を進めると、山のふもとの広大な空間で軍事調練のようなものが行われている。

思わず、立ち止まった。

何百という兵士が、いくつかの塊に分かれて隊伍《たいご》を組んでいる。イヤーッ、ハッ。合図とともにどっと駆けて入れ替わり、合流し、また分かれる。かと思えば、鋭い金属音を立てて、ぎらぎらに光る槍《やり》の穂先を繰り出す。イヤーッ、ハッ、オーッ、ハッ。

圧倒されていると、こんどは左右の後方に控えていた騎馬の群れがどっと黄色い土煙を立てて早駆けし、ザッと中央で交錯した。と思う間もなく、左右が入れ替わって元の形にぴたりとおさまる。

ほおー、と道昭は見とれた。

馬も武器も揃っているところをみると、宮城守護の親衛軍だろうか。しかし、このものものしさはなんだ。

飛鳥寺の有慶が言っていたことを思い出した。これは唐と新羅のいくさに関係があるのだろうか。

また鋭いイヤーッ、ハッ、オーッ、ハッ、の掛け声が耳を刺激した。

おや？　と思った。よく聞くと、号令の中に百済語が交じっている。軍監《ぐんかん》は百済人なのか？　ああ、そういえば、兵法の顧問に百済人が任命されたと有慶が言っていたっけ――。

ふたたび大路を歩き出すと、視線の先に丹塗りの宮城が見えてきた。湖の際にあるせいか、おとぎ話に聞く龍宮《りゅうぐう》のように見える。いや、立地のせいではないだろう。おそらく設計や普請にも渡来人をふんだんに使っているのだ。それゆえに異国風のたたずまいなのだ。

道昭は甍《いらか》を葺《ふ》いた南門のかたわらに立ち止まり、ヤマドリたちの宿舎はどこだろう、と見まわした。

かたわらを行く官人に尋ねてみた。すると、ぴたっと改まり、「その先ですよ」と左手のほうを指さした。長等《ながら》の山塊のたもとに貼《は》りつくような恰好で、同じ形をした小さな棟が並んでいる。

「あの端のほうのはずでござりまする」

官人は長い袍の袖口を一瞬合わせて去っていった。

道昭はえっさえっさと坂をのぼり、示された棟の内を覗《のぞ》いてみた。が、人の気配はない。隣の棟を見た。その隣の棟も見た。いずれももぬけの殻である。どうしたものかと思案していると、使い走りらしき童が通りかかった。

「おい、小僧、船史《ふねのふひと》を知らぬか」

「山鳥様でござりまするか」

童はすすで汚れた指で鼻の下をちょいとこすって、「知っておりまする」。無邪気にかぱっと笑った。道昭は懐を探って鳩《はと》の形をした土鈴を取り出した。「これをやろう」

童の瞳ががぜん、輝いた。

「探してこよ」

「あい」

即座に駆けだしていく健康な足の裏をほほえましく眺めたあと、道昭はまっ赤に紅葉したモミジの下に座った。

樹木の血のような色が膝を抱えている腕を明るく染める。耳を澄ますと、キン、カン、キン、カン、甲高い槌音《つちおと》が聞こえてくる。左右を見まわした。隣の土地の小屋だ。興味を誘われて近寄って覗いてみたら、鍛冶《かじ》の工場らしい。裏手にまわると、大きな饅頭《まんじゅう》のような窯《かま》が見えた。こちらは焼き物の工房か。汗だくの職人が出たり入ったりしている。

随所で盛んな生産活動が行われているのに感心しながらまた元の位置に戻り、後背《こうはい》に峨峨《がが》とそびえる山の高さを目ではかりなどしていたら、

「大兄《おおにい》！」

と、叫ぶ声がした。

低く、柔かく響く声である。と、思う間もなく大柄な肉体が坂道を駆けあがってきた。褌《はかま》を脛《すね》までたくしあげ、たすきがけの紐《ひも》で胡籙《やなぐい》を背負っている。徴兵されたての新兵のようである。からだを二つ折りにして両膝に両手をつき、しばしハアハアと呼吸を整えた。

「大兄、よく来てくれたね」

「なんだ、ヤマドリ、その格好は」

「うん、いままで調練をしていたんだ」

「そこの馬場でか？」

「あれ、よく知ってるね」

先ほど見た威勢のよい調練に、ヤマドリは加わっていたのである。

「別に吾《われ》が兵隊というわけじゃないんだ。親衛部隊の配属になってね。軍監が言葉のできない人た

ちだから、命令を通訳したり、徴兵の記録をしたり、いろいろたいへんなんだ」

ヤマドリは一気にしゃべりながら、道昭の腕を取って官舎のうちへいざなう。

そして、「今日来てくれてよかったよ」と、立ち止まった。湖の彼方を指さした。小春のうららかな空気の向こうに、きれいな三角形の山が鎮まっている。

「あのふもとの蒲生野《がもうの》にも調練場があるんだ。明日はあっちだよ。あっちへ行ってるときは、すぐには帰ってこられないからね。今日来てくれてよかった。さあ、入って入って」

よく焼けた頰《ほお》で笑った。

5

「おまえが軍属とは存外だな。どういう采配《さいはい》だ」

小僧が運んできた淡海のフナをほおばりながら、道昭が尋ねた。

「おまえの専門は戸籍づくりと徴税だろう。おまえにはそういうつとめのほうが合っていると思うがな」

ヤマドリは兄をやや上目に見た。

「でも、命令だから」

ヤマドリが各地をめぐり、苦労を重ねて本邦初の全国統一戸籍、庚午年籍《こうごねんじゃく》を完成させたのは去年《こぞ》の秋のことだった。それはおおかたの予想を上まわるできで、多方面から高い評価を受けた。ヤマドリとしても当然、爾後《じご》も関連した業務につくのだろうと思っていた。

ところが、間髪を入れずに左大臣の蘇我赤兄に呼び出され、「明日から兵法の顧問の下につけ」と言い渡された。有無を言わさぬ調子であった。

「そなたがつくった戸籍のおかげですみやかな徴兵が可能になった。これからはそれによって集められた者たちを精兵として育てる仕事に注力せよ」

兵法顧問とは、達率谷那晋首《だちそちこくなしんす》、木素貴子《もくそきし》、憶礼福留《おくらいふくる》、答炑春初《とうほんしゅんそ》の四人である。いずれも亡命百済人の高官だ。

「そうか」

二匹目のフナをつつきかけた道昭に、ヤマドリは赤兄様はこうも言われた、とつけ加えた。

「これからは大友皇太子の御代《みよ》である。皇太子にようお尽くし申せ。これは大王じきじきのご命令であるぞって」

道昭は思わず、手が止まった。

「大王じきじきのご命令?」

なんとなく、いやなものを感じた。

「と、おっしゃったのか」

「うん」

「赤兄の大臣が?」

ヤマドリがこくりとした。

二人、無言で見つめあった。絡まりあった視線の底に、言わずもがなのものがあった。

――まさか、知られているのか？

――コダマの秘密。

うす暗い帳《とばり》のなか、内臣《うちつおみ》鎌足が大王天智の氷のような相貌《そうぼう》に向かってなにか打ち明けている景が不気味に浮かんだ。

しばし睨《にら》みあったのち、ヤマドリが先に呪縛《じゅばく》を解き放った。

「大兄、忖度《そんたく》してもしかたがないよ。そんなことよりも、吾は自分ができることはなんでもやる。全力でやる。死力を尽くしてやる。こういう身の上なんだから、とにかく失点をつくらぬようにしなければ。いまの吾のお主《しゅう》様はあの大王だ。だから、吾は大王に尽くす。大王が大友様に尽くせとおっしゃるなら大友様に尽くす。赤兄の大臣に尽くせとおっしゃるならば赤兄の大臣に尽くす。それが吾のつとめだ。宿命だ。吾は本気でそう思っているよ」

いつも柔和な弟の口から思いがけず激しい決意の言葉が出たのを、道昭は多少驚きの思いで聞いた。

ヤマドリが続けた。

「吾はコダマをどうしても守らなきゃいけない。コダマだけじゃない。野中の里のみんなのことも守らなきゃいけない」

道昭は弟のまじめさに、少し姿勢を改めた。

先ほどの童が「山鳥様、どうぞ」と、シジミと酒を運んできた。ヤマドリは酒器を取って道昭に勧めながら、「大兄」と呼びかけた。

「なんだ」

ヤマドリはおのれの盃にも手酌で一杯ついだ。

「十年前に鎌足内臣にコダマの秘密を知られたとき、吾は内臣のところにコダマを取り返しにいった。猛然と突っ込んでいった。そのとき内臣は、この娘一人のためにおまえの一族全員が滅びてもよいのかと言われた。吾はかまわないと叫び返した。コダマの生きておらぬ世の中なんてどうなってもよいと。滅びておおいにけっこうだと」

「うん」

「吾はコダマが大切だ。あのときよりずっと愛している。だけど、そのためなら野中のみんなはどうなってもよいと言う勇気は、いまはないんだ。父上が引退されて吾の働きに一族みんなのことがかかってきたから、なおさらそう思うようになった。吾は臆病《おくびょう》になった。なんだかいろんなことが重くなったよ」

ヤマドリは少し顔を背けるように開かれた窓の向こうを見た。素直な瞳が湖の色を映して、薄青く光った。

道昭はひたむきな弟をいとおしく思った。

「それは、おまえが成長したからさ。若いときは目隠し馬のようにがむしゃらに突っ走れるが、まわりを見渡せるようになると、そうもできぬようになる。当然のことだ」

「そうかな」

ヤマドリは小さく笑ったのち、

「吾は昔より臆病になった。でも、だからこそ一所けんめいやる。コダマを守りたいから。コダマを守るためには、一族のみんなのことも守らねば」

道昭は黙って弟の盃を満たしてやった。酒壺《さかつぼ》が空になった。ヤマドリはぱんぱんと手を打って小僧を呼び、お代わりを頼むと言いつけた。

6

「お待たせしました」

と、小僧が新しい酒を運んでくると、道昭は「ところで」と話題を転じた。飛鳥寺の有慶が言っていたことを確かめてみようと思った。

「有慶がな、言うておった。近江の者たちは唐に対して弱腰すぎると」

とたん、ヤマドリの顔がすうっと翳《かげ》った。

「唐に押されているのはほんとだよ。かつての白村江のいくさ。あれは唐と新羅に負けたというより、唐に対する負けだった。でも、われらはとくにこれといったとがめも受けなかった。それは、彼らが強豪の高句麗に気を取られていたからでもあるけど、やっぱり大王——中大兄様の駆け引きの力が凄まじかったからだ。われらがいくさに臨んだのはひとえに百済への友誼《ゆうぎ》ゆえであった、ただそれ一途《いちず》であったと頑《かたく》なにしらを切りとおした。韓土へ野心があったなんてことはおくびにも出さなかった。それを証するために、負担を承知で百済の遺民を何千と受け入れたし、向こうの高官をこちらのまつりごとの中枢に迎えもした。大王に逆らう人たちはそれを批判するけれど、その見せ方を貫いてきたからこそ、倭国は唐の大軍に攻め込まれることを免れたんだ」

「なるほど」

「けれども、そうやって目こぼしされたからこそ、いまそれがあだになっているところもあるんだ。要するに、あのとき見逃してやったろう、その恩を返せ——という理屈になっているわけ。それに、いまは彼らとまともに渡りあえる方がいない。大王は病重くあられるし、大友様はお若いし、大臣方の中にも鎌足内臣のような方はいらっしゃらない。唯一頼みになるとしたら王弟大海人様だけれど、最近はとんと姿をおみせにならないし」

道昭は思った以上に難儀な状況に眉をひそめた。返事をする代わりにシジミに手を伸ばし、小さな殻をカン、カン、と皿の上に落とした。

「大友様が位に就かれるのは確実なのだろう?」

「うん。大王がそう望まれたんだもの。王弟様にはお気の毒だけれど、大王位には一人しかつけないのだからしかたがないよ。王弟様にはなんとか矛《ほこ》を収めていただいて、大友様に協力していただけないかと吾は思ってる」

ヤマドリは大友皇子のことが嫌いではない。数々の修羅場《しゅらば》をくぐってきた父や叔父のような屈強さはない。けれども、愛されて育ったゆえのやさしさのようなものがほの見えるからだ。

ヤマドリたちが調練をしている場にも、大友はときおり顔を出す。炎天下でも愚直に訓練を見学しており、ほほえましく思うことがある。その即位に障りがあるとしたら卑母の出生ということだが、それ以外に瑕瑾《かきん》はあるとは思えない。大海人皇子が後見してやれば、きっとよい大王になるであろう。大友皇子のほうも叔父を一の重鎮として手厚く遇するだろう。

「それがいまの状況を乗り切って、無用の争いをせずにすむ唯一の方法だと吾は思う」

「そうかもしれぬな」

道昭は真剣そのものの弟の顔を見て、うなずいた。

表で申《さる》の刻《とき》を告げる鐘がゴーンと鳴った。

漏刻《ろうこく》と時の鐘は飛鳥にもあるが、音色がずいぶん違う。飛鳥の鐘の音は硬く冴《さ》えているが、こちらは湖に音が吸い込まれるのか、あわあわとやるせない響きである。

なにやら感傷的な気分になって、窓から暮れかけた戸外を仰ぐと、

「おっ、誰かと思うたら、オオタカの大兄ではないか」

折しも通りかかった白猪の鯨が、八重歯の目立つ人のよい笑顔で家のうちを覗き込んだ。

「なんだ、鯨か。入れ入れ」

「ちょっと待って、鱸も呼んでくる」

鯨が遠くで「鱸、鱸、珍しい人が来てるぞ」と弟を呼びたてている声がした。それを耳の後ろに聞きながら、賑やかになるね、きっと太鼓と鉦《かね》を持ってくるよ、あれらは楽器も踊りもうまいんだ、とヤマドリがにっこりした。

翌日、道昭が目を覚ましたとき、ヤマドリは蒲生野の調練に発《た》ったあとで、もう姿はなかった。

耳の中で、前夜のどんちゃん騒ぎの鉦がまだ鳴っているようだった。

宿酔《ふつかよい》の頭をぶんぶんと振りながら、道昭は逢坂の峠の上で来し方《こかた》をいま一度振り返った。往路で見たときと同じ湖岸の賑わいが遠くに小さくあった。

なんとなく後ろ髪を引かれる思いで坂道を下りはじめた。

7

「……毎晩、お姫様のもとに通ってくる若者は誰なのか。鍵《かぎ》をかけてあるのにどうして部屋の中へ入れるのか。ふしぎに思ったお姫様の両親は一計を案じて、その若者の衣の裾《すそ》にそっと麻の糸巻の糸を縫いつけておくように、娘に言ったの」

アンズの木の根元に座って、コダマのお話を興味しんしんで聞いていた三人の童が、ほとんど同時に高い声をあげた。

「それで？　それで？」

もつれあうようにおのれの身にとりついてくるつむりを、コダマはどんぐりの子でも撫《な》でるように順々に撫でた。

それから扉を開けたてする真似《まね》をして、持ち手の少し下あたりに親指とひとさし指を丸めた小さな穴をつくってみせた。「これは、鍵穴よ」。首をかしげてうふっと笑った。

「若者が消えたあと、糸は鍵穴を抜けていたの。お姫様がその跡をたどっていくと、糸は丘を越えて、川を越えて、田んぼを越えて、ずうっとずうっと遠くへ続いていて、とうとう三輪のお山の頂にたどりついたの」

ひときわ愛らしい童女が、はいっと手を掲げた。

「その人、三輪の神様だったんだ！」

堅香子《かたかご》である。

コダマが、「そのとおり。三輪山のオホモノヌシの神様だったの」と応じた。

「それで？」

残る二人の童が先をうながした。

「お姫様にはお子様が生まれるの。そのご子孫がやがて三輪のお山のふもとで神主様として祖神様《おやがみ》をお祀《まつ》りして暮らすことになるのよ。そしたら神様のご機嫌もとってもよくなって、旱《ひでり》とか、疫病とか、飢饉《ききん》とか、みんなが困っていた災いも起こらなくなったの」

「そうかあ」

「ということで、お話はおしまいです」

子らがいっせいに拍手するのに応じながら、コダマはハッと後ろを振り返った。聞き覚えのある草鞋の音が聞こえた気がしたからである。

と、疑る間もなく、堅香子がうん、と背伸びして柴垣《しばがき》の向こうを仰ぎ、

「大兄のおじちゃま！」

はだしで駆けだしていった。

やがて、

「よう、コダマ」

懐かしい声がした。

コダマは夢中で宙を手探り、背の高い人にたどりつくや、思いきり抱きついた。日なたと、土埃《つちぼこり》と、汗と、風の入り混じったにおいがする。襤褸の袈裟のガサガサした感触の下に鋼のような筋骨がある。それが、夫とも父とも違うこの兄独特の感触だ。

道昭は堅香子を左腕でよっと抱きあげ、

「大きくなったなあ、堅香子。いくつだ」

と、訊いた。

「むっつ！」

堅香子が大きくパーに開いた左手に、もう片方の手の指を一本、加えてみせる。

続いて、右手でコダマの肩を抱き、

「あいかわらず小さいなあ、コダマは。いくつだ」

「二十七よ」

コダマは大きくパーに開いた左手に、もう片方の手の指を二本、加えてみせた。

「まことか。りっぱな年のわりには堅香子とたいして変わらぬではないか」

「ひどい」

コダマが頬をプッとふくらますと、道昭はハハハと屈託なく笑った。

そうして、アンズの木の下できょとんとしている童二人をちら、と見やり、「なんの遊びをしていたのだ」とコダマに訊いた。

「お話よ。最近は私が語り部のおばちゃまになって、里の小さいお子たちにお話をしているの。ね、堅香子」

「うん！」

堅香子が道昭の腕の中で足をばたつかせる。

「こんにちはなんのお話だったのだ」

「あのね、この北の美努《みの》の里のお姫様のところに、三輪山の神様が蛇になって鍵穴を通り抜けておいでになってたっていうお話」

「ほおー、ずいぶんと女好きの神様だな。三輪からはるばるこのくんだりまでやってくるか」

「まあ、ばちがあたるわよ、大兄」

また道昭がハハハと高く笑ったところへ、

「大兄様、お帰りなされませ」と、由宇と阿品が揃って出てきた。

「長《おさ》がお待ちかねですよ、ささ、お早う」

小熊が足湯を備え、着替えを用意して旅の汚れをねぎらう。その後ろから、

「戻ったか」

恵尺《えさか》が片足をかばいつつ現れた。

「父上、お久しゅうござります」

「もっと顔を出せ、放浪児。二年ぶりではないか」

「これはこれは、申し訳なし」

「まあ、あがれ」と、せかすように息子をいざなった。

8

「大兄、こんなに長いこと、どこへ行っていたの」

コダマが久方ぶりの兄を、夢の膜《まく》の向こうの人を見るように見る。

「あっちこっち、さまざまだ。高志《こし》の国。甲斐の国。常陸《ひたち》の国。陸奥《むつ》と出羽《でわ》にもずいぶんおった。いまだに武装しておる蝦夷《えみし》の村にも逗留した。なかなかにおもしろかった。彼らは独特の手技や医の術を持っておる。寒冷な土地ゆえ我は感冒にかかって寝ついてしまったが、親切に治してもろうた。彼らの薬草はすぐれておる。狩りの罠《わな》も巧みだし、食いものを保つ術も巧みだし、いろんなことを教わった」

「まあ、おもしろそう」

恵尺が脇から割り込んでくる。

「近江には行ったのか。ヤマドリには会うたか」

「ええ。行きましたよ。白猪の鯨や鱸にも会いました。山と湖に挟まれておるゆえ土地は狭いが、新奇なものがいろいろござりました。冶金《やきん》や鍛冶や、焼きものの工房なんどもござったな。りっぱな馬場があって、勇ましい兵隊の調練も行われておりました」

兵隊、という言葉が出たとたん、コダマの顔色が翳《かげ》った。

「小兄は軍属になってしまったから、私、心配なの。大王はご病気が重いというし、大海人様は拗《す》ねておいでだというし、海の向こうのいくさの噂もあるし」

道昭は先日の有慶とヤマドリとの不穏な会話を思い出した。そのことはコダマと恵尺には言うまいと思った。むしろ気軽な方向に修飾した。

「案じることはないさ。ヤマドリはずいぶん頼もしゅうなっておったぞ。駆け出しの一兵卒かと想像しておったら、あにはからんや、軍監殿のすぐそばについて、まるで司令官のようであった」

「ほんと?」

コダマが眉を開いた。

「ほんとさ。それに、海の向こうとのいくさなど、そうかんたんには起こらぬよ。白村江の苦い思いをみな忘れておらぬもの。ヤマドリも言うておった。大友様はお若いが、賢くてしっかりしたお方だと。無益な戦いなどなさらぬようにするさ」

そうか、と恵尺も目尻《めじり》を皺深《しわぶか》くした。

「おまえがそう言うてくれるなら安心だ。なにせい、われらは心配でも覗きにいくこともできぬ。あれかこれかとこの田舎で気を揉《も》むばかりだ」

「そうなのよ。大兄に訪ねてもらってよかったわ」

コダマが言葉を重ねる。

ふいに、横合いから鞠《まり》でも放つように、堅香子が無邪気な声を投げてよこした。

「大兄のおじちゃま、なにかお話して」

「なんじゃ、こんどは我に語り部になれとか？」

「うん、なって」

コダマが道昭の膝に手を添え、ゆらゆらと揺する。

「してやって、大兄。大兄は私たちと違っていろいろな土地をめぐっているのだから」

後ろに控えている小熊や由宇もうなずいている。

「ふうむ、なんのお話がよいかな」

堅香子が叫ぶ。

「異国のお話がいい！」

道昭は散切り頭をごしごしっと撫で、「よし」と、小さな人に向き直った。

「昔むかし、この大兄のおじちゃまが若かった日のことだ。難波の津から船出して、遠い遠い唐のお国へ向かったときに、たいへんなことがあったのだ。あれは何日目くらいであったかしらん、大海のまん中で大嵐が起こって、船がひっくり返ったのだ」

「わっ、たいへん」

堅香子が目を丸くする。

ああ、たいへんだとも、と道昭が返す。

「とりあえず溺《おぼ》れ死《じ》には免れたが、どこだかわからぬ島に流れ着いた。ここはどこじゃ、食いものはあるんだろうかと島じゅうを探検した。そうしたら、森の奥に岩山があって、大鷲《おおわし》の巣があって、雛鳥《ひなどり》が三羽ぴいちくぱあちく、さえずっておった。なおも観察しておったら、人間の百倍はあろうかという大きな親鳥がときどき餌《えさ》を運んでくる。そうして雛に食わせ、終えたらまた飛んでいく。それを見てわれわれは一計を案じた。巣の中に隠れておって、親鳥が来たとき爪《つめ》にぶら下がって島を脱出したらどうだろうかと」

「うん、うん」

　堅香子が好奇心まんてんで乗り出す。

「われらの中でいっとうからだが小そうて、身ごなしの軽い船乗りが挑戦した。首尾よう親鷲にくっついて飛び立ち、人の住んでいる島の上に飛び降りた。おかげでわれらは助かったのだ」

「よかったあ！」

「しかも、われらにはもう一つ、すばらしいことがあった。その島には、宝石の谷があったのだ。われらはそこから採れるだけ宝石を採って、背や腹に縛りつけて持ち出した。おかげで、唐にたどりついたときに向こうの王様にたくさん貢ぎ物をすることができた。唐でいちばん偉いお坊様である玄奘《げんじよう》三蔵《さんぞう》様にもお目通りかない、この大兄は弟子になることができた。これを、災い転じて福となすという」

「宝石の谷！」

　目を輝かせている堅香子に向かって、道昭は懐からほれ、と小さな石を渡した。

「表へ出て、陽《ひ》にかざしてごらん、キラキラ光る点々が見えるはずだよ。金だ。これがそのときの最後のなごりの石だが、特別に堅香子姫に旅苞《たびづと》として進呈する」

「わあいっ」

堅香子がばんざいして表へ駆け出していく。

コダマが、「いいの？　大兄、そんなだいじなものを」と案ずると、道昭は「なあに、みちのくで拾うた石ころさ。山へ入ればいくらでも落ちておる」。いかにもおかしそうに破顔した。

「また、大兄ったら、ばちがあたるわよ」

駆け戻ってきた堅香子が石を両手でしかと包み、道昭に向かって小首をかしげた。

「でも、大兄のおじちゃまは恐くなかったの？　海で溺れて、死んじゃったかもしれなかったんでしょう？　もし、その鷲さんの親子に出会わなかったら、食べるものもなくて、死んじゃったかもしれないんでしょう？」

道昭は胸のところをぽんと叩いた。

「おうさ。だけど、恐くなどあるものか。このおじちゃまは坊主だもの。坊主は仏様にお仕えしている身だ。御仏のご加護があれば恐いものなどない」

堅香子は「ふうん」と、なおも腑《ふ》に落ちぬ顔をした。

「じゃ、おじちゃまはどうしてお坊様になったの」

しん、と、しばし空隙《くうげき》ができた。

「さあー、なしてであろうなあ」

道昭はふわり、と瞳を宙にめぐらせた。

9

「父上も、ずいぶんお弱くなられたな」

酔うてこくり、こくりと舟を漕《こ》ぎだした恵尺と、その膝の上で眠り込んでいる堅香子を阿品と由宇がそれぞれの寝床に連れていったあと、道昭がコダマに向かって苦笑した。

「ええ。脚をお怪我《けが》されてから、少しずつお疲れになりやすくなったみたい。でも、今夜はそうじゃないわよ。大兄が久しぶりに帰ってきてくれたから、お心が昂《たかぶ》っていつもより早くお酔いになったんでしょう」

「そうか」

「そうよ、だから大兄、もっとたびたび帰ってきてちょうだい。それがいちばんの孝行よ」

「そうか」

道昭は同じ言葉を繰り返した。

そして、開け放たれた窓から天をうかがい、「おお」と言った。

「望月《もちづき》だ。大きなお月殿だよ、コダマ」

「そう？　お外へ出てみましょうか」

「ああ」

道昭がコダマの手を取って立ちあがる。

まばゆい白い光がアンズの木のある中庭を隈《くま》なく照らしている。満月の晩、四角い塗り壁の眠る渡来人の里はもっとも美しくなる。いつ来ても変わらぬふるさとの情景だ。

道昭はコダマの肩をみちびき、薪割《まきわ》りの株の上に座らせた。おのれは切り株に背をもたせて地面にあぐらをかいた。

コダマは天に顔をゆっくりと向けた。

「ほんとうに。きれいな夜だわね」

まぶたの裏に月がのぼっている。心の中が静かな瑠璃《るり》色になる。コダマは月夜が好きである。それから、二、三呼吸おいて、「ありがとう、大兄」と言った。

道昭は身を捻《よ》じって、妹を見返した。

「なにがじゃ」

「そうね、おかしいわね」

コダマは兄に向き直った。

「最近、さっきみたいにいろんなお話を里のお子たちにしているでしょう。そうしたら、いままでわからなかったことがいろいろわかってきたの」

「ほう。どんなことだ」

「私、小さなときからさんざんおねだりして、いろんな人にお話を聞かせてもらってきた。そのたびにぜんぶ覚えたわ。でも、覚えているだけで意味はよくわかっていなかったの。それが、自分が人に話して聞かせるようになってようやく、そういうことだったのか、と手を打ったの。きっとお話をするってことは、自分がそのお話の主人公になることなんでしょうね。だから、その人たちの心に近づけたんでしょうね」

コダマは黙ってうなずく兄に、さらに呼びかけた。

「大兄」

「なんだ」

コダマは闇の奥に溶けている彼方《かなた》へきもちほどからだを向けた。

「ヤマトタケル様の御陵《ごりょう》が丹比《たじひ》道《みち》の向こうにあるでしょう。あの皇子様のお話を知っていて?」

「少しは知っている。西へ東へ遠征された武勲《いさおし》のおん方だろう」

「ええ。タケル墓の墳墓には墓守のじじ様がいて、よく小兄と訪ねていったのよ」

「墓守のじじ様か。ほう」

「そのタケル様のお話も、私、長いことよくわかっていなかったの。乱暴で恐い人だと思ってた。それも最近変わったの。あるお人によく似ているんじゃないかって気づいたから」

道昭は反射的に返した。

「誰にだ」

コダマは両頰にくっきりとえくぼをつくった。

「私のほんとの父様。蘇我入鹿の父上によ」

「ああ、なるほど」

道昭は小さくつぶやいた。

「入鹿の父上のお話は、わが家では長く禁句だったでしょう。でも、父上がお仕事を退《ひ》かれてうちにいらっしゃるようになってから、少しずつ教えてくださるようになったの」

「父上はかの大郎様のことをなんと？」

「お好きだったそうよ。お好きだったからこそ、赤ん坊の私を助けてくれたのですって。私、うれしかった。父上がお好きな方なら、いい方に違いないもの。父上がおっしゃるには、入鹿の父上はものすごく激しくて、熱情があり余っているのだけれど、それと同じくらい淋《さび》しがりなお方でもあったんですって。タケル様に似ているでしょう」

「ほんとだな」

道昭は切り株にぐっともたれ、腕を組んだ。

コダマが続けた。

「私ね、入鹿の父上はタケル様と同じように、お父上の情愛に飢えていらしたんじゃないかと思うのよ。だって、じつのお父上と新しいお父上の間でまつりごとの品物みたいにやりとりされたのでしょう。そういうお育ちがあったから、あんな荒いおふるまいをなさるようになったのじゃないかしら。不平の塊になって、自分が本気で望めばかなわぬものはないってがむしゃらに突っ込んでいかれて」

道昭はまた、なるほどと思った。

「悲しみでいっぱいで、やり場がなくて、最後にはご自分から粉みじんに砕け散ってしまう方よ。タケル様も、入鹿の父上も」

コダマは、ね、と首を傾けた。

「そういうろんなことを、最近ようやく覚《さと》ったの。ようやくよ。みんなが甘やかしてくれるから、私、とても幼なかった。だからさっき大兄にお礼を言ったの」

道昭は目を閉じた。

まぶたの裏に二十六年前の情景が浮かんでいた。シイの林が風にざわざわと鳴っている。火のついたように泣いている赤ん坊を腕に抱いて、木の間ごしに溜め池の脇の小家が燃えあがるのを見つめている。――それは、自分だ。

「コダマ」

妹を顧《かえり》みた。

「なあに」

「おまえがいい話をしてくれたから、我も一つ聞かせてやろうか」

「ええ、してちょうだい」

コダマはかしこまって、両手をピタリと両膝の上に揃えた。

「昔むかし、あるところに一人の王子がいたのだ。王子には憎い敵があって、そいつが邪魔をするので王の座に就けない。よし就いたとしても、目の上の瘤《こぶ》になって思いどおり力をふるえない。そこで、殺してやろうと思うた。王子は敵を確実に殺すためにその家臣を脅した。『おまえも合力せよ、さもなくばおまえの一族を皆殺しにしてやる』

家臣は抗いきれなくなって、王子に従うことにした。しかし、せめて主君のお子だけは助けたいと思うた。主君には生まれたばかりの赤子がいたのだ。若い側女が生んだ姫だ。家臣は息子とともにその家を訪ねていき、話を打ち明けた。『赤様はわれらが譲り受けます。あなた様はどこへなりとお逃げくださいい』

家臣は謀反決行の日、息子に命じてその役をやらせた。息子は赤子を受け取り、側女を逃がした。家には代わりに布でぐるぐる巻きにして、油をたっぷり浸み込ませた大小の山犬の死骸《しがい》を置いた。そうして赤ん坊を抱いて近くの林の中に逃げ込み、火矢を放った。家は轟轟《ごうごう》と燃えあがり、ほどなく燃え落ちた。息子はすべてうまくいったと思った。

ところが、あとで恐ろしいことを聞いた。焼け落ちたその家から、黒焦げの遺骸が三つ見つかったと。三つ？　二つではなく？　息子は驚いた。そう——、赤子の母親は逃げなかったのだ。いったん逃げたが、そっと戻ってきたのだ。そうして、生きながら焼かれたのだ。愛する夫に殉じるために」

そこまで言うと、道昭はまた妹を見上げた。

コダマはおびえたように瞳を震わせている。

「王子というのは中大兄様だ。王子の敵というのは入鹿様だ。家臣というのは父上だ。おまえもそこまではわかっておったかな？　で、赤子を助け、火矢を放った息子というのは我だ。そうして、夫に殉じた若い側女というのは、おまえの母様だよ」

「そんな……」

コダマは両手で口を覆った。

道昭はよっこらしょ、と立ちあがった。

「おまえは母様によう似ておる。我がおまえの母様を見たのはほんの一目だが、いまでも忘られぬ。とてもとても美しい方であった。透き通るように美しい方だった。おまえも母の顔になって、びっくりするほど似てきたよ」

コダマは鼻の奥がつうんと沁《し》みるように痛くなった。と、思うまもなく、涙がぽろ、ぽろと膝に落ちた。

「大兄――」

道昭は「泣き虫のコダマ」、と、幼な子にでもするようにコダマのつむりをぐりぐりと撫でた。そして、ぐっと伸びをしたあと、長身痩軀の腰をとんとん、と叩《たた》いた。

「さあ、戻ろう、冷えてきた」

道昭は月の光の下を妹と影法師とともに歩み、堅香子の寝床の脇まで導くと、おやすみ、と踵《きびす》を返した。

のち、ふっと立ち止まった。

「どうかした？　大兄」

コダマが気配を察し、眉を固くした。

「いまの話が答えだ。コダマ」

「なんの答え？」

「昼間の堅香子へのさ。おじちゃまはなぜ坊様になろうと思ったの、と問うたであろう？」

道昭はくしゃっと破顔した。

あれが我の初恋だ、と心の中で言った。

10

コダマ、ヤマドリ、道昭、そして、恵尺。

それぞれの思いを置き去りにするように世の中が激しく動き出したのは、それから間もなくであった。

天智十年十月十九日。王弟大海人皇子が突如として出家し、吉野へ隠棲《いんせい》した。

知らせを聞いたヤマドリは驚愕《きょうがく》した。

大王天智の近習《きんじゅ》によると、病のいよいよ重くなった大王は弟大海人を病床に呼び寄せ、わが子大友の後見をしてやってほしいと頼んだとのことであった。しかし、大海人はもはやまつりごとにかかわる意志はないとして肯《がえん》ぜず、重臣らの引き止めもきかず即座に剃髪《ていはつ》し、袈裟《けさ》をまとい、旅立ったそうだった。随行したのはきさきの鸕野《うの》と、子の草壁皇子と、わずか数人の舎人だけということだった。

ヤマドリは大海人が大友皇子に力を貸してくれなかったことが残念であった。だが、その心根を痛ましくも思った。大海人からすれば、位はやらぬが息子の面倒だけはみてほしいなどという頼みは屈辱以外のなにものでもないだろう。それを慮《おもんぱか》るならば、もの言わず退《ひ》いてくれたことを感謝すべきだと思った。あれほど主張が強い皇子なのに、争わずに忍んでくれた。それは甥《おい》への消極的な協力とみることもできる。心静かに仏の道に励み、幸福を見つけてくれたらと願った。

そして、月明けて十一月。

倭国じゅうを震撼させる事態が出来《しゅったい》した。

今年の春に一度筑紫にやってきた唐の使節が再来したのだ。しかも、このたびは総勢二千人という不穏な大軍団であった。郭務悰《かくむそう》という剛勇の者が代表に立っていた。筑紫大宰からの急使を受けた近江朝廷は色を失った。

その報告によると、彼らは新羅とのいくさで消耗しており、壊れた船舶の修繕や怪我人の救護などを求めているそうだった。あわせて倭国の軍事協力を強く要請しており、その取り引きの根拠として、かつての白村江のことを持ち出しているそうだった。急使は蒼白《そうはく》なおもちで、唐側は筑紫の湊を新羅攻略の後方基地として使いたい腹を持っているらしい、こちらが色よい返事をするまで退かぬのではないか、と言上した。

国家の存亡にかかわる大事である。

さあ、どうする——。

その日から廟堂には百官が詰めきりになった。が、絶対的な方針決定者を欠いた議事場にはいたずらに疑心暗鬼が渦巻き、堂々めぐりの応酬ばかりが繰り返された。意見は千々に割れ、いつまでたっても結論は出なかった。

ヤマドリは百済人の軍監の後ろに控え、交わされる意見や情報を逐一翻訳して伝えたが、戦略の顧問である彼らからも、建設的な意見はほとんど出されなかった。

　首座に座っている大友皇子も押し黙ったままだった。

　しかし、議論百出のまま師走《しわす》が迫ったある日、その人は意を決したように「われは若輩《じゃくはい》でいくさをしたこともないが、われなりに出した答えを申し述べたい」と、重い声を発した。

　みな、しん、として、その張りつめたまなざしに見入った。ヤマドリも軍監の後ろで固唾《かたず》を呑《の》んで聞き入った。

「つらつら推察するに、われらは唐への合力を拒むことはできぬと思われる。なぜならば、われらには白村江の際の借りがある。ゆえに、彼らの求めを無下に撥ねつけることはできぬ。もしそれをすれば、かえって大きな報復を招く恐れがある。それは避けねばならぬ。まずこれが一つ目の結論である」

　大友皇子はいったん言葉を切り、「それでは、どのように合力するか」と、続けた。

「われはそれを二段構えの策で考えたい。一段目の策は物品の供与だ。弓矢、鎧兜《よろいかぶと》、衣料、食料。相手が必要とするものをできうる限り提供しよう。いますぐしかるべき国々のしかるべき者たちに号令して準備にかかってほしい。もの惜しみしてはならぬ。そうして、この段階で懸案が片づくよう精一杯つとめる」

　皇子はここでふたたび言葉を切った。

「だが、それでもおさまらぬことがあるかもしれない。そのときはやむをえぬ。二段目の策として出兵を考えよう。いたし方がない。過去の例からして、徴兵には暇がかかる。白村江のいくさの折には二年もかかった。さいわいにしていまは庚午年籍《こうごねんじゃく》ができたゆえ円滑に運ぶはずだが、今日号令して明日整うものでもない。いざというときに即応できねば、それこそかのいくさの轍《てつ》を踏む。であるから、いまから国宰《くにのみこともち》を諸国に発して、通達だけでも徹底しておくことにしたい。備えができておれば迅速な徴兵がかなうであろう。以上のことが、われなりに考えた策である」

皇子はみたび言葉を切った。その後、ゆっくりと結語した。

「唐への合力についてはいろいろな考え方があろう。が、われはそれほど悲観してもおらぬ。なんとなれば、われらがもっとも恐れるのは、負けいくさに加担することだからだ。かの白村江がいまもって非難を浴びておるのは負けいくさだったからである。しかし、こたびは違う。われらが助勢しようとしている相手は大唐である。絶対的な大国であり、負けることは考えられぬ。そうして唐を救《す》けて新羅を打ち負かせば、われらはこんどこそ失われた韓半島での拠点を取り返せるやもしれぬ。したがって、大局的に見るならば、海の向こうへ派兵することはわが邦にとってけっして不利益ではない。われはそう考える」

発言し終えると、皇子は静かに一同を見まわした。

右大臣の中臣金が即座に、「それは英断じゃ、よう言うてくださりました」と称賛し、続いて左大臣の蘇我赤兄も、「そのとおりじゃ、それがよろしうございます」と同意した。

彼らの反応は必ずしも追従《ついしょう》ではなかった。じっさい大友の語った言葉は理路整然としていて、説得力があった。ために、廟堂を覆っていたトゲトゲしい空気がなんとなくまろやかになった。

そのとき、軍監の一人の憶礼福留がヤマドリに一つ訊いてほしいと合図した。「唐が新羅にけっして負けぬという確証はあるのか」という問いであった。

「なんぞ」と顔を向けた皇子にヤマドリが要約すると、「お答えはそれがしが」と中臣金が引き取った。

「その問いはもっともなれど、唐と新羅の戦況については筑紫大宰の栗隈王と連絡を取りおうて、精細な見通しを逐一報告させておる。皇太子のご決断はそれをよくよく踏まえてのことだ。筑紫大宰によれば唐の優勢は間違いなしであり、加えて、彼らの態度は相当に強硬であり、従わなかった場合は当国の湊への居座りを招き、さらには敵とみなされ、新羅と同じき攻撃対象となる公算が高いとのこと。ゆえに、大所高所に立てば求めに従うたほうが得策であり、皇太子がくだされた方策がもっとも妥当と思われるわけである」

ヤマドリが憶礼軍監に翻訳すると、「ならばよろしかろう」とうなずいた。ヤマドリも、そうであるならば、現段階においてはそれが最善の策だと思った。

一座のざわめきが落ちつき、質問も異論も出なくなると、蘇我赤兄が皇子に次なる指示を仰いだ。

「して、皇太子、兵の数はいかほど？　また、いずこの国より徴しまするか」

皇子が返した。

「三万くらいであろうか。畿内は摂津、山背《やましろ》、河内、播磨《はりま》。東国は尾張、美濃あたりではいかが」

四人の軍監がうなずき、五重臣が「ささくに」と叩頭した。

大筋が決まれば、あとはそれぞれの担当が割り振られた仕事に粛粛とあたるのみである。かくして、ひと月近くも続いた会議は散会した。

建物を出たヤマドリは、長い議論によってしびれたような頭を左右に振った。

仰ぐ空は沈鬱《ちんうつ》な鈍色《にびいろ》に曇り、空気は冷たい湿気を孕《はら》んで、いまにも降りだしそうな気色《けしき》であった。

うつむいて歩を運び、南門にさしかかったそのとき、

「おーい、ヤマドリ！」

自分を呼ぶ声がした。

ハッと声のかたを求めると、彼方に荷を担いだ若者が弾けるように手を振っている。野中の里へ戻っていた白猪の鯨であった。

と、見る間にぐんぐん大きく駆け寄ってきて、

「おい、ヤマドリ、すごい報《しら》せだぞ！」

両手を広げ、いつもに増して八重歯の目立つ笑顔でガバ、と抱きついた。

「なんだなんだ、鯨」

ヤマドリが驚いて受け止めると、

「コダマから伝言だ。いいか、驚くなよ」

一瞬半身を離し、首を後ろへ反《そ》って、しばしじらすように睨《にら》んだのち、

「赤子だよ、赤子ができたってさ。おぬしに早う伝えてくれと頼まれてきた」

「えっ、まことか！」

ヤマドリは三尺ほども躍りあがった。

——赤子！

「まことさ。二人目か。よかったなあ」

ヤマドリは鯨をがしりと抱き返し、そのまま二人してその場をぐるぐるまわった。

次の瞬間、廟堂から仏頂面して退出してきた官吏らの視線に気がついて、ともに肩をすくめた。あわてて、むうっと体勢を改めた。

二人並んで官舎に向かいながら、鯨が「帰ってやれよ」と、下向き加減の小声で肘《ひじ》をしきりに小突いてきた。ヤマドリはこみあげる笑みを噛みしめ、うなずいた。

ついさっきまでの議事場のむせかえるような圧迫感も、憂鬱《ゆううつ》感も、国難のことも、頭から吹き飛んでいた。

——赤子！

希望の塊だ。

思いきり胸を開き、深呼吸した。

目の先には曇天に沈んだ湖が鏡のように冷たく鎮まり返っていた。けれども明るい未来の色に染まったヤマドリの胸には、その姿はほとんどこたえなかった。

一刻も早くコダマの顔が見たくて、帰郷のための上役への言い訳ばかり考えた。

11

各地に派遣された国宰から唐への応援物資や徴兵のことが伝わり、また海を越えたいくさが起こるかもしれぬ、と国じゅうがざわつきはじめたとき、道昭は吉備《きび》の国の貧民施設を出て、北の出雲のほうに足を延ばしてみようとしていたところだった。

その足をくるりと返し、西へ向けた。

「筑紫――へ、行ってみるか」

近江の群臣を震えあがらせている唐の軍団というのはいかなるものなのか、わが目で確かめぬことには始まらない気がしたからである。

「そうじゃ。そうしよう」

白茶《しらちゃ》けた冬色に枯れた瀬戸の小島を見ながら山陽道をぴたぴたと進み、安芸《あき》、周防《すおう》、長門《ながと》。そして、穴門《あなと》の海の切れ目を渡って筑紫にたどりついたとき、道昭は重い吐息を吐いた。

――これは、容易ならぬことになるかもしれぬ。

蒼海《そうかい》が渺《びょう》と広がる師走の湊は大小の軍船でごった返し、破損を修理する槌音が、トン、テン、カン、テン、けたたましく鳴り響いていた。

海浜に設けられた兵舎には怪我人があふれ、疲労した異国の兵士たちがぎらぎらと殺気立った目をしてうろついていた。

これらに巻き込まれたら、たいへんである。

よほど力のある者が取引せねば、危ない。

と――、専制君主だった天智が恋しいような気分になったその日、その人が崩《かむあが》ったとの報が届いた。

＊

コダマの姫様、ヤマドリの小兄様《ちいにい》。父君はあちらでわが母尾津《おづ》となにやらご用のご様子。お退屈でございましょうゆえ、この錦めがちと昔話でもいたしましょう。

せっかく當麻においでになったのですから、われらの先祖がお仕え申しあげておりました葛城《かずらき》のお主様《しゅう》のお話などいかがでございますするか。

葛城のお主様はみなごりっぱで、土地の者はみな深くお慕いしておったのですけれど、あるとき口惜しくも滅びてしまいました。その所以《ゆえん》について大きう語られている伝えがございます。ツブラノオホミ様という大臣《おおおみ》のお話でございます。それをひとつ申しあげましょう。

小兄様はおみ足お疲れでございましょう。どうぞ水桶《みずおけ》でお冷やしになったまま、お楽にしてお聞きくださりませ。

＊

ことは遠飛鳥宮《とおつあすかのみや》にいましたヲアサツマワクゴノスクネの大王《おおきみ》がお亡くなりになったのが発端でご

ざりました。この大王には五人の皇子がおわしまして、その中からアナホ様が石上《いそのかみ》の穴穂宮《あなほのみや》で位におつきになったのでございます。

大王アナホ様の弟君のオホハツセの皇子様は、叔父上のオホクサカの皇子様の妹姫、ワカクサカ様に好意をお持ちでありました。それを知ったアナホの大王は、仲を取りもって婚姻の申し込みをしてあげることになさいました。大王のお口利《くちき》きがあったほうがお話が楽に進むと思われたからです。大王は家臣のネノオミを使者に立て、オホクサカ様のもとへ向かわせました。

オホクサカ様はとてもよろこばれました。というのも、このご兄妹は聖帝オホサザキ様のお子であられるのに、母様の身分があまり高うないために王位継承の話題にのぼることもなく、不遇をかこっておられたからです。

アナホの大王はあまりおからだが丈夫でなく、定まったおきさき様も皇子様もお持ちでなく、次期には弟君のオホハツセ様が就かれるだろうというのがもっぱらの噂《うわさ》でした。そのオホハツセ様の妻に妹姫がなれるのなら言うことがありません。オホクサカ様は承諾の意を表すため、たくさんの宝石をちりばめた家宝の冠を大王へのお礼としてネノオミに託しました。

ところが、このネノオミという家臣が邪《よこしま》な人物だったため、話がこじれていきました。託された冠があまりにすばらしくて、目が眩《くら》んだのです。ネノオミは冠を奪ってわがものにし、アナホの大王には嘘《うそ》を伝えました。

「オホクサカの皇子様は、おのれのかわいい妹をオホハツセごときの下蓆《したむしろ》にしてたまるものかと、太刀をつかんで斬《き》りかからんばかりのお怒りでございました。わたくしはなすすべもなく退散してまいりました」

それを聞いて、アナホの大王はなんと傲岸《ごうがん》なやつじゃと憤怒されました。

そして思いました。不遇の立場に置かれている彼らが自分たちに対してそれほどの敵意を抱いているならば、先行きなにかと危険である。後難はいまのうちに除いたほうがよい。

かくして手勢を差し向け、オホクサカ様を攻め殺してしまったのです。

妹のワカクサカ様はわが弟オホハツセ様の妻になるよう取りはからい、殺したオホクサカ様の妻のナガタノオホイラツメ様と一子マヨワ王様はご自身のお手元にお引き取りなさいました。このマヨワ様はコダマ姫と同じくお目の不自由な王子様であられました。

それから数年たちました。

まがまがしいいきさつはあったものの、アナホの大王はナガタノオホイラツメ様を正式な皇后様となし、むつまじく暮らすようになりました。ところが、思わぬことから悲劇が起こりました。

ある日、大王とナガタ様がお二人で高床《たかゆか》の御殿に入っておられたところ、その床下でマヨワ様がお遊びになっておられたのです。そんなこととは知らぬ大王は、おきさき様におっしゃいました。

「朕《ちん》はつねづね気にかかっていることがある。それはマヨワのことだ。あの子はいつかおのれの父を殺したのが朕であることを知るだろう。さぞかし朕を恨むだろう。そのときが思いやられるよ」

マヨワ様はそのときおん年七つであられたのですが、お年に似合わぬ賢い王子様で、お目が見えぬぶんだけお耳がよろしかった。ですから、ふつうならば聞こえぬ会話もはっきりと聞き取れてしまったのでございます。

マヨワ様は二重に衝撃をお受けなさりました。一つは、アナホの大王がじつの父ではなく、父を殺した敵であったということ。もう一つは、その妻であるわが母をおのれの妻としたこと。純粋なマヨワ様にとってそれは不義で不忠で不実で、どうにも許しがたいことでありました。

父の仇を討とう——と、即座に決心されたのでござります。

マヨワ様は夜が更けるのを待ち、従僕をともなってアナホの大王のお部屋に忍び込み、一刀のもとにお命を奪いました。そして、その足で宮廷の大臣である葛城のツブラノオホミ様の屋形に逃げ込んだのでござります。

これに猛《たけ》り狂ったのは大王の弟君のオホハツセの皇子様でした。オホハツセ様は怒濤《どとう》の勢いで軍勢を駆り、ツブラの大臣の屋形を取り囲みました。

ただ、そんなオホハツセ様にも一つだけ心にかかることがございました。それは、かねてからツブラの大臣の娘のカラヒメ様に惹《ひ》かれ、妻問いを繰り返すようになっていたことです。気の荒い皇子様ですが、意中のヒメまで殺すのはしのびなく思いました。そこでツブラの大臣に対して使者を立てました。すると、大臣みずからが屋形のうちより現れ、太刀を腰からはずし、鄭重《ていちょう》に額《ぬか》づいたのち、こう申されました。

「わたくしの娘カラヒメは、わたくしの持っております五カ所の領地を添えて皇子様にさしあげましょう。しかし、わたくし自身は皇子様にお仕えすることはできません。というのも、わたくしはマヨワ様にお尽くし申しあげねばならぬからです。

わたくしのごとき輩《やから》がどれほど気張って戦うたところで、お強い皇子様にかなわぬことはわかっております。しかし、いかに蟷螂《とうろう》の斧《おの》でありましても、抗《あらが》い申しあげざるをえないのです。なぜなら、いにしえより臣下が大樹の陰を願って王様のもとに逃げ込む例《ためし》はございます。けれども、その逆に、尊い方々が卑しい臣下のもとにお隠れになった例はないからです。それほどまでにしてわたくしを頼ってくださった幼い方をどうして拒むことができましょう」

ツブラの大臣はそう言うや、はずした太刀をまた佩《は》いて屋形へ戻っていきました。そして、マヨワ様と手を取りあい、必死に戦ったのです。

しかし、劣勢は覆うべくもなく、やがて矢数も尽き、兵も尽き、みずからの力も尽きました。大臣はマヨワ様の前にひざまずいて伺われました。

「王子様、いまはもう敵の攻撃を防ぐ手立てはなくなりました。いかがいたしましょうや」

すると、マヨワ様は大臣の誠意に礼を言い、きっぱりとお答えになりました。

「もはやなすべきこともない。潔くあきらめよう。大臣、どうかわれを殺したまえ」

大臣は承って、王子様を刺し殺しました。そして、おのれも命を絶ったのです。

長く栄えた葛城一族でしたが、頭領《とうりょう》を失って一気に力が弱まり、滅びの道へ向かうことになりました。

*

先ほど私は、身分の低い臣下が主君のもとに逃げこむ例はあっても、身分の尊いおん方が卑しい臣下のもとに逃げ込んだ例はないと申しあげました。けれども、じつはそうではありません。ほかならぬアナホの大王とオホハツセの皇子の兄君の身において、そういう例があったのです。

それはキナシノカルの皇子様というおん方で、じつのお妹様のソトホシノイラツメ様と道ならぬ恋に落ちたのです。カル様はそのことでアナホ様にひどく攻められなすって、オホマヘチマヘノスクネという大臣の屋形に逃げ込まれました。しかし、オホマへの大臣は窮鳥のカル様をおかばいになりませんでした。さっさと捕縛してアナホ様に差し出してしまわれたのです。

もしかすると、ツブラの大臣の中には同じ廟堂に集う者として、オホマへの大臣の不人情に眉《まゆ》を顰《ひそ》めるものがあったのかもしれませぬ。そう思いなさるゆえに、ご自身は精一杯に反骨の魂を貫かれたのかもしれませぬ。

あ——、いえ、やっぱりそうではありませぬ。その言い方は間違うておりましょう。ツブラの大臣ご自身がオホマへの大臣のことを悪い見本と思いなして、逆《さかし》まのことをなすったなどというのではないでしょう。後代の者たちがこの裏表《うらうえ》なお二人を並べ比べ、ツブラの大臣のすばらしさを讃えようとするのに相違ありません。

葛城の一族の幕を引いたおん方でござりまするが、わたくしはたいへんお慕わしう思うておるのでござります。

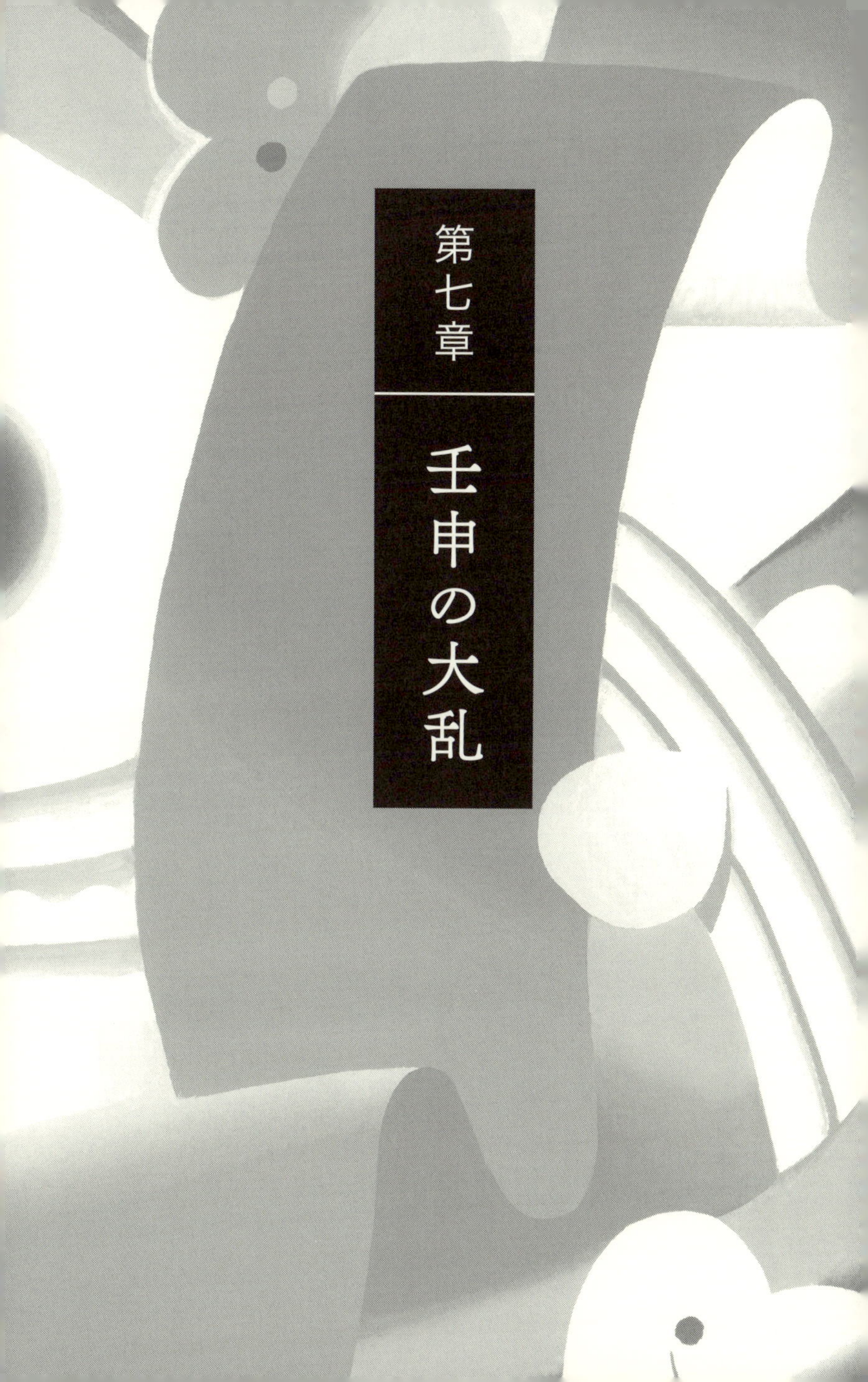

第七章

壬申の大乱

1

ハッと気がついたら洞窟《どうくつ》のようなところにいた。苔《こけ》と泥と芝草と黴《かび》の入り混じったにおいがする。ぬるぬると冷たく湿った壁を伝って進むと、やがて行き止まりになって、岩の向こうに懐かしい人の声がする。

「コダマ、こっちだよ。おいで」

ややしわがれた翁《おきな》の声。ああ、父上だ。父上のところへ行きたい。でもこれ、どうやって開けるの。

また父上の声がする。

「かんたんだよ、コダマ。その岩を力いっぱい押してごらん。きっと開くから」

言われたとおり、渾身《こんしん》の力を込めて腕を突っ張った。すると、ぎいっと音を立てて岩が向こうへ動いた。

とたん、生ぬるい風が吹きよせ、ううー、うわおー、ぎ、ぐぐ、げげ……。ぞわぞわするような呻《うめ》きが響いてきた。いけない。ここはなにかよくない場所だ。

「よく来たね、コダマ、こっちだよ」

また父上が言う。いえ違う。これは父上ではない。騙《だま》されてはだめ、きっと父上に化けた悪霊よ。

じりじりと後じさると、

「なぜ逃げるんだ、コダマ、さあおいで」

若々しい、柔らかい声に変わった。ああ、小兄《ちいにい》だ。お月様の暈《かさ》のような、私の大好きな声。ほわあああ、ほわああああ……と、赤ちゃんの泣き声もする。

「コダマ、早くおいで。吾《われ》たちの子が泣いているよ、お腹《なか》がすいたって泣いてるよ」

小兄、どこ？　赤ちゃん、どこ？

恐るおそる手探りしたら、がりがりに焼け焦げたなにかの塊に手が触れた。硬い表面がぱりん、と割れ、ぬるま湯みたいなものが流れ出した。腐った鳥の卵に似た悪臭がぷん、とする。

「いやっ」

手を引っ込めようとすると、

「どうしたの、コダマ、抱いてやってくれよ。吾たちの赤ん坊じゃないか」

しゅるっとなにかが手首に巻きついた。蛇？　蔓《つる》？　硬いような柔らかいようなものがしゅるしゅるっと這《は》いのぼる。

いやっ。思いきりもぎ払い、四つん這いに這って逃げる。ずず、ずず、と追ってくる。重い音をたてて追ってくる。ずず、ずず、ずず……。蛇のようなヤマタノヲロチのようなものだ。ああ、追いつかれる。どうすればよいのだろう。

はた、と気がついた。そうだ。餌《えさ》を撒《ま》けばいいのだ。そのかんに逃げるのだ。

懐を探った。母上の形見の笛が手に触れた。パキパキと折って投げつける。とたん、壁面をツタと蔓が覆い、お化けの気配が止まった。ああ、ヤマブドウを食べている。いまのうちだ。

でも、また追ってくる。ああ、追いつかれる。次はなにを？　髪に手をやった。小兄からもらった櫛《くし》。力をこめて歯をぴきぴきと折り、投げつけた。化けものの進みが止まった。タケノコが生えてきたのだ。むしゃむしゃと食べている。いまのうちに逃げるのよ。

でも、また追ってくる。あとはこれしかない。おばあ様の首飾り。両手で一気に緒を引きちぎり、勾玉《まがたま》を思いきりばらまいた。瞬間、玉は桃の実に変わり、ぱおー、きゅうー、と苦しげな悲鳴があがった。

「コダマ、やめてくれ。そんな恐ろしいものを投げないで」

「行かないで、コダマ、ここで暮らそう」

小兄が叫んでいる。コダマ、父上が泣いている。でも止まってはだめ、振り返ってはだめ。あれは小兄じゃない。父上でもないのだから。

どしん！

なにかにぶつかった。なに？　上から下まで手で探る。あ、これはさっき来たときの岩屋の扉ではないか。閉めなくちゃ。追いつかれないうちに、早く閉めなくちゃ。

ガラガラガラ――、ドンッ！

その刹那《せつな》。

「……め……、ひめ……」

背後から誰かに呼ばれた。ひ……め……。どこかで聞いたことのある声だ。誰？　私を呼んでいる声。ひめ……。誰？

「ひめ、姫！」

手をつかまれ、ぐいっと引きあげられた。

バチッと目が覚めた。だが、また洞窟だ。ああ、まだ夢の続き？

振り払って逃げようとした身を、

「姫！　わたくしですよ、小熊ですよ！」

まるごとあたたかい胸の中に包み込まれた。

太い腕と、分厚い胴。懐かしいにおい。

「こぐま……？　小熊なの？」

「そうですよ。姫、もう大丈夫です。ほら、小姫もここにいらっしゃいます」

「母ちゃま」

柔らかい塊が抱きついてきた。

「堅香子……」

ぎゅう、と抱き返した。安堵《あんど》と慕わしさでどっと涙が噴き出した。

2

「小熊、ここはどこ？」

「丸山の墳墓《みさんざい》です」

丸山――？　丸山とは川の向こうのお山のこと？　幼いころ小兄といっしょに遊びにいった。迷い込んで、墓守のじじ様に見つかって大喝された。あの洞穴？　崩れた岩戸の向こうに深い深い横穴があって、棺《ひつぎ》が置かれていた。あのまっ暗な黄泉の国。

けれども、なぜそんなところへ来たのだろう。頭がガンガンする。よく思い出せない。

「姫、十日以上も意識がなかったのですよ」

十日？

ギョッとした。ガバ、と起き直った。赤ちゃん！　赤ちゃんは！　腹の膨らみを隅から隅まで撫《な》でさする。温かい。脈打っている。大丈夫。生きている。

けれども、なぜ私たちは――？

「小熊、どうして」

と、問いかけたとき、

「おお、気がついたか」

背後で低くかすれた老人の声がした。

「姫、助けてくださったじじ様ですよ。磐国《いわくに》様とおっしゃいます。覚えていらっしゃいましたよ、姫のこと。昔、兄者人《あんじゃひと》に負ぶわれて紛れ込んできたあの女子《めのこ》だなって。じじ様のおかげで姫も小姫もお腹の赤様も無事だったのです」

老人はコダマの腹にそっと手を当て、「よしよし、生きておるな」。蓬髪《ほうはつ》の中でくしゃっと笑った。

「こんな墓山へやってくる者はめったにおらぬに、ずいぶんと騒がしい。盗人《ぬすっと》でも来たかと見まわっておったら、そなたらに行きおうた。危なかったぞ。ふもとのほうに松明《たいまつ》をかかげた追手がうじゃうじゃしておった」

磐国は重い音を立てて、「よっこらしょ」と布包みを地面におろした。

「食いなされ。飯を持ってきた。水もある。さぞ飢《かつ》えておるじゃろう。食わぬと毒だ。赤子に障《さわ》る」

わあー、と小熊と堅香子が素直な歓声をあげて寄っていく。小熊が「さあ、小姫」と、堅香子に握り飯を渡しながら、「じじ様」と、翁に不安声で訊《き》いた。

「いくさはどうなって?」

コダマはハッとした。そうだ、そうだった。いくさだ。いくさが起こったのだ。それで私たちは逃げてきたのだ。

覚えず四つん這いに這い、会話のかたえににじり寄った。

小熊の膝《ひざ》をつかんで揺すぶった。さっき見た恐ろしい夢のことを思った。いとしい父上、いとしい小兄。二人とももう、この世のものでなかった。

「小熊、父上は？　父上はどうなったの？」

返答のかわりに首が横に振られているのが、伝わるからだの振動でわかった。

ああ、だめだったのだ――。

「小兄は？　ねえ、小熊、小兄は？」

重い丸太を揺するように、ぐらぐらとつかんで揺すぶった。

3

二十日ほど前の、六月三十日。

「いくさだ、いくさが起こったぞ！」

蟬声《せみごえ》のかまびすしい炎天の下、隣の里の西文《かわちのふみ》の若者が興奮で顔をまっ赤に染めて駆け込んできた。

野良の者たちは鋤鍬《すきくわ》を抛《ほう》り出し、家内の老人や童もまろぶようにしてまわりに集まった。

四方八方から若者に尋ねた。

「唐かっ！　いよいよ唐の本軍が攻めてきたのか？」

「それともまさか、新羅か？」

「ついに、われらも海を渡るのか？」

昨年の十一月にやってきた唐の郭務悰《かくむそう》ら二千人の船団は半年以上も筑紫の湊《みなと》を占領したのち、こちらが差し出した大量の武器甲冑《ぶきかっちゅう》類とひきかえに、先月、ようやく引き揚げていった。しかし、その態度は依然として強硬であり、戦況次第でまたやってきそうな気配が濃厚であった。すかさず筑紫大宰《おおみこともち》の栗隈王《くるくまのおおきみ》が近江朝廷に進言した。

「こたびは物品の供与ですみましたが、次回はおそらくそれではすまされますまい。万一の危うきを慮《おもんばか》って、すみやかに出兵の準備に入られるがよろしいでしょう」

それを聞いて、大友らは心を決めた。かねてから下知してあった畿内と東国で徴兵を始め、国府や郡衙《ぐんが》などの拠点に集め、軍事調練を開始したのである。

これにより、巷《ちまた》はいくさの話題でもちきりとなった。近江の帷幕《いばく》に対する不満も沸騰した。自分らはいつ筑紫へ送られることになるのか。いつ海を渡ることになるのか。寄ると触るとその話になった。その恐ろしい日がついにやって来た、と思ったのである。

ところが、西文の若者が運んできた報《しら》せはまるきり違うものであった。

「唐ではない！　いくさが起こったのは飛鳥だ！」

「飛鳥？」

里人は肩透かしを食わされた気がした。

若者によると、兵を挙げたのは大伴馬来田《まぐた》と吹負《ふけい》という兄弟で、あっという間に現地の支配権を取ったという。そして驚いたことに、兄弟に挙兵を命じたのは大海人皇子《おおあまのみこ》で、みずから大王位に就かんとして近江朝廷に宣戦布告したという。

「いったい、どういうことだ？」

みな解しかねた。

大海人様は吉野で仏門に入られたのではなかったのか？

まつりごとへの意欲は捨てられたのではなかったのか？

いったいどこで、いかなる方法で挙兵されたのか？

里じゅうが浮き足立っていると、さらに近江朝廷方の先触れが駆け込んできた。

「このあたりが戦場になるぞ！　みな急いで退避しろ！」

上を下への大混乱になった。みな取るものもとりあえず、後背の山の中へ逃げ込んだ。

使者はかく説明した。

吉野に隠棲《いんせい》していた大海人皇子の一行は数日前、吉野を脱して伊勢から美濃へ山越えし、現地の勢力を味方につけて鈴鹿《すずか》、不破《ふわ》の両関を封鎖した。目下は不破の関の後方に布陣している。

これに対抗して、いま近江朝廷は畿内の兵を集めている。そのうちの河内の軍勢がこちらへのぼってきており、飛鳥を制圧した敵方がそれを迎え討とうとして、やはりこちらへ向かっている。両者はこのあたりでぶつかるであろう。ゆえに、ほとぼりがさめるまで隠れておれ。兵の進路となる往来や川のそばにも近づかぬように――。

コダマたち里の者はしばらく山籠《やまごも》りする覚悟で木《き》を伐り、藤蔓《ふじづる》、布などを使って雨露をしのげる仮小屋をこしらえ、身を寄せあった。

果たして、翌々日の早朝、ごおおっ、ごおおっという嵐《あらし》の遠鳴りのようなものが西と東から近づいてきて、おのれらのいる山のふもとで爆発的にかちあった。攻防の中心となっているのは石川と大和川が合流する衛我河《えががわ》のあたりのようであった。

やがて、バチバチと木材のはぜる音と焦げ臭いにおいが風に乗って漂ってきた。みなギョッとして顔を見合わせた。家が焼かれたのか、穀倉が焼かれたのか、あるいは田畑が焼かれたのか。里の田畑はどれも収穫目前で、あとひといきで実りが満ちるところであった。それらは烏有《うゆう》に帰したのか。暗澹《あんたん》たる思いで嵐の過ぎ去るのを待った。

その夜、津の大島と宮島の兄弟が疲労しきった姿で山中の仮屋に帰ってきた。彼らは乱が勃発《ぼっぱつ》したとき、たまさか飛鳥の後岡本宮に詰めており、形勢をうかがったのち、近江には戻らず里に退《さ》がることにしたとのことだった。

兄の大島が神妙なおももちで言った。

「予断は許さぬけれど、どうも不破の大海人様が優勢だ。近江朝廷はひっくり返るかもしれぬ」

コダマは息が止まる思いがした。近江の朝廷が負ける？　それはいったいどういうことだろう。大友皇太子が殺されて、大海人様が大王《おおきみ》の位にお就きになるということか？　都もまたいずこかへ遷《うつ》って、お偉方も総入れ替えになるということか？

もしそうならば、小兄はどうなるのだろう。小兄だけではない、大津宮には白猪の鯨や鱸たちもいるのだ。三人とも戻ってきていない。

鯨と鱸の伯父の名虎《なとら》が大島に詰め寄り、胸座《むなぐら》をつかむようにして二人の安否を問いただした。名虎は一年前に死んだ平田に代わって白猪の長《おさ》の座についた血気盛んな男である。

大島は硬い表情で「わかりませぬ」と首を振った。

コダマも大島の小腰に取りついた。

「小兄は？　小兄は？」

大島はまた、「わからぬ」と首を振った。

コダマはへなへなとその場にへたり込んだ。

そのとき、後ろからそっと袖《そで》を引かれた。びくっとした。大島の弟の宮島であった。宮島は声を殺し、「みなには内緒でコダマに渡してくれと、ヤマドリの小兄に頼まれた」

コダマの手の中に小さな結び文をねじ込んだ。

宮島は前日の夜中、従者を一人、ひそかに近江の官舎に送ったのである。ヤマドリにも脱出を勧めるためだった。従者はヤマドリに宮島のことづてを伝えた。だがヤマドリは同道を否び、文をしたためて従者に託すと、「早う行け」とうながしたという。暗い顔つきだったらしい――、と宮島は言った。

コダマはいやな予感がした。恵尺《えさか》を探し、震える手で文を渡した。なにかの使い古しの端をちぎったような、小さな紙きれだった。乱れた文字で一行だけ走り書きされていた。

「赤兄の大臣《おおおみ》はご存じである。吾はここにとどまる」

コダマと恵尺は蒼白《そうはく》になった。

4

「しばし待て、船山鳥《ふねのやまどり》」

ヤマドリが振り返ると、左大臣の蘇我赤兄の小柄な姿がそこにあった。

つねは如才ない笑みを絶やさず、やや軽薄な雰囲気を醸している人物だが、いまは頰《ほお》がげっそりとこけ、目の下に墨を含んだようなくまができ、すっかり面変わりしている。これだけの大事があったのだ、無理もないとヤマドリは思った。

即座に片膝《かたひざ》をついた。

「御用でござりましょうや」

赤兄は「ついて来よ」と低く命じ、踵《きびす》を返した。ヤマドリはおのれより一尺も背の低い大臣を目の下に見ながら、あとに従った。

じつのところ、迂闊《うかつ》な近江の首脳たちは大海人皇子が吉野の山中でえいえいと謀反の計画を練っていたことをまったく知らなかった。唐、新羅との交渉や、亡き大王天智の葬儀のことに忙殺され、都を去った王弟のことなど考える余裕もなかったのである。

大海人皇子が反旗を翻したという報がもたらされたのは、数日前の六月二十七日のことであった。厳密に言えばその前日、大津に居残っていた大海人の子たち——高市皇子《たけちのみこ》と大津皇子《おおつのみこ》——の姿が見えぬ、という注進があった。よもや、とうっすら余震のようなものを感じていたら、翌日、どかんと超弩級《ちょうどきゅう》の本震が起こった。

まず第一の早馬が宮に駆けこんできて、鈴鹿の関、不破の関が大海人方の軍勢によって封鎖されたことを告げた。鈴鹿と不破を押さえられたら、東国との連絡は完全に断たれる。首脳がえっと座を蹴《け》って立ちあがったところへ第二の早馬が来た。大海人自身はすでに何万の兵を手中に擁《よう》し、不破の関後方に陣取っているという。

大津宮じゅうが蜂《はち》の巣《す》をつついたような騒ぎになった。

何万の兵だと——？

たしかに尾張、美濃には大海人皇子の乳人《めのと》族がおり、私領の湯沐邑《ゆのむら》もある。けれども、多くても千だろう。万などという兵をどこで？　どうやって？

だが、蓋《ふた》を開けてみればなんのことはなかった。それは、おのれらが唐への軍事協力のために徴した兵であった。畿内と東国に号令をかけ、国宰が各地の拠点に集合させていた約三万の兵。その約半分を、大海人と意を通じた在地の首長たちが関を封鎖することによってそっくり横取りしたのだ。

即刻、全吏僚《りりよう》が廟堂《びようどう》に集められ、寝ずの議論が始まった。まず、残る畿内の兵を至急糾合《きゆうごう》せねばならなかった。しかし、それだけでは心もとない。すぐれた備えを持っている筑紫大宰に追加の援軍を要請することとし、そのうえで喧喧囂囂《けんけんごうごう》、作戦を立てはじめたら、飛鳥で緒戦勃発の報が飛び込んできた。また総立ちになった。古京はすでに大伴馬来田と吹負によって制圧されているという。ことごとく敵に先手を打たれている。

重臣はぎりぎりと歯ぎしりし、すぐさま手元の親衛兵千を飛鳥方面へ差し向けた。それが六月二十九日――、昨日のことだった。

ヤマドリも今日までの四日間、ほとんど寝ていない。若い自分ですら頭がふらついているのに、目の前を行く大臣は五十路《いそじ》に近い。疲労困憊《こんぱい》であろうと推察していたら、くるりと振り返った。あご先をちょい、と動かし、おのれの執務室へうながされた。

「入れ」

「はっ」

ヤマドリはかしこまってひざまずいた。

「さて、船の史《ふひと》よ」

気味の悪いくらいいんぎんに呼びかけられた。

顔を上げると、大錦上《だいきんじょう》の緋《ひ》色の冠の下に、小さな奥目が光っていた。能弁のためにいつも濡《ぬ》れているような唇がゆっくりと動いた。

「これからが、そなたの働きどきぞ」

「精一杯、おつとめさせていただきます」

ヤマドリは言上した。しかし、いまことさらに呼び出され、そんなことを言われる意図が解せなかった。怪訝《けげん》の瞳《ひとみ》を返した。

すると、

「わからぬか」

即座に表情を読み取られたようだった。

「わしがそなたのことを、なにも知らぬとでも思うておるか」

まさか、と、ヤマドリは全身が硬直した。

「わしは亡き内臣《うちつおみ》中臣鎌足様より、大王にお仕えする側近の筆頭としてあとを託されておってのう」

内臣鎌足——。その名を聞いただけで、ヤマドリの中に絶望的なものがこみあげた。

「かのおん方は病でお亡くなりになるとき、お胸のうちに秘められておられたことを、大王と王弟大海人様、そしてこの赤兄だけにお明かしになられた」

目の前が、真っ白になった。

その麻痺したような光景の中に、勝ち誇ったがごときせりふが響きわたった。

「そなたの妹、いや妻は、蘇我入鹿の娘であろう」

——ああ……。

——知られていたのか。

崩れ落ちる思いのヤマドリをよそに、赤兄は室内をゆっくりと往復しはじめた。右へ、左へめぐるたびに、寸法の小さな黒い革履《かわぐつ》が叩頭《こうとう》しているヤマドリの視界からはずれては入り、入ってははずれした。

「内臣の話を聞いて、わしは心底仰天した。すぐさま娘を討つべしと申しあげた。大海人様も同じく災いの種は除くべしと叫ばれた。けれども、肝心の大王が『否』とのたもうた。それらは妹背か、とつぶやかれ、生かして使えと仰せになった。そなたは妹のために必死で精勤するであろうと。じつに、大王のおっしゃるとおりであった。そなたの働きはわしも認めぬでない。庚午年籍《こうごねんじゃく》はそなたの功績だ。おかげで驚くべくすみやかに、かつ万遍なき徴兵が可能になった。ただし——、敵にまんまと悪用されたがな」

赤兄は世にも苦々しい声音で吐き捨てると、めぐっていた足をぴた、と止めた。

「あの峻烈《しゅんれつ》な大王が寛容にもお目こぼしになった。だからこそ、そなたらはこんにちまで長らえてこられた」

精勤の背の君を眼下に見下ろし、赤兄は重い宣告をくだした。

「船山鳥。命懸けで尽くしてもらうぞ。里へ帰ることは許さぬ。いまからそなたはこの宮に詰めきりじゃ」

ヤマドリは、声もなかった。

頭の中がくらり、くらり、と眩《くら》むようであった。自分はいったいなんのために必死に働いてきたのだろうと思った。愛するコダマのため、野中の一族のため、無我夢中でつとめてきた。ときには石つぶてを受けながら全国を行脚した。その成果がこんにちの、この世にも奇態な兵の取りあいに使われたのか。こんな皮肉があるだろうか。

思わず目をつぶった。

「もはや天下は二つに割れた。彼方《かなた》につくか、此方《こなた》につくか、まっ二つに割れた。おまえも気づいておろう。離反者がすでに続々と出ておる。国じゅうの者たちが近江と不破を天秤《てんびん》にかけて形勢をうかごうておる。どいつもこいつも信用ならぬ。なればこそ、ぜったいに裏切らぬ、いや裏切れぬ忠勤者を大友皇太子のお傍《そば》におつけせねばならぬ。そのお役をそなたが果たせ。そなた以上にそのお役にふさわしい者はおらぬ」

赤兄はそなた、という言葉のところでひとさし指を突き出し、言い終わるや、その指でヤマドリのひたいを強くこづいた。

「よいか、おかしな真似《まね》をしたら、妹——もとい、妻の命はない。船、津、白猪、一族全員の未来はない。人質だ。そう、そなた自身が人質である。人質になったと心得よ！」

そう言うなり、赤兄は小さな体軀《たいく》を思いきり反らした。

「左大臣」

ぎいっ、と背後の妻戸が開く音がして、従者が覗《のぞ》いた。

「お召しの者たちでござります」

ヤマドリが振り返ると、白猪の鯨と罏が不動の姿勢で立っていた。二人ともなにごとが起こったのかわからず、恐怖と戸惑いの色を総身にありありとにじませていた。ヤマドリは二人と目を交ぜ、うすくうなずいた。罪のない二人を巻き込んでしまった申し訳なさで胸がいっぱいになった。

そして次の瞬間、からだの底から爆発的な憤怒《ふんぬ》がこみあげた。それは、目の前の赤兄に対してではなく、大海人皇子に対してであった。

前年の冬、その人が衣と冠を脱ぎ捨てて近江を去ったとき、ヤマドリは深く同情した。無念を呑《の》んで甥《おい》に道を譲った懐深さに敬意も表した。それらはすべて芝居《しばい》だったのだ。表ではもっともらしく諦念《ていねん》を装いながら、内心では虎視《こし》眈眈《たんたん》と天下の転覆を狙《ねら》っていた。今日のこの日のために吉野の山奥で牙《きば》を研ぎ、爪《つめ》を磨き、恨みの毒酒を醸しつづけていたのだ。

赤兄は凝然として固まっているヤマドリを一瞥《いちべつ》したあと、鯨と罏に向かって同じく大友皇子への忠誠を命じ、帰郷の禁止を厳と念押しした。

「委細はここな親戚《しんせき》殿に聞くがよい。さぞやおもしろい話をしていただけることであろう」

皮肉たっぷりに言い捨てると、肩を揺すって去っていった。

翌日の深更、まんじりともせず闇の中に臥《ふ》しているヤマドリのもとに、侍童がそっと来客を告げた。津の宮島の使者であった。

使者は野中へ戻ることをヤマドリに促した。けれども、ヤマドリは従うわけにいかなかった。かといって、理由を説明することもできなかった。

迷った末に古い書状の端を裂いて、コダマへの伝言を一行だけしたためた。

「赤兄の大臣はご存じである。吾はここにとどまる」

5

「ああ、なんということじゃ」

避難していた山を下り、いくさのあとの光景を見た恵尺は、思わずうめいた。家々の半数は放火され、田畑はむざんに蹂躙《じゅうりん》されていた。収穫間近だった作物は見る影もなかった。


里人はみな黙り込み、異常にとげとげしい心になった。

そうしているうちにも、近隣の村人や旅の者から不穏な報《しら》せが次々に入ってきた。

──大海人様の本隊は、怒濤《どとう》の勢いで湖の東を南下しつつあるらしい。

──東国、飛鳥、近江の豪族たちも、続々と大海人様方に寝返っているそうな。

──裏切り者は容赦なく粛清されつつあるらしい。

世はあきらかに風雲急を告げていた。諸事全般、大荒れになりそうであった。おのれらも身の振り方についてしかと腹づもりをしておく必要がありそうだった。

さいわいにしてほとんど無傷で残った恵尺の屋形に、一族が集まった。

蒸し暑い、おぼろ月の、虫の音の騒がしい夜であった。中央に恵尺と、津の長の仁志《にし》と、白猪の長の名虎が座った。

まず名虎が満座を見渡し、鼻の穴を広げ、「みなに提案する」と激語を発した。

「わしの見るところ、勝機は大海人皇子様にある。いまのうちにわれらも大海人様への旗幟《きし》を鮮明にすべきではなかろうか。こういうことは乗り遅れてはならぬ。日和見《ひよりみ》しておると印象を悪うする」

一同が名虎の顔に見入った。心の中で漠然と思っていたことをあけすけに提示された感じだった。

名虎は続けた。

「つらつらおもんみるに、大海人様は恐るべき策謀家である。このようないくさが一朝にしてなされたとは考えられぬ。それに比すれば大友皇太子はお若い。もっと言えば甘くていらっしゃる。わしは大海人様が正しいとは必ずしも思わぬ。むしろ、われら一族は亡き大王と大友様のほうにこそご恩がある。しかし、そこにとらわれておると道を誤る。ここはきっぱりと割り切るべきではなかろうか」

満座がしん、とした。

その沈黙を破るように、津の仁志が同意した。

「わしもそう思う。わしが案ずるのは、大海人様は亡き大王や大友様ほど百済人をよう思われておらぬことだ。むしろ新羅人を優遇されておられる。ここで出遅れると、われらはあとで点を取り返すことは難しうなる」

それを皮切りに、応、応、応、という声が続いた。一気に賛成のほうに空気が傾いた。

その流れに立ちふさがるように、恵尺は「待て」と、両の手のひらをみなに向けた。

「近江にはヤマドリがいるのだぞ。ヤマドリを見棄《みす》てるのか。われら一族の総領息子だぞ。名虎よ、そなたの甥の鯨と鱸も近江におるのだぞ。彼らはどうなってもよいのか」

名虎が激しい調子で切り返した。

「むろん、甥はかわいいさ。しかし、数人の命よりも一族全員の行く末のほうが、この際肝要であろう」

恵尺も負けずに応酬した。

「その理屈は、わしは好かぬ」

名虎はくわっと目を剝《む》いた。

「これは恵尺の長らしうもない。こういうときは私《わたくし》の情より一族の益を先とすべきではないか。それが氏族の長たるもののつとめであろう」

「わかっておる。一族の益を思えばこそだ」

名虎がはて、と首をひねった。

「一族の益を考えればこそ、近江の朝廷に尽くさねばならぬと言うか？　どういうことだ。なにやら矛盾しておらぬか」

恵尺は言葉に詰まった。ヤマドリはコダマの秘密を赤兄の左大臣に握られている。ゆえに近江に留め置かれているのだ——、などとは口が裂けても言えない。

なにも知らぬ名虎は恵尺がわが子の一大事に動顚《どうてん》していると誤解したらしく、少しく語気を改め諄《じゅん》諄《じゅん》と説きはじめた。

「恵尺の長よ。落ち着いてよう考えてみられい。われらには近江の朝廷にかほどの義理立てをせねばならぬいわれはないぞ。なに、大丈夫だよ。ヤマドリだって機を見て逃げてくるさ。あいつは一族の中でいちばん賢くてたくましい男ではないか。わが甥の鯨と鱸だってそうだ。無事に帰ってくるとも。あれらももう歴《れき》とした大人《たいじん》だ。益と不利益をはかることくらいちゃんとできる。それに長、あれらはそもそも兵ではない。官吏なのぞ。干戈《かんか》をふるうていくさ場に出るつとめはあれらにはない。命の危険はまずないと言ってよい。一文官として淡々と政務につくだけだ。もっと言えば、大王がどなたであろうとなす仕事は同じようなものだ。大王が変われば、そのもとでやはり同じような仕事をする。だからこそ、若い彼らが次の大王に仕えるときのために、後方のわれらがあらかじめ道をつけておいてやるべきなのではないか。そうであろう？　違うか」

正論であった。まったく正論であった。だが、そういう問題ではない。ヤマドリは近江の重臣らに押し込められているのだ！　だから帰ってくることができぬのだ！

恵尺は心の中で絶叫した。

名虎はさらに熱く言葉を重ねた。

「乙巳の年だって、そうだったではないか」

恵尺はギョッとした。

「忘れたか、恵尺の長。われらは中大兄様が優勢とみて、それ以前のお主《しゅう》様であった蘇我様に背を向けた。蝦夷《えみし》の大臣や入鹿様に余分な恩義は尽くさなかった。ゆえにこそ、こんにちのわれらがあるのではないか。無情のようだがやむをえぬ。われらのような弱小の渡来人が長らえていくためにはいたしかたのないことだ。それと同じではないか」

いや、違う。そうではない。

恵尺の胸の中に、出口を失った思いが絶望的に渦巻いた。

「だめだ！」

「なぜ！」

睨《にら》みあいになった。

そのとき――、

「言っても無駄よ。名虎の長」

若い女の声が切り込むように差しはさまれた。

みなの視線がいっせいに声の主に集まった。白萩《しらはぎ》であった。

肌の色は蒼白に醒《さ》めかえり、切れ長なまなじりは吊《つ》りあがって妖狐《ようこ》のごとく、唇だけが上衣の紅《べに》色を映して赤かった。なにか凄絶《せいぜつ》な美貌《びぼう》であった。その美しいあごが昂然《こうぜん》と反らされた。

「無駄よ。恵尺の長には大友様を裏切れない理由があるのだから」

よもや、と恵尺は思った。そして、次なる言葉を予測してさえぎろうとした――のより一瞬早く、白萩は裏口に近い小隅に小さくなっているコダマを鋭く指さした。

「コダマのせいよ！」

コダマはグサッと心臓を矢で射抜かれた気がした。石のように硬直した。

「どういう意味だ」

「コダマがどうしたというのだ」

ざわめきがさざ波のように広がった。

「なにもかも、コダマのせいなのよ！」

白萩は叩《たた》きつけるように言葉を重ねた。

「平田のじじ様が亡くなるとき私だけに教えてくれたの。いい、みんな、コダマはね――」

決定的な一語が発せられた。

「蘇我入鹿の娘なのよ！」

一座がシン、と水を打ったようになった。

「あの逆賊、大郎入鹿の忘れ形見よ。恵尺の長が乙巳の年にひそかに助けたの。私たちにはなんの相談もなくね。おそらくヤマドリはそれを近江の重臣に握られているのよ。脅されているのよ。だから動けないのよ。そうでしょう、違う？　恵尺の長」

どおっ、とどよめきが起こった。

「長、それはまことか」

「なんとか言え」

その動揺を制すように、白萩がさらに火炎を吹いた。

「名虎の長はさっき言ったわね。われらは蘇我のお主様に余分な恩義を尽くさなかったゆえに長らえたって。まるで反対よ。恵尺の長は蘇我のお主様にとほうもない恩義を尽くしたのよ。そのために、われらはとほうもなく危ない橋を渡ることになったのよ。じっさい、その秘密を鎌足内臣に知られて、われら全員の首が飛びそうになったことだってあったのだから。

その呪《のろ》いはいまだに続いている。近江から帰ってこない鯨と鱸、私のかわいい弟たち。あの子たちも巻き添えになったに違いない。名虎の長は官吏は命の危険はないと言ったけれど、危険はおおいにあるのよ。生きて帰ってこられるかどうかわかったもんですか。きっと帰ってこないわ！　ぜったいに帰ってこないわ！」

白萩の燃ゆる眼《まなこ》から、血のような涙が伝って落ちた。

恋しいヤマドリへの想《おも》いはかなわず、いまは寝たきりの老人の家で飼い殺しになっている。誇りはすでにズタズタだ。それでもぎりぎり踏みこたえてきた。コダマの秘密を知って歯ぎしりしながら、一族の和のために秘してきた。それなのに、当のこいつらはこの期に及んでも、おのれ勝手な幸福のためにしらを切りとおそうとしている！

「あんたが元凶よ、コダマ。いつもいつもあんたのせいで、われら一族は危ない目にあってきたのよ。いま仮にわれらが大海人様に与《くみ》したところで、あんたがここにいる限り、われらに平和はない。われらは王家に祟《たた》りをなす怨霊《おんりょう》の一味とみなされつづける。どんなに忠勤に励んだところで、永遠に安寧《あんねい》のときはやってこない！」

もはや絶叫に近くなっていた。

恵尺は凍りついたように白萩を見た。そして、聞き入っているみなの顔に視線を移し、さらに冷や水を浴びせられたようにゾーッとした。ずらりと並んでいるどの目も、巫女《みこ》の託宣でも受けたかのように、白萩の言うことをそのまま信じ込んでいる目であった。

これはいかぬ――、と、思ったとき、

「ようも騙《だま》してくれたな」

名虎が紫色に変色した顔で唸《うな》った。

渡来人の一族は、ふだんはきわめて結束が固い。そのぶん、裏切り者に対する制裁も容赦ない。

これはいかぬ――、と恵尺がもう一度思ったとき、

「災いのもとは除け！」

誰かが叫んだ。

「そうだ！」

誰かが応じた。

「殺せ！」

さらに誰かが応じた。

それを合図に、「殺せ」「殺せ」「殺せ」……、恐ろしい言葉が連なった。

恵尺がまさか、本気か――、と疑ったと同時に、開け放たれた中庭から、ひゅん、と一つ、石つぶてが飛んできた。

「あっ」

恵尺のひたいが切れて、血しぶきが散った。それが始まりの合図だった。

ひゅん、ひゅん、ひゅん、ひゅん……。

四方八方からつぶてが飛びはじめた。

ひゅん、ひゅん、ひゅん、ひゅん……。

「やめろっ」

抵抗すると、石つぶてはなおも激しくなった。「やめてくれっ」。耳、頬、唇、防御する手のひら、腕、腹、肩。あっという間に血まみれになり、からだじゅうが腫《は》れあがった。ひゅん、ひゅん、ひゅん……、怒濤のような石つぶての嵐となった。「頼む、やめてくれっ」。そして次の瞬間、恵尺はまぶたに激しい痛みを感じた。目の前がまっ赤になった。

その赤い世界の向こうに、鎌《かま》を持って中庭から躍り込んでくる若者の姿が映った。

――もう、だめだ。

恵尺は観念した。自分は脚が悪い。逃げられない。

「コダマっ！　逃げろっ！」

肺腑《はいふ》の底から振り絞るように叫んだ。

小熊が獅子《しし》奮迅《ふんじん》の動きでコダマをわしづかみし、裏口を足で蹴《け》破《やぶ》った。かたわらにいた由宇が堅香子を抱きあげ、あとに続いた。

「姫、早うこちらへ！」

室内の異変を察した阿品が裏口に二頭の馬をつけていた。阿品は人形をかっさらうように堅香子を馬上に引きあげ、小熊は猛然ともう一頭の馬に飛び乗った。その後ろに、由宇が「姫っ、さだめてお腹《はら》をおかばいになって！」と、コダマの胴に衣をぐるぐる巻いて押しあげる。

阿品が「小熊っ、ついてこい」と叫び、全力疾走を始めた。

阿品は最初、由宇の里である當麻《たいま》をめざして丹比道《たじひみち》を東に向かおうとした。が、すぐに馬首を返し、北へ走りはじめた。

できるだけ人の通わぬ場所に逃げるのがよかった。石川の浅瀬を選《よ》って対岸へ渡り、「姫っ、しっかりつかまっておられよ！」。鬼の形相で怒鳴ると、丸山の丘陵《きゅうりょう》をのぼりはじめた。

しかし、光の淡いおぼろ月夜であった。道は数日前のいくさで荒れていた。やがて阿品の駒《こま》がなにかを踏み抜き、鋭いいなきをあげた。つられて小熊の馬も棹立《さおだ》ちになり、左右に胴をうねらせ、乗り手を振り落とした。コダマはおのれのからだがふわっと宙を舞うのを感じた。

そして――。

気がついたら、この墓穴の中にいたのだ。

「わしが見まわっておるときでよかったのう」

磐国の翁が言った。

「ふだんはよい人間でも、魔が取りつくことはある。恐ろしいことじゃ」

お食べ、食べねば赤子が育たぬ、と肩を抱いて握り飯を勧めた。

コダマが応じてのろのろと手を伸《の》べると、

「さっき聞いたところでは、いま栗太《くるもと》あたりで戦っておるらしい。湖の西からも敵勢が降りてきておるようじゃ。瀬田橋《せたばし》が最後の攻防になるのじゃなかろうか。たぶん、数日のうちだ」

コダマはいったん口にしかけた握り飯を膝に落とした。

ああ、小兄――と、両手で顔を覆った。

6

壊れかけた船から、生きものは競って逃げようとする。

近江の都もそれであった。

小ぶりな宮の廟堂はかつては狭くて息苦しいほどだったのに、いつの間にか閑散として、いまはいたずらな広さをもてあますばかりだ。顔を連ねているのはいやでも前面に立たねばならぬ高位の臣と、なんとなく退去の機を逸して取り残された官人と、ヤマドリのように特別の弱みがあって磔《はりつけ》になっている者――の、三種のみであった。

少し前まで大友皇子を蓮《はちす》の花のように取り囲んでいた五人の重臣も、紀大人《きのうし》は敵方に寝返り、蘇《そ》我果安《がのはたやす》はその後を追おうとして斬《き》られ、歯抜けのような三重臣に減じていた。

憶礼福留《おくらいふくる》ら百済人の兵法顧問はいちおう毎日大友の傍にはべっているが、さしたる戦略も示せず、表情の読み取りにくい顔をいたずらに並べているだけだ。しかしそれも無理からぬ。彼らはこの国の言葉もわからず、地理も知らないのだから。前大王が息子のために選んだ精鋭は、肝心なときにはまったく役に立たぬ人たちであったのだ。

鯨と鱸は後方の隅に控え、重臣らが交わす議論をせっせと筆記している。だが、この空しいやりとりを記録することになんの意味があるだろう。まるで熱のこもらぬうつろな瞳《ひとみ》をしている。

六月末の飛鳥での緒戦以来、こんにちまで約二十日。よい知らせはほとんどない。ありていに言って負けどおしである。湖東の息長《おきなが》の横河《よこかわ》で大敗し、大和国内の各所で敗北し、鳥籠山《とこやま》でも、安河《やすのかわ》の畔《ほとり》でも蹴散らされた。

大友皇子はそうした報告を聞いてもほとんど表情を変えず、目をつぶって首座に座っている。対《たい》蹠的《しょてき》に、蘇我赤兄と中臣金《なかとみのかね》は敗北の報がもたらされるたびに、赤鬼のように憤怒して周囲にあたり散らしている。

またあわただしい駒の音が響き、「申しあげますっ」と注進が駆け込んできた。

「ただいま、栗太にてお味方の防衛線破られました！」

またしても敗北の報告だ。

中臣金が目玉をひん剝くようにして使者に嚙《か》みつく。

「こちらの兵力は、あとどのくらい残っておるのだっ」

「正確にはわかりませぬが、それでもまだ三、四千はくだらぬかと」

「三、四千――。それだけおれば、もう少しまともな戦いができるであろう。なぜに退いてばかりなのだ！」

怒鳴られた使者はうつむき、一息吞んだあと、意を決したように顔を上げた。

「畏《おそ》れながら、士気の問題でござりまするかと」

「なぜだっ」

金のこめかみの血管は、いまにも破裂しそうである。

「聞くところによりますと、大海人様は投降の者、合力の者が現れるたびに大弁舌をふるっておられるよしにございます。いかなる内容かと申しますと、こたびのいくさは近江の朝廷にたばかられてあやうく命を取られそうになったために始めたものであり――」

「なんだと！」

赤兄が途中を遮って罵声を発した。

「なにゆえそのようなデタラメを！」

使者はしどろもどろになりながら続ける。

「こういうことのようにございます。大友皇太子と近江朝廷はいま大唐に与していくさをしようとしているが、おのれは断固反対である。それを進言したら、邪魔者として命を狙われた。おのれが兵を挙げたのはそのためである。わが邦《ほう》はかつて白村江の戦いで存亡の危機に陥った。その轍《てつ》を踏んではならぬ。おのれが大王の座に就いた暁《あかつき》には、けっして同胞を海の向こうへ送ったりせぬ。これはまったき正義の事挙げである。どうかみなみな協力したまえ――と、そのような申し条のようにございます。多くの民は唐への合力に強い抵抗を持っておりますゆえ、大海人様に賛同する者多く――」

こんどは金が途中を遮る。

「なにを言うかっ、われらがいつ大海人様のお命を狙《ねろ》うた！」

そうだっ、と赤兄が応じる。

「それに、派兵とてまだ決まったわけではない。万が一の事態に備えておっただけだ。それこそ祖国を守るためだ。われらこそが唐の攻め手から祖国を守るために、ぎりぎり必死の働きをしておったのではないか」

「そうだっ。大海人様に誹謗《ひぼう》される覚えはない！」

金と赤兄が交互に吠《ほ》えたてる。

ヤマドリがそっと大友皇子をうかがうと、目をつぶって沈思している。

またあわただしい駒の音がして、

「申しあげます！　筑紫より戻ってまいりました！」

新たな注進が飛び込んできた。最後の頼みの援軍の応答使である。

三重臣の中ではやや冷静な巨勢人《こせのひと》が待ちかねたように迎え立った。

「おお、ようやく戻ったか。首尾はどうじゃ」

しかし、使者の顔色は土気色に沈み、見るからに覇気がない。

「それが、栗隈王様にご催促申しあげたところ、きびしう撥《は》ねつけられまして――」

「どういうことだ」

人が歩を進めて詰問する。

「栗隈様がおっしゃるには、わが麾下《きか》の者たちは日頃より国家と国家の大事に備えて訓練を重ねてきた貴重な精兵である。かような内戦のために提供するわけにはまいらぬと、断固たるお断りでございました」

赤兄が鼻白んだ。

「かような内戦だと？　断固たる断りだと？　なにゆえかくもつれなき言をなす。栗隈王はこのあいだまでわれらの意をよう汲《く》んでおってくれたではないか。あ、まさか――」

人がハッとしたおももちになり、

「栗隈王も寝返ったか」

金が「それだ！」と応じ、「と、いうよりも」と、烈《はげ》しく言葉を叩《たた》き返した。

「栗隈王は最初から大海人様と共謀しておったのだ。この日のためにわれらに唐への助勢を勧め、徴兵の要を主張したのだ！」

「許せぬ！」

みな衣を引き裂かんばかりである。

金がどさりとあぐらをかき、かたわらの床を拳《こぶし》でダン、ダン、何度も打った。

「こんなことになるならば、大海人様が吉野へ退去されようとするとき、斬ってしまえばよかったのだ。われらは五つも雁首《がんくび》揃《そろ》えて、あの偽りの法体《ほったい》に騙されて、なんという間抜けじゃ。ああ、虎《とら》に羽をつけて野に放つようなものであった」

喚《わめ》きくやしがる三重臣を、百済人の兵法顧問が他人事《ひとごと》のように眺めている。

ヤマドリも、もう訳さない。訳す意味もない。どっと全身脱力したそのとき――、それまで貝のように押し黙っていた大友皇子がゆっくりと一言、放った。

「やめよ」

腹に力の入った、よく響く声であった。

みなの視線が、いっせいにその人に集まった。

「もうよい。いまさら言うても始まらぬ」

沈鬱《ちんうつ》な、しかし冷静に締まった眼であった。

ヤマドリはそのかおばせを見つめ、奇妙な既視感《きしかん》にとらわれた。誰だろう——と考え、次の瞬間、父親の天智だと心づいた。そっくりであった。

少し前までそんなことは感じたこともなかったのに、なぜであろうと疑った。そうして、おそらく裏切られたからだろうと思った。多くの者に裏切られ、欺《あざむ》かれた悲しみが、純粋だった皇子のおもざしを変えたのだ。

父王によく似た赤い唇が、意を決したように開かれた。

「かくなるうえは——」

須臾《しゆゆ》の間が措《お》かれた。

「われが戦線に出る」

「えっ」

ふたたびみなの視線がその人の上に注がれた。

「叔父上の用いられた策は許しがたい。しかし、いくさに勝つためにはなにが必要なのか、おかげでようわかった。いくさをする以上は、それだけの熱情がなければならぬ。主君への忠誠でもよい。敵への憎しみでもよい。なにかを手に入れたいという欲望でもよい。だいじなものを守りたいという心でもよい。おのれを突き動かす強い気持ちがなにかしら必要だ。ただ徴されて弓矢を持たされただけでは兵は働かぬ。しかし、われらの兵はそれであった。

わが方の兵はほとんど全員、なんのために戦うておるのかわかっておらぬのではなかろうか。たれが主将で、たれが敵なのかも知らぬかもしれぬ。これに比して、叔父上の兵には戦うだけの強い理由がある。めざすものはこのわれだ。誤った道に進み、国を傾けようとしておる愚かな皇太子。偉大な前大王から七光りで位を譲り受け、功労者の叔父の命を不当に奪おうとしておる青二才。そのわれを倒すために、彼らは奮起しておるのだ。そんな批判は的はずれである。われは不本意だ。しかし、それゆえにこそ彼らの心は一丸となっておる」

大友皇子は皮肉げに唇を歪《ゆが》めた。

「であれば、われも覚悟を決めよう。いくさ場の劈頭《へきとう》に立ち、われこそは前王が望んだ正しき後継である、われとともに戦いたまえと鼓舞《こぶ》してみよう。いまさらそれをやったからとて、われに命を懸けてくれる者がいかほどおるのか心もとない。けれども、ここにこうしておるよりましであろう。われも命を懸ける。いまはもう、それしか道はない」

音もなく立ちあがった。

7

磐国の翁が大きなからだを揺らして玄室に戻ってきた。

待ちかねたように、小熊が訊く。

「じじ様、どうなって？」

コダマは翁が首を横に振る気配を察して、答えを聞く前から落胆する。耳をふさいでしまいたい。

「栗太を越えて瀬田へ迫っておるようだ。湖西のほうでも三尾《みお》城で戦っておるという。いよいよ逃げ場がのうなってきた」

コダマは堅香子を搔《か》き寄せ、小さなつむりの上で嗚咽《おえつ》した。

すべて自分のせいだと思った。恵尺の父も、愛するヤマドリも、みんな自分のために犠牲になってしまった。自分などは生まれてこなければよかった。いや、二十七年前の凶変のときに死んでいればよかった。あるいは、鎌足内臣に秘密を知られたときに殺されてしまえばよかった。

それなのに、心やさしい人たちによっていつもいつも生かされて、その結果、みなを追いつめることになってしまった。

悔やんでも、悔やみきれない。

泣き伏したコダマの背を、翁の重い声が撫でた。

「姫よ。嘆くでない。なんの義理もない相手であっても、罪なき弱い者を見ると助けてしまいとうなる心を、人間という生きものは持っておるのだ。かかわらねば安寧でいられるのに、わざわざ手を差し伸べて、おのれも窮地に落ちてしまうことがある。けれども、それは神様が人間だけにお与えになった尊い性《しょう》であろうよ。畜生には備わっておらぬ、人間だけのうるわしい魂じゃ。悲しみなさるな。悲しみの心も赤子に障る」

これをおかけ、と言って毛皮の上着で腹を包んでくれる。

「姫のせいではない。たれのせいでもない。しいて申すなら時の流れのせいだ。時の流れの理《ことわり》だ。この世に永遠の栄えはない。葛城が滅び、蘇我の宗家が滅びたように、いまは先王様と大友様の御《み》代《よ》が滅びようとしている。そして、いまは優勢の大海人様もいつかは滅びる」

——時の流れのせい。

ああ……そうかもしれぬ、そのとおりかもしれぬと翁を仰いで返答しようとした瞬間、コダマは身のうちに鋭い錐《きり》で突かれたような痛みを感じた。

「あっ」

悲鳴をあげた。続いて、下腹部を思いきり捻《ね》じあげられた。

「ああっ」

「どうしたの？　母ちゃま」

堅香子が怯えたようにすがりつく。

「なんでもないわよ」と、頭を撫で返すやいなや、また激痛に突きあげられた。ううっ、と腹を抱きしめて岩床に崩れた。

「どうしましたっ、姫」

小熊があわてて飛んでくる。

全身から脂汗が吹き出す。翁のくれた毛皮をつかんで七転八倒する。「姫、しっかり」。小熊が頭を膝に乗せて、背中をさすってくれる。

少しおさまった。

「大丈夫よ」

と——思ったら、また臓腑《ぞうふ》をひっくり返される激痛だ。

「ああっ」

からだを海老《えび》のように折り曲げて苦痛に耐える。間歇的《かんけってき》に襲ってくるこの痛み。

「小熊」

背を撫でている小熊の腕をつかんだ。

「小熊……、生まれる」

「え、ええっ。まことですか」

コダマは小柄で腹のせり出しも臨月ほどには見えていなかったから、小熊は狼狽《ろうばい》した。自分は子を生んだことがないので、どうしてよいかわからない。

「あああっ、だめっ」

黴臭《かび》い玄室の天井に自分の叫び声がわん、わん、と木霊《こだま》するのを、コダマは他人の声を聞くように異様にはっきりと聞いた。

8

大津宮の南の望楼《ぼうろう》から、見はるかす視界いっぱいに湖水が広がっている。強い日差しを受けて、陽炎《かげろう》が風景の輪郭をあいまいにとろけさす。

見下ろす足元には兵たちの鎧兜《よろいかぶと》が甲虫《こうちゅう》のように硬質な光を放っている。彼らに向かって大仰な身振りで腕を振りまわしているのは中臣金だ。赤兄と巨勢人は仏頂面してなにか話しあっている。

その眺めの全体を、怒りと不安を含んだざわめきが覆っている。けれども、それらはしびれるような蟬しぐれの中に溶け込んで、ヤマドリにはなぜか閑《しず》かに感じられる。

望む目の先に湖の切れ目を縫いつなぐ瀬田橋が見えているが、その上にも、彼方にも、まだ敵の姿はない。

雲一つない瑠璃《るり》色の空が、哀しいようである。

大友皇子は先ほどから勾欄《こうらん》を握りしめ、微動だにせず彼方《かなた》を見つめている。ヤマドリはその三歩後ろに控えている。皇子の側近でもない自分が、なぜ股肱《ここう》のようにこうしているのだろう。ヤマドリはぼんやりと考える。先ほどその人が「物見に上がる」と言い、なんとなくうながされてつき従ってきたのだ。

遥《はる》かに広がる湖を見ながら思った。いつか誰かにここへ都が遷された理由を尋ねて、東国を扼《やく》している土地だからと教えてもらったことがあったのを。万一の敵襲のとき東国へ逃げ込めるから。東国から兵を集められるから。

対岸に美しく鎮まっている三上山《みかみやま》。その向こうは伊勢の国だ。北にそびえる雄渾《ゆうこん》な伊服岐《いぶき》山。その向こうは美濃、尾張の国だ。けれども、ここからそこへはつながってなどいなかった。そこへはむしろ険峻な吉野からつながっていたのだ。皮肉な話である。ここはどこへも行けないどんづまりの湖。ここから先への立ち入りを拒む湖。

明るすぎて粘るような空気の下で、大友皇子が振り返った。

「船の」

と、呼ばれた。

「そなたはなぜ逃げぬのか。あらかたの者は逃げたぞ」

静かな声だった。澄んだ目であった。この方はなにもご存じないのだとヤマドリは思った。吾は逃げぬのではない。逃げられぬのに。

大友皇子は一人語りのように、ぽつり、ぽつりと言葉を発した。

「そなたは百済人よな。われは百済の者たちが好きだよ。幼きころから倭人《わじん》より世話になった。学問もたくさん教わった。乳人《めのと》の大友の者らも百済とゆかり深き漢人《あやひと》だ。みなよい者たちだ」

一呼吸おいて、また言った。

「よい者たちばかりだったから、われは疑うということを知らなんだのかな」

肩をちょい、とすくめた。

白い歯を出して笑うと、思いのほかにあどけなかった。それほど年は変わらぬのに、ずっと年下のような気がした。

「われはただ父の意に副《そ》うことが、おのれのなすべき道だと信じていた。叔父上も同じであろうと思い込んでいた。でも、そうではなかったらしい。われ一人の命など刺客《しかく》を十人も放てば取れようものを。これほどのいくさをしかけてこられようとは、ずいぶんと買いかぶられたものじゃ」

光る波の上を、白いカモメが群れなして飛んでいく。

大友皇子がこちらを見て、また同じことを言った。

「そなたはなぜ逃げぬのか」

――なぜ？

目の前に広がる湖に、コダマの笑顔が映った。子供のころから片時も離れずにそばにあった面影が、数珠玉《じゅずだま》を連ねるように浮かんでは消え、浮かんでは消えした。

小鳥の囀《さえず》るような声で「ちいにい」と言った。うふっと小さなえくぼをきざんだ。

なぜ逃げぬのか？

それは――、コダマのため。

急に心がはっきりした。吾が命を懸けて戦う理由。それは、コダマ。

ヤマドリは一歩進んで、きっかりと膝をついた。

「恐れながら、皇太子」

声をかけた。

「申しあげたき儀がござります」

「なんぞ」

こちらを振り返った主君をまっすぐ見つめた。一息呑んでから、きっぱりと言い切った。

「わが妹、いえ妻は、蘇我大郎入鹿様の娘なのです」

「なに？」

目の前の眸子《ひとみ》の色が変わった。

「誰の娘と言うた」

「蘇我入鹿様でございます。忘れ形見を乙巳の年にわが父が助けました。われらはほんとの兄妹と教えられて育ち、のちに夫婦《めおと》となりました。いとしき妹《いも》でございます」

「これはまた――」

しばし、沈黙が落ちた。

「とんでもないところから、とんでもない亡霊が出てきたものじゃ」

素《す》っ頓狂《とんきょう》な笑い声があがり、空を行くカモメの鳴き声と重なった。

「いや、いまさら驚いても始まらぬな。そうか。それで読めた。それを種にそなたは大臣どもに縛りつけられておったわけか」

皇子は慈愛のようなものがこもった顔つきになった。そして、遥かに遠ざかる白い鳥を目で追った。

「亡き父にとっても大臣らにとっても、叔父上や鸕野《うの》妃にとっても、蘇我宗家は怨敵《おんてき》であろう。それを否定するところにおいて、われらの治世は成り立った。逆を言えば、彼らが滅びるまで大王はお飾りであった。相容《あいい》れぬ相手であろう。しかし、それも過ぎたことだ。われはそれほどにも思わぬ。そなたにも、そなたの妻にも罪はない。だが、もう遅いな」

――もう遅いな。

ヤマドリはハッとした。ぶーん、という蜂《はち》のうなりのようなものが聞こえた気がした。全身、ゾーッと鳥肌立った。それは昆虫の羽音などではなく、遠方から聞こえてくる断続的な軍勢の叫喚《きょうかん》であり、馬のひづめの震動であった。

「来たぞ」

思わずヤマドリは勾欄へ進み、主君と並んだ。ぎりぎりの際に身を乗り出した。目を凝らした。鳥の綿毛のようなものが、水平線の彼方に霞《かすみ》のごとくふわっと立った。それは徐々に濃く色づいて、湖の端が沸騰したかのごとき湯気となった。

いまやはっきりと見えた。それは群れなす大軍団の巻きあげる猛烈な粉塵《ふんじん》であった。ヤマドリはふたたび全身が粟立《あわだ》った。

「来たぞ」

大友皇子がまた言った。

「そなたもわれも、もはやここを生きて出ることはかなわぬようになった」

彼方を見ていた姿が、つい、とこちらを向いた。

若いきれいなかおばせと背後の湖とが、ぴたりと重なった。それは銀色の美しい鏡であり、ヤマドリ自身を映していた。皇子の姿がすうっと消え、ヤマドリは鏡の中のおのれの姿と対峙《たいじ》した。見つめていたそれがふたたび揺らいで大友皇子の姿に戻った。——そのとき、

「船山鳥よ」

名を呼ばれた。

「許せ」

そう言うや、若き皇太子は勾欄から下へ向かって、「配置につけ」と鋭く喚《よ》ばわった。

「もうじき来る。瀬田橋に向かうぞ！」

きざはしを、ほとんど飛び降りるように馳《は》せくだった。

ヤマドリはその後ろ姿を呆然《ぼうぜん》と見送りながら、いま聞いた言葉を反芻《はんすう》した。

――船山鳥よ。

――許せ。

かちん、というような音がして、胸の中の寄せ木に似たものがぴたりと合わさった。唐突に結論が出た。それは、運命と呼ばれるものにきわめて近かった。

人には運命というものがある。人は否応《いやおう》なくそれに流されていく。しかし、ただ流されるのみではおかない。流されてばかりおくものか。

ヤマドリは皇子の跡を追ってきざはしを駆け下り、その足許《あしもと》に飛び込んだ。

「皇太子」

大友皇子と、蘇我赤兄、中臣金、巨勢人の三重臣が同時に不審の顔して振り返った。

ヤマドリは目の前の四つの顔をほとんど睨むように見据えた。

「亡き大王がお跡を望まれたのは、まぎれもなく皇太子でございます。そうして、それを正当とするための法もおつくりになりました。まだ大きゅうには周知されておりませぬが、それはそもそもこのようなむごい争いを起こさぬための法でございました。それに従って、次の大王になられるのは、王弟大海人様ではなく、是が非にも皇太子大友様でなければなりませぬ。そうでなければ、法が治める国家として許されないのです。われら一族はそれをつくるお手伝いもいたしました。史《ふひと》の誇りでございます。

わたくしの妻は逆賊の蘇我入鹿様の娘でございます。亡き大王はそれをお知りになったけれども、お見逃しくださりました。そうしてわたくしは三十のこの日まで長らえました。ゆえにいま――」

まなじりを決した。

「そのご恩をお返しいたしまする」

言い終えるなり、ヤマドリは自分の衣を脱ぎはじめた。

「船の。なにをする」

大友皇子が不審の声をあげた。

「皇太子こそ、なにをされております、お早う」

「早うって……」

「お逃げくださりませ。まだいくさの帰趨《きすう》は決したわけではございませぬ。さあ」

ヤマドリは手を休めず、うながした。

「畏《おそ》れながら、皇太子とわたくしは年恰好《としかっこう》、背恰好《せかっこう》、よう似ております。ましてや東国の兵などには皇太子を拝見した者はおりませぬ。見分けはつきませぬ。お早う」

「皇太子、お早う」

赤兄がようやく悟り、「そのとおりじゃ」と大友皇子に詰め寄った。

「なれど……」

なおも戸惑う大友皇子に向かって、ヤマドリは言葉を継いだ。

「いまは戦況、大海人様に勢いあらばこそ、みなみな雪崩《なだれ》うって彼らに加担しております。しかし、冷静におもんみれば、皇太子に心をお寄せする者もたくさんおるに相違ないのです。ことに恩顧を賜った百済の者どもは、心の底ではみな皇太子に同心でございます。百済人は仁に篤き民でございます。その多くは兵力を持ちませぬゆえ沈黙しておりますが、頼れば必ずや逃走のお手助けはいたしましょう。さあ、お早う。できれば、東国へお逃げなされませ。敵は東から来る。ゆえに、皇太子は西国へ逃れると敵は思うでしょう。しからば、裏をかいて東国へお行きなされませ。逢坂から山背、旦波《たには》、若狭《わかさ》、高志《こし》へと、ぐるりとまわって東へお行きなされませ。そうしてしばらく耐えられて、機《しお》を見て新たに御代を再興してくださりませ。必ずや再興してくださりませ」

「船の史の言う通りじゃ。皇太子、さあ」

金も人も赤兄も必死に手を貸し、皇子の鎧装束《よろいしょうぞく》を脱がせる。脱がせた端からヤマドリに挂甲《けいこう》、草摺《くさずり》、肩鎧《かたよろい》、冑《かぶと》、籠手《こて》、臑当《すねあて》、太刀、とまとわせていく。

ヤマドリは案のほかに重い装備に驚いた。

「なんと、国を背負う責とはずしりと身にこたえるものにござりまするな。この重み、この船山鳥が皇太子の代わりにしかと申し受けます」

そして次の刹那、その重みに頽《くずお》れるかのように地に伏した。

「その代わり、お願いが一つござります」

両手をついて、主君を見上げた。主君もぴたりとこちらを見返した。

「いまを一期にすべてを忘れていただきたいのです。わが父がなしたことと、わが妻のこと。わが妻は名もなき一渡来人の娘。そういうことにしていただきたいのです。皇太子が大王となられ、わが妻がなんにも脅かされることなく、なんにも恐れることなく、心安らかに生きていける御代となることを、いまわたくしは切に望むのです。それこそが、この船山鳥の死に甲斐《がい》というもの。わたくしはこんにちまでのこの人生、妻のために生きなかったことはないのです。一日たりともないのです。なぜならば、彼女はわたくしの命だからです。魂だからです」

一瞬のような、永遠のような、濃密にして果てしないひとときが流れた。

「あいわかった」

大友皇子がほほえんだ。

「約束しよう。船山鳥」

さあ——、と赤兄が大友をうながした。

おのれとそっくりな姿をしたものが、わずかな供まわりを連れて視界から消えていくのをヤマドリはじっと眺めた。蟬が半透明の殻を残して脱皮していったような、ふしぎな心地であった。

「さて」

赤兄がふっきれた眉《まゆ》で言った。

「いざゆかん、最後の皇太子」

金が赤茶けたひげ面を撫でた。

「われらも最後のおつとめじゃ」

人が静かに応じた。

「今生《こんじょう》の別れ」

ヤマドリも深くうなずいた。

こうべをめぐらせると、遠くのほうであっけにとられたようにうかがっている鯨と鱸の姿が見えた。ヤマドリは彼らに向かってまた深くうなずいた。

9

中天に達した太陽の下、瀬田橋は目を射るギラギラの光の中にあった。

ふだんは静かな岸辺の草木が、ざわざわと絶え間なくうごめいていた。いや、うごめいているのは草木ではなく、瀬田川をはさんだ両岸を蟻《あり》の這い出る隙《すき》もないほど覆いつくしている兵士であった。蠢蠢《しゅんしゅん》として殺気立ったその景色に、ヤマドリは輿《こし》に高々と担がれながら向かいあった。

中臣金が割《わ》れ鐘《がね》のごとき大音声《だいおんじょう》を張りあげた。

「大将の大友皇太子が出御《しゅつぎょ》されておる。みな防げ！」

続いて赤兄が叫んだ。

「智尊《ちそん》にしたがえ！」

どおお、どおお、と喚声が応えた。

ヤマドリは全身がびりびりして、髪の毛が逆立った。

瀬田橋の守備の総大将は智尊という百済人の猛者《もさ》で、最後の砦《とりで》を死守するために大掛かりなからくりをこしらえていた。橋の床板の中ほどを切り、巨大ないかだのようなものをつくって綱を結わえ、敵が乗り込んできたら、綱を一気に引いて川の中へ落とすのである。

智尊が「引いけー」と合図すると、「おりゃー」と何十人もの引き手が力を合わせて引く。こちらの射手は二段構えになって、立ち往生した者や、川から這いあがろうとしている者に向けて矢を放つ。一段が放つと後ろに退《さ》がり、二段目が前に出て放つ。それを終えたら後ろに退がり、また二段目が前に出る。この連射のおかげで、なかなか敵は瀬田川を越えてこられない。

引いけー、おりゃー。

引いけー、おりゃー。

灼熱《しゃくねつ》の河原に屍《しかばね》の山が累累《るいるい》と築かれていく。青い瀬田川の水が骸《むくろ》で埋まっていく。しかし、落ちても落ちても、射貫かれても射貫かれても、幾万の敵はなかなか減じない。あとからあとから際限もなく、どおお、どおお、と押し寄せてくる。

そうして二刻――。

太陽の光も角度を傾け、双方とも疲労してやや威勢が薄れたかに思えたそのとき、橋の向こうに普通の人間の二、三倍の嵩《かさ》はあろうかと思われる黒装束の武者が現れた。その後ろにも、同じ黒装束の兵を二、三十人連れている。その怪異の一群は一瞬、伏せた獣のようにぴたりと静止し、鋭くこちらを睥睨《へいげい》したかと思うと、うりゃあああっ、と奇声を発して躍り出てきた。

智尊が「ソレッ」「縄引け」「射かけよ」と叫ぶが、黒い集団は異常な重量を持っていて床板はびくとも動かない。しかもみな鎧を何枚も着こんでいるらしく、弓矢を打ち込まれて栗《くり》のイガのようになってもひるまない。むしろ怒った荒イノシシの群れとなって猛進してきて、ついに突破されてしまった。

いったん破られたら、もう、とめどがなかった。鉄砲水が狭い水路から噴出するがごとき勢いとなり、こちらの守備が割れた。数十人、百人が、ざっと踵を返した。そうして、なし崩しになった。

智尊の「退くなっ、退くなっ」という命令もむなしく、みな算を乱して逃げはじめた。

輿のまわりに聞こえる雄叫《おたけ》びが、攻めの威声ではなく「ギャッ」とか「ゲッ」とかいう恐怖の悲鳴に変わりはじめたとき、ヤマドリは観念した。

目をつぶった。おしまいだ——。

大友皇子を逃してから、ずいぶんになる。障りがなければ、もう山背と旦波の国境は越えているだろう。

ふと、鯨と鱸はどうしたろうと心づいた。赤兄や金たちの姿もいつの間にか見えなくなっていた。みなどこかへうまく逃げてくれたらいい。

自分の役目は果たした。もう終わりにしよう、と思った。

「輿を降ろせ」

と、命じた。前後の担ぎ手がぐらり、ぐらり、と揺れながらしゃがみ、輦台《れんだい》が降ろされた。ゆっくりと大地を踏みしめ、前方へ歩み出た。

残った舎人《とねり》が両手を大の字に広げて遮蔽《しゃへい》の壁をつくってくれたが、一人、また一人と倒され、すぐに剥き出しになった。ひゅん、ひゅん、ひゅん、と矢が飛んできて、冑の片方の錏《しころ》を激しく撥《は》ねあげられた。耳たぶを裂かれて熱い血潮が頰に散った。が、痛いとは思わなかった。さらにひゅっと左の首の肉を抉《えぐ》られたが、なにも感じなかった。

目の前の銀色の輝きを見つめながら、いつかこの湖には龍が住んでいるとコダマに説明したことがあったなと思った。

あれは――、そう、懐かしい故郷のオノゴロ島のてっぺんだった。二人でニレの木の下で錦《にしき》の風に吹かれながら、堅香子を膝に抱いていた。

しあわせだった。

だが、あのとき、そのしあわせの中にいつかこの湖に引きずり込まれて死ぬときがくるような予感がかすかにあったのではなかったか。

目の前の舎人がまた二人、ひゅん、ひゅん、と射貫かれて倒れたとき、

「大友皇太子だ!」

凄《すさ》まじい雄叫びがすぐ前方で起こった。

自分に向かって突進してくる干戈《かんか》の輝きを、ヤマドリはありありと見た。

それは異様にゆっくりとした動きで、やがて一つ一つが湖水から湧《わ》きあがった光る龍の鱗《うろこ》となって合体し、ぶおん、ぶおん、とうねりながら宙空にのぼった。そして、鎌首《かまくび》をもたげ、くわっと牙をむいた。

ヤマドリは巨大な龍の赤く光る目玉と鋭い牙とを睨み据えた。

――そうだ、吾は大友皇太子。

――吾の首取れ。

化けものに向かって、のどが割れるほど絶叫した。

「この命はおまえらにやるのでない！　この命は――」

燃ゆるような形相で、まっこう正面に仁王立ちした。

「コダマにやった命！」

縦横無尽にむらがりきたった猛者たちの得物《えもの》が、キン、カン、シュン、と十文字を切り、何度か鋭く交叉《こうさ》した。

その刹那――、近江から十数里離れた河内の丘陵の墳墓の中で、一人の妊婦の胸にさがった首飾りが金色燦然《こんじきさんぜん》たる燐光を放った。彼女はふつふつと沸騰するほど煮えたぎった勾玉を両手でつかんで、虚空を切り裂かんばかりの悲鳴をあげた。

「いやあああああー！」

ゴロゴロゴロゴロ……という唸りとともにまっ黒な雲が天に湧き起こった。それは輝く太陽をあっという間に覆い隠し、目を射る閃光《せんこう》がチカチカッ、チカチカッ、と瞬いたと思うや、真一文字の宮柱のごとき稲妻が、ドーンと落下した。

天地の破壊と創造のような一瞬ののち、どおおおお、どおおおお、と瀬田の橋桁《はしげた》をどよもす喚声が起こった。「大将の首取ったどお！」という叫びとともに、美しい冑のかしらが一個、豪雨のしぶく湖の宙天に差しあげられた。

その同じ瞬間、暗い暗い黄泉の国に似た河内の羨道《せんどう》の奥で、ほわあああ、ほわあああ、という呱《こ》呱《こ》の声があがり、襤褸《らんる》の翁が血まみれの赤子を一個、頭上高くに差しあげた。

一つの命と一つの命の交代を照らすかのように、落雷で崩れた岩屋の入口から、やがてまばゆい光が差し込んだ。

10

異様な興奮に包まれた不破の帷幕《いばく》の主座に、群臣に囲まれて大海人皇子が座っていた。

その臑当の足許に、一つの首級《しゆきゆう》が蹴鞠の鞠のように据えられた。

熱い風が丈の長い青草をさわさわと揺らし、物言わぬそれを嬲《なぶ》るごとく撫でた。

大海人皇子はその物体を一呼吸、二呼吸、眺めた。

みるみる、こめかみの血管が膨れあがった。

床几《しようぎ》を蹴って立ちあがった。

「これは、大友ではないっ！」

飛び出さんばかりに目玉を剝《む》き、怒声を張りあげた。

＊

姫様、小兄様《ちいにい》、お久しゅうございます。出雲のじじ、与三弥でございます。

ほうほう、これはちっと見ぬあいだに姫様も小兄様もごりっぱにおなりじゃ。なに、姫様十三。小兄様は十五。ふむ、すっかり一丁前であられるな。となると、このじじもサメだのウサギだのより大人向きのお話をせずばなりますまい。

では、こんにちはちと悲しい、敗北の神語りをいたしましょう。われらが出雲に伝わる、くやしき負けの物語じゃ。

いやさ盛者必衰《じょうしゃひっすい》というて、いかに強き者の世もとこしなえに続くことはござらぬ。古き昔より華やかに栄えたわがふるさとにも、苦い苦い歴史があるのでございまするよ。

＊

いつも申しあげておりますように、われらがオホクニヌシの神様は、この倭国《やまと》の天《あめ》の下をお造りになった大神《たいしん》でござる。もともと災い多く、悪神群れなしておった大地を、祖神《おやがみ》様のご加護を受けながらやすらけき国土としておかためなすった。

そんなある日のこと、遥《はる》かな天の高みから、見知らぬ使者がやってきた。その使者はアメノホヒと名乗り、オホクニヌシ様に向こうて高飛車な態度でかく言うた。

「それがしは天つ日の大神にお仕えするものじゃ。われらの世界は天高く光り輝く楽園で、遠い昔よりいやさかに賑《にぎ》おうてきた。しかし、あまりに賑わいすぎて住む場所が狭《せも》うなってしまった。そこで下界を見下ろしてよい場所はないかと求めておったら、そもじらの国に気がついた。ここはうるわしき山と海と草木と鳥獣とに満ちた、まことに住みよげな大地である。われらの大神様がお子様方に統《す》べさせたいとご所望じゃ。ひとつ、われらに譲れ」

突然やってきて、ずいぶん無体な求めであろう？　オホクニヌシ様は腹をお立てになった。しかし、様子をうかがえばずいぶん威勢盛んな人びとのようだ。下手に逆らうとむつかしきことになるやもしれぬ。そこで一計を案じて、この使者をねんごろにもてなし、味方に引き入れてしまおうとお考えになった。

すると、あまり深い思慮を持たぬ輩《やから》であったらしゅうて、祖国に報告もせず、そのままわれらのもとに住みついてしもうた。

これに対して、天の国のほうも黙ってはおらず、次なる使者を送り込んできた。アメノワカヒコという名の若者じゃった。オホクニヌシ様はまた上手にたらしこもうと思われた。が、こんどの輩は先の使者よりも賢そうで、そうかんたんには騙《だま》されぬようなふうであった。そこでさらに念を入れ、ご自身のおん娘のシタデルヒメ様を妻として与え、婿殿、婿殿と下へもおかずもてなされた。

これによりアメノワカヒコも骨抜きになって、祖国になんの報告もせず、われらが国の住人になった。

それを知って、天の国の日の大神は怒った。われこそはこの乾坤《あめつち》に並ぶものなしと思うておったのに、一度ならず二度までも虚仮《こけ》にされた。そこで三度目の正直として、手のうちでもばつぐんの武神に守り刀を授けてよこした。その武神の名はフツヌシというた。

オホクニヌシ様はこんどこそはゆゆしき仕儀になりそうじゃと気を張って、わが息二人を呼び寄せられた。ミホススミ様とタケミナカタ様というお子様だ。ともに友国高志の国の神の娘、ヌナカハヒメ様とのあいだに生まれたお子様で、ミホススミ様は海原に住む航海の神様、タケミナカタ様は森に住む力自慢の神様じゃ。オホクニヌシ様は二子様とともに高志に近い意宇《おう》の母理《もり》の山中に控えられた。

が、敵のフツヌシも恐るべき軍神であって、手勢を使うていともかんたんに巨石を楯《たて》のように縫いあわせ、堅固な砦《とりで》をつくった。これを楯縫《たてぬい》の砦という。こうして両者はいずれが勝つか負けるか、対決することになったのじゃ。

オホクニヌシ様は、まず長子のミホススミ様を交渉にあたらせなすった。ところがミホススミ様は海の神様なので、地上では力があまり発せない。これに対して、敵はいままでに見たこともないほどいかめしかった。ミホススミ様はすっかり怖《お》じ気《け》づいた。

フツヌシ神が「畏くも天つ日の神様がそなたらの国をご所望じゃ。お受けするや否や」と、大音声を張りあげると、「仰せのとおり、この国土はすべて天つ神様にさしあげます」と答え、美保《みほ》の湊《みなと》に逃れて、船をひっくり返してその下にお隠れになってしもうた。

オオクニヌシ様は、次に乙子《おとご》のタケミナカタ様を出してフツヌシ神と対決させなすった。タケミナカタ様はミホススミ様と違うて常日頃から巨木を相手に相撲《すまい》している剛勇のおん方なので、太い腕を差し出して勝負を挑まれた。

「どこのどいつがわれらの国を横取りしようというのじゃ。さあ、力比べだ。もしおぬしが勝ったら譲ってやろう」

フツヌシ神は不敵に笑うて、差し出された手を握り返した。すると、その手は瞬時に氷に変わり、さらに鋭い剣に変わった。タケミナカタ様は驚いて手を引っ込めた。

フツヌシ神は「どうした、さっきの威勢は」と逆に迫り、赤子でも扱うようにタケミナカタ様をひとつかみに投げ飛ばした。タケミナカタ様はこれはかなわぬと逃げはじめた。フツヌシ神も全力で追いかける。タケミナカタ様は逃げて、逃げて、はるか科野の国の諏訪《すわ》に至ったところで降参された。地べたに平伏《ひれふ》して、こう言われた。

「この国土はすべて天つ日の神様にさしあげます。思《おぼ》しめしのままになすってください」

二人のお子様を平らげたフツヌシ神は、最後にオオクニヌシ様ご自身と対峙《たいじ》された。

「オオクニヌシよ、なんじの子らは降参した。なんじ自身の返答はどうじゃ」

オオクニヌシ様は口惜しかった。けれども、相手のほうが一枚上手のようであった。

いや、総力をかけて戦えば、そうかんたんには敗れまいとも思われた。けれども、それをやったらいくさはどんどん大きくなるだろう。たくさん血が流れるであろう。国土は荒れ、民の数も減じるであろう。おのれはこれまで民の平穏のために一所けんめい尽くしてきたのに、それではなんのための努力であったかわからない。

そこで、ぐっと心を決めて申しあげた。

「承知いたしました。御意に従いましょう。天の下のこの世界は天つ神様のお子様方がねんごろにお治めになってください」

しかし、ただに巻きあげられるのは無念であった。ゆえに一つだけ条件をお出しになった。

「その代わり、わたくしの住まう場所は天つ神様のお住まいに負けぬくらい立派なものを所望しとうござります。屋根は天に届くほど高くそびえ、宮柱は地の底なる磐根《いわね》に届くほど深く掘りすえたものが望みです。さすればわたくしはなんの異議も申しあげず、永劫《えいごう》その栖《すみか》に静かに鎮まりましょう」

オホクニヌシ様が条件として出されたこのお住まいというのが——、そう、われらがふるさと出雲の大社《おおやしろ》じゃ。このときすでにお社は存在しておったのだけれど、オホクニヌシ様はさらなる荘厳《そうごん》を求められたのじゃ。

そのくらいのことをしてもらわねば引きあわぬというご矜持《きょうじ》であったのであろうよ。

＊

かくいうのが、われらがオホクニヌシ様の国譲りの伝えでござる。が、ちと種明かしをしよう。

いや、賢明な姫様らはすでにお察しであろうかな。

天高くにいます日の神様の世界というのは、大和の王権のいにしえの姿をたとえ話で言うたものでござる。そして、オホクニヌシ様の統べたもうた天の下の国土というのは、わがふるさと出雲のいにしえの姿をたとえ話で言うたものでござる。

姫様方もご存じのように、いまこの倭国は大和の大王お一人が治めておられる。けれども、そうなる前はこの大八洲《おおやしま》には大中小の王が蟠踞《ばんきょ》して、それぞれに威勢を張りしのぎを削っておったのじゃ。その中でもとりわけ強かったのが出雲であった。ことによると出雲から倭国全土を統べる大王が現れてもおかしうないくらいであったのぞ。

それを見て、大和の王は烈《はげ》しい敵意を燃やしなすった。看過すべからざるやつらじゃと、しきりに攻めてくるようになった。

では、いかにして陥《おと》すか。大和の王はいろいろ考えた。むろん、多くの武器、多くの兵を集めることは肝要である。しかし、いくさは力まかせだけが能ではない。知略謀略も大きな要素だ。

一見盤石に見えるわれらも一枚岩ではなかった。弱いところがある。そういうところを突かれた。いろんなはかりごとをしかけられて、ついに降伏することになった。そういう経緯《ゆくたて》を表しておるのが、先ほどの度重なる使者のお話であるわけじゃ。

ああ、なんと口惜しき敗北よ。

われら出雲の者のうちには、いまでもかつての栄光の矜持がある。懐かしや、華やかなりし時代《とき》。それが忘れ去られるは忍びがたい。だからこそ、われら語り部がおるのじゃ。傷つき、敗れた者の涙を、物語という名のやわらかい衣に包んで伝えていく。なぜならば、語り継がれることによって敗れた者の魂が救われるから。

語るというのは、そういうことだ。

姫様、小兄様。おわかりいただけましたろうか。

第八章

語り部の尼

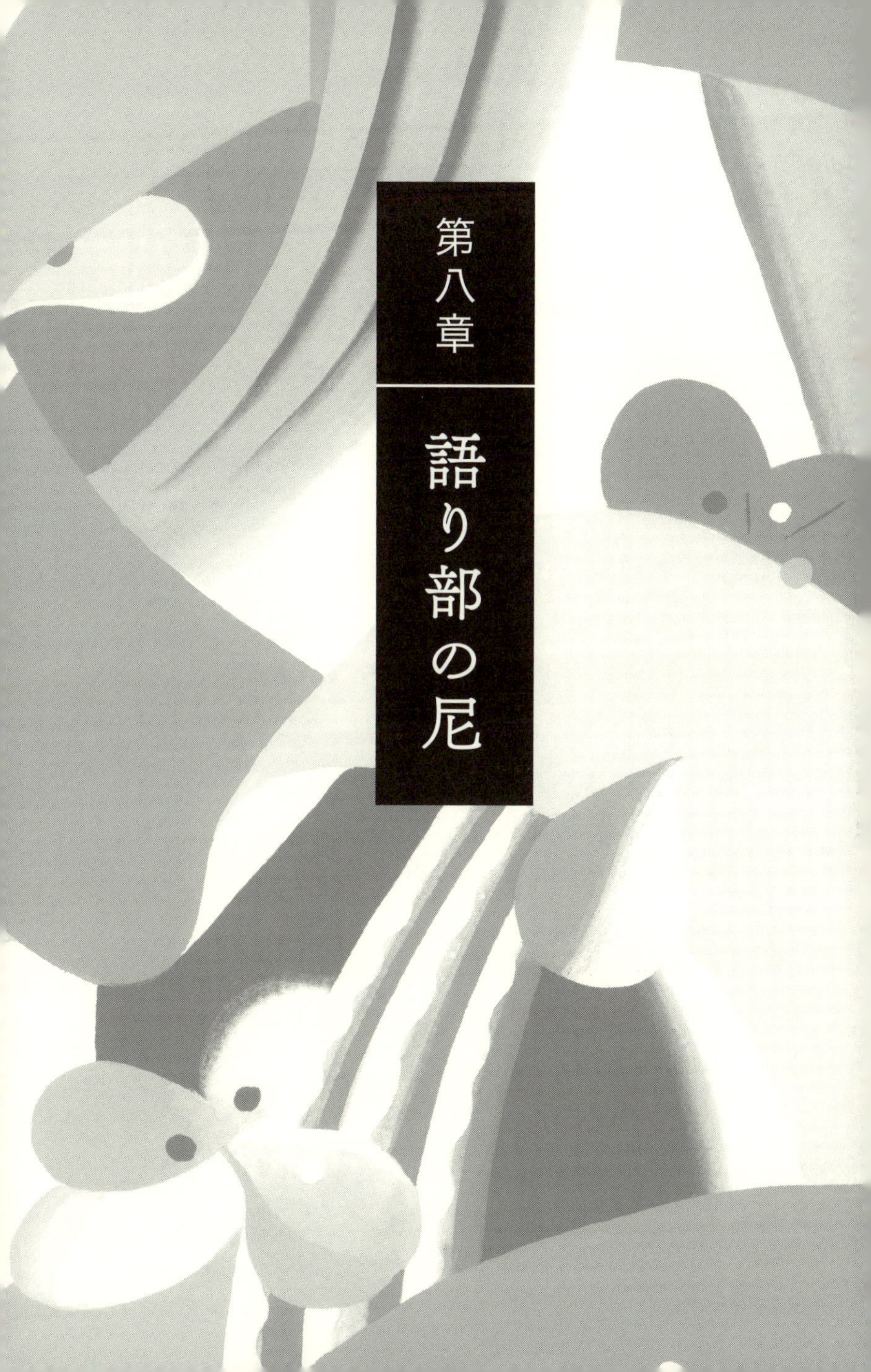

1

はらはら、はらはら、と薄紅色の花びらが降っている。

持統《じとう》元年（六八七）の春である。

こもりくの長谷《はつせ》の尼寺の、桜の木の下である。

「おばあちゃま、お話を聞かせて」

明るくはしゃぐ童女の声がする。

尼姿のコダマの膝《ひざ》にまつわりついてお話をねだっているのは、堅香子の娘の小鳩《こばと》である。その肩にさらに二人、近隣の童が覗《のぞ》き込むように連なっている。「コダマの尼様、お話を聞かせて」

桜木のかたわらの井戸の脇にも、コダマのお話を待っている媼《おうな》の姿が三人ある。その後ろには、あいかわらずコダマを見守っているたくましい守護神の小熊。

天地を鳴動させたあの壬申《じんしん》の大乱から、はや十五年の星霜が移った。七歳だった堅香子は二十二になった。この里の若者の妻になり、娘の小鳩は四つである。戦乱のさなかに丸山の墳墓で生まれた赤子は十六になった。落雷によって黄泉の国の扉がガラガラ崩れる中で生まれたから、名は岩戸《いわと》という。

そして、コダマは四十三になった。

時はかたときも休むことなく移ろう。刻々と。刻々と。

いま、コダマは長谷のやさしい昔語りの尼として、里人にはちょっと知られた存在になっている。

鈍色《にびいろ》の僧衣の袖《そで》を小鳩がつかみ、「はやくはやく」と、催促する。コダマははいはいと答える。

「なんのお話にしましょうねえ」

首をかしげて周囲をうかがう。

集っている人びとは男の人？　女の人？　若い人？　幼いお子？　空気のにおいと密度でわかる。

ささめく声でわかる。ああ、お年を召したお方がおいでだ。いくたり？　たぶん三人くらい。

だったら——。

「こんにちは赤猪《あかい》の娘のお話にしましょうか、その昔、この長谷に宮をお持ちになっていたオホハツセの大王《おおきみ》と、ひたむきなばば様の、ちょっと変わった恋のお話よ」

取り囲んでいる大小、老若の顔が、いっせいにうんうん、とうなずく。

コダマはみなの諾意を察してにこりとする。

「昔むかしのあるときのこと。オホハツセの大王が三輪のお山のふもとをめぐられて、川辺でとても美しい乙女に出会ったのです。大王は一目惚《ひとめぼ》れなさって、名前を問いました。『そなたはどこの娘じゃ』

乙女は答えました。『私は引田部《ひけたべ》の赤猪と申す者の娘にございます』

大王は、『うるわしき赤猪の娘よ。そなたは朕の妻になるがよい。近々使いをよこすゆえ、たれにも嫁がず待っておれ』とおっしゃいました。

赤猪の娘は天にものぼる気持ちになりました。どきどきと胸をときめかせ、お迎えが来るのを待ちました。器量よしだからほかにも求婚の話はたくさんあったのに、ぜんぶ断って待ちました。ところが、待てど暮らせどお召しはありません。

待って、待って、待っているうちに、とうとう八十歳を過ぎてしまいました。

老いさらばえ、美しかった容色は失《う》せ、昔の面影はどこにもありません。赤猪の娘は悲しみました。待ちくたびれた末にこんなに醜くなって、遠からず自分は死んでゆく。そう思ったらたまらぬ気持ちになり、大王のもとへ出かけていきました。

御前に額《ぬか》ずいて申しあげました。

『大王があの三輪の川辺でわたくしを妻になさるとおっしゃったので、わたくしはどこへも嫁がずお待ち申しあげておりました。そうして、お召しのないままこんな婆《ばば》になってしまいました。いまさらかこっても詮《せん》ないことでござりまするが、大王をずっとお慕いしていたわたくしの真心だけは知っていただきたいと思い、参上いたしました』

大王は驚きました。罪なお話だけど、ご自分が赤猪の娘に声をかけたことなどまったく忘れていたのです。大王はたくさんの女の方を妻になさるので、紛れてしまったのですね。

けれども、赤猪の娘にしてみれば、そんな言い訳は納得できぬことです。

大王は乙女の一生をだいなしにしたことを申し訳なく思い、けなげな心根をいとしくも思いました。けれども、過ぎてしまった年月は戻らない。いくらなんでも、そんなお年のばば様をこれからお嫁にもらうわけにもいきません。そこで、せめてものつぐないにこんなお歌を詠《うた》いました。

引田の　若栗栖原《わかくるすばら》　若くへに　率寝《いね》てましもの　老いにけるかも
（引田の若い栗《くり》の林よ、若いうちに共寝すればよかった。こんなに老いてしまって残念なことだ。）

そして、深い想《おも》いを込めてたくさんの贈り物をして、ばば様を里へ送り返しました――とさ。

少し切ない、でも、よいお話でしょう。私はこのお話がとても好きなのよ。

オオハツセの大王は乱暴なおん方だったという伝えもあるけれど、このお話に触れると、そんなに恐いお人ではなくて、悪気のない王様だったのかなという気もしますね」

コダマはほほえみ、老若の聞き手に向かってお粗末様でした、と頭を下げた。

「はいっ、おばあちゃま」

小鳩がすかさず手をあげた。

「おや、小鳩さん、なあに」

「赤猪の娘だけがおばば様になって、王様はお年を取らなかったの」

ワッと笑いが起こった。

「そうねえ、ちょっとへんねえ。でも、昔の王様ははんぶん神様みたいなものだから、百何十歳っていうたいへんなご長寿だったり、ちっとも年をお取りにならないおん方も、中にはいらしたのよ」

小鳩は一瞬首をかしげたのち、また膝に取りすがった。

「おばあちゃま、もっと、もっと、ほかのお話」

かたわらから、母の堅香子が「これ、小鳩」と制した。

「一日に一つずつよ。また明日ね。さあ、みんなで遊んでいらっしゃい。裏の畦《あぜ》はどうお。いろんなお花が満開よ。小熊といっしょに摘んできてちょうだい」

ぽんぽんと手を叩《たた》き、むらがっている童女をうながした。

はあい——と、小さい人たちが小熊にいざなわれて散っていくと、桜の下で話を聞いていた里人も腰を上げ、合掌して田畑へ戻っていく。

コダマは白い頭巾《ずきん》の下で、去っていく人びとの行方を追う。その胸の中にかすかな痛みが去来する。赤猪の娘と同じようにいとしい人を待って、待って、待ちつづけて、いつの間にか老いてしまったこの自分——。

そのとき、クックー、クックーと呑気《のんき》に啼《な》いていたキジバトが柴垣《しばがき》のあなたであわただしく飛び立った。コダマはハッと音のほうに顔を向けた。

「コダマ、堅香子も息災か」

懐かしい声がした。ずん、ずん、と踏み込んでくる肩の上のあたりで、キャッ、キャッと小鳩のご機嫌な声がする。「かわゆらしい落とし物をそこで拾うた」

「大兄《おおにい》！」

コダマは満面の笑みになって立ちあがった。

2

「大兄、いずこからのお帰り?」

庵に向かって兄と並んで歩きながら、コダマは慕わしい気配を胸いっぱいにかいだ。万年放浪の身に沁《し》みついた、日なたと、土埃《つちぼこり》と、汗と、風の入り混じったにおい。さばさばと陽性で、なおかつ強靭《きょうじん》な、この兄の心のにおいだ。

「伊勢だよ。先の大嵐《おおあらし》で家を流された民がずいぶんおってな。救恤《きゅうじゅつ》小屋を建てておった」

「まあ、そう」

軒をくぐって奥の円座《わろうだ》に腰を下ろすと、道昭は周囲をひとしきり見まわした。小鳩がすかさず膝にちょんと乗る。

「こんにちはみなお揃《そろ》いなのだな。おや、岩戸はどうした?」

幼女の素直な髪を撫《な》でながら、コダマに訊《き》く。

「里の人たちの野良《のら》のお手伝いにいっているの。もうそろそろ戻ってくるでしょう」

部屋の小隅の文机《ふづくえ》にもたれ、柿渋《かきしぶ》色の僧衣の尼が墨を磨《す》っている。大野《おおの》の尼という。

机の上には、料紙が重石《おもし》で押さえて広げられている。その周囲は木簡《もっかん》の山だ。大野の尼はコダマが語るお話の筆記者なのだ。

道昭の目が文机に向けられた。

「どうだ、大野殿、進み具合は」

尼は温和な目を細め、

「六割がた、というところでござりましょうか。ねえ、コダマ様」

コダマを仰ぎ見た。

「ええ」と、コダマが相槌《あいづち》を打つ。

道昭の膝の上で、小鳩が「さっきも、おばあちゃまのお話を聞いていたのよ」と説明する。

「おお、そうか。なんのお話だ」

「赤猪のおばば様のお話」

「なんじゃ、それは」

「あのね、王様がお嫁様にしてくれるって言ったから待ってたのに、いつまでたってもしてもらえなくて、八十歳を超えちゃった悲しいおばば様のお話」

「それは悲しいな。じつに悲しい」

ふむふむ、と同意したところへ、小石をガラガラと弾《はじ》く車の音がして岩戸が帰ってきた。手押し車いっぱいの春の収穫である。

入口からひょいと顔を覗かせ、道昭に気づくと、

「おじ上！」

梶棒《かじぼう》を投げ出して飛び込んできた。泥だらけの上衣を脱ぎ捨てながら、うれしそうに向かいあう。

「おじ上、いつ来たの」

「ついさっきじゃ」

日に焼けた笑顔がヤマドリに瓜《うり》二つだ。

道昭は思わず嘆息する。

「父上によう似てきたこと」

脇《わき》から「そうでしょう」とコダマが応じる。

目には見えないけれど、手に触れる肌の感触、髪の質感、手の形も足の形もヤマドリにそっくりだ。最近は声も似てきた。低く柔らかく響く、おぼろ月の暈《かさ》のような声。あまりに似ていて、泣きたくなることがある。

小熊が岩戸の引いてきた荷車を改め、まあまあ、こんなにたくさん、と歓声をあげる。季節の根菜、山菜、タケノコ。それに、里の人たちに分けてもらった鶉《うずら》とヤマメ。さっそく夕餉《ゆうげ》の支度をしましょう、こんにちはつくりがいがあると、太い腕を腕まくりする。堅香子が私も手伝うと厨《くりや》に立つ。「岩戸も小鳩もおいで」といざなう。「おじ上とおばあちゃまにゆっくりお話させてあげましょう」

人気が退《ひ》いて静かになったところで、道昭が「そういえば、コダマ」と妹に向かって少し改まった。

「なあに」

「昨日、二上《ふたかみ》のお山へ行ったぞ」

「まあ、いかなる御用で？」

「大津皇子《おおつのみこ》様の御廟《ごびょう》へお弔《とむら》いにさ。大来皇女《おおくのひめみこ》様に頼まれてな。弟《いろせ》の御霊《みたま》を慰めてやってほしいと」

大津皇子は天武《てんむ》天皇の第三子で衆望の高い皇子であったが、先ごろ謀反の嫌疑を受けて成敗されたのである。姉の大来の嘆きはひととおりでなかった。

「お気の毒な皇子様。皇女様も――」

コダマは悲愴《ひそう》な眉《まゆ》になる。

先年の秋、コダマたちにとって因縁の相手であった天武天皇が逝去した。その跡には称制《しょうせい》というかたちで皇后の鸕野《うの》が立った。皇太子は鸕野の実子の草壁である。が、草壁はひよわで影薄く、いっぽう、鸕野の姉の大田皇女《おおたのひめみこ》が生んだ大津は才はじけて政界の花形であった。天武も生前、できることなら大津に位を譲りたいと考えていた。それが鸕野には気に入らなかった。ゆえに夫天武が亡くなるや、さっそく草壁の位置を脅かす大津の排除を実行したのである。

鸕野は権力への志強く、すでに女帝として十分の貫禄《かんろく》を発揮している。そのかたわらでは亡き中臣鎌足の息、不比等《ふひと》がじわじわと存在感を増しつつある。まつりごとは新たな局面へ進みゆこうとしている。

「また、時は移るのね」

コダマがつぶやいた。

「そうだな」

道昭がしみじみと返す。

「私たちも年を取るわけね」

「我は五十九だ。髪もひげも半分白い」

無精に伸びかけたつむりを掻《か》き、あごのあたりを撫でた。

「私もずいぶん白いんですって。自分で見えぬのが幸いよ」

ハハハ、ふふふ、と声をたてあった。

あの壬申の年、コダマは愛する父の恵尺と、愛する夫のヤマドリを失った。深い深い絶望の淵《ふち》に落ちた。生ける屍《しかばね》のごとくになった。そんなコダマを道昭が救った。ふるさとを逐《お》われ、置き場のなくなった妹の身をこの長谷の山里に運んだのだ。

それからしばらくどうやって生きたのか、コダマはあまり記憶がない。かげろうのように臥《ふ》しているからだの上を、いくつもの春夏秋冬が通り過ぎていった気がする。あやうい魂をかろうじてこの世に繋《つな》ぎ止めてくれたのは、すくすくと育っていく堅香子と岩戸の無邪気な声だった。

そんなコダマの身にふたたびあたたかい血が通いはじめたのは、六年前のことだった。

里に伝わってきた一つの知らせが、闇《やみ》に落ちていたコダマの心に灯《ひ》をともしたのだ。

3

天武十年（六八一）の春のその日、コダマの床の辺に大野の尼が改まったおももちでやってきた。

「コダマ様、こんにちはちょっと気になるお話を耳にしたのですよ」

この寺は孤児や寡婦《かふ》、ゆえのある女人などの駆け込み寺として道昭がつくったもので、大野の尼は最古参である。船氏の支流の百済人で、よんどころない事情で命を絶とうとしていたところを道昭に救われた。その恩義からコダマには献身的に尽くしてくれる。

「なあに」

コダマはうつろな瞳《ひとみ》を相手に向けた。

「主上《おかみ》が、国史の編纂《へんさん》を命じられたそうです」

壬申の年の大いくさで近江朝廷を滅ぼして以降、天武は先鋭な為政者として猛進してきた。いくさのとき天武に従った豪族や首長の中には、その治世になれば古き良き時代がよみがえるのではないかと期待した者も多かったが、あにはからんやであった。新しき国づくりへの意欲は兄天智より激しいほどで、「大王」の称号も「天皇」と正式に改めた。

そして、いくさの余燼《よじん》もおさまったこの年、新たな事業《ことわざ》として、唐の制度に倣《なら》った本格的な律令の制定と、国史の編纂に着手すると宣言したのである。

——国史？

そのときコダマの頭はまだ、はんぶん眠ったたままだった。

だから、「そう」とだけ返し、素通りしようとした。が、なにかが引っかかった気がして、国史、国史……とつぶやいていているうちに、ぼんやりしていたものが像を結び、忽然《こつぜん》、焦点がぴたりと合った。

心の殻のようなものが弾《はじ》け飛んだ。

——国史！

長く忘れ去っていた宝物が、藪《やぶ》から棒に鼻先に降ってきた。

──『大王記』！

コダマの脳裏に、若き父がふるさと野中の灯火の下で失われた史書を一心に再現している情景がよみがえった。その父の膝に「教えて、教えて」とまとわりついている幼い自分。

長いこと萎《な》えきっていた熱情のようなものが、胸に一気にほとばしった。ガバ、と起き直った。

「コダマ様、どうなされました」

大野の尼が驚いて手を伸《の》べてきた。

「大野殿……、私は……」

コダマはその手を握り返しながら、天啓を受けたように悟った。自分が父にねだりつづけていたものは、けっきょくなんだったのかということを。

それは、ただおもしろおかしいお話ではなかった。単なる冒険譚《たん》でもなかった。単なるおとぎ話でもなかった。自分が求めていたのは、遠い昔からこの国に連綿として生きつづけてきた人間たちの、なまなましい喜怒哀楽の物語だ。絵空事ではない、生身の人間としての物語。

そして、いま気づいてみれば、自分はそれらに対してまるでわがことのように鮮やかな共感を持っている。

それは、なぜ？

コダマはまたしばし考え──、確信した。

それはおそらく、それらの物語が時の流れというものにかかわっているからだ。

時は片時も止まっておらず、つねに生成と衰滅を繰り返す。永遠のものはこの世には存在せず、あらゆるものはいつかは滅び、時の彼方《かなた》に流れ去る。だからこそ、限りない哀惜が生まれるのだ。ほかならぬこの身がまさにそうだから。

おのれは蘇我入鹿の娘として、また王家の子孫として、この世に生を享《う》けた。それが時の中でがらりと返され、一渡来人の娘として生きることになった。それもまた時の流れの中でがらりと返され、愛する父も、愛する夫も、愛するふるさとも失った。おのれ自身も死んだことになった。もはや蘇我の娘でもない、王家の娘でもない、船の娘でもない、どこの誰でもない、一介の名もなき尼である。

なんと果敢《はか》ない身の上だろう。でもだからこそ、無常の時がこんなにいとおしいのだ。

だとするならば。

——私には、やることがある。

敢然と夜具を撥《は》ねのけた。「コダマ様、コダマ様」と呼ぶ尼を置き去りにして、壁を伝って片隅の櫃《ひつ》にたどりついた。必死に底をさらえ、一巻の巻子《かんす》を探り当てた。

胸にひしと掻き抱いた。両の手で擦《す》り切れんばかりに撫でさすった。

『大王記』。

父の恵尺が丹精して記しあげた、この国の王たちの系譜。

私はこの宝物の上に私が蓄えてきた物語を重ねて、この私による国史をつくってみよう。幼いころから愛してやまなかった、美しく、悲しく、切なく、ときに狂おしくもあるお話たち。それらを加えて、おのれの国史をつくってみよう。

それは国史であるけれども、もはや国史でもないのだろう。おのれが聞き、集め、おのれの胸に残った古事《ふること》を集め紡いだ――、古事記《ふることぶみ》だ。

いつか誰かが言っていた。物語を語りつぐことは、そこに語られる人たちの魂を慰めることになるのだと。でも、それだけではないだろう。その物語に仮託して、胸に浮かべる人がいる。その人たちの魂をも慰めることになるのだろう。しかのみならず、この自分の魂をも慰めることになるのだろう。

おのれの魂が慰められるならば、もう誰も恨まない。恨まずにすむ。それはとてもすてきなことではないか。

だからやる。

「コダマ様、どうなされました」

大野の尼が寄り添いきたり、また同じ言葉を発した。

コダマは憑《つ》かれたように相手を求め、袖をとらえた。

「大野殿、私は決めました」

「なにをでござります」

「私は父上の仕事の続きをやります」

腹の底から激情が湧《わ》き起こってきた。

「私は私の国史をつくります。私はその語り部になる。そして、変転常なき世のありさまを語っていきます。その哀《かな》しみ、いえ、いとおしさをも語り継いでいきます」

「まあ――」

慨嘆の息が漏れた。

「それはようございます。それはコダマ様にしかできぬことでありましょう。コダマ様が語られるならば、わたくしは記しましょう。このわたくしも史《ふひと》の末座に連なる者。コダマ様が語られるお言葉、一字も漏らさず書き取りましょう」

「ほんとに？　大野殿、手伝ってくれる？」

「ええ、ええ、いくらでもお手伝いいたしましょうとも」

十年近くも半病人だった自分と、コダマはようやくその日訣別《けつべつ》した。

4

窓からそよぐ春風に、文机の上の巻物がかさり、と音を立てた。道昭は、あ――と、懐かしいものを見る目になった。

大野の尼が気づいて、にこりとした。

「亡き恵尺の長のおん手蹟《て》でござります。私はいたりませぬゆえ、脇に置いて拝見しながら筆記させていただいております」

壬申のいくさのとき、自分ら一家は石つぶてをもってふるさとを逐われた。そこへ戻ることは二度とかなわぬ身となった。荒れ果てたわが家をこっそり訪ね、恵尺の形見の書きものをいろいろ拾ってきてくれたのは忠僕の阿品であった。乙巳の年と、壬申の年と、『大王記』は二度も阿品に救われている。

その阿品は由宇と二人、いまは當麻《たいま》の里に暮らしている。

尼が手渡してくれた巻子を、道昭はするりと広げた。定規で引いたように美しい文字が現れた。

――父上……。

あのいくさがなければ、父が里人に惨殺《ざんさつ》されることもなかった。ヤマドリが湖の際で命を落とすこともなかった。岩戸が父を知らぬ子になることもなかった。

――むごいことを。

まぶたの裏で、傲岸《ごうがん》な眼《まなこ》がニタリと笑った。かぼそく若い甥《おい》からすべてを奪い取った人。大海人《おおあまの》皇子《みこ》。もとい、天武天皇。

その人に初めて間近に接した日のことを、道昭は思い出した。

それは、いくさの明くる年であった。戦乱で荒れた飛鳥寺の修復について新政府といく度か押問答があった。新しい主君の天武はことさらな仏教擁護者ではない。むしろ古来の神々に重きを置いている。そこで寺内随一の弁論巧者が説得の任に当たれということになり、道昭が使者に選ばれたのだ。

道昭は、場合によるとこれは大きな対決になるかもしれぬと思った。なんとなれば、その人はわが妹コダマが蘇我の娘であることを知っている可能性があった。もしそうなら、それを助けたのがわが父恵尺であることも知っているであろう。父と弟が命を懸けてコダマを守ったように、自分もコダマを守ってやらねばならぬ。

心を固めて浄御原宮《きよみがはらみや》の南庭に参上した。白砂に深く額《ぬか》ずいた。

「道昭か」

と、呼ばれた。

伏した頭を上げると、目の前に脂の乗り切った王者の顔があった。その脇に、白く豊満な鸕野皇后が添うていた。

朗々と声が発された。

「御坊の名は先々から聞いておる。一度会《お》うてみたいと思うていた。この倭国一の有徳《うとく》の僧だそうだな。全国を救恤《きゆうじゆつ》してまわっておるとか」

「このような乞食《こじき》坊主に、もったいなきお言葉にござります」

ゆったりと言上した。

「本日参りましたのは、わが飛鳥寺の修復のことにござります。こたびのいくさによってひどく荒れまして、諸般、不如意《ふにょい》をかこっております。畏《おそ》れながらご英慮を賜りたく、伏してお願いたてまつります」

即座に返答が返った。

「おう、そのことな。この鸕野にも早う助けてやりなされとせっつかれておった。わざわざ出張ってきた御坊の顔を立て、さそくによしなにとりはからおう」

拍子抜けするくらい、用件はあっさりと運んだ。

「ありがたきしあわせに存じます。われらは発願《ほつがん》より八十年、倭国最古の寺として一にも二にも国家鎮護につとめてまいりました。ご英断に心よりあつく御礼申しあげます」

きっちりとこうべを垂れた。

とたん、

「発願より国家鎮護の寺？　もとは蘇我のやつばらの氏寺、だがな」

ドキリとする一言が放たれた。そして、「ときに」と、続いた。声色がやや変わっていた。

「そなたの父は船恵尺よな」

――来たぞ。

見上げた道昭の瞳と、見下ろした天武の瞳がもつれあった。

「さようにござります」

「恵尺は豊浦大臣《とゆらのおおおみ》の近うに侍って史書を編んでおった。『大王記』だ。いや、いまや『天皇記』と言うべきであるが。乙巳の乱のとき恵尺が巻子を救うてわが兄に捧げてくれたことも聞き及んでおる」

やはり、と、道昭は思った。あの日のことも、コダマのことも、この天皇はすべて知っている。

迂闊《うかつ》な返事はできぬ。

天武の太い声がさらに続いた。

「朕《ちん》も見たぞ。かの厩戸皇子が丹精された労作だな。朕もおいおいこの国の正史を編みたいと思うておる。その折には、そこに記されておる帝紀《ていき》や旧辞《きゅうじ》、さだめし参考になるであろう」

捨てられずに残っていたのか――。そのことに、道昭は驚愕《きょうがく》した。

感情を底に抑えて、平らに返した。

「ぜひともお役立てくださりませ。父も草葉の陰でよろこぶでありましょう」

間髪を入れず、「で、恵尺はどうした」と訊かれた。

――ここからだ。

道昭は肝にぐっと力を入れた。

「生きておりません。いくさに巻き込まれて死にました」

「そうか。妹がおったであろう」

「妹も生きておりません。いくさに巻き込まれて死にました」

「そうか。弟がおったであろう」

「弟も生きておりません。いくさに巻き込まれて死にました」

「ほう、みな死んだか」

「さようにござります。拙僧ただ一人が生き残りました」

しん、と息詰まる沈黙になった。

――船の一族の意地。

こみあげてくる塊を呑みくだして、道昭は穏やかに微笑した。

「いや弟のみは、巻き込まれたと言うは正しうないかもしれませぬ。長らえた者によりますと、あれは最後まで大友皇太子のお傍《そば》で戦ったそうにござります。かというて、弟は大友様のことさらな側近であったわけではござりませぬ。渡来人の名もなき一史《ふひと》でござります。その弟がなにゆえかような大それた位置でお仕え申しあげることになったのか、拙僧、まつりごとはトンと不案内ゆえ、想像もつきませぬ」

最後まで大友の傍に仕えた？

天武の記憶の中に、一つの原色の風景がどん、と現れた。

あれはいくさの帰趨《きすう》が決したときだった。うだるような暑さの不破の陣に、うやうやしく一個の首級《しゅきゅう》が運ばれてきた。蹴鞠《けまり》の鞠のように足許《あしもと》に据えられた。しかしそれは大友に似て、大友ではなかった。見知らぬ若者の首だった。

思わず怒声を張りあげた。

——これは、大友ではないっ！

まさか、あれがこの坊主の弟だったのか？　鎌足内臣が言うておった、入鹿の娘を取り返しにきた恋仲の兄とかいう、その首だったのか。まさか。いや、ありえぬことではない。大友の帷幕《いばく》は赤兄が仕切っていた。赤兄は恵尺の娘の秘密を知っていた。それを種として大友の身代わりにさせられた可能性はある——。

天武は目の前の坊主を凝視した。

大友皇子は死んだ、と世には公表してある。しかし、じつのところその行方《ゆくえ》は杳《よう》として知れないのである。

——こいつはなにを知っておる。どこまで知っておる。

侮《あなど》っていた相手がにわかに得体の知れぬ化けものに変化した気がして、天武はやや焦った。話題を転じようとして、聞く気もない問いをした。

「して、御坊はいくさのとき、どこにおったのじゃ」

すると、また藪蛇《やぶへび》のような答えが返った。

「筑紫におりました」

天武はさらにギョッとした。相手は平然としている。

「あのころ民のもっぱらの関心は、いつ海を渡り、いつ異国と戦うことになるのかということでございました。寄ると触るとその噂でござりました。ゆえに、いったいどういうことになっておるのか確かめにいったのです。拙僧、おのれの目で見ぬことにはなにごとも納得できかねる性分でござります。

かの地に着きましたら、湊はうち毀《こぼ》たれた唐船であふれておりました。負傷の兵に満ちておりました。拙僧、この目にてはっきりと見申しあげました。唐は苦戦しておりました。そんな相手に援軍など出してはなりませぬ。白村江の二の舞になります。最悪、物品の供与はしてもよろしいでしょう。けれども派兵などはもってのほかでござります。いかなる手を使っても躱《かわ》さねばなりませぬ。ところが、大友様は徴兵を始められました。なぜでしょう。それは、筑紫大宰からのお報《しら》せで、唐がぜったいに優勢だと信じ込んでおられたからです。勝ちいくさにならば加勢してもよいというお気持ちであったのです。

筑紫のありようだけで海彼《かいひ》の戦況をすべて判ずることはできぬとしても、唐が必ずしも優勢でないことは、筑紫大宰の栗隈王様はようおわかりであったはずでござります。なのに、かのおん方はなぜ大友様に誤った報告をしたのでありましょう。まったくもって謎《なぞ》でござります」

天武は押し黙った。栗隈王を仲間に引き入れ、弱腰の近江朝廷に唐への軍事協力を勧めるよう指示したのは自分である。そして、そのために徴された兵を横取りした。

道昭は目の前の天子の様子をちら、とうかがうと、この話題はこれにて打ち切り、というように、

「おお、これはたいへん失礼をばつかまつりました。請われもせぬ無駄話を長々と申しあげてしまいました。ひらにご容赦願います。しかし、賢明な主上《おかみ》はその点よう心得ておられて、この先も海の向こうへ兵などお出しになる気はあられぬと拝察申しあげております。主上はお心お強く、異国とのお取引も卓抜であられるので、おそらくかの大唐もさほど無体な求めはしてこぬでありましょう。

ちなみに拙僧、彼らのいくさは最後には新羅の勝ち、唐は韓半島から退くであろうとみておりまする。主上もおそらく同じお考えとお見受けいたします。ご眼力を心よりお慶び申しあげます」

黄金色に焼けたなめし皮のような皮膚をクシャッとたたんだ。

「こんにちはお目通りかない、まことにもって幸甚でござりました。拙僧、この先も畏《かしこ》き主上と祖国のために誠心誠意お尽くし申しあげていく所存でござります。が、なにぶんいたらぬ身でござりますよう。いついかなるときに愚をおかすやもしれませぬ。その折は定めて拙僧のみをお叱《しか》りくださりますよう。拙僧、旅寝の浮き寝の浮草の、流れるごとき風来坊でござります。野中の里とも、船の

一族とも、すでにすっぱり縁切れておりまする。ゆえに、なんぞお咎めあるときは、ぜひぜひこの身一つに鞭《むち》をおくだしくださりますよう、伏してお願いいたてまつります」

ずどん、と、くさびを打ち込んだ。

「あいわかった」

天武は呑まれたように答えた。

ふたたび深々と白砂に低頭して、去りゆこうとする道昭に、

「待ちゃ」

と、脇から皇后鸕野の一声が掛かった。

「御坊」

肝の据わった声音であった。道昭はそのとき初めておや、と思った。半刻ほどのやりとりによって天皇の態度はやや崩れたが、鸕野は白く正しい笑みのまま、毫《ごう》の乱れもない。もしかしたら、天下の大乱を起こし、いま盤石《ばんじゃく》の皇親政治をつくりあげつつある陰の黒幕——のようなものは、この女人であったのかもしれぬ、と気がついた。

そんな僧の心など推しはかるふうもなく、威厳の皇后はすらりと言葉を出した。

「道の者としてのそなたに、一つだけ訊いてよろしいか」

「なんなりと」

道昭はかしこまった。

「わらわが先々から疑問に思うておったことじゃ。人は死んだらどうなるのでしょう。それだけ、

訊きたい」

道昭はまっすぐ返答した。

「終わりでございます。ただ、灰になって、風に舞って、おしまいです」

「さようか」

嫣然《えんぜん》と赤い唇でほほえんだ。

「御坊にはまた教えを請いたい。いつでも訪ねてきや」

道昭は叩頭《こうとう》したつむじのあたりでその言葉を聞きながら、そう遠くないいつか、この声を次なる主君の声として仰ぐことになるのではないかと思った。

そして、それは持統元年のいま、現実のものとなっているのである。

「大兄、どうかした?」

不審顔のコダマがこちらを向いていた。

「いや、ちょっと考えごとをしておった」

道昭は膝の上に広げたなりにしていた恵尺の『大王記』を堅く巻き直し、

「父上があれほど精魂を込められていた仕事だ。コダマが跡を継いでくれてどのくらいよろこんでおられるかわからぬさ」

妹の手を取り、しっかりと握らせた。

「だったらうれしいんだけど」

コダマは受け取った筒形のものに、そっと頬をあてた。

そして、くっきりと決心した表情で、「大兄」と呼びかけた。

「なんだ」

「私は、歴史というのは、滅びた人たちの歴史のことだと思うのよ」

「どういうことかな」

「いままつりごとを執っておられる方々は、いま栄えておられるご自身のための歴史をつくろうとなさるでしょう。その反対よ。そこからこぼれ落ちた人たちの歴史を、私はすくい取っていきたいの。そうでなければ、彼らの魂が消えてしまうもの」

「そうか。そうだな」

コダマは軽くうつむいた。巻物を握っているのと反対の手で胸元の首飾りをぎゅっと押さえた。けむった翠色《みどり》の勾玉《まがたま》が揺れて、カタカタとさやかな音を立てた。

いままとめつつある幾多の物語のことを思った。その物語のどれを取っても、おのれにとってだいじな誰かの面影が重なると思った。

5

チーツツ、チーツツ、と鳥が啼《な》く。

その囀《さえず》りの上に幼い小鳩の歓声が重なり、小熊と堅香子と大野の尼が大皿を捧げて入ってきた。

「さあ、お食事ですよ」

香ばしい香りがあたりいっぱいにたちこめる。ウド、タラの芽、ワラビ、ゼンマイ、タケノコ。鶉の丸焼きと、ヤマメの串刺《くしざ》し。キビ、アワ、ヒエの団子。道昭のために、大碗《おおわん》になみなみと酒もある。

ふだん粗食の尼寺としては、目を驚かす馳走《ちそう》である。

岩戸が大きな肉にかぶりつきながら、「母上」とほがらかな瞳を上げた。

「母上のそのお話、大野の尼様が記し終わったら、どうするの？」

そうねえ、とコダマは思案する。

「ちょっと贅沢《ぜいたく》して、きれいに装丁していただこうかしら。大野殿にお願いして、腕のよい百済の機織《はたお》り人と紙漉《かみす》きの人を探してもらって」

「ふうん。どんな色？　どんな柄？」

「さようでござりまするね」と、大野の尼が引き取る。

「あまり華やかなものよりは、落ち着いた、でもほんのりと女らしい感じがようはござりませぬか。たとえば、野中のお濠《ほり》の翠色と、アンズの花の薄桃色。巻子を巻く緒は木の枝を模した朽葉《くちば》の色で、軸先《じくさき》は翡翠《ひすい》とか」

「まあ、いいわね」

コダマのまぶたの裏に、懐かしいふるさとと野中の風景が浮かんだ。幼いころから聞きつづけてきたお話が、故郷の彩りに包まれて眠る。それはほのぼのと心安らぐことではなかろうか。

「そうして？　きれいな装丁もできあがって、それからは？」

堅香子がたたみかける。

「そうねえ」

コダマはまた考える。

「たれの作、たれの筆ともわからぬようにして、飛鳥の都で国史の編纂をなさっている方たちのお手に渡してもらいたいかしら。いま、主上のご命を受けた方たちが、手を尽くして系譜や伝承を集めているのですって。だから、そのうちの一つとして、そっと」

堅香子がいぶかしげな顔をした。

「それは少し残念ではないですか。せっかく母上が幾年《いくとせ》もかけて、いえ、じじ様のころから考えれば幾十年《いくとせ》にもなるのに、たれの手になるともわからぬように、なんて――」

「そんなこと」

コダマはおかしくなる。

だって、自分はもう死んだことになっているのだ。それに、これは国史ではない。古事記だもの。作者などいらない。でも、ちょっとわくわくする。どなたが、どんなふうにお読みになるのかな。想像すると愉快である。

「じゃあ、渡したあとは、母上はどうするの？」

岩戸が訊く。

「どうもしないわ。なんにも変わらない。これまでとおんなじよ。この静かな里で、語り部の尼として、私の古事記を死ぬまで語っていくわ」

「でも、巻子は戻ってこないんでしょう」

あら——と、コダマはわが子に向き直った。

「いやねえ、岩戸。私には必要ないのよ。だって、もともと見えないのだもの。巻子の中身はぜんぶこの頭の中に入っているのだから」

そう。すっかり覚えてしまったお話たち。私はただ求める人に、求められるだけ語って暮らす。自分が何者かなどはどうでもよい。このまんま名無しがよい。だからこそ穏やかなのだもの。

でしょ——と、ほほえみ返した刹那《せつな》、一陣の柔らかな花嵐が開け放たれた窓から吹き込んで、あっ、と小鳩が高い声をあげた。

「桜の花びらがお酒の中に入っちゃった。おばあちゃま、一枚、二枚、三枚、ゆらゆら」

お酒に浮かぶ、桜の花びら——。

コダマは想念をいざなわれ、思わず「見せて、小鳩」と、手を差し伸べた。

大きな須恵器《すえき》の碗をそろそろと受け取り、両手で包んでゆっくりと揺らした。器に満たされた液体があえかな重量をともなってさざ波を立てた。コダマの胸の中にもあえかなさざ波が立ち、みずみずしい水辺の景が結ばれた。静かにたゆたう水面《みなも》に、ほつ、ほつ、と薄紅色の島が生まれた。

まぶたに薄明かりが灯った気がして、コダマは道昭に顔を向けた。

「大兄、思い出したわ。この長谷に伝わるすてきなお歌があるのよ」

道昭が好奇心の眉を上げた。

「ほう、どんな」

「昔、このわたりに宮をお持ちになっていたオホハツセの大王が、槻《つき》の木の下で酒宴をなさったの。そうしたら、風に吹かれて木の葉がはらはらとお神酒《みき》の中に落ちて、采女《うねめ》が気づかずに捧げてしまったの。気の短い大王は無礼《ぶれい》討ちなされようとしたのだけど、采女は機転をきかせて詠ったの。この酒盃に浮かんでいる葉っぱは、その昔、天の神様が潮をコヲロコヲロ、と掻き混ぜて倭国《やまと》の大八《おおや》洲《しま》をおつくりになった、あのときの景でございますよって」

新嘗屋《にいなえや》に　生い立てる　ももだる　槻《つき》が枝《え》は
上《ほ》つ枝は　天《あめ》を覆へり　中《なか》つ枝は　東を覆へり　下枝《しずえ》は　鄙《ひな》を覆へり
上《ほ》つ枝の　枝の末葉《うらば》は　中《なか》つ枝に　落ちふらばへ
中《なか》つ枝の　枝の末葉《うらば》は　下《しも》つ枝に　落ちふらばへ
下枝《しずえ》の　枝の末葉《うらば》は　ありきぬの　三重《みえ》の子が　捧《ささ》がせる　瑞玉盞《みずたまうき》に
浮きし脂《あぶら》　落ちなづさひ　水《みな》こをろこをろに　こしも　あやにかしこし
高光《たかひか》る　日《ひ》の御子《みこ》
（新嘗《にいなめ》の祭儀の屋形に繁《しげ》る槻の木の豊かな枝は、上の枝は天を覆い、中の枝は東の国々を覆い、下の枝は鄙の土地を覆う。上の枝の枝先の葉は、中の枝に落ちかかり、中の枝の枝先の葉は、下の枝に落ちかかり、下の枝の枝先の葉は　たくさんの衣を重ねた三重の采女が捧げ持つ酒盃の中に落ち、浮いた脂のごとく漂い、水はコヲロコヲロと音を立てる。ああ、畏きこの国の始まりの島々のようです。高々と照り輝く日の御子様よ。）

「大王様はすっかりご機嫌うるわしゅうなられて、その賢い采女をとても愛《め》でられたの」

コダマは目をつむった。

「あの野中のオノゴロ島にはもう会えなくなってしまったけれど、オノゴロ島は野中だけではなかったのね。この長谷にもあったのね。いいえ、もしかしたら――」

夢見るように、彼方を仰いだ。

「国生みの島はもともとここにあったのかも。私はやっと、ここにたどりついたのかも」

この世の始まりの島。イザナキとイザナミの兄妹神が天の浮橋に立ち、矛《ほこ》を二人で握り――。

ふと気がつくと、目の前に豊かな濠《ほり》があって、コダマはヤマドリと並んでその縁に立っていた。

天から桜の花がひらひら、はらはら、降ってくる。しきりに降ってくる。さあ、コダマ、とうながされ、二人で矛を握り、潮の中に差し入れる。コヲロコヲロ、と掻きならす。だんだん手が重くなる。矛にしどけなく群れ絡みつく、幾千枚の薄紅の花びら。

弾《はじ》けるような歓喜が身のうちに湧き起こる。茜《あかね》色の雲の上にのぼっては落ち、また、のぼっては落ちる。矛の先から、ホタリ、ホタリ、としずくが垂れる。豊饒《ほうじょう》な命が生まれいずる。

そして、コダマはこの世でいちばん最初の愛の歌を思った。

それはイザナキとイザナミが交わした、もっとも原始的な相聞の歌。強靱で、烈《はげ》しくて、剝《む》き出しに相手を求める愛の歌。おのれとヤマドリが初めて結ばれたとき、熱に浮かされたように唱えあったのも、それだった。

あなにやし、えをとめを。

あなにやし、えをとこを。


「コダマ――？」

道昭に声をかけられて、コダマはハッとわれに返った。

はんぶん夢にひたりながら、つぶやいた。

「歴史とは、滅びた者の歴史だと、私は思うのよ」

先ほどと同じことを言った。

「でも、それだけじゃない」

それは、とろけるような、ざわめくような情念の歴史。人間の男と女はそうやって連綿と命と肉体をつないできたのだから。

からだの底に燃え残っている記憶を抑えながら、「もっとある」と、だけ言った。

道昭は白い頭巾の下で茜色に上気している妹の頬を見た。

「そうだな」

むしょうに美しいと思った。

そうして、花びらの浮かぶ酒盃を飲みほした。

コダマの見えない瞳の奥に、桜の花びらがいっせいに降りしぶいていた。それは長谷の山里にしぶき、野中の墳墓にしぶき、銀色の近江の湖にもしぶいた。

ふることを記した料紙の上にもひとしきり降りしぶき、この国の始まりの大八洲となって、命の鼓動のような薄赤い曙光《しょこう》の色に染めあげた。

附

弘仁の序文

1

板戸を鳴らす風の中に、けんけんと切なく妻問いする小牡鹿《さおしか》の声が混じっている。

弘仁《こうにん》元年（八一〇）の秋の夜長である。

人里離れた嵯峨野《さがの》の小家の燭台《しょくだい》の下で、漢才《からざえ》の官人、多人長《おおのひとなが》は頬杖《ほおづえ》をついて文案を考えていた。

燭台の炎がジジッ、と音を立てた。

思い切って筆を取り、一行書いた。


臣、安萬侶《やすまろ》が言《もう》さく……

（臣下、安萬侶が申しあげます。）


かたわらに置かれたものに目を向けた。

古い巻子《かんす》である。三巻揃《そろ》いである。題箋《だいせん》には『古事記』とある。固有の書名なのか、凡用の語なのかわからぬ題名だ。表紙は褪《あ》せた苔《こけ》色とくすんだ淡色の絹織りで、ところどころに裂け目ができ、経年の汚れが目立つ。しかし、想像を働かせればもとは美しい装丁だったのだろうと思われる。とろりとした濠《ほり》のような翠《みどり》色と、ほんのりと色づいた薄紅色。それを、朽葉《くちは》色の巻緒が真一文字に引き締める。水面《みなも》の上に伸びた枝から花びらが散るのに似た風情だったのではなかろうか。軸先《じくさき》は首飾りに使うような翡翠《ひすい》である。

手に取って、するりと開いた。点々と黒い黴《かび》が散っている。虫食いにも悪戯《わるさ》されている。だが、美麗な文字だ。

内容は、史書である。いや、史書のようなもの、と言うべきか。『日本書紀』に似ている。『日本書紀』の素朴な原形の感じ、と言ってもいい。誰が書いたのかはわからない。もっと言えば、なぜここにあるのかも、正確にはわからない。

その正体不明の巻物に、いま人長は、序文をつけようとしているのである。

2

一昨年、三十にして従五位下式部少輔《しきぶしょうゆう》に叙爵された人長は、おのれが次に行う仕事として、一つの目標を描いた。それは講書《こうしょ》――、『日本書紀』の講師であった。

『日本書紀』はわが邦《ほう》の重要な正史だが、長大なうえ難解なため、廟堂《びょうどう》の上座にいる公卿《くぎょう》でも読めぬ者が多い。その彼らに対して講義を行うのが講書で、定期的に場が設けられていた。講義の内容は記録に残され、学者としての名声も期待できる。人長はぜひその役をつとめたいと思った。

しかし、考えることは誰しも同じで、才長けた者たちがみなその役を狙《ねら》っていた。人長は競争相手に差をつけるため、自分だけの訴求点が欲しいと思った。そのとき、ふと思い出したのがこの巻物であった。

『古事記』と題されたこの巻物は、人長が学問の道を究めたいと父に告げたとき、そういう方向に進むのならばなにかの役に立つかもしれぬ、と納戸の奥から探り出してきてくれたものだった。三代前の祖先の太安万侶《おおのやすまろ》の持ちものということであった。

そのとき父は安万侶の持ちものだと言い、安万侶の手になるものだとは言わなかった。理由は、安万侶は文才に恵まれず、日記一つ、漢詩一つ、和歌一つ残しておらぬから。そのような人がこんな書きものをつくれたはずがないというのであった。

父がそう言うのならそうかもしれない。しかし、安万侶は従四位の民部卿《みんぶきょう》までのぼり、弱小なわが一族の中ではもっとも出世した人である。事実はどうあれ、人長は安万侶がこの書物を編んだということにしたかった。加えて、安万侶は『日本書記』の編纂《へんさん》にもかかわっていたということにしたかった。先祖がそういう人物なら、自分が『日本書紀』の講書にたずさわる因果関係のようなものもおのずと形成されると考えたからだ。

安万侶の父は、多品治《おおのほんじ》である。その昔、天武天皇が壬申の乱を戦ったとき、美濃国にあった天武の私領を管理していた。何千の兵を率いて不破の関を封じ、いくさの勝利に貢献した。

その子の安万侶は天武の子である忍壁《おさかべ》親王の側近として働き、忍壁亡きあとは同じく天武の子である舎人《とねり》親王のもとで働いた。安万侶が天武の皇子たちに目をかけられたのは、父の品治が第一級の壬申年功臣だったからだ。

では、安万侶はなぜこの巻子を持っていたのか。

そのゆえは、安万侶が仕えた忍壁親王と舎人親王がともに『日本書紀』の編纂者だったことに関係すると人長は推測していた。両親王に親しく侍《はべ》っていれば、自身は直接の担当でなくとも編纂の現場に接する機会はあったろう。三十巻になんなんとする『日本書紀』をつくるためには、山のように資料が集められたと聞く。安万侶が持っていたこれは、そのうちの一つではなかろうか。編集途中になんらかの事情があって流出したものかもしれないし、編纂後に安万侶の手に入ったのかもしれなかった。

3

人長は腕組みして、あごを狩衣《かりぎぬ》の頸上《くびかみ》に埋《う》めた。

入手の経緯はともかく、この書が安万侶の編纂になるものであると主張するには、序文の中でこの書の由来をどういうふうに説明したらよいだろうか。

人長は小さくうなった。

まず、編纂の命令者は元明《げんめい》女帝ということにしよう。なんとなれば、安万侶が仕えていた主君は元明であるから。

次に、安万侶はどのようなかたちでこれを編んだことにするか。

書物の趣からすれば、誰かが語ったことを安万侶が聞き取ったということにするのがふさわしいだろう。

誰が語ったことにしようか。

それは、天武天皇がよいだろう。そもそも国史への意欲をもっとも強く持っていたのは天武天皇だ。しかし、安万侶が天武から直接話を聞き取ったことにするのは、年代的に無理である。ならばあいだに若い人間を一人はさもう。非常に覚えのよい舎人のような者が天武の傍《そば》にいて、その語る言葉をすべて覚えていた。安万侶はのちに元明女帝の命を受けて、彼から間接的に天武の言葉を聞き取った、ということにしたらよい。

成立年はどうしよう。『日本書紀』より早いのがよいだろう。なにごとも古いもののほうが価値は高いのだから。どのくらい早くする？　五年？　十年？　あいだを取って八年として、和銅《わどう》五年（七一二）くらいにしておくか。

あとは、天武天皇の話を記憶した人物を誰にするか？

人長の脳裏に、幼いころ親しんでいた一人の人物が浮かんだ。

ヒエダノアレ。どういう字なのかは知らない。稗田阿礼《ひえだのあれ》とでも書くのだろう。おのれらの氏神である多坐《おおにいます》神社の巫《かんなぎ》だ。昔話をよく知っていて、よく聞かせてもらった。たいへんな聡耳《そうじ》で、一度聞いた話はすべて覚えてしまう謎めいた人物だった。いつの間にか社《やしろ》に住みついており、いつの間にかいなくなった。もし本当に天皇の語る歴史を丸覚えできるような人間がいるとしたら、きっと彼のような人物だろう。

よし、それでいこう。

人長は腕組みを解き、筆を取りあげた。

ここに、天皇の詔《の》りたまひしく、「朕《わ》が聞けらく、『諸家のもてる帝紀および本辞、すでに正実に違《たが》ひ、多く虚偽を加ふ』ときけり。今の時に当りて、その失《あやまり》を改めずは、いまだ幾年も経ずして、その旨滅びなむとす。これすなはち、邦家《ほうか》の経緯、王化《おうか》の鴻基《こうき》ぞ。かれこれ、帝紀を撰録《せんろく》し、旧辞を討覈《とうかく》して、偽《いつわり》を削り実《まこと》を定めて、後の葉《よ》に流《つた》へむと欲《おも》ふ」とのりたまひき。

時に、舎人あり。姓《うじ》は稗田《ひえだ》、名は阿礼《あれ》、年はこれ廿八《にじゅうはち》。人となり聡明にして、目に度《わた》れば口に誦《よ》み、耳に払《ふる》れば心に勒《しる》す。

すなはち、阿礼に勅語《みことのり》して、帝皇の日《ひ》継《つぎ》および先代の旧辞を誦《よ》み習《なら》はしたまひき。

（天武天皇は仰せになった。「聞いたところによると、諸々の家が伝えている天皇の系譜と逸話は、すでに真実とは違ってかなり虚偽が混じり込んでいるという。早く誤りを改めないと、歴史の本来の意図が滅んでしまう。それはわが朝廷の経糸横糸であり、人びとを正しく導いていく基盤であるから、よくよく考えて、帝紀を記し、旧辞を探し求めて、誤りを除き、正しいところを後代に伝えたいものだ」

ここに天皇に傍仕えする舎人がいた。姓は稗田、名前は阿礼。年は二十八歳。とても賢く、目に見たものは即座に言葉にし、耳にしたことは即座に胸に刻む。

それゆえに天皇は阿礼に命じて歴代天皇の系譜と、古き日の伝承を誦み習わせた。）

4

遠くのほうでまた、小牡鹿がけんけんと鳴いた。

その声に合わせるように、燭の炎がジジッ、と瞬いた。

人長はいま記した長い序文をゆっくりと読み直し、満足の笑みを浮かべた。捏造《ねつぞう》を行ったつもりはなかった。自分はすばらしい宝物を見つけた。それを生かすだけだと思った。

三巻を床に並べて置いたら、隙間風《すきまかぜ》で揺れ動き、翡翠の軸先がゆらゆら、かたかた、と鳴った。

人長はその音色の中に、巻物に書かれてあったアマテラスの首飾りというものを思い出した。イザナキの神が三柱の子たちにこの世の各所を治めさせようとしたとき、アマテラスにそれを与えた、とあった。ミクラタナという名前であった。

『日本書紀』にはみえず、聞いたこともない話であった。出典はいずこであろうと首をかしげた。もしかしたら、この語り手は女人であろうかと、ふと思った。であるとすれば、稗田阿礼も女とするほうがよかったか。

ちょっと迷い、まあどちらでもよいわ、とつぶやいた。

二年後の弘仁三年（八一二）、人長は平安京の内裏《だいり》にて、参議紀広浜《きのひろはま》ら十余名を相手に『日本書紀』の栄えある第一回の講書を行った。

その講義は記録に残され、注の中に『古事記』とその作者のことが記された。

これが、『古事記』をつくったのは太安万侶と稗田阿礼であると後世に伝えられることになった始めであった。

主要参考文献

西宮一民校注『古事記』（新潮日本古典集成）、新潮社、一九七九年
西郷信綱『古事記注釈（全八巻）』ちくま学芸文庫、二〇〇五～二〇〇六年
三浦佑之訳・注釈『口語訳　古事記　神代篇』文春文庫、二〇〇六年
三浦佑之訳・注釈『口語訳　古事記　人代篇』文春文庫、二〇〇六年
小島憲之、直木孝次郎、西宮一民、蔵中進、毛利正守校注・訳『日本書紀①②③』（新編日本古典文学全集）、小学館、一九九四～一九九八年
中村啓信監修・訳注『風土記（上）』角川ソフィア文庫、二〇一五年
倉本一宏『蘇我氏――古代豪族の興亡』中公新書、二〇一五年
水谷千秋『謎の豪族　蘇我氏』文春新書、二〇〇六年
門脇禎二『蘇我蝦夷・入鹿』（人物叢書）、吉川弘文館、一九七七年
倉本一宏『壬申の乱』（戦争の日本史2）、吉川弘文館、二〇〇七年
倉本一宏『歴史の旅　壬申の乱を歩く』吉川弘文館、二〇〇七年
遠山美都男『壬申の乱――天皇誕生の神話と史実』中公新書、一九九六年
西郷信綱『壬申紀を読む――歴史と文化と言語』平凡社選書、一九九三年
直木孝次郎『壬申の乱』塙選書、一九六一年
三浦佑之『古事記のひみつ――歴史書の成立』（歴史文化ライブラリー）、吉川弘文館、二〇〇七年

三浦佑之『古事記を読みなおす』ちくま新書、二〇一〇年
三浦佑之『NHK「100分de名著」ブックス　古事記』NHK出版、二〇一四年
中村修也『天智朝と東アジア――唐の支配から律令国家へ』NHKブックス、二〇一五年
中西進『天智伝』中公文庫、一九九二年
関晃『帰化人――古代の政治・経済・文化を語る』講談社学術文庫、二〇〇九年
仁藤敦史『女帝の世紀――皇位継承と政争』角川選書、二〇〇六年
梅原猛、杉山二郎、田辺昭三『藤原鎌足』思索社、一九九二年
武澤秀一『伊勢神宮の謎を解く――アマテラスと天皇の「発明」』ちくま新書、二〇一一年
筑紫申真『アマテラスの誕生』講談社学術文庫、二〇〇二年
大山誠一『天孫降臨の夢――藤原不比等のプロジェクト』NHKブックス、二〇〇九年
本間満『日本古代皇太子制度の研究』（日本古代史叢書）、雄山閣、二〇一四年
藤堂明保、竹田晃、影山輝國訳注『倭国伝――中国正史に描かれた日本』講談社学術文庫、二〇一〇年
佐伯有清編訳『三国史記倭人伝　他六篇　朝鮮正史日本伝1』岩波文庫、一九八八年
国立歴史民俗博物館編『倭国乱る』朝日新聞社、一九九六年
鶴見泰寿『古代国家形成の舞台・飛鳥宮』（シリーズ「遺跡を学ぶ」）、新泉社、二〇一五年
田中晋作『古市古墳群の解明へ　盾塚・鞍塚・珠金塚古墳』（シリーズ「遺跡を学ぶ」）、新泉社、二〇一六年

大津市歴史博物館市史編さん室編『図説　大津の歴史　上巻』大津市、一九九九年
大阪府立近つ飛鳥博物館編・発行『ヤマト王権と葛城氏――考古学からみた古代氏族の盛衰』二〇一四年
大阪府立近つ飛鳥博物館編・発行『百舌鳥・古市の陵墓古墳――巨大前方後円墳の実像』二〇一一年

本書は書き下ろしです。

著者略歴

周防 柳（すおう・やなぎ）
1964年東京都生まれ。早稲田大学第一文学部卒業。編集者、ライターを経て、『八月の青い蝶』で第26回小説すばる新人賞を受賞しデビュー。同作は第五回広島本大賞を受賞した。ほかの著書に『逢坂の六人』『虹』『余命二億円』がある。

Kadokawa Haruki Corporation

周防 柳

蘇我《そが》の娘《むすめ》の古事記《ふることぶみ》

*

2017年2月18日第一刷発行

発行者 角川春樹
発行所 株式会社 角川春樹事務所
〒102-0074 東京都千代田区九段南2-1-30 イタリア文化会館ビル
電話03-3263-5881（営業） 03-3263-5247（編集）
印刷・製本 中央精版印刷株式会社

ISBN978-4-7584-1301-5 C0093
http://www.kadokawaharuki.co.jp/